Jenny Colgan

Winterträume in der kleinen Buchhandlung

W0294280

PIPER

Jenny Colgan

Winterträume in der kleinen Buchhandlung

Roman

Aus dem Englischen von
Sonja Hagemann

PIPER

Mehr über unsere Autorinnen, Autoren und Bücher:
www.piper.de

Wenn Ihnen dieser Roman gefallen hat, schreiben Sie uns unter Nennung des Titels »Winterträume in der kleinen Buchhandlung« an *empfehlungen@piper.de*, und wir empfehlen Ihnen gerne vergleichbare Bücher.

Von Jenny Colgan liegen im Piper Verlag vor:
Die kleine Bäckerei am Strandweg (Reihe)
Floras Küche (Reihe)

Happy-Ever-After-Reihe:
Band 1: Happy Ever After – Wo das Glück zu Hause ist
Band 2: Happy Ever After – Wo dich das Leben anlächelt
Band 3: Happy Ever After – Wo Geschichten neu beginnen
Band 4: Weihnachten in der kleinen Buchhandlung
Band 5: Winterträume in der kleinen Buchhandlung

Unser Versprechen für mehr Nachhaltigkeit
• Klimaneutrales Produkt
• FSC®-zertifiziertes Papier
• Hergestellt in Europa

FSC www.fsc.org
MIX
Papier | Fördert gute Waldnutzung
FSC® C083411

Deutsche Erstausgabe
ISBN 978-3-492-31912-6
1. Auflage Oktober 2023
2. Auflage November 2023

Titel der englischen Originalausgabe: »Midnight at the Christmas Bookshop«, Sphere, an imprint of Little, Brown Book Group, an Hachette UK Company, London 2023

Redaktion: Christine Neumann
Satz: Fotosatz Amann, Memmingen
Gesetzt aus der Dante
Druck und Bindung: CPI Books GmbH, Leck
Printed in the EU

Prolog

Zart fiel der Schnee und sammelte sich vor den Koppelfenstern der kleinen Läden auf Edinburghs Victoria Street, blieb dämpfend auf der Straße liegen und hüllte die Welt mit seiner Sanftheit ein.

Hinter den Scheiben war alles warm und gemütlich; Kerzen brannten, und ein Kaminfeuer flackerte, damit sich die eisigen Finger des Winters nicht ins Innere vorkämpften. Mildes Licht tanzte über die dekorierten Regale, die aus allen Nähten platzten. Darin herrschte ein buntes Durcheinander, Bücher standen in doppelten Reihen und waren sogar noch darauf gestapelt. Sie verhießen eine Flucht aus dem Alltag, Geheimnisse und Abenteuer, Schatzkarten und alte Geschichten von Kohlköpfen, Königen und Piraten, Zeugnisse der Tapferkeit, Welten aus Eis oder Welten, die nur über den Dächern existierten. Hier gab es alles, was man brauchte, um es sich vor dem Feuer gemütlich zu machen wie ein Siebenschläfer in seinem Nest, in eine Decke gekuschelt und …

»SCHNITT!«

Mit finsterer Miene stand Carmen Hogan direkt vor dem Eingang von McCredies Buchhandlung. Die Sonne schien auf sie hinab, und die Schneekanone machte ordentlich Radau.

»Das ist so dämlich«, sagte sie zu ihrer Freundin Idra, die

sich eigentlich nur schwer beeindrucken ließ. Trotzdem war sie heute gekommen, falls sie hier vielleicht irgendwelche großen Filmstars treffen könnte, die zu kleinen, lokalen Streamingproduktionen gewechselt waren.

»Wenn wir zu Weihnachten so dekorieren würden, könnte man ja gar keine Bücher mehr aus den Regalen holen. Und das sind auch nur blöde, staubige falsche Bücher. Was haben die bloß aus meinem Laden gemacht?«

»Das Wichtigste ist doch, dass sie euch bezahlen.«

Carmen schnaubte. »Na, so viel ist das nun auch nicht. Und ich verliere sogar dadurch Geld, dass hier im Moment niemand einen Krimi kaufen kann.«

»Das holt ihr doch an Weihnachten alles wieder rein, wenn die Leute die Buchhandlung aus dem Film sehen wollen.«

»Ja, stimmt«, sagte Carmen und wurde gleich munterer. »So hab ich das noch gar nicht betrachtet.«

Ein paar Besitzer anderer Geschäfte in der Straße – Bronagh aus dem Zauberladen und Bobby aus der Eisenwarenhandlung – waren herübergekommen, um zuzusehen.

»Warum können die das nicht bei mir machen?«, fragte Bobby verzagt. »Das würde mir echt helfen.«

»Na ja«, erklärte Carmen mitfühlend, weil sie Bobby wirklich mochte, »Buchhändlerin zu sein ist echt cool und sexy und romantisch, während ein Typ, der Besen verkauft, tja, einfach nur ein Typ ist, der Besen verkauft.«

»Buchhändlerin zu sein ist echt cool und sexy und romantisch«, schniefte Idra, »solange man kein Problem damit hat, am Hungertuch zu nagen und bei seiner Schwester im Keller zu hausen.«

Das ignorierte Carmen mal.

Doch Bobby sah schon ein bisschen traurig aus.

»Aber wir verkaufen Zaubersachen«, wandte Bronagh ein. »Ist das etwa nicht unglaublich sexy?« Sie schüttelte ihre lange rote Mähne. Bronagh war selbst wirklich sexy, wenn auch ein bisschen unheimlich.

Carmen hatte glänzend schwarzes Haar und ein liebes, rundes Gesicht, allerdings Augenbrauen, die sie oft wütend aussehen ließen. Im Laufe der Jahre hatten Idra und sie mit diesen Augenbrauen schon so manches angestellt, was die Situation nicht verbessert hatte. Beim Gedanken an einige dieser Aktionen (wie zum Beispiel das Hinzufügen von zusätzlichen Härchen) erschauderte Carmen.

»Vielleicht hättest du eher eine Zauberschule eröffnen sollen«, überlegte sie mit Bedauern.

Die Schneekanone gab ihr Bestes, aber der Sommer war dieses Jahr in Schottland einfach fantastisch. Carmen war sich nicht so sicher, ob sich die über die Victoria Street wandelnden Touristen über die unerwartete Hitzewelle wirklich freuten, da sie in das für Edinburgh empfohlene Sommeroutfit gekleidet waren: lange Hose, Fleecepulli und eine wasserdichte Jacke, die sie jetzt über dem Arm trugen. Kleine Kinder schleuderten Wollmützen und Handschuhe weg, mal abgesehen von den Statisten, die wie viktorianische Gassenjungen gekleidet unnatürlich still dasaßen. Ein wenig ungnädig dachte Carmen, dass sie am besten auch ihre elfjährige Nichte Pippa mitgebracht hätte. Die war wirklich gut darin, wie ein kleiner, strenger Geist reglos dazuhocken und angsteinflößend dreinzublicken.

Dann rief sie sich in Erinnerung, dass Pippa ja keine Schuld daran trug, wenn sie selbst mit dreißig immer noch im Keller ihrer Schwester wohnte und wegen all der Kinder im Haus – vier an der Zahl – im Bad ständig auf Gummientchen stieß.

Die Immobilienkrise wirkte ziemlich theoretisch, überlegte sie finster, bis sie einen dann selbst betraf. Da die Mietpreise in Edinburgh nicht einfach nur hoch, sondern auf absurde Weise astronomisch geworden waren, hätte sie genauso gut einen Umzug in den Buckingham Palace erwägen können. Zum Glück schien sich ihre Schwester, Sofia, die im Moment in Elternzeit war, an ihrer Anwesenheit nicht zu sehr zu stören.

Der Regisseur des Films war klein und schmächtig, trug einen langen Pferdeschwanz, eine winzige Brille mit runden Gläsern und war – wie bevorzugt in seiner Branche – ganz in Schwarz gekleidet. Er sah aus, als hätte er sich für eine Karnevalsfeier als Regisseur verkleidet. Carmen fragte sich, ob er wohl viel Geld für Bartpflege ausgab.

Jetzt wurden Schaulustige zurück hinter die Bänder gescheucht, mit denen die Victoria Street abgesperrt war.

Das passte einigen gar nicht, weil sie gern die sich in die Höhe schlängelnde Straße mit ihren wunderschönen bunten Geschäften für Instagram fotografieren wollten. Schließlich wirkte sie wie eine ins echte Leben versetzte Diagonal Alley.

Andere reagierten aufgeregt, weil sie unbedingt den recht abgehalfterten Filmstar sehen wollten, der die Hauptrolle spielte.

Der recht abgehalfterte Filmstar, Lind Stephens, betrat den Set, bekleidet mit einer karierten Hose und einem riesigen Pullover, der unglaublich teuer aussah.

Für alle Fälle streckte Idra die Brust raus.

»Und … Bitte!«

Carmen ertappte sich bei einem Lächeln. Sie konnte nicht anders, irgendwie war es ja schon aufregend. Wenn Weihnachten vor der Tür stand, würde dieser Film auf einem Streaminganbieter gezeigt werden, mit ihrer Buchhandlung! Gut, genau genommen, war es Mr McCredies Buchhandlung. Aber Carmen war sich sicher, dass hier jetzt nicht gedreht würde, wenn sie den Laden nicht unter großer Anstrengung in einen Ort verwandelt hätte, an dem man gern Zeit verbrachte.

Das kleine Geschäft befand sich unterhalb der Burg, in einer der hübschesten Gegenden einer ohnehin wunderschönen Stadt. Dieser Teil der Altstadt schmiegte sich rund um zwei Bereiche – Victoria Street und West Bow –, und zwar ausgehend vom Grassmarket, einer großen offenen Ebene, auf der in früheren Zeiten Märkte stattgefunden hatten, wo sich jetzt aber auch Cafés und Bars drängten und Leute feierten.

Über alldem ragte hoch und unheilvoll die Burg auf. Sie schien wie alle anderen auch überrascht darüber zu sein, dass hier inmitten einer modernen Stadt ein riesiger mittelalterlicher Bergfried auf einem erloschenen Vulkan thronte.

Wenn Carmen gegen Abend dort hinaufschaute, achtete sie immer auf eine Reihe von kleinen erleuchteten Fenstern. Sie wusste, dass da oben weiterhin das Militär stationiert war. Diese Männer hatten heutzutage zwar eine eher zeremonielle Funktion, aber sie waren doch echte Soldaten. Carmen dachte manchmal an die Mitglieder des Bataillons, das dort in seinem Quartier unterhalb der Zugbrücke einen sicheren Rückzugsort hatte. Deren Füße berührten ein Kopfsteinpflaster, über das seit dem 12. Jahrhundert Soldaten marschiert waren. Mit ihren karierten Mützen und wehenden Kilts waren sie außerdem unglaublich sexy, vor allem im Marschschritt. Manchmal kamen sie runter in die Buchhandlung, um einen Jack-Reacher-Roman zu kaufen oder sich in der Frage beraten zu lassen, was sie für die Ehefrau oder Freundin in weiter Ferne auswählen könnten.

Die mit kleinen Geschäften gesäumte Victoria Street verband den Grassmarket mit der West Bow und oben auch mit der Royal Mile. Weil sich die Gebäude an dieser Straße auf mehrere Ebenen verteilten, wusste man manchmal nicht recht, auf welcher Höhe man sich gerade befand. Aber das gehörte in Edinburgh eben mit dazu, einer Stadt, bei der es sich quasi um ein Stein gewordenes Escher-Gemälde handelte.

Die Läden der Victoria Street waren in unterschiedlichen Farben gestrichen, was noch zum Charme des Ganzen beitrug. Neben dem Zauberladen und der Eisenwarenhandlung befand sich hier ein wirklich prächtiges Geschäft mit Tweedbekleidung, betrieben von einem piekfeinen Mann, der auch noch Crawford mit Vornamen hieß.

Und dann gab es da natürlich McCredies Buchhandlung. Die war bereits so gut wie pleite gewesen, als Carmen nach dem Verlust ihrer Stelle in einem Warenhaus letztes Jahr kurz vor Weihnachten hier aufgetaucht war. Obwohl sie den Job zunächst ein wenig widerwillig angenommen hatte, hatte sie sich am Ende doch durchgebissen. Mittlerweile rentierte sich der Laden halbwegs und behauptete sich hier weiterhin, seine Zukunft war jedoch alles andere als gesichert.

Und jetzt verdienten sie sich auf eine etwas andere Art und Weise ein wenig Geld dazu, indem sie das Geschäft vermieteten. Zwar würden sie damit nicht alle verbliebenen Schulden tilgen können, aber es half auf jeden Fall. Leider würde der Film bei seiner Darstellung von Schottland wieder auf genau die Klischees zurückgreifen, die Carmen so hasste.

Der faltige Schauspieler durchschritt mit einem Bimmeln die Tür des Geschäftes. Allerdings hatte irgendjemandem der Ton des üblichen Glöckchens nicht gefallen – weshalb sich ein Crewmitglied mit einem anderen hinter der Tür versteckt hatte und es im passenden Moment ertönen ließ.

Das Drehen von Filmen war ganz schön seltsam, fand Carmen.

»Hi«, sagte der Schauspieler.

»Hallöchen, wie geht's denn so?«, fragte die unglaublich schöne Hauptdarstellerin, Genevieve Burr, die einen kompletten Kilt anhatte und eine Tartanmütze trug. Carmen dachte wieder einmal, dass diese unfassbare Menge an glänzendem langem Haar einfach nicht echt sein konnte. Sie runzelte die Stirn. Und war denen eigentlich klar, dass ihr stark aufgetragener Akzent eher nach Irland klang?

»Na, haben Sie sich in unserem mystischen, magischen Land gut eingelebt?«, fragte Lind. »Ein Kunde von uns ist auf der Suche nach Robert Burns – natürlich der Erstausgabe!«

»Selbstverständlich haben wir da eine! Ich denke, darauf sind sogar noch ein paar Matschspritzer vom Feld zu finden.«

Carmen war wirklich froh, dass sie Mr McCredie empfohlen hatte, nicht zum Zuschauen herunterzukommen.

»Hätten Sie vielleicht gern ein Gläschen Whisky, während Sie warten?« Sie deutete auf eine volle Flasche, in der sich ganz offensichtlich schwacher schwarzer Tee befand.

»Natürlich, sehr gern.«

Idra und Carmen schauten einander an und verzogen das Gesicht.

Ein wenig später entfernte sich Carmen ein Stück, um ihre Schwester Sofia anzurufen, die gerade im Urlaub war.

»Du hättest wirklich mitkommen sollen!«, sagte Sofia.

»Nein, das wäre nicht gegangen, die Filmcrew ist doch hier.«

»Ah, stimmt. Wie läuft es denn?«

»Die Buchhändlerin hat gerade den Gutsherrn gefragt, ob er mit ihr zusammen das Monster von Loch Ness besuchen will. Den See kann man offenbar von Edinburgh aus fußläufig erreichen.«

»Ah, wie schön, eine Doku«, murmelte Sofia. »Ich fand es fast besser, als sie immer nur Filme darüber gemacht haben, wie in Edinburgh alle an Heroinüberdosis sterben.«

»Außerdem hasse ich die Centerlands.«

»Was soll das heißen?«, fragte Sofia. »Wie kann man denn die Centerlands hassen?« Mit dem Fuß machte sie leise die Tür zu, damit Carmen die Diskussion zwischen Federico und ihrer Achtjährigen, Phoebe, nicht weiter mitbekam.

Phoebe fand es offenbar fies und bescheuert, dass man sie zu Tennisstunden verdonnerte, denn es gewann ja doch immer nur ihre drei Jahre ältere Schwester, Pippa.

Pippa machte die Sache nicht besser, weil sie wiederholt unterstrich, dass sie, genau wie Andy Murrays Bruder, nur deshalb so gnadenlos spielte, damit Phoebe besser werden würde. Also täte sie ihrer Schwester nur einen Gefallen.

Dann tauchte das nächste Problem auf. Carmen hörte das Geschrei von Baby Eric. Er hatte normalerweise ein sonniges Gemüt, da ihm ständig die allgemeine Aufmerksamkeit galt. Jetzt bereiteten sie sich wohl gerade auf eine Radtour vor, er war aber so quengelig, dass er gleich bestimmt nicht in den Fahrradsitz wollte.

Als Sofia genau diese Befürchtung äußerte, knurrte Carmen: »Das ist doch sowieso alles bloß Getue: Blablabla, guckt euch nur unsere tolle Familie an, die hier auf Rädern unterwegs ist und Bäume bewundert.«

»Aha?«, entgegnete Sofia. »Ich verstehe nicht recht, was daran falsch sein soll.«

»Daran ist alles falsch! Wie seid ihr denn da hingekommen?«

»Gefahren, weißt du doch.«

»Ihr seid da mit einem dicken, fetten Auto hingefahren, und alle anderen auch! Und jetzt heißt es: Ooh, seht nur, wie wir hier durch den Wald radeln, ist das nicht schön? Ja, aber bloß für euch, weil ihr für diesen Urlaub eine Trillion Pfund bezahlt, während sich arme Leute auf normalen Straßen zwischen Abgasen abstrampeln müssen.«

»Eine Trillion Pfund nun wirklich nicht!«, protestierte Sofia.

Dabei hatte Carmen nicht ganz unrecht – mit einer sechsköpfigen Familie mitten in den Sommerferien Urlaub zu machen kostete tatsächlich etwa eine Trillion.

»Und ihr seid bestimmt von zig anderen selbstgefälligen Familien wie euch umgeben.«

»Das stimmt überhaupt nicht!«

»Wie viele Jungen, die Hugo heißen, habt ihr da bis jetzt getroffen? Sicher an die neunzig, oder?«

»Carmen, worum geht es dir eigentlich?«

Darauf wusste Carmen selbst keine Antwort. Das hier am Drehort war ja alles nicht echt – trotzdem waren beim Anblick von Weihnachtsdekoration, Schnee und Schals bei ihr viele Erinnerungen an das letzte Weihnachtsfest zurückgekehrt.

Teil 1

Kapitel 1

JANUAR

Carmens Plan war von Anfang an eine schlechte Idee gewesen.

Und die Schuld für alles Spoons zu geben wäre wirklich nicht fair. Ganz unschuldig daran war er allerdings auch nicht, würde Carmen später jedes Mal denken, wenn sie sich deshalb elend fühlte.

Oke. Oke, Oke, Oke, dessen Name wie »Okay« ausgesprochen wurde, war zum ersten Mal kurz vor Weihnachten in der Buchhandlung aufgetaucht. Er war ein viel zu dünn angezogener Postdoktorand mit nur wenig Geld und riesigen grünen Augen, ein Dendrologe oder Baumforscher, der selbst ein bisschen wie ein Baum aussah.

Er stammte aus Brasilien und war Quäker – was bedeutete, dass er das Weihnachtsfest nicht feierte. Dass sich Carmen Hals über Kopf in ihn verliebt hatte, lag zum Teil wohl daran, dass er so anders war als alle, die sie sonst kannte. Und das beruhte auf Gegenseitigkeit, weil beide für den anderen unergründlich und geheimnisvoll waren.

Als Oke eigentlich nach Brasilien hatte zurückkehren sollen, war er ihretwegen geblieben, was Carmen überglücklich gemacht hatte.

Aber dann waren die Probleme losgegangen.

Die Uni war davon begeistert gewesen, dass Oke blieb, und hatte ihm wieder seine alte Unterkunft im wunderschönen Mylnes Court zur Verfügung gestellt, sodass er nach ein paar Tagen als Untermieter von Mr McCredie dorthin zurückkehren konnte. Mylnes Court war ein sechsstöckiges Gebäude oben auf The Mound, von dem aus man eine uneingeschränkte, beeindruckende Aussicht über die Stadt hinweg hatte. Das Gebäude stammte aus dem Jahr 1690 und war selbst für heutige Verhältnisse groß. Carmen konnte sich kaum vorstellen, wie es damals auf die Menschen gewirkt haben musste, zu einer Zeit, in der die meisten sich eine niedrige Holzhütte mit ihrem Vieh geteilt hatten. Und das auch nur, wenn sie Glück hatten. Beim Anblick so eines Hauses mussten sie ja gedacht haben, sie seien in New York.

Carmen war begeistert gewesen, dass Oke dort wieder einziehen konnte. Sie hatte das Gebäude von der New-College-Seite her oft durchquert – was möglich war, weil eine der vielen Treppen Edinburghs mitten hindurchführte. Und jetzt würde sie es endlich von innen sehen!

Oke griff nach ihrer behandschuhten Hand, holte einen absurd riesigen Schlüssel hervor und führte sie die Treppe zur mit Nieten versehenen Haupttür aus Metall hinauf, dann einen Flur entlang, vorbei an einem altmodischen Gebetsraum mit langen Holzbänken.

Für Carmen, die nie zur Uni gegangen war, sah das alles unglaublich romantisch aus.

Sie stiegen hoch in den zweiten Stock. Zimmer 205 ging nach vorne raus, sodass Oke, wie Carmen überlegt hatte, wohl über die ganze Stadt hinwegblicken konnte. Dieser Glückspilz!

Er klopfte behutsam an, bevor er das Zimmer betrat.

»Mein Mitbewohner«, sagte er zu Carmen, die erwartungsvoll nickte. Sie erhoffte sich von Okes Zimmergenossen, dass er sie augenblicklich ins Herz schließen und sich natürlich regelmäßig verziehen würde, damit Oke und sie sturmfreie Bude hatten.

Die Tür wurde weit aufgerissen.

»Okes!«, erklang eine fröhliche Stimme, und ein bärtiger Mann, der klein und breit war – also das völlige Gegenteil von Oke –, schlang Oke die Arme um die schmale Taille.

»Du hast doch gesagt, dass du für immer gehst, Alter! Ich dachte, die würden mir dann einen Botaniker oder so schicken! Igitt!«

»Ich bin ja gewissermaßen ein Botaniker!«, sagte Oke. »Und du hasst doch alle.«

Spoons zuckte mit den Achseln.

»Ich hasse die auch«, sagte Carmen. »Hi, ich bin übrigens Carmen.«

Spoons starrte sie an und schaute dann zu Oke hoch.

»Sie ist echt okay«, murmelte Oke.

»Wie jetzt, habt ihr etwa eine Abmachung, dass niemand Frauen mit aufs Zimmer bringen darf?« Carmen schaute von einem zum anderen.

»Nicht direkt eine Abmachung«, antwortete Spoons. »Es ist eher … ein ungeschriebenes Gesetz.«

Sie warf einen Blick in den Raum, der quadratisch und ziemlich aufgeheizt war und in dem ein seltsamer Geruch in der Luft lag, der gar nicht zu Oke passte. Auf dem Fußboden waren überall Bücher und Papiere verstreut.

Oke, der ziemlich penibel war, runzelte die Stirn. »Spoons!«

»Ja, sorry, das räum ich gleich weg. Hier ist alles ganz klar unterteilt«, wandte sich Spoons an Carmen. »Normalerweise.«

Oke schob seinen Koffer ins Zimmer, der die meisten seiner Besitztümer auf dieser Welt zu enthalten schien.

»Du hast hier aber keine Lebendexemplare, oder?«

»Äh«, machte Spoons, »nein. Also, eigentlich nicht.« Er hätte kaum schuldbewusster aussehen können.

»Spoons! Diese Unterhaltung hatten wir doch schon mal! Das arme Ding könnte überall stecken!«

»Ich weiß«, murmelte Spoons.

»Aufgewühlt und verängstigt!«

»Schon klar.«

»An Weihnachten!«

»Sie weiß mit Sicherheit nicht, dass Weihnachten ist.«

»Wer bitte ist ›sie‹?«, fragte Carmen.

Spoons und Oke wechselten Blicke.

»Ich bin Herpetologe«, sagte Spoons. Als er noch die Erklärung »Ein Spezialist für Schlangen« hinzufügte, wandelte sich Carmens Gesichtsausdruck schnell von verwirrt zu entsetzt.

Spoons verließ das Zimmer so gut wie nie, und Carmen hatte aus offensichtlichen Gründen auch nicht groß Lust, dorthin zurückzukehren. Sie wollte da wirklich nicht zur Toilette gehen müssen.

Und natürlich konnte Oke auch nicht bei ihr übernachten. Zum einen war Sofia vierundzwanzig Stunden am Tag mit dem Baby da, zum anderen konnte Carmen die Vorstellung nicht ertragen, Oke hinter dem Rücken der Kinder ins Haus zu schleusen. Ein Hotel konnten sie sich auch nicht leisten, erst recht nicht in Edinburgh, die Buchhandlung kam nicht infrage, und draußen herrschten zwei Grad unter null.

Aber das war ja noch nicht alles: Oke schien all das überhaupt nicht zu stören, nicht im Geringsten.

Während des kalten, eisigen Januars, dem normalerweise

dunkelsten und traurigsten Monat des Jahres, schlenderten sie stundenlang mit einer heißen Schokolade in der Hand Arm in Arm durch die Stadt, lernten einander besser kennen, lachten und quatschten, ohne dass ihnen je der Gesprächsstoff ausging. Sie lernten mehr über die Welt des anderen, die ihnen so fremd und seltsam vorkam.

Es war eine wundervolle Zeit, mal abgesehen von einem Aspekt: Oke schien es überhaupt nicht eilig mit dem Sex zu haben. Und das trieb Carmen in den Wahnsinn.

Oke hatte sich alles lange durch den Kopf gehen lassen. Einer Frau wie Carmen war er noch nie begegnet. Natürlich hatte er schon Freundinnen gehabt, aber das hier war einfach ganz anders. Und dadurch wurden die Dinge kompliziert. Sie war Schottin, keine Quäkerin, und sprach kein einziges Wort Portugiesisch. Allein der Gedanke würde seine Mutter auf die Palme bringen. (In dieser Hinsicht war Oke weder der erste noch der letzte Mann, der die Aufgeschlossenheit seiner Mutter unterschätzen würde.)

Darüber hinaus hatte er ihr auch nichts zu bieten: Er war ja im Prinzip noch Student, wenngleich er selbst nebenbei Vorlesungen abhielt. Seine früheren Beziehungen waren für gewöhnlich sehr leidenschaftlich gewesen – als großer und gut aussehender, zugleich sanfter Typ, hatte er oft eine gewisse Art von Frauen angezogen, die das ewige Gelaber leid waren. Aber es hatte sich immer um kurzzeitige Affären ohne Tiefgang gehandelt, da er nicht an einer längerfristigen Bindung interessiert gewesen war. Für Akademiker lag eine sichere Zukunft – eine feste Stelle, durch die sie an einem Ort sesshaft werden konnten – meist in unerreichbarer Ferne.

Mit Carmen war alles anders, nur wusste er leider nicht,

wie er ihr sagen sollte, dass sie etwas Besseres verdiente ... Oke war selbst ein wenig überwältigt von der Richtung, in die sich seine Gefühle entwickelten. Er hätte nie gedacht, dass er sich so in eine Frau wie Carmen verlieben würde, die kulturell und von ihrer Persönlichkeit her ganz anders war, als er sich seine Zukünftige einst ausgemalt hatte. Und die Zeit, der Ort – das passte alles einfach nicht.

In einer Hinsicht hatte er jedoch gar keine Zweifel: Er würde ihr größten Respekt entgegenbringen, sie wie eine Königin behandeln. Sie wollte bestimmt noch warten, davon war er überzeugt. Und so konnte er ihr seine Wertschätzung zeigen, ihr beweisen, dass das hier etwas Echtes war, was sie sich gemeinsam aufbauten, Stein für Stein, Tag für Tag. Seine Taten würden ihr vermitteln, wie sehr er sie schätzte.

»Er findet mich fett und abstoßend«, stöhnte Carmen.

Idra, die mittlerweile zu einem besser bezahlten Job hier in Edinburgh gewechselt war, lauschte ihren Klagen geduldig. Sie hatte jetzt mehr Zeit, weil in dem Restaurant, das sie managte, nicht mehr so viele Weihnachtsessen stattfanden. Allerdings hätte sie das Carmen am liebsten verschwiegen, da die nicht aufhörte, sich über ihren einfach umwerfenden Freund zu beklagen.

Und Carmen hörte ja auch geduldig zu, wenn Idra von ihren eigenen Männergeschichten erzählte. Dabei ging es vor allem um Anwälte, die ständig ins Restaurant kamen, um mit ihr zu flirten, durch das gute Essen dort ordentlich zulegten und dann verschwanden, um einem Radsportclub beizutreten oder mit Freiwasserschwimmen anzufangen.

Trotzdem war Carmens Gejammer über Oke ziemlich nervig, da er offensichtlich ein super Typ war, ebenso groß wie klug. Das war ja, als würde man über zu lange Wimpern klagen oder sich fragen, warum die eigenen Brüste eigentlich so straff und wohlgeformt sein mussten.

»Ach, deshalb ist er nicht zurück nach Brasilien gegangen – weil du ihn so anwiderst?«

»Aber dann verstehe ich ihn einfach nicht«, sagte Carmen. »Ich selbst will ihn einfach nur besteigen wie einen Baum. Ist das denn zu viel verlangt? Es kommt mir so vor, als hätte mir da jemand ein Weihnachtsgeschenk überreicht, das ich nicht auspacken darf.«

»Du hast gesagt, dass er fromm ist, oder?«

»Er wurde in eine Glaubensgemeinschaft hineingeboren, so wie du und ich auch. Das ist nicht dasselbe.«

Idra zuckte mit den Achseln. »Okay, aber es ist schon eine andere Religion.«

»Also, ich meine, er ist kein praktizierender Quäker. Er geht ja nicht einmal zum Versammlungshaus.« Sie runzelte die Stirn. »Okay, manchmal doch – aber nur, weil er sich da beim Hilfsprogramm für Obdachlose engagiert.«

Idra verdrehte die Augen. »Ja, ja, wie Arschlöcher das eben so machen.«

»Aber er ist jetzt nicht megagläubig oder so«, fuhr Carmen unbeirrt fort.

»Lügt er?«

»Nein«, antwortete Carmen traurig.

»Und was sagt er, wenn du ihn fragst, warum er dich nicht bumsen will?«

»Bumsen? Wo sind wir denn hier, im Jahr 1996?«

Wieder rollte Idra mit den Augen. »Ja, klar, das größte Problem ist hier mein veraltetes Vokabular.«

»Okay, also, ich hab ihn nicht gefragt«, musste Carmen zugeben.

»Wieso nicht?«

»Weil er nicht lügen darf!«, sagte Carmen und trat in den Schneematsch, durch den sie sich den Weg bahnten. »Was mache ich denn, wenn er sagt: ›Du bist zu fett!‹ oder ›So sehr mag ich dich dann doch nicht!‹ oder ›Ich hab einen seltsamen Fetisch, auf den ich dich nach und nach vorbereite‹ oder ›Ich bin wegen meiner Religion in Bezug auf Sex echt verkorkst‹ oder ›Ich bin ein Kind der Generation Internetporno, daher kommt echte zwischenmenschliche Intimität für mich nicht infrage‹?«

Idra und sie starrten einander entsetzt an.

»Glaubst du etwa ...?«

»Sag es nicht!«, bat Carmen.

»Aber ich meine ... wenn er noch Jungfrau ist?«

Carmen schloss die Augen. »Na, dann behaupte ich einfach, bei mir wäre es genauso. Er wird den Unterschied ja nicht merken.«

Idra presste sich eine Hand gegen die Augen. »O Gott, klär das doch, bitte, deine Frustration treibt mich nämlich in den Wahnsinn. Könntest du seinen Zimmergenossen nicht bestechen?«

»Wohl eher nicht«, murmelte Carmen. »Außer vielleicht, wenn du irgendwo noch eine Königskobra herumliegen hast, die du nicht mehr brauchst.«

Aber es änderte sich einfach nichts. Sie unternahmen lange Spaziergänge, hielten Händchen und küssten sich. Zu mehr kam es nicht, obwohl sie doch über einfach alles sprachen. Carmen kam sich vor wie eine Dame aus der Zeit Eduards VII., die uralte Straßen entlangschlenderte und sich von Zeit zu Zeit hastig nach ihrer Anstandsdame umsah, vor der sie sich versteckte.

Oke hingegen genoss es wirklich, eine Frau endlich einmal richtig kennenzulernen, nicht ständig daran zu denken, dass die Sache unangemessen oder nur vorübergehend war, dass es dabei bloß um Sex ging. Alles fühlte sich für ihn ganz neu an, und er gab sein Bestes, um sich Zeit zu lassen. Tief in seinem Inneren konnte er spüren, wie wichtig diese Beziehung war, und er wollte sie auf keinen Fall durch einen falschen Schritt aufs Spiel setzen.

Eines Abends schlenderten Carmen und er wieder einmal durch die Stadt, in der heute die ganze Weihnachtsdekoration abgenommen worden war. Das war immer ein trauriger Tag, weil er allen in Erinnerung rief, wie lange es noch dauern würde, bis endlich der Frühling kam. An Ereignissen, auf die man sich freuen konnte, stand in nächster Zeit nur die Burns Night an.

Auf The Mound kamen Carmen und Oke an der National Gallery vorbei, vor der eine Bühne aufgebaut war. Einen Monat lang war hier wunderbar festliche Musik zum Vortrag gebracht worden, Chorkinder hatten *Gaudete* geträllert, Gemeindegruppen hatten jazzige Versionen von *I believe in Santa Claus* mit dazu passenden synchronen Handbewegungen gesungen.

Jetzt war der ganze Weihnachtszauber vorbei, und die Straßen waren wie leer gefegt, weil sich die Leute wegen des Neujahrstrübsinns lieber nach Hause verzogen. Als ein paar junge Männer mit Trommeln und anderen Instrumenten die Bühne erklommen und über den leeren Platz hinwegblickten, taten sie Carmen ganz schön leid.

»Hey!«, entfuhr es da Oke.

Carmen schaute ihn an. »Was denn?«

»Das sind doch Brasilianer. Offensichtlich«, sagte er, lächelte und schüttelte über ihre Verblüffung den Kopf. Er ging zur Gruppe hinüber und tauschte mit ihnen ein paar freundliche Worte.

»Ooh«, machte Carmen. »Und, was wird das?«

Auch das war offensichtlich. Als wollten die Männer die Erinnerungen an die Weihnachtsmusik vertreiben, die noch in der Luft hing, den Frost des kalten Winters wegblasen, begann nun einer von ihnen, auf der Trommel einen unwiderstehlichen Rhythmus zu schlagen. Dann hoben ein paar Bläser ihre Instrumente an die Lippen und stimmten eine Sambamelodie an, die zum Tanzen einlud.

Strahlend schaute Oke zur Bühne hinauf, während er den Fuß im Takt bewegte.

Carmen beobachtete ihn und erfreute sich an seiner Begeisterung. »Ich hätte nicht gedacht, dass Quäker tanzen dürfen«, flüsterte sie.

»Na ja«, erklärte Oke, »ich bin zwar Quäker, aber vor allem auch Brasilianer, oder?«

Und dann packte dieser zurückhaltendste aller Männer sie plötzlich und zog sie an sich heran. Geschmeidig bewegte er die Hüfte und die langen Glieder und wirbelte sie in einem Affenzahn herum. Das alles sah bei ihm ganz mühelos aus.

»Oh!«, keuchte Carmen positiv überrascht auf. Sie konnte überhaupt nicht tanzen, ließ sich aber von ihm packen, ließ sich aufregend nah an ihn heranziehen und spürte seine Bewegungen.

Sie bemerkte zwar, dass hier und da Gassigänger unterwegs waren und zu ihnen herüberschauten. Aber das störte sie nicht im Geringsten, wie ihr klar wurde. Es war so ein glücklicher, überschwänglicher Moment, und sie hätte noch ewig mit Oke auf dem grauen Pflaster weitertanzen können.

Als der Tanz zu Ende war, hätten sie beide leuchtend rote Wangen und waren ganz außer Atem. Carmen brach in lautes Gelächter aus und weigerte sich, sich von Oke zu lösen. Jetzt musste es doch sicher passieren, dachte sie. Niemand konnte sich mit solchem Selbstbewusstsein bewegen, so eine Stärke ausstrahlen, eine Frau so dicht an sich heranziehen und sich dann dem Unausweichlichen widersetzen.

Strahlend schaute sie zu Oke hoch und wartete auf einen Kuss. Aber er drückte sie nur einmal fest an sich und presste ihr die Lippen aufs Haar – bevor er zu den Mitgliedern der Band hinüberging, um mit ihnen über Politik zu sprechen.

Später fragte er nicht einmal, warum sie eigentlich so gereizt wirkte.

FEBRUAR

Im Februar meldete sich eine Produktionsfirma bei McCredies Buchhandlung, machte den Laden als Drehort klar und wollte zur allgemeinen Begeisterung Genevieve Burr für ein bisschen »Arbeitserfahrung« vorbeischicken, damit sie in ihrer Rolle als Buchhändlerin später glaubwürdig wirken würde.

»Ein Filmstar zu sein ist bestimmt furchtbar traurig«, sagte die elf Jahre alte Pippa eines Morgens voller Überzeugung beim Frühstück.

Carmen schnaubte. »Es ist mit Sicherheit einfacher, als in einem Geschäft zu arbeiten«, sagte sie. »In einem Geschäft, das gestern ganze einundvierzig Pfund und neununddreißig Pence eingenommen hat. Grauenhaft.«

»Aber bei ihrer Arbeit gibt es ja ganz viel Objektifizierung«, schniefte Pippa.

»Was heißt das?«, fragte Phoebe.

»Damit ist gemeint, dass Leute andere Leute wie einen Gegenstand sehen«, erklärte Pippa.

»Oh«, sagte Phoebe. »Kann ich dann ein Sessel sein?«

»Ha, ha, ha!«, machte Pippa laut. »Nein, nicht so!«

»Das ist eine tolle Idee«, wandte Carmen rasch ein. »Ich wäre gern ein weicher, bequemer Sessel.«

In dem Oke es sich gemütlich macht, dachte sie, sagte es aber nicht. So langsam wurde die Sache lächerlich. Nachts träumte sie von ihm, aber tagsüber passierte dann nichts.

»Toll, dass das mit dem Dreh geklappt hat«, bemerkte Sofia vorsichtig. »Durch diese Leute kommt mal richtig Geld rein.«

Sie hatte mit Federico in letzter Zeit öfter darüber gesprochen, wie lange ihre Schwester eigentlich noch bei ihnen wohnen würde: Ursprünglich waren nur zwei Monate geplant gewesen, weil sie einen Job für die Weihnachtszeit angenommen hatte, aber jetzt war sie immer noch da.

»Ich fände es auch gar nicht so schlimm«, hatte Federico gesagt. »Allerdings futtert sie uns ständig die Chips weg und wird das womöglich für den Rest unseres Lebens tun.«

»Ich weiß, ich weiß«, seufzte Sofia. »Aber sie kommt so gut mit den Kindern aus.«

»Wenn sie nicht gerade Chips futtert. Und dabei überall Krümel hinterlässt.«

»Pscht!«, mahnte Sofia.

»Und dann das!«, rief Federico. »Warum soll ich in meinem eigenen Haus leise reden? In einem Haus, in dem sieben Personen wohnen, und bald acht, wenn du zurück zur Arbeit musst und wir ein Kindermädchen brauchen.«

Sofia nickte. »Ich weiß, ich weiß.«

»Soll ich mal mit ihr sprechen?«, fragte Federico, der mit seiner temperamentvollen Schwägerin immer gut klargekommen war.

»Nein«, sagte Sofia. »Das mach ich schon. Wenn es von dir kommt, hält sie es womöglich für einen Witz.«

»Das ist nun wirklich kein Witz«, murmelte Federico vor sich hin. »Ich finde einfach, man sollte in seinen eigenen vier Wänden auch ein paar Chips abbekommen.«

»Ich will die Figur so glaubwürdig wie möglich verkörpern«, versicherte Genevieve Carmen atemlos.

Carmen hätte beinahe vorgeschlagen, dass sie es mal damit versuchen sollte, sich beim Staubputzen zwischen den Stapeln hinten unnötig schmutzig zu machen, sich von fünfzehn Leuten anzuhören, dass sie Bücher im Internet schneller bekommen könnten, neun Touristen den Weg zur Burg zu erklären, die doch direkt über ihnen lag, und im Laufe des Vormittags nur ganze 4,59 £ einzunehmen.

Stattdessen setzte sie lediglich ein angespanntes Lächeln auf. Aber auch sie war beeindruckt, konnte sich Genevieves bestrickender Schönheit nicht widersetzen. Die Haut der Schauspielerin wirkte wie retuschiert, das Haar glänzte, das Weiß von Augen und Zähnen leuchtete. Sie war so hinreißend, dass es beinahe absurd war, als würden Carmen und sie unterschiedlichen Spezies angehören.

Und es war lustig, die Leute zu beobachten, die in die Buchhandlung kamen.

Bobby schaute herein, um sich darüber auszuheulen, dass er mit billig gemachten Eimern aus Übersee übers Ohr gehauen worden war. Da er während der ersten Hälfte seiner

Jammertour auf seine Schuhe starrte, fiel ihm erst mittendrin auf, dass die Brünette hinter der Theke gar nicht Carmen war. Er glotzte sie an, begann zu stottern und wäre beinahe über die eigenen Füße gestolpert.

Bei den meisten Männern, die an diesem Morgen hereinkamen, war es nicht viel besser. Sie schluckten heftig, blieben an Regalen hängen und brachten keine einzige Frage über die Lippen. Als Antwort auf Genevieves fröhliches »Guten Morgen allerseits!« gelang ihnen höchstens ein schwaches Lächeln und heftiges Erröten.

Immerhin riss sich der eine oder andere am Ende genug zusammen, um tatsächlich etwas zu kaufen. Dabei kannte Carmen so einige von ihnen, die oft zum Stöbern und Zeittotschlagen hereinschauten und selten etwas mitnahmen.

»Schön, dass Sie sich entschieden haben«, sagte Carmen zu Fisch-Jimmy, der nie etwas kaufte, als er ein kleines, billiges Buch über Würmer auf die Theke legte und dann begann, qualvoll langsam sein Kleingeld zu zählen.

»*Sie* bedient mich«, knurrte Jimmy und ignorierte Carmen völlig, um sich in Genevieves riesigen dunklen Augen mit endlos langen Bambiwimpern zu verlieren.

»Wie nett«, sagte Genevieve lächelnd und gab ihm das Wechselgeld falsch heraus.

»Da fehlt noch was!«, mischte sich Carmen ein.

»Das macht doch nichts«, sagte Jimmy. »Sie sind eine ganz wundervolle Verkäuferin.«

»Oh, DANKE!«, strahlte Genevieve, in deren weit aufgerissenen Augen echte Dankbarkeit stand.

»Nein, ist sie nicht!«, hätte Carmen beinahe gebrüllt.

Und dann bat auch noch der fünfte Kunde darum, dass Genevieve ihm etwas von einem hohen Regalbrett herunterholte.

»Genevieve, auf keinen Fall! Der will nur Ihren Hintern auf der Leiter sehen!«

»Gar nicht!«, protestierte der alte Armeekapitän, der sich an diesem Anblick von ungewöhnlicher Grazie erfreute.

»Welches Buch genau möchten Sie denn?«, fragte Carmen und verschränkte die Arme vor der Brust.

»Äh – das da«, sagte der alte Soldat und deutete leichtsinnig auf das höchste, das er entdecken konnte.

»Fantastisch!«, rief Carmen aus, als Genevieve es heruntergebracht hatte. Sie hielt es an nur einem Buchdeckel fest, was Carmen in den Wahnsinn trieb.

Es war ein Herbarium, ein viktorianisches Gartenjahrbuch mit ganzseitigen Farbillustrationen, in wunderbarem Zustand (wenn Genevieve es jetzt nicht beschädigt hatte) und daher äußerst wertvoll.

»Dann gehen Sie mal kassieren, Genevieve!«

»Äh, ehrlich gesagt, bin ich mir nicht mehr so sicher«, sagte der Militär, als er den Preis sah.

»O nein«, hauchte Carmen, »wollen Sie Genevieve etwa ihren ersten Tag ruinieren?«

Wie aufs Stichwort riss Genevieve die enormen braunen Augen nur noch weiter auf, bis man darin versinken konnte, und fixierte den Captain traurig.

»Es ist einfach … so wunderschön«, sagte sie mit ihrer süßen Honigstimme.

Der Captain sah sie an. »Schön«, murmelte er. »Ja, wirklich schön.«

Dann reichte er ihr seine Karte, die Genevieve ratlos musterte, bis Carmen unauffällig eingriff und sie über das Lesegerät zog.

Bronagh erschien gegen elf Uhr. »Heute erfüllt diesen Laden aber ein ungewöhnlicher Glanz.«

»Ich weiß!«, rief Carmen aus, die darüber sowohl deprimiert als auch begeistert war. »Hier klingelt ordentlich die Kasse.«

»In einer Buchhandlung zu arbeiten ist wirklich cool«, schwärmte Genevieve, während sie erneut ein Buch abkassierte, das sich der männliche Kunde nicht einmal genauer angesehen hatte.

Das würde wohl seit Weihnachten der umsatzstärkste Tag werden.

Bronagh musterte die Schauspielerin und sagte auf ihre übliche gruselige Manier: »Auf Ihren Wangen glitzert Feenstaub.«

»Sie meint, dass Sie Make-up tragen«, fügte Carmen erklärend hinzu.

Genevieve berührte ihr Gesicht. »Ja, und es ist auch nur ein kleines bisschen unterspritzt«, sagte sie. »Mal abgesehen vom Üblichen: Vampirlifting, Botox, Fadenlifting, Laser-Resurfacing, Transfusionen, Verblendungen und Stirnlifting. Also nichts Invasives. Ich setze doch auf natürliche Schönheit.«

Bronagh nickte, als fühlte sie sich durch diese Informationen nur bestätigt.

»So würde ich niemals leben wollen«, sagte Idra am nächsten Tag am Telefon zu Carmen. »Stell dir bloß vor, was das alles kostet und wie weh das tun muss! Nur, um den ganzen Tag von Siebzigjährigen angebaggert zu werden.«

»Ich WEISS!«, sagte Carmen, die wieder hinter der Kasse stand. »Danke, du Feministin. Feministin mit Sex-Appeal!«

»Genau«, sagte Idra.

»Und ich meine ja nur. Sie war wirklich die übelste Aushilfe aller Zeiten. Einen der Kunden hat sie gefragt, wie man Dickens schreibt. Schlimmer noch, der sabbernde Typ war so durch den Wind, dass er es mit einfachem K buchstabiert hat und sie dann eine halbe Stunde mit Suchen beschäftigt waren.«

»Hm«, machte Idra.

»Allerdings hat sie ihm dann eine Gesamtausgabe verkauft«, fuhr Carmen fort, »so schlecht ist es also nicht gelaufen. Bronagh hat schon recht: Schönheit ist wie Magie.«

»Für die sie aber viel Geld hinblättern und Schmerz ertragen musste«, sagte Idra wieder. »Wie die kleine Meerjungfrau.«

»Wenn sie bei uns arbeiten würde, wären all unsere Probleme auf einen Schlag gelöst. Und das macht mich einfach wahnsinnig.«

»Könntest du sie nicht einstellen? Ich dachte, Schauspieler wären ständig arbeitslos und pleite.«

»Sie nicht«, murmelte Carmen bedauernd und schloss die Kasse. »Außerdem war sie auch nur für einen Tag hier, damit niemand heimlich Fotos schießt und auf Instagram veröffentlicht.«

»Was ich natürlich nicht getan habe«, murmelte Idra. »Was denn?«

»O nein!«, rief Carmen.

Die enttäuschten Männer, die in den nächsten Tagen durch den Laden tigerten, kauften leider nicht ein einziges Buch.

Carmen war allerdings hoch motiviert und fing an, ein bisschen mehr Make-up zu tragen. Womöglich war das ja das Problem, vielleicht musste sie einfach, wie ihre Mutter es ausdrücken würde, »mehr aus sich machen«.

In der Woche darauf kam ein junger Mann in den Laden und erklärte schüchtern, er hätte Interesse an jeder Art von Büchern über Schlangen.

Carmen war nicht sicher, ob sie überhaupt welche dahatten, Mr McCredie riss jedoch begeistert die Augen auf, holte die Stirnlampe hervor, die er bei seinen Erkundungen hinten zwischen den Stapeln trug, und verschwand einen Moment hinter dem Vorhang. Dann kehrte er mit Buch um Buch über Krankheiten, Symbolik, Klassifizierung und medizinische Verwendung von Schlangen zurück.

»Ich fasse es nicht!«, murmelte Carmen, während sie nach *Wie man eine Netzpython präpariert* griff. »Wo kommen die denn her?«

»Aus dem Schlangenraum«, sagte Mr McCredie ohne weitere Erklärungen und verschwand wieder, um noch einen Stapel zu holen, während der junge Mann die Bücher mit leuchtenden Augen durchguckte.

Als Carmen erfuhr, dass er im Zoo arbeitete, machte sie ihm einen Vorschlag: Wenn er ihren Kumpel Spoons für eine private Führung hinter die Kulissen mitnehmen würde, würde sie ihm einen ordentlichen Rabatt einräumen.

Ja, daran war er äußerst interessiert.

Damit waren die ersten Weichen gestellt.

An einem eiskalten Nachmittag schickte eine unglaublich aufgeregte Carmen Spoons seines Weges. Als er endlich das Feld geräumt hatte, versprühte sie Parfüm im Zimmer und schlüpfte hastig in einen Body, für den sie sich nach ewigem Abwägen entschieden hatte. Er war schwarz und seidig, aber nicht zu sexy und hatte keine angsteinflößenden Riemen. Und natürlich war der Slipteil auch kein Tanga. Sie war ja nicht verrückt! Carmen hatte sich extra die Beine rasiert und die Nägel lackiert, ihre Haare waren frisch gewaschen und das Gesicht geschminkt. Sofia hatte sie nicht erzählt, was sie vorhatte. Die war sowieso mit dem Baby beschäftigt und würde kaum bemerken, ob Carmen nach Hause käme oder nicht.

Am liebsten hätte sie die Nase im Kissen vergraben, weil das Bett so unwiderstehlich nach Oke roch. Stattdessen versuchte sie, darauf eine verführerische Pose einzunehmen. Ihr Herz raste vor Aufregung, aber egal, irgendjemand musste schließlich die Initiative ergreifen. Sie griff nach der Rose, die sie gekauft hatte, und schob sie sich zwischen die Zähne, gab es aber schnell auf, weil das nicht nur wehtat, sondern auch lächerlich wirkte.

Jedes Mal, wenn sich Schritte näherten, erstarrte Carmen. Auch auf jedes vermeintliche kleine Geräusch im Zimmer achtete sie mit gespitzten Ohren. Leider war es nicht sehr sexy, auf das große Foto einer sich zum Angriff aufrichtenden Kobra zu gucken.

Als endlich Okes letzte Vorlesung für heute gelaufen war, wie Carmen natürlich genau wusste, hörte sie auf der Treppe Schritte, die sie erkannte. O mein Gott, da war er! Auf dem Bett suchte sie nach der passenden Haltung, richtete sich aus liegender zu sitzender auf, spreizte die Beine, schob sie dann doch zur Seite und überprüfte rasch, dass ihr auch keine Wimperntusche unter den Augen klebte.

Als schließlich der Schlüssel im Schloss umgedreht wurde, saß sie im Schneidersitz da, was natürlich lächerlich war, daher zog sie die Beine schnell unter den Po.

»Hey, Spoons!«, ertönte die vertraute liebliche Stimme mit dem Anflug eines zauberhaften brasilianischen Akzents.

»Aha!«, brachte Carmen hervor und saß jetzt kerzengerade da.

Oke erstarrte. »Was hast du mit Spoons gemacht?«

»Ich glaube, den hat irgendetwas gefressen«, antwortete

Carmen mit bebender Stimme. »Aber das ist okay, es wird ewig dauern, bis er verdaut ist.« Sie schob das Kinn vor. »Und ich hab mir gedacht, dass … dass wir so etwas Zeit für uns allein haben.«

Über Okes schönes Gesicht huschte Verwirrung, als er langsam näher trat. Carmen hob die Hand und bot ihm die Rose dar.

»Alles Gute zum Valentinstag«, sagte sie. Natürlich wusste sie, dass er solche Feste nicht feierte, aber es war wenigstens ein Anknüpfungspunkt.

»Ich …« Oke wirkte verdattert. Er setzte sich neben Carmen, legte den Arm um sie und küsste sie – auf die Wange. »Ist dir nicht kalt?«

»Nein … Ja«, hauchte Carmen, in der langsam Panik aufstieg. Sie wandte sich ihm zu und versuchte, diesen Kuss in mehr zu verwandeln.

Aber die Berührung von Okes Lippen blieb sanft, und er löste sich dann sofort von ihr. »Carmen …«

Als sie zu ihm aufschaute, sah er sie mit liebevollem, aber mitleidigem Blick an.

Gedemütigt krabbelte sie von ihm weg und wickelte sich hastig in die Bettdecke.

»Ja, dir muss wirklich kalt sein.«

»Was stimmt denn mit dir nicht?«, keuchte Carmen. »Was … warum möchtest du nicht … ich meine, was ist das mit uns bloß? Willst du etwa keinen Sex mit mir?«

Oke runzelte die Stirn. »Hier? Mit dir?«

Was er damit meinte, war: In meiner schrecklichen Studentenbude? Mit so einer wunderbaren Frau wie dir?

Aber so klang das für Carmen nicht, überhaupt nicht.

»Wo auch immer!«, entfuhr es Carmen. Jetzt stiegen Tränen der Wut in ihr auf. »Ich hab dir doch alle Möglichkeiten geboten, aber du willst nicht, rührst mich nicht einmal an!« Sie blickte auf den albernen Polyesterbody, den sie so niedlich gefunden hatte. »Mein Gott. Wenn ich dich nicht anturne, dann sag es doch einfach. Falls du schwul bist oder asexuell oder so, dann wäre das okay. Oder wenn … Was weiß ich, wenn du in Wirklichkeit auf jemand anders stehst. Mehr mögliche Gründe fallen mir einfach nicht ein. Aber so kann ich nicht weitermachen, das ist doch grotesk.«

Einerseits war Oke völlig überrumpelt, andererseits führte dieser Schock auch zu einer Erkenntnis. Zu einer Erkenntnis, die doch schon lange in seinem Inneren reifte. Eigentlich hatte er es längst gewusst: Er wollte Carmen mehr als alles andere. Tatsächlich war er aus tiefstem Herzen in diese wütende kleine Person in seinem Bett verliebt. Und das machte ihm solche Angst, dass er nicht wusste, wie er es ihr sagen oder was er jetzt tun sollte.

Schließlich hatten für Oke sein Leben lang Mäßigung und Zurückhaltung an oberster Stelle gestanden. Man hatte ihn dazu erzogen, in jeder Situation seine Emotionen unter Kontrolle zu haben. Das war sein Credo, seine Überzeugung: jeden Tag bewusst und achtsam zu erleben und dabei unnötige Gefühlsausbrüche zu vermeiden.

Aber jetzt war diese Frau in sein Leben getreten und hatte ihn völlig umgehauen. Seine bisherige Existenz hatte ihn darauf in keinster Weise vorbereitet, und da saß Carmen nun mit rotem Gesicht, heftig schnaufend und so unfassbar sexy, dass ihm all die aufsteigenden Gefühle mit einem Mal zu viel wurden.

Und dann begriff er plötzlich noch etwas: dass sie stinkwütend auf ihn war.

»Carmen, ich … natürlich finde ich dich unglaublich attraktiv«, sagte er.

Sie schob die Unterlippe vor.

Er trat etwas näher an sie heran. Vielleicht war das hier ja nur ein Aufeinanderprallen zweier unterschiedlicher Kulturen, und er würde das wieder hinbiegen können ... Oke wollte so gern alles wieder in Ordnung bringen. »Aber ich finde ... vielleicht hätten wir vorher schon einmal darüber reden sollen. Ich dachte ...«

Als er nach ihren kalten Händen griff, sah sie ihm nicht einmal in die Augen.

»Ich dachte, dass es dir gefällt, wenn wir zusammen spazieren gehen und uns erst einmal kennenlernen.«

»Schon, tut es ja auch«, murmelte sie mit leuchtend roten Wagen.

»Carmen, Sex ... ist wirklich toll, etwas ganz Wunderbares.«

»Etwas von Gott Gesandtes?«, fragte Carmen sarkastisch.

Oke blieb jedoch todernst, weil er ihr so gern die Intensität seiner Gefühle vermitteln wollte. »Wenn es einen Gott gibt, dann ja, auf jeden Fall. Und selbst, wenn es ihn nicht gibt, sehe ich es trotzdem als etwas Heiliges zwischen zwei Menschen an. Mehr als einfach nur zwei Körper, etwas, was man zu zweit erschafft, das eine Bedeutung hat. So etwas sollte man nicht überstürzen oder auf die leichte Schulter nehmen. Ja, für mich ist Sex heilig.«

Jetzt fühlte sich Carmen nur noch furchtbarer. Verletzt und atemlos starrte sie ihn an, während er fassungslos und entsetzt zurückstarrte.

»Also bin ich nichts weiter als eine notgeile Schlampe?«, würgte sie hervor.

»Nein ... nein ... natürlich nicht!«, stammelte Oke.

»Die sich in dein Bett geschlichen hat«, fügte sie mit bitterer Stimme hinzu.

Oke versuchte sich an einem Lächeln. »Ach, vielleicht können wir ja irgendwann mal darüber lachen.« Ihm wurde augenblicklich klar, dass er genau das Falsche gesagt hatte.

»Ja, echt witzig«, knurrte Carmen und sprang auf. »Meine völlig verzweifelte Freundin hat mich um Sex angefleht, und ich hab Nein gesagt!« Hastig versuchte sie, sich wieder anzuziehen. Bei der Strumpfhose wurde die Situation so würdelos, dass sie es beinahe aufgab.

»Carmen!«, flehte Oke, der plötzlich von fürchterlicher Angst gepackt wurde.

Aber Carmen war viel zu wütend, um ihm zuzuhören. »Weißt du, so was bringen Männer oft«, murmelte sie. »›Oh, es liegt nicht an dir, sondern an mir. Ich versuche ja nur, dir Respekt entgegenzubringen.‹ In Wirklichkeit bedeutet das: ›Ich will mir alle Möglichkeiten offenhalten‹ oder ›Ich warte noch auf ein besseres Angebot‹.«

»So ist das doch gar nicht!«, rief Oke gekränkt aus. »Überhaupt nicht.«

Aber Carmen war richtig in Fahrt. »Ja, alle Männer. Mal im Ernst, wenn ich dich in sexy Unterwäsche und mit einer Rose im Hintern nicht interessiere, dann interessiere ich dich eben einfach nicht.«

»Das stimmt nicht«, protestierte Oke kläglich.

»Ach, nicht? Dann geh mal schön beten, um dir deine Keuschheit zu bewahren!«, schleuderte Carmen ihm zum Abschied noch entgegen, bevor sie hinausmarschierte und die Tür so laut zuknallte, dass irgendwo in den Rohren etwas zu rascheln begann.

Gibt es etwas Schlimmeres, als sich selbst beim Begehen eines üblen Fehlers zu ertappen, aber einfach nicht zu wissen, wie man noch die Kurve kriegen soll? Sich dessen bewusst zu sein, dass man die Situation nur verschlimmern wird, egal, was man tut, und dass man an allem ganz allein schuld ist – da man sich selbst dort reingeritten hat und niemand sonst?

So erging es Carmen.

Ah, Oke wusste allerdings auch, dass er es verbockt hatte.

Und es kam eher nicht überraschend, dass Spoons in dieser Situation keine große Hilfe war. Er schlug lediglich eine Ringelnatter als Wiedergutmachungsgeschenk vor, was Oke, der beim Thema Schenken wenig Erfahrung hatte, sogar kurz in Erwägung zog.

Am Ende versuchte er stattdessen einfach, Carmen anzurufen, und hoffte für das Gespräch auf eine Eingebung. Wenn er ihr doch nur vermitteln könnte, was er empfand. Wenn sie ihm bloß zuhören würde!

Nur fühlte Carmen sich leider unerträglich erniedrigt, ging deshalb nicht ran und ignorierte ihn schlicht.

Das konnte Oke einfach nicht begreifen. Diese Frau war ihm schließlich so wichtig, und er versuchte hier, das Richtige zu tun, indem er sich unermüdlich bei ihr meldete.

Carmen plante, ihm fünf Tage lang die kalte Schulter zu zeigen, wonach sie sich hoffentlich nicht mehr in Grund und Boden schämen würde.

Aber Oke war eben ein Gentleman. Nach dem dritten Tag kam er daher zu dem Schluss, dass sich Carmen von ihm belästigt fühlte, und gab es schweren Herzens auf. Er hatte es versucht und war gescheitert. Natürlich würde er eine Frau, die an ihm kein Interesse mehr hatte, nicht länger bedrängen.

Carmen sah die Funkstille allerdings als Beweis dafür,

dass sie mit ihren Befürchtungen die ganze Zeit recht gehabt hatte.

Und am ersten März bekam Oke dann eine Einladung.

MÄRZ

An diesem Tag, an dem Carmen in der Buchhandlung arbeitete, ließ der Frühling leider immer noch auf sich warten.

Mrs O'Reagan schaute herein, eine wirklich nette Kundin, die hier jede Menge Geld ausgab und deshalb immer willkommen war. Auch wenn sie mal wieder ausführlich darüber diskutieren wollte, welches Buch von Dickens sie eigentlich noch nicht gelesen hatte.

Nervig war daran vor allem, dass Carmen es genau wusste, es war nämlich *Unser gemeinsamer Freund*.

Das glaubte Mrs O'Reagan aber nicht. Sie beharrte darauf, dass sie diesen Roman schon gelesen habe und dass es vielmehr die Geschichte vom Geist eines Bahnwärters sei.

Am Ende verkaufte Carmen ihr zum wiederholten Mal *Der Bahnwärter*, in diesem Fall in der Form einer wunderschönen, seltenen Einzelausgabe. Einerseits hatte Carmen zwar ein schlechtes Gewissen, andererseits war sie auch zufrieden, weil es sich ja um eine schöne Geschichte und ein tolles Buch handelte.

Mr McCredie wirkte ein wenig abwesend, als sie ihm davon erzählte, aber er war ja ohnehin meistens zerstreut.

Dann erschien auf dem Display von ihrem Handy plötzlich Okes Nummer.

»Na endlich!«, rief sie aus. In ihrer Begeisterung vergaß sie völlig, dass sie ja eigentlich verletzt und eingeschnappt sein sollte. Natürlich war sie das, aber sie war auch großmütig gestimmt und bereit, Oke zu vergeben. Schließlich fehlte er ihr immens.

»Ja?«, meldete sie sich so steif, wie sie es denn hinbekam.

»Ist das gerade ein schlechter Zeitpunkt?«

»Es ist Dienstagvormittag, und ich arbeite in einer unabhängigen Buchhandlung.«

»Hm?«

»Nein, ist schon okay«, sagte Carmen. Und dann ein wenig sanfter: »Hallo, Oke.«

»Hey«, sagte er zögerlich. Durch ihre Stimme war ihm noch klarer geworden, wie sehr sie ihm gefehlt hatte. Aber sie hatte ihre Gefühle ihm gegenüber deutlich zum Ausdruck gebracht, und das würde er natürlich respektieren. Trotzdem war er ihr das hier schuldig. »Also …«, begann er verlegen.

»Ich bin auch komplett angezogen«, sagte Carmen hastig.

Es sollte eigentlich ein Witz sein, klang allerdings eher verwirrend.

Einer der stöbernden Kunden warf ihr einen raschen Blick zu und fragte sich wohl, ob sie normalerweise mit freiem Unterkörper hinter der Kasse stand.

»Äh, gut«, sagte Oke gemächlich wie immer. »Okay, ich dachte, ich sollte dir Bescheid sagen. Ich hab nämlich ein Stipendium für eine Forschungsreise bekommen.«

Carmen wurde das Herz ganz schwer. Sie war voller Vorfreude ans Telefon gegangen und hatte auf den Vorschlag gehofft, vielleicht gemeinsam ins Kino zu gehen oder so. Sie hatte geglaubt, er würde darum bitten, dass sie die ganze Sache vergaßen und sich wieder versöhnten.

»Wohin?«, fragte sie mit einem Kloß im Hals.

»Es geht um Exemplare der Coccoloba gigantifolia«, erklärte Oke. Er versuchte ja, nicht begeistert zu klingen, aber das war einfach eine große Sache.

Das begriff auch die immer beklommenere Carmen sofort.

»Das sind … na ja, wirklich seltene Bäume mit zweieinhalb Meter langen Blättern! Ich nehme an einer Expedition teil, die vor Ort Tests durchführen wird, einfach unglaublich!«

»Aber wo stehen diese Bäume denn?«

»Im Regenwald. In Brasilien.«

»Und wie lange wirst du weg sein?«

»Sechs Monate.«

Als Sofia vorhin Carmens Gesichtsausdruck gesehen hatte, hatte sie – wie im Laufe der letzten Woche jeden Tag – wieder einmal beschlossen, ihre Rückeroberung des Zimmers im Souterrain durch ihre Neubeginn-an-Neujahr-Strategie heute besser nicht in Angriff zu nehmen. Aber sie war ja noch ewig in Elternzeit, irgendwann würde sie sich schon darum kümmern. Eigentlich war es für Sofia äußerst untypisch, Dinge so vor sich herzuschieben. Das passte ihr gar nicht. Schlimmer war allerdings, was für große Sorgen sie sich um Carmen machte.

Die zeigte sich bei Problemen ja oft launisch und knurrig. Es fiel ihr nicht leicht, über Dinge zu reden – so war sie eben.

Aber Sofia hatte ihre Schwester noch nie elend und todunglücklich erlebt, wie von der Dampfwalze geplättet. Sie lag auf dem Sofa und war so blass, dass ihre schwarzen Haare gefärbt wirkten.

»Wird das hier eine von diesen Szenen, in denen man auf den letzten Drücker zum Flughafen rast?«, fragte Sofia.

Carmen schüttelte den Kopf.

Jemand war laut geworden, genauer gesagt Carmen, und es war herumgebrüllt worden. Sie hatte Oke als Person beschimpft und seine Religion verflucht, hatte ihn einen Feigling genannt, weil er einfach die Flucht ergriff. Es war furchtbar gewesen, wirklich furchtbar.

Oke war ruhig geblieben und hatte sich höflich ihr Gegeifer angehört. Am Ende hatte er sich ganz förmlich verabschiedet und aufgelegt. Seitdem wollte sich Carmen beim Anblick eines Telefons am liebsten selbst den Kopf abreißen, um der gellenden Qual ein Ende zu machen.

Natürlich konnte sie all das ihrer Schwester nicht erzählen. Sofia gegenüber wollte sie schließlich nicht zugeben, dass sie sich wie eine Rasende aufgeführt hatte. Deshalb tat sie ihr Bestes, um es wie eine gemeinsame Entscheidung hinzustellen. Dabei wusste sie tief im Inneren, dass sie wohl nie wieder von Oke hören würde, und dieses Bewusstsein war das Schlimmste, was sie je empfunden hatte.

»Nein, nein. Ich meine, das ist ihm wirklich wichtig. Er war begeistert, weil es ein total renommiertes Stipendium ist, das schwer zu kriegen ist, und er so auch seine Familie sehen kann. Diese Möglichkeit ist so fantastisch, dass er selbst dann schlecht hätte ablehnen können, wenn wir noch zusammen wären.«

»Könntest du ihn nicht begleiten?«, fragte Sofia. Damit griff sie nach dem letzten Strohhalm.

»Klar, schottische Buchhändlerinnen sind bei unglaublich renommierten Forschungsreisen mitten im Regenwald ja supernützlich«, schnaubte Carmen. »Und ich hatte mir für dieses Jahr auch ganz fest vorgenommen, sechs Monate in einem nassen Zelt zu schlafen und Leuten dabei zuzusehen, wie sie Bäume inspizieren und von Krokodilen verschlungen werden. Mal ganz abgesehen davon ... wir sind ja nicht mehr zusammen. Wenn nicht sowieso Schluss gewesen wäre, dann jetzt auf jeden Fall.«

Darüber zu sprechen tat so furchtbar weh, dass Carmen in Tränen ausbrach. Aber in diesem Moment kehrte Federico mit den laut rufenden Kindern von einer Feier zurück, deshalb versuchte sie verzweifelt, ihr Schluchzen zu unterdrücken. Als schließlich alle Jacken aufgehängt waren und die Kinder zu ihr hereinkamen, waren sie allerdings ganz still. Carmen begriff, dass ihre Eltern ihnen die Sache wohl erklärt haben mussten.

Irgendwann trat Phoebe einen Schritt vor und setzte sich neben Carmen aufs Sofa. »Das mit Oke tut mir leid«, sagte sie. »Aber ich hab eine Partytüte für dich.«

Carmen blinzelte und rieb sich heftig über die Augen.

»Sorry, meine Sachen hab ich auf der Feier schon aufgegessen«, gab Jack zu. »Aber du kannst mein Jo-Jo haben. Das ist kaputt.«

»Es ist nicht kaputt, Jack«, wandte Federico ein. »Aber man braucht eben ein bisschen Geduld, um zu lernen, wie man Jo-Jo spielt.«

»Ich bin ein toller Jo-Jo-Spieler«, behauptete Jack unbeirrt. »Echt richtig gut. Aber das hier ist kaputt.«

Mit leicht gerunzelter Stirn wühlte Phoebe in ihrer Partytüte herum. Offensichtlich hatte sie ihre Tante nur aufmuntern wollen, ohne ihr Angebot wirklich ernst gemeint zu haben.

»Ich kann gern die Veilchenbonbons nehmen, wenn da welche drin sind«, schlug Carmen vor. »Oder vielleicht Lakritz.«

»Es sind lauter leckere Sachen von Haribo«, flüsterte Phoebe.

Sofia runzelte die Stirn. »Wirklich? Da hätte ich von den Hills aber mehr erwartet. Na ja.«

Pippa trat einen Schritt vor und reichte Carmen ihren Beutel. »Echt jetzt, Süßigkeiten sind doch für Babys«, sagte sie. »Wisst ihr, es ist nie früh genug, um sich um seine Gesichtspflege Gedanken zu machen. Und Zucker ist ganz schlecht für die Haut.«

OKTOBER

Sechs Monate später war Carmen endlich so weit, dass sie sich beim Gedanken an Oke nicht länger zu einem Ball zusammenrollen und vor Schmerzen schreien wollte.

Wenn sie nicht gerade arbeitete, verbrachte sie trotzdem einen Großteil ihrer Zeit mit blasser Miene auf dem Sofa beim Durchwühlen von Partytüten. Und leider gab es in diesem Haus nicht nur viele Partytüten, darüber hinaus sollte Pippa in Bezug auf die negativen Auswirkungen von Zucker für die Haut recht behalten.

Die Filmleute waren mehrmals in die Buchhandlung gekommen, heute war aber definitiv ihr letzter Tag gewesen. Darüber war Carmen ein wenig traurig – sie hatte eigentlich gehofft, Genevieve Burr würde ihre neue beste Freundin werden, aber so sah es wohl nicht aus.

Im Sommer hatten die Filmleute und das Festival den Laden halbwegs über Wasser gehalten, mit dem Wechsel der Jahreszeit kam aber jeden Tag weniger rein. Und es wurde ja alles teurer: Miete, Heizung, generell die Lebenshaltungskosten ... Über das Thema Miete wollte Carmen eigentlich nicht nachdenken. Ursprünglich hatte sie mal gehofft, schnell bei Sofia ausziehen zu können, aber eine bezahlbare Unterkunft rückte in immer weitere Ferne. Und Sofia schien ihre Anwesenheit ja nicht zu stören, oder? Manchmal kommentierte sie, dass sich Carmen bestimmt darauf freute, bald nicht mehr Erics dicken Hintern über den Küchenfußboden krabbeln sehen zu müssen. Tatsächlich gehörte es aber zu den wenigen Dingen, die Carmen jeden Tag aufs Neue aufheiterten. Und das waren ja nur beiläufige Bemerkungen, oder?

Hm, auch abgesehen davon, hatte sie schon eine ellenlange Liste von Dingen, über die sie sich den Kopf zerbrechen musste.

Letzte Woche hatte die Buchhandlung an einem Tag zum Beispiel 3,99 £ minus gemacht, weil jemand ein Buch im Internet günstiger gefunden und deshalb zurückgebracht hatte.

Und dann hatte sie auch noch entdeckt, dass eine Frau namens Mary, die mit Oke zusammen auf der Expedition war, auf Instagram Bilder von den tollen Tagen im Dschungel und Selfies von ihrem blöden hübschen Gesicht postete, auf denen Carmen manchmal ein kleines Stück von Okes Schulter zu entdecken meinte. Einmal war ein Foto von der ganzen Gruppe dabei gewesen. Es handelte sich um lauter attraktive, fitte junge Leute aus aller Herren Länder, die einfach nur toll und glücklich aussahen. Das kam ein bisschen so rüber, als wollte jemand Reklame dafür machen, schlau und umwerfend zu sein. Die Aufnahme hatte sich Carmen wie ein Messer ins Herz gebohrt.

Dass Sofia immer mal wieder das Ende ihrer Elternzeit und Vorstellungsgespräche mit Kindermädchen erwähnte, drang kaum durch Carmens Panzer der Traurigkeit.

»Es heißt doch, dass man für jedes gemeinsame Jahr einen Monat trauert und nicht sechs Monate wegen sechs Wochen«, sagte Idra. Mitgefühl zeigte sie inzwischen keins mehr, weil sie mittlerweile nur noch genervt war. Dafür nutzte sie beim Wein ausgiebig ihren Mitarbeiterrabatt.

»Er hat sich aus dem Staub gemacht, weil er mich für ein Flittchen gehalten hat.«

»Du bist doch kein Flittchen«, tröstete Idra sie. »Tatsächlich hattest du ja seit Ewigkeiten keinen Sex mehr.«

»Und das macht es nur noch schlimmer«, fand Carmen. »Er sieht mich womöglich wie eine Flittchen-Jungfrau, wie eine, die sich allen an den Hals wirft, mit der aber keiner ins Bett will.«

»Ich gehe gern mit dir ins Bett«, sagte einer der Kellner im Vorbeigehen.

»Das lässt du schön bleiben«, wies Idra ihn zurecht. Sie führte das Restaurant mit so eiserner Hand, dass Carmen langsam Angst bekam, ihre Freundin würde zu Mrs Marsh mutieren, ihrer Furcht einflößenden Ex-Chefin.

»Du hast doch gesagt, dass bei uns der Kunde König ist und alles bekommt, was er will.«

»Filzläuse stehen hier aber nicht auf der Karte«, sagte Idra warnend.

Der Kellner zuckte nur mit den Achseln und schob sich mit aufreizendem Hüftschwung an einen reinen Frauentisch heran, um zu fragen, ob er seine riesige Pfeffermühle rausholen sollte. Alle waren absolut dafür.

»Sorry«, sagte Idra zu Carmen.

»Ach, das macht doch nichts«, entgegnete Carmen und schaute dem gut aussehenden Kellner ein wenig sehnsüchtig hinterher. »O Gott, Idra, es ist wirklich furchtbar. Ich bin so …« Sie senkte die Stimme. »Ich bin so einsam. Und Sofia muss bald wieder arbeiten, daher kann ich mich nicht länger bei ihr ausheulen.«

»Sicher wird sie immer gern auf die fröhliche Zeit zurückblicken, die sie während ihrer Elternzeit mit dir zusammen verbracht hat«, sagte Idra so tröstlich, wie sie es denn hinbekam. Dann kniff sie die Augen zusammen. »Heißt das eigentlich, dass sie bald ein neues Kindermädchen einstellen wird?«

»Ja«, antwortete Carmen und rutschte unbehaglich hin und her.

»Na, dann ist es wirklich lieb von ihr, dass sie dich weiter bei sich wohnen lässt«, sagte Idra. »Da hat sie ja ganz schön viele Leute unter ihrem Dach.«

»Hm«, machte Carmen verunsichert und schenkte Wein nach. Ihr war schon aufgefallen, dass es bei allen im Leben voranging, nur bei ihr nicht. In der Buchhandlung lief es wie immer, aber sie hatte die Liebe ihres Lebens verloren, und so einen Mann schien es kein zweites Mal zu geben.

Und jetzt würde sich Sofia mit Bewerberinnen für den Job als Kindermädchen treffen, wodurch es auch zu Hause Veränderungen geben würde. Im Souterrain lagen zwei Schlafzimmer und nur ein Bad. Es würde zwar ein bisschen nervig sein, dachte Carmen, aber damit würde sie schon klarkommen.

Am Samstagmorgen dröhnte Carmen ganz schön der Schädel. Zum Glück hatte Mr McCredie angeboten, die Buchhandlung heute aufzumachen. Aber sie hatte das Gefühl, dass sie zumindest über zusätzliche Strategien nachdenken sollte, um das Geschäft weiter anzukurbeln. Vielleicht sollte sie eine Website erstellen oder noch mehr Vorlesestunden für Kinder anbieten. Doch der Liebeskummer hatte sie jeglicher Energie beraubt, und deshalb war es im Laden zurzeit so ruhig, dass sie wirklich nicht beide gleichzeitig dort zu sein brauchten. Diese Tatsache war ziemlich entmutigend.

Es munterte Carmen auch nicht gerade auf, dass Sofia jetzt wieder regelmäßig ein professionelles Kostüm trug, einen Stapel Lebensläufe vor sich hertrug und den Blickkontakt mit ihr vermied. Das neue Lied der Kinder half ebenso wenig.

»Vier Kinder sind einfach zu viele«, seufzte Carmen daher wieder einmal.

Die Mädchen standen am oberen Ende der Treppe und schmetterten laut ein Lied, das sie sich ausgedacht hatten, und das so ging: »Mann-o-Mann! Wir wollen einen Mann!«

Jack wuselte auf der Suche nach seinen Fußballschuhen herum, und Baby Eric krähte auf dem Arm seiner Mutter gut gelaunt herum. Er war wirklich eine Frohnatur, aber alles andere als leise. Wenigstens weckte er nachts nicht das ganze Haus mit Weinen auf, sondern brabbelte lieber vor sich hin.

Phoebe und Pippa brachten dem Baby eher unbeständig Aufmerksamkeit entgegen: Mal stritten sie darüber, wer von ihnen Eric am meisten liebte, mal malten sie ihn mit Lippenstift an, und dann wiederum ignorierten sie ihn völlig.

Jack beäugte ihn gern argwöhnisch und dachte daran zurück, dass man ihm eigentlich einen zweiten Jungen in der Familie zum gemeinsamen Spielen versprochen hatte. Aber das dicke kleine Ding ließ sich ganz schön Zeit.

Zum Teil deshalb war Jack durchaus dazu bereit, die Forderungen seiner Schwestern nach einem männlichen Babysitter zu unterstützen. (Sie hatten mal einen in einer amerikanischen Sitcom gesehen und sofort gefunden, dass so jemand ein unglückliches Au-pair-Mädchen mit Heimweh absolut toppen würde.) Wenn er dadurch jemanden im Haus haben würde, der gelegentlich mit ihm Fußball spielen und an Fernsehabenden seinen Wunsch nach *Star Wars* unterstützen würde, dann war Jack für diese Idee auf jeden Fall zu haben.

Sofia hatte ursprünglich mal gehofft, ihre Kinder in einem geschlechtsneutralen Umfeld großzuziehen. Als sie Jack eine Puppe gekauft hatte, hatte der sie allerdings als Kanonenfutter benutzt, und Pippa hatte ihr Rennauto abends liebevoll mit den Worten ins Bett gesteckt: »Gute Nacht, Autochen, schlaf gut und träum nicht von bösen Lkw.« Danach hatte Sofia es weitestgehend aufgegeben.

Sie hatte im Laufe der Zeit viele Idealvorstellungen über das Elterndasein aufgeben müssen, dachte sie manchmal. In ihrer Fantasie hatten sich ihre Kinder weitaus öfter still mit Holzspielzeug beschäftigt, vor einem Schachbrett gesessen oder vor dem Kamin gelesen.

Zu alldem war Pippa, ihre Älteste, die sich gern nach Kräften bei ihren Lehrern einschmeichelte, ja auch bereit. Aber nur, wenn sie dabei, wie in einem Polizeistaat, geheime Befehle zischen und angesichts jeglicher Aufmüpfigkeit in den Rängen petzen durfte.

Sofia fand die Idee jedenfalls nicht schlecht, die Geschlechterrollen im Haus ein bisschen aufzumischen.

Jack wollte eigentlich nur den ganzen Tag mit seinen Freunden draußen sein und wünschte sich nichts sehnlicher, als in einer Siedlung zu wohnen, wo er einen Ball über Mauern kicken und mit anderen über gemeinschaftlich genutzte Grünflächen rennen könnte.

Allein die Vorstellung sorgte bei Sofia für Entsetzen. Tatsächlich machte sie sich etwas vor, wenn sie darauf beharrte, wirklich kein Snob zu sein. Aber es war ihr so eine Genugtuung gewesen, dass sie nach einer Kindheit in einer Wohnsiedlung in einer Stadt an der schottischen Westküste jetzt ein makellos restauriertes Eigenheim im Schickimickiviertel West End in Edinburgh besaß.

Vor ihrem Haus aus grauem Stein führten Stufen zur Haustür hinauf. Die beiden Fenster im Erdgeschoss waren mit Streben in je zwölf kleine Scheiben unterteilt, und auch ihr Schlafzimmer, das den kompletten ersten Stock einnahm, hatte zwei Fenster nach vorne hinaus. Im zweiten Stock befanden sich die Kinderzimmer.

Dann gab es da noch das Souterrain, in dem sich ursprünglich die Dienstbotenunterkünfte befunden hatten. Aus einem Teil davon hatten sie einen großen Mehrzweckraum gemacht, in dem sie jede Menge Gerümpel und Kram aufbewahrten, damit der Rest des Hauses immer so perfekt wie aus einer Wohnzeitschrift aussah. Übrig waren noch zwei zellenartige Schlafzimmer mit Gittern vor den Fenstern. In einem dieser Räume hauste weiterhin ihre ein wenig nervige jüngere Schwester, die letzten Oktober ja geplant nur für zwei Monate gekommen war. Irgendwie war sie aber immer noch da.

»Theoretisch müsstet du gar nicht wieder arbeiten«, sagte Carmen, während Sofia mal wieder Lebensläufe studierte. »Oder? Federico verdient schließlich ein Vermögen. Du könntest eine von diesen Edinburgher Damen werden, die sich auf wohltätige Arbeit konzentrieren und insgeheim Hexen sind.«

Sofia runzelte die Stirn. »Was sagst du da?«

»Ach, nichts.«

Bronagh aus dem Zauberladen hatte die Theorie, dass

die ganzen perfekt gestylten reichen arbeitenden Edinburgher Frauen mit wohlerzogenen Kindern de facto Hexen waren, weil man das alles sonst nicht schaffen würde.

»Na ja, ich hab ein abgeschlossenes Jurastudium und werde mein Leben nun wirklich nicht damit vergeuden …«

»Was denn, damit, Mutter von vier Kindern zu sein?«

»So war das doch nicht gemeint«, sagte Sofia. Aber sie war sich dabei nur zu sehr bewusst, dass sie hier gleichzeitig Lebensläufe studierte, Lunchpakete fertig machte und sich an dem komplizierten Balanceakt versuchte, die Feriencamps der Kinder im nächsten Sommer aufeinander abzustimmen, während Carmen auf dem Sofa lümmelte und ein Klatschmagazin las. Eben hatte sie laut darüber spekuliert, ob die Kardashians aus der Nähe betrachtet wohl wie seltsame Außerirdische wirken oder nur noch besser aussehen würden. Dazu hatte sie erst unbedingt Sofias Meinung hören wollen, dann aber im gleichen Atemzug gefragt, ob sie eigentlich fett wurde und wohl für immer allein bleiben würde.

»Ich meine ja nur …«, sagte Carmen jetzt und schaute hinüber. Ihre Schwester sah toll aus, schlank und straff, mit glänzendem, kraftvollem Haar, wie immer. Sofia fliegt einfach alles zu, dachte Carmen, auch wie immer: ein prächtiges Haus, eine fantastisches Arbeit, vier Kinder und ein toller Ehemann.

Sofia biss sich auf die Lippe. Sie wollte nur ungern zugeben, was ihr wirklich Sorgen bereitete: Wenn sie nicht schnell wieder mit dem Arbeiten anfing, würde sie sich später zig Bemerkungen von den fünfundzwanzigjährigen Grünschnäbeln bei ihr in der Kanzlei anhören müssen, zum Beispiel: »Können Sie eigentlich mit gutem Gewissen im Viertelstundentakt abrechnen, wenn Sie dabei auf einen

Anruf vom Kinderarzt warten?« oder »Wie viele Kinder haben Sie noch mal? Das muss ziemlich anstrengend sein, oder?«.

Sofia strebte einen Posten als Partnerin an. Dafür musste sie in der konservativen Kanzlei, in der sie arbeitete, quasi so tun, als hätte sie kein kleines Kind. Aus diesem Grund hatte sie Eric noch nicht einmal ins Büro mitgenommen, um ihn dort vorzustellen. Und das, obwohl ihr Jüngster mit seiner hellen Haut und den dunklen Augen, der alle Menschen mit fröhlichem Glucksen begrüßte, doch das wunderbarste Baby aller Zeiten war. Davon war sie wirklich überzeugt.

Wie Carmen gern wenig schmeichelhaft betonte, war Sofia zum Teil auch deshalb so dünn, weil sie sich so einen Stress machte, um alles am Laufen zu halten, während Federico viel arbeitete und aufgrund seines Jobs im Finanzwesen oft unterwegs war.

Na ja, jetzt standen jedenfalls erst einmal Vorstellungsgespräche mit Betreuern für die Kinder an, wovor Sofia absolut graute. Zum einen deshalb, weil es mit dem letzten Kindermädchen, der von grünen Säften und Yoga besessenen Skylar, nicht so gut gelaufen war. Zum anderen, weil durch die Immobilienkrise inzwischen viele junge Leute an einem Job mit Kost und Logis interessiert waren und es Sofia selbst bei völlig unqualifizierten Bewerbern das Herz brach, ihnen einen Absage zu erteilen.

Schließlich hatte sie ihre Auswahl auf fünf Bewerber eingegrenzt. Um Jack vom Fußball abzuholen und Spaghetti bolognese zu kochen, waren sie alle furchtbar überqualifiziert. Es handelte sich um vier Frauen und einen jungen Mann, was die Mädchen mit Begeisterung zur Kenntnis genommen hatten.

Sofia hatte die Lebensläufe Carmen gemailt, die immerhin einen kurzen Blick darauf geworfen hatte.

»Also, was hältst du von den Kandidaten?«, fragte Sofia.

»Ein Haufen oller Streber«, verkündete Carmen. »›Zielorientiertes Lernen‹ dieses und ›Ernährungsbewusstsein‹ jenes.« Sie schnaubte. »Die müssen doch bloß aufpassen, dass keiner vor ein Auto läuft.«

»Klar«, sagte Sofia, die sich nur mit Mühe zusammenreißen konnte, »mehr ist am Elterndasein ja nicht dran.«

»Bei dem Mann, ist da ein Foto auf dem Lebenslauf?«

»Nein«, sagte Sofia. »Und denk nicht mal dran! Vielleicht lassen wir das mit dem männlichen Babysitter besser.« Sie schielte zu ihrer Schwester hinüber. »Mal was ganz anderes – hast du immer noch nichts von Oke gehört?«

Carmen biss sich auf die Lippe und senkte den Blick.

»Weißt du, ich denke ja weiterhin, dass ihr euch wieder versöhnen könntet. Wirklich schade, dass du diese Psycho-Sexbombennummer abziehen musstest.«

»Ich war doch keine Psycho-Sexbombe, sondern nur eine ganz normale Sexbombe.«

Was das anging, war Sofia ja skeptisch. »Ich möchte eher ungern dich und einen attraktiven jungen Mann hier gemeinsam unter einem Dach haben. Du musst unbedingt wieder da raus, statt auf dem Sofa herumzuliegen und dadurch immer …«

»Dadurch immer was?«

»Ach, nichts«, sagte Sofia und biss sich auf die Zunge.

Carmen sprang auf, weil sie ein bisschen guten Willen zeigen wollte. »Soll ich Abendessen … pff, Abendbrot machen? Diese neue Mode mit ›Abendessen‹ mache ich nicht mit, das ist doch albern.«

»Nein«, sagte Sofia.

Sie erinnerten sich beide nur zu gut an das fürchterliche Desaster mit den von Carmen manchmal heimlich servierten Truthahn-Dinosauriern, deren Verpackung sie immer als Vorsichtsmaßnahme im Aga-Herd verbrannt hatte. Einmal war Sofia, die strikt gegen Fertiggerichte war, früher als erwartet nach Hause gekommen und hatte sie alle auf frischer Tat damit ertappt. Phoebe hatte noch ein halber Dinosaurier aus dem Mund gehangen, und man hatte sie hysterisch kreischend aus der Küche tragen müssen. Seitdem war Carmen nur noch selten gebeten worden, sich ums Essen zu kümmern, was ihr gut in den Kram passte.

»Na, dann stell doch jemanden ein, der kochen kann«, schlug Carmen vor.

»Aber die kochen bloß für die Kinder«, erklärte Sofia.

»Ist okay, ich esse gern, was übrig bleibt.«

»Carmen, du musst wirklich damit aufhören, deinen Körper so lieblos zu behandeln!«

»Das mache ich mit Absicht, um meine Libido zum Schweigen zu bringen.«

»Was ist eine Liebio?«, fragte Phoebe, die ihren Kopf zur Tür hereinschob. »Und könnten wir nicht vielleicht manchmal einen einzigen kleinen Dinosaurier essen?«

»Nein, könnt ihr nicht«, sagte Sofia. »Weil ich möchte, dass ihr zu schönen und starken jungen Leuten heranwachst.«

Phoebe hatte ein stets klebriges Gesicht und blickte immer ein wenig misstrauisch in die Welt, als hätte sie im Leben bereits alles probiert und sei davon nicht begeistert gewesen. Sie hatte die gleichen mürrisch zusammengezogenen Augenbrauen wie ihre Tante. Ihre Haare waren dauernd strubbelig, sie war unordentlich, hatte kurze Beine und ein rundes Bäuchlein.

Carmen zog sie in die Arme und kitzelte sie. »Ich nicht«, sagte sie, während Phoebe fröhlich kreischte und sich wand. »Ich will, dass du ein großer Dinosaurier wirst.«

»GRRRRR!«, knurrte Phoebe.

»O mein Gott, ein Dinosaurier!«

»GRRRR!«

Sofia sah sie voller Bedauern herumalbern. Sie hätte sich einfach klarer ausdrücken sollen. Bald würde hier ein Kindermädchen – oder ein männlicher Babysitter – bei ihnen wohnen. Und dann würde ihre nervige, dämliche Schwester ausziehen müssen, was sie eigentlich für selbstverständlich gehalten hatte. (Allerdings musste sie sich eingestehen, dass sie es zwar anzudeuten versucht hatte, ihr für wirklich deutliche Worte aber der Mut gefehlt hatte.)

Kapitel 2

»Also, ich glaube ganz fest an holistische Erziehung, und an frühes Neurolinguistisches Programmieren. Und natürlich an die Arbeit mit Erfolgssprossenleitern«, erklärte eine junge Frau mit intensivem Vibe.

Sofia hatte sich mit ihr in der Küche zusammengesetzt und ihr Wasser angeboten, aber weder Tee noch Kaffee. Das war ihr zufolge bei einem Bewerbungsgespräch wohl wichtig, auch wenn Carmen die Gründe dafür nicht recht verstand. Sie kümmerte sich in der Zwischenzeit um Eric, der seine übliche laute Babyshow abzog und fröhlich gleichzeitig vor sich hin pupste, lallte, gluckste und kicherte.

»Ich glaube ja, es wäre wesentlich entspannter, wenn du einfach nur weinen würdest«, sagte Carmen und presste die Nase in seine runden Bäckchen.

Sofia gegenüber hätte sie es in einer Million Jahren nicht zugegeben, weil sie es geradezu für ihre Pflicht hielt, ihre selbstzufriedene Schwester regelmäßig von ihrem hohen Ross herunterzuholen. Tatsächlich vergötterte Carmen ihren Neffen jedoch.

Jetzt schaute sie in dem offenen Wohnbereich über seinen Kopf hinweg zum hinteren Teil von Sofias schönem Haus. Dort gab es eine große gläserne Rückwand, die man zur Seite schieben konnte, um den hier in der Stadt unvermeidlich winzigen Garten zu betreten. Für Jack war darin leider nur eingeschränkt Platz, um mit seinem Fußball auf ein Tor zu zielen.

Dafür hatte die Familie eine riesige Traumküche mit einer großen Kücheninsel in der Mitte und einem komfortablen Tisch mit acht Stühlen, alles beleuchtet durch drei perfekte Glaslampen unter der Decke.

Carmen befand sich im Wohnzimmerbereich mit breiten samtigen Sofas. Durch eine Tür vom Rest abgetrennt lag daneben noch ein Fernsehzimmer, gestrichen in so dunklem Grau, dass es praktisch schwarz aussah. An den Wänden hingen Regale, in denen ganz bewusst teure Kunstbände zur Schau gestellt wurden, was Carmen in den Wahnsinn trieb. Sie war eine an allem interessierte Leserin, die überall angefangene Taschenbücher herumliegen ließ, oft mit Eselsohren, bei deren Anblick sowohl ihr Chef als auch Sofia entsetzt die Luft durch die Zähne sogen.

Trotz ihrer großen Liebe zu Büchern fand Carmen eben, dass sie dazu da waren, gelesen und nicht vergöttert zu werden.

Wenn Sofia nicht da war, legte sie sich manchmal heimlich mit den Büchern oben in den luxuriösen Whirlpool und versuchte später hastig, die Bildbände wieder zu trocknen. Sie dachte, dass Sofia davon nichts wusste.

Jetzt saß sie im Blickfeld ihrer Schwester und schaute auf den Hinterkopf der unglückseligen Bewerberin. Die armen Kinder waren aus dem Erdgeschoss verbannt worden, was sie in den Wahnsinn trieb, und würden erst gegen Ende des Gesprächs heruntergerufen und vorgestellt werden. Das führte oben zu heftigem Flüstern, und Pippa hatte äußerst überzeugende Argumente dafür erarbeitet, dass eigentlich sie und nicht ihre Mutter die Bewerbungsgespräche führen sollten.

Carmen schüttelte den Kopf, als die nette junge Frau jetzt begann, ihre Grundsätze zum Thema Ernährung darzulegen. Noch hatten sie all die Erfahrungen mit dem letzten Kindermädchen, Skylar, und ihren unerschütterlichen Überzeugungen nicht verwunden.

Sofia ignorierte ihre Schwester. Natürlich wollte sie, wie jeder andere auch, für ihre Sprösslinge nur das Beste. Carmen mochte es vielleicht egal sein, wenn sie den ganzen Tag Chips futterten. Aber die sollte sich besser heraushalten, weil sie ja keine Ahnung hatte, wie es war, Kinder großzuziehen.

»Danke, Olivia«, sagte Sofia zur Bewerberin. »Das klingt alles wunderbar.«

Als Sofia aufstand, erhob sich auch Olivia und ging auf dem Weg nach draußen mit nervösem Lächeln an Carmen vorbei.

»O mein Gott!« Die Kinder eilten die Treppe hinunter. »Die wollte uns nicht einmal kennenlernen!«

»Sie wollte uns also wirklich nicht sehen?«, fragte Phoebe, die beileibe keine Optimistin war.

»Hast du das bewusst gemacht?«, fragte Carmen.

»Natürlich«, antwortete Sofia. »Wenn jemand nicht das geringste Interesse zeigt … Sie hat ja nicht einmal nach den Namen der Kinder gefragt. Stattdessen hat sie nur endlos davon geschwärmt, dass sie ihrer Meinung nach dazu vorherbestimmt ist, mit all ihren Qualifikationen im Bereich Erziehung, mit kindgerechter Ernährung und positivem Spielen ›ihrem eigenen Stern zu folgen‹.«

»Heißt ›positives Spielen‹, dass Kinder überhaupt nicht spielen oder Aufmerksamkeit bekommen?«, fragte Carmen.

»Es heißt, dass niemand gewinnen darf«, antwortete

Phoebe traurig. »Und wenn man eigentlich gewonnen hat, wird trotzdem gesagt: ›Nein, Phoebe, das gilt nicht. So ein Spiel ist das nicht.‹«

»Aber das macht doch alles gerechter«, wandte Pippa ein. »So kommt jeder mal dran.«

»Nein, es kommt nicht jeder mal dran!«, protestierte Phoebe. »Die Größten kommen alle an die Reihe, und dann sagen sie: ›Nein, du kannst noch nicht mitmachen, das ist positives Spielen.‹« Sie verschränkte die Ärmchen vor der Brust und setzte eine rebellische Miene auf.

»Himmel«, murmelte Carmen. »Und ich dachte, dreißig wäre ein übles Alter. Wenigstens muss ich nicht noch mal Kind sein.«

»Nein«, sagte Pippa. »Du bist nämlich dreißig, das ist … O mein Gott! Ich meine, das ist doch richtig, richtig, richtig alt. Ich meine, dreimal so alt wie Jack. Also, wenn ich doppelt so alt bin wie jetzt, dann dauert es noch viele, viele, viele Jahre, bis ich dreißig werde.«

»Okay, dreißig ist also alt«, fasste Phoebe zusammen.

»Genau«, antwortete Pippa.

»Nein!«, rief Sofia.

»O Gott«, murmelte Carmen und presste Eric an ihr Gesicht.

Da klingelte es an der Tür.

Den Kindern fiel wieder ein, dass sie ja nicht gesehen werden sollten, damit Sofia ihren Test an den Bewerbern durchführen konnte, deshalb rannten sie kichernd nach oben. Da sich die ganze Truppe auf einmal in Bewegung setzte, machte sie einen unglaublichen Radau.

Auf Sofias Zügen erschien wieder die autoritäre, angsteinflößende Miene.

Es war schon lustig, dabei zuzuschauen, wie sie hier in die Rolle der Anwältin schlüpfte: Natürlich war sie perfekt gestylt, darüber hinaus hatte sie aber noch etwas anderes an sich.

Carmen war so daran gewöhnt, ihre Schwester immer nur als blasiert und nervig wahrzunehmen, dass sie eins manchmal vergaß: Für all die Dinge in ihrem Leben hatte Sofia seit jeher hart gearbeitet. Und sie jetzt so tadellos und ein wenig unnahbar dasitzen zu sehen war schon beeindruckend.

Bei Carmen selbst gab es keinen großen Unterschied zwischen ihrem privaten und ihrem professionellen Auftreten. Vermutlich stellte man sie deshalb nur in Geschäften ein, die längst zum Scheitern verurteilt waren, dachte sie ein wenig finster. Eric an ihre Schulter gepresst, machte sie die Haustür auf.

»Mrs d'Angelo?«

Carmen grinste amüsiert, als wäre die Vorstellung, dass sie die Frau von Federico sei, unglaublich witzig. Sie empfand es tatsächlich so, schließlich gab Federico in einem Monat mehr Geld für Feuchtigkeitscreme aus als Carmen in ihrem ganzen bisherigen Leben.

»Ah, nein, nein …«, sagte sie und schaute auf zu einem Mann, der mit seinem leuchtend roten Haarschopf, dem spitzen Kinn, hochgezogenen Augenbrauen und breitem Grinsen ein wenig an einen Fuchs erinnerte. Er trug einen marineblauen Pullover über einem schicken blauen Karohemd, womit er ganz stark nach New Town aussah.

Carmen sprang aber sofort ins Auge, dass auf der einen Seite der Ärmel der beiden Kleidungsstücke leer und hochgesteckt war.

Die Kinder!, war ihr erster Gedanke. Hoffentlich sagen

die dazu nichts! Aber Sofia wird sie wohl auch von diesem Kandidaten fernhalten.

»Ich bin Carmen«, brachte sie schließlich hervor. »Ich bin die Tante der Kinder und … wohne mit im Haus.« Den letzten Teil des Satzes sprach sie ganz leise aus, damit Sofia nicht womöglich schnaubte und auf die Idee kam, von ihr eine dem Marktpreis entsprechende Miete zu verlangen.

»Ich heiße Rudi Mulgay und bin wegen eines Vorstellungsgesprächs bei Sofia d'Angelo hier.«

»Kommen Sie herein«, sagte Carmen schließlich.

Eric reckte die Ärmchen in die Luft.

»Na, hallo«, sagte Rudi. »Du siehst wie ein wirklich nettes Baby aus, aber das kann natürlich täuschen.«

Im makellosen Eingangsbereich mit seinem glänzenden Parkettboden war zu Carmens Erleichterung von den Kindern keine Spur, aber sie hörte oben Geflüster, das verstummte, als Rudi in Sicht kam.

Bitte!, flehte Carmen innerlich. Bitte seid nicht darüber schockiert, dass er nur einen Arm hat. Bitte sagt dazu nichts.

Sofia erhob sich und kam ihnen entgegen. »Herzlich willkommen«, sagte sie. Falls auch sie überrascht war, ließ sie es sich zumindest nicht anmerken.

Vielleicht hatte es ja in seinem Lebenslauf gestanden. Aber so etwas würde man darin wohl nicht vermerken, solange es nicht relevant war, oder? War es das denn?

Sofia streckte die Hand aus, um seine rechte zu schütteln. »Guten Tag, ich bin Sofia d'Angelo.«

Oben hörte Carmen die Kinder wispern und sich gegenseitig zum Schweigen bringen.

Sie ging zur Treppe und funkelte die drei wütend an. Leider waren Jack und die Mädchen an diesen Gesichtsausdruck bei ihr gewöhnt und ließen sich davon nicht beeindrucken.

Rudi drehte sich allerdings von Sofia weg und blickte mit seinem fröhlichen Gesicht in Richtung Treppe. »Hallo?«, sagte er laut.

Stille.

Dann schaute er, immer noch gut gelaunt, Carmen und Sofia an. »Ah, wie ich sehe, haben Sie ganz ruhige und stille Kinder. Gut, gut.« Sein Akzent – ein Singsang mit lang gezogenen Silben – ließ keinen Zweifel daran, dass er aus den Highlands stammte. »Genau, ganz stille Kinder, die den Mund nicht aufmachen, sind absolut nach meinem Geschmack.«

»Wir sind aber nicht …«, kam von Phoebe, die schnell von Pippa zum Schweigen gebracht wurde.

»Was war das denn? Haben Sie da oben vielleicht Mäuse, die sprechen können? Ich bin mir sicher, dass ich ein Piepsen gehört habe.«

Carmen schaute zu Sofia hinüber. Wenn sie ihre Schwester nicht unglaublich gut gekannt hätte, wäre es ihr vermutlich entgangen, aber ihre Mundwinkel zuckten ganz kurz anerkennend.

Carmen zog die Augenbrauen hoch, und Sofia nickte.

»Kinder, kommt mal runter!«, rief Carmen.

Rudi hatte zumindest den allerersten Test bestanden und seine potenziellen Schützlinge erwähnt.

Langsam schoben sich die drei die Treppe hinunter. Es war beinahe lustig, wie sie den Blick beharrlich überallhin richteten, nur nicht auf Rudis Armstumpf. Sie stolperten näher, bauten sich in einer Reihe auf und starrten entweder den Fußboden oder die Decke an.

»Und, wer seid ihr?«, fragte Rudi, aber nicht übertrieben bemüht, sondern ganz locker.

Jetzt schaute Pippa ihm direkt ins Gesicht. »Ich bin Pippa und in der siebten Klasse der Grundschule, also brauche ich eigentlich keinen Babysitter mehr.«

»Geht mir genauso«, sagte Jack.

»Okay, dann hätte ich ja weniger Arbeit. Könnt ihr vielleicht auch noch kochen?«

»Ich kann Pfannkuchen machen«, erklärte Pippa.

»Gut«, nickte Rudi.

»Können Sie Fußball spielen?«, fragte Jack.

»Na ja, im Tor bin ich nicht sehr gut«, antwortete Rudi lächelnd und hob den Armstumpf.

Jack riss die Augen auf und blickte kurz zu seiner Mutter hinüber, die ihm durch Nicken die Erlaubnis gab, nachzufragen. »Wo ist denn Ihre Hand?«

»Die liegt irgendwo auf einem Feld«, sagte Rudi.

Jacks Augen wurden nur noch größer.

»Oh, das ist ja so traurig«, murmelte Pippa und neigte den Kopf.

»Ach, es geht«, sagte Rudi. »Ich glaub, die Hälfte vom Hintern hätte ich schlimmer gefunden.«

Sie kicherten, bis auf Pippa, die immer noch die Mitfühlende gab und das wirklich nicht zum Lachen fand.

»Können Sie keine Roboterhand kriegen?«, fragte Jack.

»Oh, ich hatte mal eine. Aber die hat immer die Kinder erwürgt, auf die ich aufgepasst habe, deshalb hab ich mich lieber davon getrennt … Oder vielleicht doch nicht?«

Sofia räusperte sich.

»Oh, sorry, tut mir leid«, sagte er. »Das war nur Spaß.«

»Sie waren also in der Armee?«

»Ja, *Madam.*«

»Und sind im Einsatz verwundet worden?«

»Es ist mir zwar peinlich, aber nein«, stellte er klar. »Da ist bei einer Übung etwas schiefgelaufen.«

»Ach du meine Güte, das tut mir so leid.« Sie schaltete in den Anwältinnenmodus. »Haben Sie die denn verklagt?«

»Man hat uns ein gutes Angebot gemacht. Es war wirklich ganz unbeabsichtigt.«

Sofia schüttelte den Kopf. »Unfassbar.«

»Mum, er hat eine Roboterhand!«, rief Phoebe verängstigt.

»Er hat eine Roboterhand!«, wiederholte Jack begeistert.

»Ich trage eigentlich nie eine Prothese … weil ich damit einfach nicht klarkomme und mich im Moment auch ohne ganz gut schlage. Allerdings stelle ich lieber gleich klar, dass ich nicht bügle.«

Sofia bedeutete ihm, ihr in die Küche zu folgen. Die Kinder standen weiter da und glotzten ihn fasziniert an.

»Nach oben mit euch, Leute!«, sagte Sofia.

»Och«, maulte Jack.

»Müsstet ihr nicht längst Pfannkuchen fürs Abendessen vorbereiten?«, fragte Rudi, bevor er zu Sofia ging.

Carmens Mundwinkel zuckten. Sie mochte ihn.

Sie setzten sich, und Sofia überflog routiniert seinen Lebenslauf. »Woher stammt Ihr Interesse für dieses Metier?«

»Na ja, nach der Armee wollte ich gern etwas ganz anderes machen …«

»Ich bin mir nicht sicher, ob das wirklich so anders ist«, warf Carmen ein, während sie Eric in die Babywippe legte, und beide schauten zu ihr hinüber.

»Außerdem komme ich aus einer großen Familie«, fuhr er fort.

»Ja, damit kennen wir uns hier auch aus«, sagte Sofia.

Aber er lächelte. »Äh, nein, ich meine …«

Sie schaute auf. »Was denn?«

»Also, richtig groß.«

»Mit vier Kindern gilt man doch im Allgemeinen als Großfamilie.«

»Wir sind zu Hause dreizehn.«

»Sie machen Witze!«

»Nein, *Madam.*«

Carmen hatte sich jetzt zu ihnen gesellt. »Und, haben alle solche Haare?«, funkte sie dazwischen.

Er wandte sich ihr zu. »Ich bin mir nicht sicher, ob Sie mir in einem Vorstellungsgespräch Fragen zum Thema Haare stellen dürfen. Ist das nicht Haarismus?«

»Na, dann verklagen Sie mich doch vor dem Internationalen Gerichtshof für Haarrechte«, gab Carmen zurück. »Oder einer anderen Insti…«

»Okay«, unterbrach Sofia mit gereizter Stimme. Es passte ihr gar nicht, dass plötzlich alle so taten, als wäre die Entscheidung längst gefallen. »Sie mussten sich also mit um Ihre jüngeren Geschwister kümmern … Der wievielte sind Sie denn?«

»Ich bin der Vierte«, sagte Rudi. »Da hatten sie noch ein paar Ideen, was Namen angeht. Die Kleinen wurden dann einfach durchnummeriert.« Sofias finsterer Blick schien ihn ein wenig einzuschüchtern. »Entschuldigung. Ich reiße Witze, wenn ich aufgeregt bin.«

Sofia schaute zu Carmen hinüber. »Ja, es gibt Leute, bei denen das so ist.«

»Okay, also, ich war der vierte von vier Brüdern, dann kamen eine Zeit lang jede Menge Mädchen, an denen meine Brüder keinerlei Interesse hatten. Nach meiner Entlassung war es meinen Eltern sehr wichtig, dass ich mich dadurch nicht einschränken lasse.« Er hob den Armstumpf auf der linken Seite. »Also haben sie mich eher noch mehr rangenommen. Ich bin wirklich gut darin, mit nur einer Hand Windeln zu wechseln.«

»Eine sehr nützliche Fähigkeit«, versetzte Sofia mit Nachdruck.

»Und ich kann auch kochen … Ehrlich gesagt, macht mir das sogar Spaß.«

»Was kochen Sie denn so?«, fragte Carmen rasch.

»Ach, nichts Besonderes«, erklärte er. »Meiner Meinung nach sind einfache, nahrhafte Gerichte für Kinder am besten. Aufläufe … eine leckere Lasagne … So was in der Art.«

»Weichen Sie über Nacht Sachen ein und ziehen selbst Sprossen?«, fragte Carmen, die äußerst klare Ansichten über das letzte Kindermädchen hier im Haus hatte.

»Gott, nein. Ich meine, wäre Ihnen so was denn wichtig?«

»Äh, Carmen, eigentlich brauchen wir dich hier gar nicht«, sagte Sofia.

»Das denke ich schon«, entgegnete Carmen. »Da das freie Schlafzimmer ja neben meinem liegt und wir uns ein Bad teilen würden.«

Sofia schaute auf. »Ah.«

»Ah was?«, fragte Carmen.

»Na ja, also … Könnten wir darüber vielleicht später sprechen?«

Carmen warf ihr einen Blick zu, der unmissverständlich zum Ausdruck brachte: Entweder klären wir das auf der Stelle, oder ich mache ein Riesentheater.

Höflich blickte Rudi zur Seite, während Sofia mit gesenkter Stimme begann: »Ich meine … Das kannst du dir doch sicher denken … schließlich bist du schon seit fast einem

Jahr hier. Früher haben wir in dem Zimmer auch mal unsere Ski eingelagert und so. Und du willst dir ja wohl kaum das Bad mit einem Mann teilen … Außerdem werde ich auch nicht mehr so viel Hilfe brauchen, wenn wir jemanden eingestellt haben.«

»Ich würde mir nur zu gern das Bad mit einem Mann teilen«, sagte Carmen mit leicht bitterem Unterton. »Allerdings mit einem, den ich kenne.«

Jetzt wurde es auf einen Schlag beiden klar: Sofias Andeutungen waren absolut nicht bis zu Carmen vorgedrungen.

»Okay, wir besprechen das später«, sagte Sofia in warnendem Tonfall, und Carmen stampfte davon, während ihre Schwester anfing, Rudi nach seinen Qualifikationen zu fragen.

»Wir haben uns beraten«, erklärte Pippa übereifrig, als Carmen hoch ins Stockwerk mit den Kinderzimmern kam. Hier teilten sich die Mädchen mittlerweile den großen vorderen Raum mit wunderschönen gusseisernen Betten. Das schicke Bettzeug war von White Company, und es lagen Tagesdecken mit rosafarbenen Punkten darüber.

Auf einer Seite stand ein riesiges Puppenhaus, und vor den Schiebefenstern waren ebenfalls rosa gepunktete Rollos angebracht. Über dem Bett von Pippa glitzerte eine Lichterkette, die von Phoebe funktionierte aus irgendeinem Grund allerdings nicht mehr. Trotzdem war es immer noch ein Traum von einem Zimmer. Wie in allen Räumen oben im Haus zog von unten Wärme herauf, und das Schrägdach war unglaublich gut isoliert. Obwohl die Mädchen ja schon groß waren, schien hier immer noch der Duft von Babypuder und Windelcreme in der Luft zu liegen.

»Okay«, sagte Carmen.

Jacks Zimmer war kleiner, daher setzten sie sich normalerweise in dem der Mädchen zusammen.

»Wir mögen ihn«, erklärte Jack. »Selbst, wenn er keine Roboterhand hat.«

»Ich finde das mit der Roboterhand überhaupt nicht gut, aber mir hört ja keiner zu«, sagte Phoebe.

Pippa schielte argwöhnisch zu Carmen hinüber, weil die sich immer auf Phoebes Seite schlug.

»Vergesst das mit der Roboterhand! Er hat doch zu eurer Mutter gesagt, dass es nur ein Witz war. Aber er hat zwölf Geschwister.«

»Wow!«, rief Jack aus. »Und wie viele davon sind Schwestern?« Er schüttelte den Kopf. »Egal, es sind auf jeden Fall zu viele.«

»Das ist ja wie in einem Märchen«, sagte Phoebe schnaufend. »Vielleicht sind es sogar zwölf tanzende Prinzessinnen.«

In einem Märchenschloss wohnte diese Familie eher nicht, dachte Carmen, obwohl sie das nicht erwähnte.

Als sie wieder nach unten kam, waren Sofia und Rudi bereits beim Du, rissen gerade Witze darüber, wer von ihnen eigentlich katholischer war, und sprachen über Pippas Erstkommunion.

Schweren Herzens musste sich Carmen eingestehen, worauf das alles hinauslief. Sie war sich selbst gegenüber nicht ehrlich gewesen – Sofia ihr gegenüber aber auch nicht. Carmen hatte schon Oke verloren, und jetzt würde sie auch noch ihr Zuhause verlieren.

Teil 2

Kapitel 3

Am Anfang hatte Oke es ja genossen, wieder zu Hause zu sein, in der kleinen, ordentlichen Wohnung seiner Familie in Brasilia, weit weg von den üblen Erinnerungen, die ihm jeder graue Pflasterstein wieder vergegenwärtigte.

»Hier, nimm noch nach«, sagte Patience und musterte ihr jüngstes Kind, ihren einzigen Sohn, besorgt.

Obedience – Oke – war immer schon dünn gewesen. Aber es war nur noch schlimmer geworden, seit er auf der anderen Seite der Welt gewesen war. Deshalb schaufelte sie ihm eine weitere Portion Farofa auf den Teller.

Sie ließ sich bewusst nie anmerken, wie sehr Oke ihr fehlte, wenn er nicht zu Hause war. Schließlich wusste sie, dass Kinder dichtmachten, wenn die Eltern ihnen zu sehr auf die Pelle rückten. Das galt vor allem für ihren furchtbar scheuen Sohn, den Wissenschaftler, der so klug und verträumt war. In seiner Kindheit war er in jeden Wald hineingelaufen, den er hatte finden können, und hatte seine Zeit auf Bäumen verbracht.

Eigentlich hatte die Familie ja mal gehofft, er würde in die Fußstapfen seines Vaters, Obidiah, treten und den Beruf des Tischlers ergreifen – ein solides, respektables Handwerk. Tatsächlich hatte er auch viel Zeit damit verbracht, in der Werkstatt am Holz zu schnuppern und die Maserung zu studieren. Ja, er liebte Holz.

Aber ein Lehrer in der Schule, der nicht zu ihrer Gemeinschaft gehörte, hatte Okes Gabe früh erkannt, seinen unstillbaren Wissensdurst, seine Liebe zu Pflanzen aller Art, aber vor allem zu Gehölzen. Deshalb hatte er ihn für ein Stipendium der Uni von São Paulo vorgeschlagen. Oke hatte dort alle Prüfungen mit links bestanden und einen renommierten Förderpreis gewonnen, aufgrund dessen man ihn auf die andere Seite der Welt geschickt hatte.

Patience hatte große Angst gehabt, ihn nie wiederzusehen. Dort würde er doch mit Sicherheit eine Frau kennenlernen, sich mit ihr zusammen niederlassen und für immer verschwinden – ihr wunderschöner Sohn mit den langen Gliedern und dem Haarknoten, dem trägen Lächeln und den wachen grünen Augen, die denen von ihr, seiner Mutter, so sehr glichen.

Gottlob war er jetzt wieder hier, in voller Lebensgröße, aber dünn und blass und traurig.

»Bestimmt war dir da drüben immer kalt, oder?«, fragte sie.

Er lachte. »Ich kann einfach nicht …«

Patience hatte Brasilien noch nie verlassen.

»Man kann es nur schwer beschreiben. Es ist ein bisschen so, als würde man in einem Kühlschrank leben. Aber in einem Kühlschrank, in dem es auch regnet und ordentlich der Wind weht. Ja, am schlimmsten ist wahrscheinlich dieser Wind, der durch Mark und Bein geht.«

»Also hast du es wohl gehasst«, sagte Patience, nickte zufrieden und füllte sein Glas noch einmal mit Milch.

Er legte den Kopf schräg. »Aber in gewisser Weise«, überlegte er, »ist es dort trotzdem schön, irgendwie prächtig. Wenn sich die Dunkelheit über die Stadt legt, gehen überall Laternen an, und alle Fenster erglühen warm. Es ist wirklich hübsch, und wenn man aus der eisigen Kälte in ein Haus tritt, in dem ein Feuer flackert, dann ist es richtig gemütlich …« Sein Gesichtsausdruck war wehmütig. »Überall laufen Kinder mit rosigen Wangen herum und lachen … Die großen, alten Gebäude widersetzen sich stolz dem Wind, und alles ist so geschichtsträchtig, man schreitet auf den Plätzen über Pflastersteine, die jahrhundertealt sind. Es ist so eine schöne Stadt, die zum Schutz vor dem Wind zusammensteht.«

»Laute Kinder mag ich gar nicht«, sagte Patience.

»Ja«, sagte Oke, »das kann ich verstehen.«

»Und, freust du dich, wieder zu Hause zu sein?«

»Ich …« Oke liebte seine Familie wirklich, aber die war so ganz anders als die von Carmen. Bei ihr wurde über jedes nur erdenkliche Thema geredet, die Unterhaltungen waren völlig unbekümmert, man warf sich gegenseitig Beleidigungen an den Kopf und riss Insider-Witze, stritt und versöhnte sich wieder, als sei das alles ganz normal.

Seine Familie hingegen lebte ein gutes, anständiges, ruhiges Leben. Lebhaft und aufgedreht zu sein wurde nicht als angemessen erachtet, auch bei anderen nicht. Was seine Mutter von der temperamentvollen Carmen mit ihrem jähen Lachen und ihren üblen Launen halten würde, wollte sich Oke nicht einmal ausmalen. Vor seinem inneren Auge blitzte die Szene auf, in der er sie auf seinem Bett vorgefunden hatte. Ja, er war immer noch davon überzeugt, dass er in dieser Situation richtig gehandelt hatte. Aber er konnte die Erinnerung daran einfach nicht aus seinem Kopf vertreiben. Dauernd musste er daran denken, wie sie ausgesehen hatte: verwirrt, ganz rot im Gesicht, wütend und sehr, sehr sexy. Im Nachhinein konnte er ihr nicht verdenken, dass sie mit ihm Schluss gemacht hatte. Aber er wünschte, es wäre nicht so gewesen. Ja, ohne sie war sein Leben vermutlich ruhiger, aber nicht so unterhaltsam, und sie fehlte ihm mehr, als er je für möglich gehalten hätte.

»Weißt du was«, sagte jetzt Patience. »Mary Clemens ist bei deiner Expedition auch mit dabei. Ihre Mutter und ich sind wirklich gute Freundinnen.«

»Aha«, sagte Oke. Vor einiger Zeit hatte er noch gedacht, dass Carmen und er den Sommer zusammen verbringen und als Paar gemeinsam wachsen würden. Seine liebevolle, vertrauensselige Mutter wusste – genauso wenig wie Carmen – nicht, dass er sich während seiner Zeit an der Uni die Hörner abgestoßen hatte. Tatsächlich hatte er diese Erfahrungen aber als unbefriedigend wahrgenommen. Sie hatten nicht zu dem gepasst, was er sich wirklich wünschte: eine große Liebe und ein sinnerfülltes Leben.

»Ich hab die beiden für heute zum Abendessen eingeladen«, erklärte Patience unerwarteterweise. »Mary hat sich für die Urwaldexpedition als Freiwillige gemeldet.«

Oke sah sie fragend an. »Aber sie ist doch Krankenschwester.«

»Na ja, die haben gerade nach einer Krankenschwester gesucht«, erklärte Patience seelenruhig. »Ich hab die Anzeige ihrer Mutter geschickt.«

Oke verdrehte die Augen. »Okay, *Mamãe.*«

Plötzlich flog die Haustür auf, und das Trappeln von Füßen erfüllte die kleine Wohnung, als seine strahlenden Schwestern mit Essen beladen und in Begleitung seiner Neffen hereinkamen. Er schloss so viele von ihnen, wie er konnte, in seine langen Arme und drückte sie heftig.

Ja, Oke war traurig. Als er an diesem Abend mit der hübschen und fröhlichen Mary am Esstisch zusammensaß, packte ihn aber auch nach und nach die Aufregung wegen der Expedition. So langsam kam also eine Gruppe zusammen, bereitete sich vor und rüstete sich für diesen schwierigen Trip in den Urwald aus. Am Ende würde dann ein großes Geschenk stehen: die Möglichkeit, diese fantastischen, uralten, geheimnisvollen Bäume untersuchen zu können, auf dieser Welt tief verwurzelte Lebewesen, die bereits lange vor Okes Geburt auf Erden existiert hatten und die im besten Fall nach seinem Tod noch lange weiterexistieren würden. Hoffentlich würden die Hitze und Feuchtigkeit des Dschungels sowie seine neuen Teamkollegen ihn von seinen Erinnerungen ablenken, ihn vielleicht völlig heilen lassen.

Am Morgen seiner Abreise verabschiedete sich seine ganze Familie am Flughafen still von Oke.

Am nächsten Tag stieg er auch schon in einen der offenen Land Rover des Expeditionsteams, und los ging es, über buckelige Landstraßen, die immer unebener wurden, je weiter sie sich von der Stadt entfernten. Als die ihm bekannte Welt hinter ihm verschwand, freute sich Oke auf die Aufgabe, die jetzt vor ihm lag.

Mary ließ sich neben ihn sinken und goss ihm etwas süßen Tee aus einer Thermoskanne ein, während sie voranzuckelten. »Unglaublich, oder?«, sagte sie.

Das Zwitschern von Vögeln gellte in den Ohren, flatternde Farben blitzten im dichten Blätterwerk auf. Wasser gluckerte, und der Fluss, dessen Verlauf sie folgten, war schlammig, braun und voller Leben. Die Luft war schwer und duftend. Der Urwald kam Oke vor wie ein Ort auf einem anderen Planeten, und er hoffte, dass er hier endlich weit genug weg sein würde.

»Ja, allerdings«, sagte er und griff lächelnd nach dem Tee.

Kapitel 4

Das goldene Licht des späten Herbstes hing in der Luft, als würden die Gebäude aus massivem Stein es in dieser Stadt im hohen Norden festhalten.

Carmen hatte sich heute Morgen für eine Zickzackroute zur Arbeit entschieden. Sie marschierte die Princes Street entlang, wich der Straßenbahn aus und ging dann hinüber zum weitläufigen Park namens Princes Street Gardens. Dort kam sie am großen blauen Springbrunnen vorbei und an der Gärtnerhütte, die wie ein wunderschönes Häuschen aus einem Märchen aussah. Blätter in Braun und grellem Orange wehten über das perfekt gemähte Gras.

Um diese Uhrzeit waren wenige Menschen unterwegs, nur hier und da ein paar Gassigänger und Leute, die Tauben fütterten. Das sollte man eigentlich nicht, zum Teil, weil dann zu viele Tauben überall hinmachten, und zum Teil auch, weil man damit Möwen anlockte, die die Tauben rücksichtslos vertrieben. Möwen waren die großen Rowdys der Vogelwelt, laut und nervig, alles übertönend und aufdringlich. Wenn sie dazukamen, ruinierten sie eigentlich alles.

Genau wie ich, dachte Carmen. Heute Morgen tat sie sich selbst ganz schön leid. Sofia und sie hatten sich gestern über die astronomischen Mietpreise in Edinburgh gezofft, allerdings aus dem Mundwinkel zischend, damit die Kinder nichts mitbekamen. Es war bei dem Streit auch um sinnvolle Berufe (wie zum Beispiel Verkäuferin) und dämliche Jobs (wie zum Beispiel Anwältin) gegangen, es war von »Angeberei« und »sich in Selbstmitleid suhlen« die Rede gewesen.

Ihre Mutter hatte danach lieber für den Rest des Tages das Handy ausgeschaltet, sich alte Folgen von *Call the Midwife* angeguckt und an Zeiten zurückgedacht, in denen ihre Töchter klein waren und ihr Leben dadurch viel einfacher gewesen war.

Nicht einmal die seltenen Sonnenstrahlen, die ihr den Nacken wärmten, heiterten Carmen auf, als sie langsam The Mound erklomm. Die Stadt erstreckte sich zu ihren Füßen zwischen den Spitzen der beiden Hotels – dem *Caledonian* und dem *Balmoral* –, die die Hauptstraße einrahmten. Vielleicht konnte sie ja in eins der beiden ziehen, dachte sie, in einem Kämmerchen unter dem Dach hausen, den ganzen Tag zwischen Portiers mit Tartanhose und in makelloses Schwarz-Weiß gekleideten Zimmermädchen hin und her huschen. Sie hätte gern so weit oben ein kleines Eckchen für sich gehabt.

Mit einem Seufzen rief sie sich in Erinnerung, dass eine Nacht in diesen Hotels in etwa das kostete, was sie in einer Woche verdiente, und setzte sich wieder in Bewegung.

Vom Park aus nahm Carmen den langen Weg rund um Ramsay Mews, wo in unmittelbarer Nähe zur Burg entzückende Häuschen wie aus einem Dorf standen. Dann lief sie zum Grassmarket hinunter, wo sie um diese Uhrzeit normalerweise an ein oder zwei Personen vorbeikam, die sich nach einem One-Night-Stand verlegen nach Hause schlichen. Das munterte sie immer ein wenig auf. Wenn sie von hier unten kam, konnte sie auch in einem tollen Café vorbeischauen. Dort stand zwar die junge Dahlia hinter der Theke, die Carmen hasste, weil sie einst selbst ein Auge auf Oke geworfen hatte. Aber der Kaffee und die Croissants mit Pistazienfüllung waren so gut, dass Carmen dafür ihre giftigen Blicke auf sich nahm.

Am Grassmarket waren einst Hexen verbrannt worden, und jetzt tummelten sich dort regelmäßig die Teilnehmerinnen an Junggesellinnenabschieden, als wollten sie sich fröhlich triumphierend für diese vor langer Zeit begangenen Verbrechen rächen. Weiter oben erreichte man die nüchterne, strenge Pracht einer Straße namens George IV Bridge, an der die Nationalbibliothek und Museen lagen, riesige kastenförmige Stätten des Wissens und Lernens.

Auch die Victoria Street schlängelte sich vom lauten, geschäftigen offenen Bereich des Grassmarket aus elegant in die Höhe. Die Läden an der Straße gruben sich bis ins Gestein des Felsens hinein, auf dem die Burg stand und bei dem es sich tatsächlich um einen nicht mehr aktiven Vulkan handelte. Manchmal wirkte es beinahe so, als sei die Festung aus dem Hügel heraus in die Höhe gewachsen.

Der leuchtende Morgensonnenschein spornte in der Victoria Street mehr als einen ihrer Nachbarn dazu an, Schmierflecken auf der Schaufensterscheibe wegzuwischen oder Müll aufzufegen. Manchmal kam die Straßenreinigung einfach nicht hinterher, weil so viele Menschen gern die Reihe hübscher kleiner Läden in bunten Farben besuchen wollten.

Vom Café aus lief Carmen jetzt an dem dunkelgrün gestrichenen Bekleidungsgeschäft von Crawford vorbei – einem prachtvollen, aber so schicken und teuren Laden, wie sie ihn nirgendwo sonst gesehen hatte – und dann an der Eisenwarenhandlung, vor der Bobby gerade fröhlich seine Eimer und Wischmopps arrangierte. In seiner Schatzhöhle gab es einfach alles, was man je brauchen könnte, und viele Dinge, von denen man vorher gar nicht gewusst hatte, dass man sie brauchte.

Dann kam der Zauberladen, durch den Carmen das Thema Magie jetzt äußerst ernst nahm. Wer beim Gedanken an Hexen und Zauberer ursprünglich eher geschmunzelt hatte, wagte das wirklich nicht mehr, wenn ihn nach dem Betreten des Geschäftes die Besitzerin, Bronagh, zehn Minuten lang in die Mangel genommen hatte.

»Seid gegrüßt, Büchermädchen«, sagte Bronagh, die gerade draußen ein paar ihrer ausgestopften Tiere abstaubte.

Argwöhnisch schielte Carmen zu ihr hinüber. »Hallo«, antwortete sie und versuchte angestrengt, bloß keine Anzeichen von Traurigkeit oder irgendeiner anderen Emotion zu zeigen. Sonst würde Bronagh womöglich ins Innere eilen, um ein Gegenmittel zu holen.

»Vor dir liegen schwere Zeiten«, bemerkte sie trotzdem. In ihrem atemberaubenden Haar leuchteten alle Farben des Herbstes, von hellem Rotbraun bis hin zu intensivem Scharlachrot.

Carmen fragte sich, ob ihre Körpersprache wohl verräterisch war, sie womöglich mit hängenden Schultern dastand. Vermutlich, schließlich kritisierten Sofia und ihre Mutter ständig ihre krumme Haltung. Oder war etwa Klatsch und Tratsch über sie im Umlauf? Vielleicht. Carmen ignorierte immer bewusst die logischste Erklärung: dass Bronagh wirklich eine Hexe war.

Sie ging weiter und öffnete die Tür zu McCredies Buchhandlung.

Vor einem Jahr hatte in diesem Laden staubiges Chaos geherrscht, er war am Ende gewesen, kurz vor dem Bankrott – weil Mr McCredie, der ihn einst geerbt hatte, ihn komplett vernachlässigt hatte.

Mr McCredie liebte Bücher, da lag das Problem nicht. Allerdings hatte er keine Ahnung, wie er auf dieser Leidenschaft ein funktionierendes Geschäft aufbauen sollte, das nicht jeden in die Pleite trieb, der damit zu tun hatte.

Da er in eine reiche Familie geboren worden war, war es ihm nicht nur unangenehm, über Geld zu reden – er empfand es geradezu als vulgär.

Carmens Familie war alles andere als wohlhabend gewesen, daher war bei ihr das komplette Gegenteil der Fall. Sie hatte mit siebzehn die Schule verlassen, seitdem immer im Handel gearbeitet und überhaupt kein Problem damit, über finanzielle Fragen zu sprechen. Die beiden waren ein gutes Team.

Aber heute war Carmens Laune am Tiefpunkt, weil die Rechnung einfach nicht aufging, sosehr sie sich auch den Kopf zermarterte. Sie würde in ihre Heimatstadt zurückkehren und wieder bei ihren Eltern wohnen können. Aber die hatten sie ebendeshalb nach Edinburgh geschickt, damit sie nicht mehr bei ihnen rumhing.

Vielleicht würde Sofia ihr ja unter die Arme greifen können. Bei der Vorstellung, von ihr finanziell unterstützt zu werden, sträubte sich aber alles in Carmen. Okay, sie war fünf Jahre jünger. Trotzdem würde es ihr dann so vorkommen, als würde Sofia ihr wieder einmal auf die Nase binden, wie viel besser sie mit ihrem schicken Haus, ihren vier Kindern und ihrem attraktiven Ehemann doch war. Und nicht zu vergessen: mit so viel Geld, dass es sich auf ihrem Konto nicht einmal bemerkbar machen würde, wenn sie ihrer kleinen Schwester die Kaution für eine Wohnung bezahlte.

Carmen schloss die Augen und dachte daran zurück, wovon sie letztes Jahr an Weihnachten geträumt hatte: Sie hatte sich ausgemalt, dass Oke und sie sich zu zweit irgendwo etwas Kleines, Gemütliches suchen würden. Vielleicht an der Royal Mile, wo es in uralten Gebäuden ohne Aufzug Dachkämmerchen gab. Dafür würde man bis in den fünften Stock Treppen steigen müssen, aber es war unter den alten Dachsparren gemütlich und warm.

Sie sah direkt vor sich, wie sie zusammen lachten und so dämliche Sachen machten wie die Leute in Anzeigen von Baugesellschaften: gemeinsam strichen, dabei aber mit einem Klecks Farbe auf der Nase endeten, oder einfach rumalberten oder sich gemeinsam unter eine Decke kuschelten und fernsahen.

Dabei machte Oke das nie, weil er ohne Fernseher aufgewachsen war, aber das blendete Carmen jetzt mal aus.

Egal, das alles würde sowieso nicht passieren. Und so unglaublich es auch war: Genau genommen, befand sie sich in einer schlimmeren Situation als vor einem Jahr. Außerdem färbte ihre Laune offenbar auf Mr McCredie ab, der trauriger und schweigsamer wirkte denn je.

Carmen schaute zu dem wunderschönen Kranz in Orange und Braun hinüber, den sie an die alte Tür des Geschäftes gehängt hatte. Mittlerweile hatten sie die Buchhandlung außen in einem zauberhaften Petrolblau streichen lassen. Um dafür die Erlaubnis zu bekommen, waren gefühlt mehrere Tausend Briefe an die Stadtverwaltung von Edinburgh und die schottische Denkmalschutzbehörde nötig gewesen. Na ja, die Lichterkette mit kleinen Lämpchen in der Form von Kürbissen würde sie vielleicht eher wieder abhängen.

Von der war Bronagh nämlich nicht begeistert gewesen. Sie selbst hatte vor ihrem Laden etliche echte ausgehöhlte

Kürbisse, in die sie Kerzen stellte, wodurch die ganze Straße nach angebrannter Suppe zu riechen schien. Bronagh machte auch am einunddreißigsten Oktober zu, weil sie den Tag für »zu gefährlich« erachtete.

Okay. So, jetzt musste sich Carmen erst einmal um die nächste Vorlesestunde für Kinder kümmern.

Kapitel 5

HALLOWEEN

Als die Filmleute da gewesen waren, hatten sie auch eine Szene mit einer Vorlesestunde für die lieben Kleinen gedreht. Carmen hatte dabei zugeschaut.

Es waren Kinder unterschiedlichsten Alters und verschiedenster Herkunft dabei, aber alle einfach entzückend.

Sie saßen in einem perfekten Kreis, nickten und lächelten, während Genevieve Burr ein wenig zögerlich und mit gewissen Problemen bei der Aussprache eine Strophe aus Tam O'Shanter zum Vortrag brachte:

»Nun Tam! O, Tam! Wär'n das gewesen
Vierschröt'ge, tücht'ge dralle Besen,
Die Hemden, anstatt Moder d'rinnen,
Von schönem, neuem schott'schem Linnen,
Du hätt'st Dein ein'ges Hosenpaar,
Das einstmals blau von Farbe war,
O Tam Du hätt'st es, für dein Leben,
Für diese Vögel hingegeben!«

Carmen war sich zwar nicht sicher, warum die Kinder ausgerechnet auf diese Strophe mit Begeisterung und Applaus reagieren sollten, aber sie würde nun wirklich nicht eingreifen. Während der Dreharbeiten war sie schon zweimal aus dem Laden geworfen worden, weil ihr Handy geklingelt hatte. Einmal hatte die Person am anderen Ende nach den Originalbüchern von Roald Dahl gefragt – den alten Versionen, in denen der Riese noch nicht durchschnittlich groß gewesen war und Augustus Gloop noch nicht an einer Drüsenkrankheit gelitten hatte. Leider hatte der Anruf den Take komplett ruiniert.

Während ihrer Lesung heute überlegte Carmen, warum sich eigentlich die kleinen Zuhörer bei ihren Veranstaltungen nicht so benehmen konnten wie die Kinderdarsteller.

Sie las weiter: »›Coraline?‹, sagte die Frau. ›Bist du's?‹ Und dann drehte sie sich um. Ihre Augen waren große schwarze Knöpfe.«

Als eins der Kinder ein leises Quieken ausstieß, schaute Carmen von der Seite auf. Ein anderes sah so aus, als würde es gleich zu heulen anfangen.

»Du meine Güte!«, knurrte Carmen. »Das ist doch nur eine Geschichte! Ihr müsst euch wirklich ein dickeres Fell zulegen.«

»Knöpfe im Gesicht?«, sagte Phoebe. »Das ist wieder viel zu gruselig!«

Carmen verdrehte die Augen, was gar nicht so einfach war, weil sie sich falsche Hexenbrauen aufgeklebt hatte, von denen eine schon heruntergefallen war. Eigentlich hätte sie gedacht, die Kinder würden darüber lachen, aber sie empfanden es wohl nur als noch gruseliger.

Da Sofia so früh hier aufgetaucht war, hatte sie offensichtlich ein schlechtes Gewissen. Sie versuchte, von Carmen unbemerkt, die zuckerfreien Lutscher zu verteilen, die sie mitgebracht hatte. Carmen war immer genervt, wenn sie das tat, weil ihrer Meinung nach an einem richtigen Lutscher von Zeit zu Zeit nichts auszusetzen war.

»Heute ist Halloween, deshalb soll es doch gruselig sein!«, rief Carmen und reckte die Hände in die Luft. »Ihr seid ja alle als Hexen verkleidet.«

»Ich bin ein Gespenst«, warf ein kleiner Geist ein.

»Und als Gespenster und so.«

»Ich dachte, wir kommen nur hierher, um was Süßes zu holen«, grummelte ein kleines Mädchen und umklammerte einen grinsenden Plastikkürbis. Darin lagen zig leere Süßigkeitenverpackungen.

»Eine Geschichte ist an Halloween doch auch schön«, sagte ihre Mutter mit vollem Mund.

»Aber nicht die.«

»Das ist ein Meisterwerk!«, empörte sich Carmen. Dann schüttelte sie verzweifelt den Kopf. »Im Ernst, ihr seid solche Memmen! Na ja, am besten verteile ich direkt die Milky Ways. Dann zeigt mal, was ihr draufhabt.«

Wie hier in Schottland üblich, stand sie geduldig da, während die Kinder eins nach dem anderen entweder einen gruseligen Witz erzählten, ein kleines Gedicht aufsagten oder, wie im Fall von drei besonders energiegeladenen Geschwistern, ein traditionelles schottisches Kinderlied über drei Krähen sangen und die dazugehörigen Handbewegungen ausführten, während die anderen Mütter die Augen verdrehten.

»Ihr habt euch eure Süßigkeiten alle redlich verdient«, verkündete Carmen.

»Warum können wir nicht einfach wie in Amerika ›Süßes oder Saures‹ rufen?«, fragte die Wortführerin der Hexenbande.

»Weil ich auf keinen Fall will, dass mir jemand Eier gegen das Schaufenster wirft«, antwortete Carmen, während sie das Zuckerzeug verteilte. »Und, geht ihr jetzt noch zu Bronagh rüber?«

»Neeeeeein!«, riefen die Kinder im Chor aus. »Die kann unsere Beine in Froschschenkel verhexen!«

»Aber das würde sie doch nie machen!«, wandte Carmen ein.

»Da ist sowieso zu«, sagte ein Kind.

»Ja, weil sie auf ihrem echten Besen durch die Gegend fliegt«, kam von der Anführerin der Hexen.

»Na los«, sagten jetzt die Mütter und geleiteten ihre Sprösslinge nach draußen. »In der Eisenwarenhandlung kann man Apfeltauchen spielen.«

»So was sollten Sie auch anbieten«, sagte die Hexenanführerin zu Carmen. »Das ist nicht so unheimlich.«

Draußen wartete ein neues Grüppchen Furcht einflößender Gestalten.

»Also«, sagte Carmen, als sie ihnen die Tür öffnete, »ich werde euch jetzt eine Geschichte vorlesen, allerdings eine ganz gruselige. Seid ihr dafür bereit?«

»YEAH!«, riefen die Kinder. Aber so hatte die vorherige Truppe auch reagiert.

»Okay«, sagte Carmen, als sie am nächsten Morgen den herbstlichen Kranz von der Tür abnahm. Gerichtet war das an Mr McCredie. Da der aber nicht in Sicht war, sprach Carmen im Prinzip mit sich selbst. Sie versuchte dabei, nicht über das Thema Wohnungssuche nachzudenken. »Sie wissen, was als Nächstes ansteht …«

Sie schaute nach hinten, wo ein Vorhang den Bereich mit den Stapeln verdeckte. Beim Gedanken daran, sich dort auf die Suche nach Weihnachtsbüchern zu machen, war sie sogar ein bisschen aufgeregt.

Edinburgh in der Weihnachtszeit, die harte, gefrorene Erde, Dunkelheit und Lichter und Vorfreude, die in jedem kalten Atemwölkchen lag … Trotz allem war es ihr immer noch die liebste Zeit des Jahres.

Im Laden standen überall Regale, selbst hinter der Kasse. Abgesehen von Kinderbüchern, Gedichten und den wunderschönen Ausgaben von Klassikern, die Carmen so sehr liebte, fanden sich weiter hinten Sachbücher, großformatige Ausgaben, Esoterisches und Vermischtes unterschiedlichster Art. Es gab auch alte Landkarten zu entdecken, Bücher über Schiffsbau, Dendrologie und alles, was der bibliophile Mr McCredie eben so in die Finger gekriegt hatte. In Büchern festgehaltenem abseitigem Wissen galt seine wahre Leidenschaft, und er versuchte, es wie einen Schmetterling einzufangen und aufzuspießen.

Jenseits eines Vorhangs befand sich der Lagerraum mit nur noch mehr Stapeln, der sich hinter dem Geschäft tief ins Felsgestein hineinbohrte. Die Buchhandlung vorne enthielt nur einen kleinen Anteil all dessen, was Mr McCredie in seinem Sammlerleben zusammengetragen hatte. Und er fand dort hinten problemlos alles, weil er sein eigenes persönliches Ordnungssystem hatte, das Carmen wirklich gern zu verstehen beginnen würde, bevor ihr Chef irgendwann das Zeitliche segnete.

Zwischen den Stapeln war Mr McCredie am glücklichsten. Ganz hinten befand sich ein kleiner Raum mit gemütlichen Sesseln und sanftem Licht, wohin er sich üblicherweise zum Lesen zurückzog. Von dort aus führte eine Treppe nach oben zu seinem großen, weitestgehend ungenutzten Haus. Merkwürdigerweise lag dessen Haustür an der Straße oberhalb der Victoria Street im Erdgeschoss.

So war Edinburgh nun einmal: Es bestand aus Lagen um Lagen von Häusern und Gebäuden auf unterschiedlichen Ebenen, die eher organisch gewachsen als gebaut zu sein schienen.

Heute Morgen war Mr McCredie nirgends zu sehen, obwohl sie doch gemeinsam Pläne für Weihnachten schmieden sollten. Carmen marschierte zum Tresen hinüber, wobei sie überall Laub von dem Kranz verteilte. Sie fluchte, weil sie hier keinen Staubsauger hatte und einen Besen benutzen musste.

»Mr McCredie?«

Keine Antwort.

Carmen kam gern gut zwanzig Minuten vor der Öffnungszeit in den Laden, um ein bisschen abzustauben, Bücher zurechtzurücken und alles für den Tag fertig zu machen. Da war es völlig unerheblich, ob sie viel Kundschaft oder eher einen ruhigen Tag haben würde.

Es gab ihr einfach das Gefühl, alles im Griff zu haben. Mit einem Seufzen ging Carmen zum Telefon hinüber. Daneben stand ein alter Anrufbeantworter, so ein Ding, bei dem man noch auf eine Taste drücken musste.

Oft waren darauf Nachrichten von betagten Kunden, die sich noch vage an gewisse Bücher erinnerten, aber den Titel nicht mehr wussten. Sie hatten die Hoffnung, man könne ihnen hier vielleicht weiterhelfen, zum Beispiel mit diesem roten Buch von einem Autor namens David, in dem am Ende alle sterben.

Nein, keine Nachrichten.

Jetzt schaltete Carmen den vorsintflutlichen Computer ein, den sie bei einem Verschenk-Netzwerk umsonst ergattert hatte. Er lief noch mit Windows 98, weshalb es nicht so einfach war, ein Inventar all dessen anzulegen, was sie wirklich brauchten. Außerdem konnte Carmen Karl Klammer nicht loswerden, die Cartoon-Büroklammer. Das Ding hatte in ihrer Schulzeit beim Verfassen von Aufsätzen schon genervt, und es war immer noch genauso lästig.

Carmen betrachtete die Tabelle, schloss kurz die Augen und nahm sie dann wieder ins Visier.

»Anscheinend möchten Sie eine Tabelle anlegen«, schrieb Karl.

»Geh weg«, murmelte Carmen und versuchte unwirsch, ihn mit der unpräzisen alten Maus wegzuklicken.

Manchmal waren unter den Kunden der Buchhandlung Nerds, die beim Anblick ihres Computers ganz nostalgisch wurden und herbeikamen, um ihn sich mal genauer anzusehen. Die musste Carmen vom Gerät wegscheuchen, weil sie sonst stundenlang Minesweeper spielen und nichts kaufen würden.

Na ja, es war sowieso ganz egal, wie lange sie hier auf die Zahlen starrte. Der Filmdreh hatte zwar geholfen, ihre wahren Probleme aber nur übertüncht.

Und ihre Halloween-Geschichte war zu gruselig gewesen, oder vielleicht nicht gruselig genug, wie ein kleiner Junge mit einer *Scream*-Maske betont hatte. Ja, was denn nun?, hatte sie gedacht. Aber sie hatten glücklicherweise jede Menge zum Anlass passende Bücher verkauft: *Marianne träumt*, *Feuerfrost*, *Gobbolino*, ein Buch mit Halloween-Abenteuern von Meg und Mog und tatsächlich auch *Coraline*.

Leider waren die vorübergehend guten Einnahmen nur ein Tropfen auf dem heißen Stein. Und deshalb konnte Carmen natürlich nicht um eine Gehaltserhöhung bitten, mit der sie sich die Kaution für eine Wohnung leisten könnte. Sie seufzte. O Gott. Es war schon schwierig, die Dinge einfach nur am Laufen zu halten.

Positiv war lediglich, dass der Laden mittlerweile von einem Feuer geheizt wurde. Mr McCredie hatte in einem Kellerraum (der irritierenderweise höher lag als der Laden) einen scheinbar unerschöpflichen Vorrat an Torf entdeckt.

Deshalb hatten sie den kleinen Kamin im Verkaufsraum freigeräumt und ließen darin ein Feuer brennen. Sie schützten es mit einem riesigen Kamingitter und hatten mehrere Warnschilder aufgehängt, weil Kinder beim Betreten des Ladens sofort große Augen bekamen, wenn sie es entdeckten.

Natürlich war ein offenes Feuer in einem Laden voller Papier, der von einem vergesslichen alten Mann geführt wurde, nicht ideal, so viel war Carmen schon klar. Die Alternative bestand allerdings darin, Heizkostenrechnungen zu bezahlen, bei deren Anblick ihr Tränen in die Augen stiegen. Dann doch lieber das Feuer.

Aber auch alles andere war so teuer – Strom, neue Ware, Steuern, Lieferanten. Die Preise stiegen und stiegen, während den Menschen gleichzeitig weniger Geld zur Verfügung stand, das sie für Bücher hätten ausgeben können. Das merkte man auch den bedauernden Mienen an, wenn Leute im Geschäft liebevoll über eine gebundene Ausgabe von *Middlemarch* mit Vorsatzpapier von William Morris strichen oder nach gebrauchten Schulbüchern fragten.

Carmen bedachte den Computer mit einem grimmigen Blick und stellte dann fest, dass sie den Teebeutel im kleinen Spülbecken wohl wiederverwenden musste.

Zum Glück brach bald die Vorweihnachtszeit an, die einfach gut werden musste. Ja, es würde auf jeden Fall super laufen. Das war schließlich eine wunderschöne Zeit des Jahres, in der gleichzeitig so viel los war.

Jetzt klingelte das Glöckchen an der Tür. Es war Bobby aus der Eisenwarenhandlung, und seine Miene war genauso finster wie Carmens Gedanken.

»Hey«, begrüßte ihn Carmen. »Hast du mir einen Kaffee mitgebracht?«

»Äh, nö.«

»Okay«, sagte sie, »aber ich warne dich, ich hab nur noch einen einzigen Teebeutel übrig.«

»Ach, dann sollten wir uns wohl besser irgendwo was holen.«

Carmen verzog das Gesicht beim Gedanken an die Kaffeepreise – die waren nämlich auch gestiegen. Und schließlich würde sie ja bald eine Kaution hinterlegen und die Miete für irgendein fieses Zimmerchen zahlen müssen, wenn sie zur Untermiete am Rand von Edinburgh wohnen würde. Wenn sie sich überhaupt etwas in Edinburghs Nähe würde leisten können, was eher unwahrscheinlich war. Fife und Lothian – die Gegenden rund um die Stadt – waren zwar wunderschön, aber weit weg. Vor allem, wenn man bedachte, dass man ja nicht mit dem Auto ins Zentrum hineinfahren konnte, das von einer Zombiearmee aus Politessen bewacht wurde.

Bobby bemerkte ihre Miene. »Wasser ist okay«, knurrte er.

»Was ist denn los?«, fragte Carmen.

»Anscheinend wollen Sie eine Datei speichern!«, schrieb Karl Klammer.

Bobby blickte ihn an und runzelte die Stirn. »Na ja«, erklärte er dann mit schwerer Stimme. »Ich habe ein Angebot für den Laden.«

»Was meinst du?«

»Den will jemand von mir übernehmen.«

Sofort stieg in Carmen Sorge auf. Hier waren alle eng miteinander verbunden, die Ladenbesitzer hatten nicht nur zufällig Geschäfte an derselben Straße, sondern bildeten eine verschworene Gemeinschaft.

»Hm-hm?«, machte Carmen vorsichtig. »Ich meine, es ist schon praktisch, dich hier in der Nähe zu haben.«

»Und in diesem Lokal gibt es auch bereits seit zweihundert Jahren eine Eisenwarenhandlung«, sagte Bobby traurig. »Einerseits hab ich immer gedacht, ich könnte meiner Familie nicht in die Augen sehen, wenn durch mich das Geschäft zugrunde geht. Andererseits …«

Carmen schaute ihn an. In den wichtigsten Straßen des Zentrums breiteten sich neue Geschenkläden voller Ramsch aus wie ein Lauffeuer, wodurch ihr wunderschöner Heimatort zu einer Art Museum für Traditionelles und Plunder wurde, eine Stadt unter einer Glashaube. Aber das wollten sie nun wirklich nicht. Edinburgh musste doch leben, dachte Carmen inbrünstig. Es war nicht nur für Touristen da, sondern auch für die Menschen, die es ihr Zuhause nannten, und die waren schließlich keine Museumskuratoren oder Denkmalpfleger. Ja, natürlich war es ein großes Glück, an einem der schönsten Flecken auf dieser Erde wohnen zu können. Aber er sollte auch eine lebendige Stadt bleiben!

»Und von wem kam das Angebot?«

Bobby zuckte mit den Achseln. »Ich …« Er kriegte die Antwort kaum über die Lippen.

Carmen nickte aufmunternd.

»Jackson McClockerty«, sagte er schließlich, so als müsste der Name Carmen bekannt vorkommen.

Sie schüttelte den Kopf.

»Jackson? McClockerty? Hm. Na ja. Ich hätte gedacht, dass du weißt, wer das ist. Den kennt doch jeder.«

Wieder schüttelte Carmen den Kopf, während sie an ihrem inzwischen nach Spülmittel schmeckenden Tee nippte.

»Ist das vielleicht der Besitzer einer berühmten Eisenwarenhandlungskette, der dich mit supergünstigen Eimern und Wischmopps beliefern wird, sodass du ordentlich Geld scheffeln wirst?«, fragte sie mit einem Anflug von Hoffnung in der Stimme.

»Nein«, sagte Bobby.

Jetzt flog die Tür auf.

»Wir haben noch geschlossen«, sagte Carmen wenig überzeugt, bevor sie hinüberschaute.

Im Türrahmen stand Bronagh, deren Haar im kalten Morgenlicht leuchtete. »Meine Daumen jucken«, erklärte sie. »Über wen habt ihr da gerade geredet?«

Carmen schielte zu ihr hinüber. »Tja, Bobby schaut ja wirklich nicht oft herein, daher muss es offensichtlich Neuigkeiten geben. Also, tu mal nicht so mysteriös.«

Bronagh fixierte sie aus grünen Augen. »Dich an Allerseelen mit einer Hexe anzulegen scheint mir keine sehr gute Idee.«

Während sie noch sprach, glitt ein dunkler Umriss am Fenster vorbei. Alle schauten hinüber, aber es war nur eine Politesse, die auf dem Weg zu ihrem boshaften Tagewerk war.

»Tee haben wir leider keinen da«, sagte Carmen.

»Ach, nicht?«, kam von Bronagh. Sie ging in die Küchenecke hinüber und erschien kurz darauf mit drei dampfenden Bechern. Was sich darin befand, war weder schwarzer noch Kräutertee, jedoch stark und köstlich.

»Sprich weiter, Bruder Smith.«

Bobby seufzte. »Ich hab gerade erzählt … dass ich ein Angebot von Jackson McClockerty bekommen habe.«

Bronagh stieß ein Zischen aus.

»Ach, du weißt, wer das ist?«, fragte Carmen.

»Das weiß doch jeder. Auf der Royal Mile gehört dem die Hälfte aller Läden, und er vertickt darin billigen Blödsinn, Tand und zerbrochene Träume.«

Hilfe suchend schaute Carmen Bobby an.

»Er würde einen Souvenirladen daraus machen«, erklärte er mit beschämter Miene. »Geschenkartikel verkaufen, kleine Andenken, die die Leute mit nach Hause nehmen können.«

»Etwa Plastiknessies?«, fragte Carmen entsetzt. »Und Trockentücher mit kleinen Hunden drauf?«

»Viele Leute mögen ja Trockentücher mit kleinen Hunden drauf«, sagte Bobby in flehentlichem Tonfall.

Bronagh gab ein wenig beeindrucktes Schnalzen von sich.

»O mein Gott«, entfuhr es Carmen plötzlich. »Dann würde aber nicht den ganzen Tag laut Dudelsackmusik laufen, oder?«

»Äh … könnte sein«, murmelte Bobby mit hängendem Kopf. »In seinen anderen Läden ist das wohl so.«

Carmen vergrub das Gesicht in den Händen. »Bobby! Wir versuchen hier doch, etwas Wunderbares zu bewahren, eine Straße, die die Menschen aus vielen verschiedenen Gründen aufsuchen können. Um etwas zum Anziehen zu kaufen, Kaffee oder Kuchen, Werkzeug und andere Sachen für den Haushalt, Bücher und … äh, Windspiele und so was.«

»Windspiele und so was?«, wiederholte Bronagh in ziemlich bedrohlichem Tonfall.

»Wenn wir aus der Victoria Street einen Schottenkaro-Themenpark machen, dann wird sich hier kein Edinburgher mehr blicken lassen. Und wir brauchen doch sowohl Touristen als auch Einheimische, schließlich ist nicht immer August!«

»Das weiß ich ja«, sagte Bobby. »Aber Carmen … die Leute wollen nicht ins Zentrum kommen, um Dosen mit Farbe und Lack zu kaufen, die sie dann quer durch Edinburgh schleppen müssen. Und das kann ich durchaus nachvollziehen. Sie wollen mit dem Auto zum Baumarkt vor den Toren der Stadt fahren.«

Carmen verzog das Gesicht. »Könntest du nicht kleinere Dosen verkaufen?«

Bobby schüttelte den Kopf. »Damit wäre mein Problem auch nicht gelöst.«

Ja, da musste Carmen ihm zustimmen. »Aber alles andere … die ganzen Nägel und Schrauben!«

»Also«, sagte Bobby, »eine Schraube kostet fünfzehn Pence und ein Nagel sechs.«

»Was ist mit den Eimern?«

»Es sieht doch so aus«, sagte Bobby, »wenn die Leute ein Buch kaufen, dann lesen sie es und kaufen das nächste. Wenn sie aber einen Eimer gekauft haben … na ja, dann haben sie meistens für ihr Leben genug Eimer. Das war es normalerweise.«

»Hier in der Gegend gibt es so viele Geschäfte, die auf dich angewiesen sind …«

Er nickte. »Ich weiß. Aber das sind wegen der Souvenirläden auch immer weniger … Die Mieten steigen weiter, sodass am Ende nur noch die Souvenirläden sie bezahlen können. Allen steht weniger Geld zur Verfügung, und ich hab schon lange damit zu kämpfen, den Laden am Laufen zu halten …«

»Leider«, murmelte Carmen, die sich ja mit ähnlichen Problemen herumschlug. Das konnte sie gut verstehen. »Oh, Bobby, was wirst du nur tun?«

»Man hat mir in dem Laden auch eine Stelle angeboten«, gab Bobby zu.

»Also gehst du hier wenigstens nicht weg?«

Er schüttelte den Kopf. »Aber dann wäre ich ein Angestellter.«

Carmen musterte ihn mitfühlend. Nach dem zu urteilen, was sie jetzt über ihn gehört hatte, würde der geschäftstüchtige Jackson McClockerty wohl kein so nachsichtiger Chef sein wie Mr McCredie.

Wie aufs Stichwort schlenderte jetzt Mr McCredie herbei, der noch seinen Schlafanzug anhatte und darüber einen riesigen, uralten roten Hausrock trug. Er unterschied augenscheinlich nicht groß zwischen seinen privaten Räumlichkeiten und der Buchhandlung und schien sich auch nicht darüber zu wundern, hier andere Leute anzutreffen. Unter seinem Arm klemmte ein Buch mit dem Titel *Antarktis für Anfänger*.

»Oh«, sagte er. »Bronagh, könnten Sie vielleicht …?«

Rasch zauberte sie eine weitere Tasse des seltsamen Tees hervor, die er dankbar entgegennahm.

»Bobby wird für Jackson McClockerty arbeiten«, erklärte Carmen.

Mr McCredie runzelte die Stirn. »O nein. Als wären die Dinge nicht schon schlimm genug.«

»Echt jetzt: Hat wirklich jeder schon mal von dem gehört?«, fragte Carmen.

»Gestern Abend waren einige Leute als McClockerty verkleidet«, antwortete Bobby.

»Ist schon gut«, sagte Bronagh. »Am besten verfluche ich sein Unternehmen einfach.«

»Nein, besser nicht!«, sagte Carmen. »Dann übernimmt nämlich jemand anders den Laden und macht daraus Edinburghs übelsten, gruseligsten Escape-Room oder so!«

»Genau«, bat auch Bobby, »lass das doch lieber. Ich bin nämlich derjenige, der sich im Geschäft befinden und dann auf Froschschenkeln da raushopsen wird.«

»Doch, genau das werde ich machen«, murmelte Bronagh.

»Ich bin mir nicht sicher, ob dieser Mann wirklich zu uns hier in der Straße passt«, sagte Mr McCredie.

»Und ich kann nicht fassen, dass der Ihnen ein Begriff ist, wenn Sie noch nie von, was weiß ich, von … Chanel N° 5 gehört haben.«

»Natürlich ist er mir ein Begriff«, sagte Mr McCredie nachsichtig. »Er scheint auf Eroberungsfeldzug zu sein und jeden einzelnen leeren oder schlecht laufenden Laden in Edinburgh übernehmen zu wollen, um ihn dann auf das absolut niedrigste Niveau herunterzuziehen. Ich weiß wirklich nicht, welches Ziel dahintersteckt. Er selbst vermutlich auch nicht.«

»Den würde ich ja gern mal kennenlernen«, sagte Carmen.

»Oh, keine Sorge«, kam von den anderen drei wie aus einem Munde, während Karl Klammer in seiner Ecke unheilvoll gegen den Monitor klopfte.

Als die anderen Ladenbesitzer gegangen waren, stand Mr McCredie immer noch in seinem Schlafanzug da und schaute sich fahrig um. »Ist eigentlich die Post schon gekommen?«

»Mr McCredie«, sagte Carmen, die sich langsam Sorgen um ihn machte, »geht's Ihnen gut?«

»Äh, ich glaube schon. Aber ich … ich hab gedacht …«

Carmen musste sich eingestehen, dass er sich in letzter Zeit öfter ein bisschen seltsam benahm. Da er generell ein Exzentriker war, fiel merkwürdiges Verhalten bei ihm meist gar nicht auf. Aber das mit dem Schlafanzug war neu.

»Ich hatte gehofft, dass vielleicht die Post bereits da ist.«

»Nein, noch nicht«, sagte Carmen.

Jetzt klingelte wieder das Türglöckchen, und zwei betagte Damen kamen herein. Mit hochgezogenen dünnen Augenbrauen starrten sie schockiert den alten Herrn an.

»Mr McCredie, könnten Sie sich jetzt bitte erst einmal anziehen?«, fragte Carmen, verfrachtete ihn nach hinten und wandte sich dann mit strahlendem Lächeln an die Kundinnen. »Äh, guten Morgen!«

Von einem der nächsten Kunden wurde Carmen – nur einen Tag nach Halloween – gefragt, warum hier eigentlich noch keine Weihnachtsdekoration hing. Dann musste sie sich auf der Suche nach einem Weihnachtskochbuch hinten in den Bereich mit den Stapeln wagen, wofür ihr wirklich nicht genug Dankbarkeit zuteilwurde.

Sie stand gerade mit dem Käufer an der Kasse, als Mr McCredie wieder auf der Bildfläche erschien. Mittlerweile trug er seine übliche Kombination aus gestreiftem Hemd und Tweedjacke, aber er wirkte weiterhin zerstreut und durcheinander.

Carmen schaute zu ihm hinüber.

»So, dann will ich mal«, sagte der Kunde, der einen rotgrünen Pullover mit einer Glocke darauf trug. »Ich muss noch einen Truthahn besorgen!«

Carmen blickte dem Mann stirnrunzelnd hinterher, als er fröhlich die Straße entlangeilte, dann nahm sie ihren Chef ins Visier.

Mr McCredie schaute sie an, und Carmen musterte ihn aufmerksam – schaute ihn sich mal richtig an, statt sich wie gewöhnlich an ihm vorbeizuschieben, um nach einem Buch zu greifen, um ihn herum Staub zu wischen oder laut nach ihm zu rufen. Das tat sie vor allem, wenn mit dem zufriedenen Gesichtsausdruck eines Bücherliebhabers jemand vom Typ zerstreuter Professor hereinkam. Denn manche Menschen freuten sich ja sogar darüber, während der nächsten gut neunzig Minuten mit McCredie über die Mängel der Dewey-Dezimalklassifikation zu diskutieren oder über ein Buch mit Blaupausen des Sopwith Camel-Doppeldeckers oder vielleicht darüber, wie wohl die Musik der alten Römer geklungen haben mochte.

Heute glühten Mr McCredies für gewöhnlich rosige Wangen intensiver als sonst, und in seinen blauen Augen stand ein abwesender, unkonzentrierter Ausdruck.

So langsam war Carmen wirklich beunruhigt, schließlich wurde Mr McCredie auch nicht jünger. Er war direkt nach dem Zweiten Weltkrieg geboren, infolge einer unglückseligen Affäre zwischen seiner wunderschönen blutjungen Mutter und einem deutschen Kriegsgefangenen, der noch ein Teenager gewesen war.

Aber er war doch in Form, oder nicht? Anders als Carmens Vater, dem man letztes Jahr einen Stent gelegt hatte, obwohl er erst Mitte sechzig war. Mr McCredie hatte eben keine so große Vorliebe für Brot, Wein und Eis wie ihr Dad.

»Ist mit Ihnen alles in Ordnung?«

»Ich … ich bin mir nicht sicher«, sagte er und schaute sie an. Aber er wirkte eher verblüfft als bestürzt.

»Ich meine, wie geht es Ihnen denn so?«, hakte sie nach.

»Also, es ist alles ein bisschen verwirrend.«

»Wenn Sie verwirrt sind, sollten wir Sie lieber zum Arzt bringen.«

Er lächelte. »Oh, nein, ich denke nicht … Ich würde höchstens mal mit Bronagh reden.«

»Jetzt seien Sie mal nicht albern!«

»Aber ich bin ja nicht verwirrt, meine Liebe«, fuhr er fort, als hätte er ihren Ausruf gar nicht gehört. »In keinster

Weise. Noch nie im Leben war ich mir einer Sache so sicher. Nun gut, wo steckt denn nur der Briefträger?«

Hoffnungsvoll schaute er auf, und tatsächlich: In diesem Moment schob Postbote Beto die Tür auf und brachte ihnen den üblichen Stapel Postsendungen.

»Danke«, sagte Carmen lächelnd.

»Ich dachte eigentlich, dass man seine Bücher heutzutage im Internet kauft und sie sich nach Hause liefern lässt«, murmelte Beto. »Damit will ich mich gar nicht beschweren, ich meine ja nur.«

»Manchmal möchten die Leute etwas gern mit eigenen Augen sehen, bevor sie es kaufen«, erklärte Carmen. »Die Entscheidung fällt leichter, wenn es visuell etwas hermacht, angenehm riecht und gut in der Hand liegt.«

Sie griff nach einem Paket von einem Verlag und öffnete es mit raschen Bewegungen. Darin befand sich *Grenzen verständlich erklärt*, ein eleganter, gebundener Atlas, der etwa eine Tonne wog. Die stabilen Seiten waren dreidimensionale Landkarten mit daraus aufragenden Bergen, die zurück bis in die Frühzeit reichten und illustrierten, wie Menschen im Laufe der Jahre die immer größere ihnen bekannte Welt dargestellt hatten.

Man konnte sich damit in Ruhe hinsetzen und sich darin verlieren, bis man das Gefühl bekam, gerade selbst die Seidenstraße entlangzulaufen. Es war ein wahres Kunstwerk.

Beto betrachtete es bewundernd. »Na, das ist mal was!«

»Ja, oder?«, sagte Carmen, die insgeheim triumphierte, weil sie in Bezug auf dieses Buch offensichtlich einen guten Riecher gehabt hatte. Der Preis war allerdings gepfeffert. »Am Computer würde das einfach nicht richtig rüberkommen. Da würde man nie erkennen, wie schön dieser Atlas ist.«

Vorsichtig ließ Beto die Finger über Berge und Täler wandern. »Oh«, murmelte er, »schon verrückt! Ich würde den wirklich gern kaufen, obwohl ich gar nicht weiß, warum.«

»So ist das eben«, sagte Carmen. »Ein liebevoll gestaltetes Buch kann sich wie ein Stück vom eigenen Herzen anfühlen. Soll ich dieses hier für dich zurücklegen?«

Sehnsüchtig starrte er es an. »Na ja, ich setze es mal auf meinen Wunschzettel für Weihnachten.« Er klopfte sich auf die Umhängetasche. »Schließlich hab ich ja einen direkten Draht zum Nordpol.«

Er wandte sich bereits zum Gehen ab, drehte sich aber noch einmal um und schob die Hand in die Tasche. »Ach, sorry, da ist noch was. Vermutlich eine Rechnung.«

Carmen nickte. Ja, das waren die meisten Briefe, die hier ankamen.

Beto zog die Hand heraus. »Eine seltsame Briefmarke.«

Mr McCredie eilte, für einen Mann seines Alters überraschend leichtfüßig, herbei. »Ich glaube … das ist für mich.«

War es wirklich.

»Was ist das denn?«, fragte Carmen, während ihr Chef mit einer gewissen Ehrfurcht nach dem Umschlag griff. Seine Augen glänzten, die Wangen glühten röter denn je, und Carmen befürchtete für einen Moment, der Brief stamme vom Krankenhaus.

Als Beto gegangen war, öffnete Mr McCredie den Umschlag mit zitternden Händen, las das Schreiben und stieß ein tiefes Seufzen aus.

»Was denn?«, fragte Carmen, die vor Ungeduld ganz hibbelig wurde. »Kommt das von Ihrer Arztpraxis?«

Er schaute sie an. »Nein, ganz und gar nicht. Ehrlich gesagt … habe ich …« Sein Blick wurde abwesend, seine

Augen ein wenig feucht. »Ich habe beschlossen, mich auf eine Reise zu begeben.«

»Wie bitte?« Eine Sekunde lang befürchtete Carmen, dass es eine Metapher sein sollte und er damit die Reise ins Jenseits meinte.

»Sind Sie etwa krank?«, fragte sie, dieses Mal lauter. »Es wäre wirklich nicht fair, wenn Sie mir so etwas verschweigen.«

Er richtete den milden Blick aus seinen blauen Augen wieder auf sie. »Krank bin ich nicht, denke ich. Meine Zipperlein sind doch alle auf mein Alter zurückzuführen. Nein. Ich wollte sagen, dass ich eine Reise antreten muss, weil ich den Ruf der Ferne gespürt habe.«

»Wohin denn?«, fragte Carmen. Vielleicht wollte er die British Library in London besuchen. Oder Shakespeare and Co in Paris, oder den Tromsø Bokhandel. Ja, eine Tour zu den berühmtesten Buchhandlungen der Welt würde zu ihm passen.

Mr McCredie ließ den Blick über die Straße draußen schweifen, die sich von ihnen wegschlängelte.

»In die Antarktis«, sagte er schließlich. »An den südlichsten Punkt der Welt. Ich fand, dem sollte ich respektvoll meine Aufwartung machen.«

Carmen starrte ihn an. »Soll das ein Scherz sein?«

Jetzt schaute Mr McCredie wieder sie an. »Ich dachte«, sagte er gutherzig wie immer, »Sie wüssten inzwischen, dass ich niemals scherze.«

Ja, das stimmte.

»Aber wie … kommen Sie denn dahin?«, fragte sie.

»Direkt nach Weihnachten macht sich ein Forschungsschiff auf den Weg«, erklärte er. »Das ist jetzt eine gute Reisezeit, weil da unten Sommer ist und man es mit einer weniger dicken Eisschicht zu tun hat. Das Schiff legt von den Leith Docks ab.«

Mr McCredies Vorfahren waren Antarktisforscher gewesen, daher lag ihm das im Blut, oder das schien er zumindest zu glauben. Oben auf dem Dachboden befand sich eine beeindruckende Sammlung von alten Finneskos und Schneeschuhen.

»Moment mal, und da können Sie mitfahren? Haben Sie die gefragt?«

»Ich hab ihnen einen Brief geschrieben«, erklärte Mr McCredie.

Er hielt das Antwortschreiben hoch. Der gedruckte Briefkopf war von der British Antarctic Survey.

»Und die nehmen Sie mit?«, staunte Carmen, der nicht einmal bewusst war, wie unhöflich das klang.

»Ja«, sagte Mr McCredie, »wenn ich dafür bezahle.«

Carmen nahm ihm den Brief aus der Hand, überflog ihn und stieß ein Pfeifen aus.

Kapitel 6

AM AMAZONAS

Oke war jetzt schon seit Monaten im Dschungel – wie so oft zog sich die Expedition länger hin als ursprünglich geplant. Mittlerweile waren all die Dinge, die er anfänglich so spannend gefunden hatte – das Leben im Zelt und die Arbeit in einem der größten, unberührtesten Urwälder der Welt –, beinahe zum Alltag geworden.

Die Hitze und die hohe Luftfeuchtigkeit, die jede Bewegung verlangsamten, die beeindruckende Tierwelt tief im Herzen der Natur, vor allem die Vögel – all dies verstärkte bloß Okes brennenden Wunsch, zu schützen, was von dieser Welt noch übrig war. Angesichts der schrill kreischenden wilden Papageien und der zauberhaft schillernden, funkelnden Kolibris stockte ihm jedes Mal der Atem.

Inzwischen träumte er nicht mehr so oft von dunklen, kühlen Gassen, frischen, leuchtenden Morgen, dem Krachen von Eis, von gemütlichen Kneipen und Kaminen mit knisternden Scheiten, vor die man sich entspannt niederließ, statt sich zum Schutz vor der bedrückenden Finsternis und den vielen Insekten der Nacht um das Feuer zu scharen.

Und er träumte fast gar nicht mehr von der temperamentvollen jungen Frau mit dem frechen Lachen, die nicht Samba tanzen konnte, es aber gern lernen wollte. Wenn doch, nur ganz gelegentlich, dann schien ihn das Gefühl des Verlustes allerdings schier zu überwältigen.

Hier musste er ständig auf die Gefahren der Umgebung achten, die im Urwald lebenden Gemeinschaften, je nach deren Erwartungen, entweder meiden oder ihnen einen respektvollen Besuch abstatten, bei der Fahrt über die großen Nebenflüsse das Paddel übernehmen … Ja, hier, mitten im Herzen des Urwaldes, ging es ihm besser.

Er war nicht mehr so traurig, nur noch manchmal. Und wenn er in das Studium der riesigen Bäume vertieft war – Harz testete, Exemplare zählte und auf der Karte vermerkte, möglichst viele Daten an die Universität schickte –, dann fühlte er sich sogar nützlich und wohl in seiner Haut.

Und natürlich war Mary immer dabei, positiv und energiegeladen, schlug am Lagerfeuer Lieder vor, die er nicht kannte, und zeigte sich stets fröhlich und hilfsbereit. Dabei ließ sie sich nicht davon beirren, dass die meisten hier im Team ernsthafte Forscher waren, die lieber nur über die Eigenschaften von Harz debattieren wollten.

Mary erfüllte nicht bloß die Funktion einer Krankenschwester, sondern war auch fürs Catering zuständig. Sie brachte Oke nach dem Aufwachen immer eine Tasse Kaffee, erkundigte sich nach seiner Mutter und sagte ihm Bescheid, wenn er mit dem Satellitentelefon an der Reihe war. Mittlerweile waren sie weit entfernt von jedem Ort, an dem ein Handy Empfang haben würde, daher hatte er seins schon seit Wochen nicht mehr aufgeladen.

Nach und nach musste sich Oke eingestehen, wie unkompliziert es war, Zeit mit Mary zu verbringen. Sie tauschten lustige Geschichten aus ihrer Kindheit in derselben Stadt aus, wo sie in dasselbe Versammlungshaus gegangen waren. Es ging um Spiele von früher, ihre Mütter, die ja beste Freundinnen waren, und dann mal wieder um Okes Schwestern.

Mary hatte ganz konkrete Pläne für ihre Zeit nach der Expedition: Sie wollte ihren Master machen und sich dann Arbeit in ihrer Heimatstadt suchen, mit jemandem in die Nachbarschaft ihrer Eltern ziehen und dort ein glückliches Leben führen … Wenn er in ihr begeisterungsfähiges junges Gesicht mit den leuchtenden Augen schaute, bewunderte Oke sie für ihre Selbstsicherheit und Bestimmtheit.

Oke mochte sein Leben nicht wie der frommste aller Quäker führen, aber er glaubte fest an gewisse Glaubenssätze seiner Religion: stille Akzeptanz, große Hingabe an die Wahrheit und an den Zusammenhalt der Gruppe.

Er war nicht blind, und seine Mutter war ja auch ziemlich deutlich geworden. Er sollte Mary oder eine Frau wie sie akzeptieren und dann mit ihr zusammen in der engen, stillen Gemeinschaft leben, in die er hineingeboren war. Diese Erwartung war eigentlich immer an ihn gestellt worden. Mit einer so beständigen Person wie Mary, mit einer Liebe, die kontinuierlich genährt wurde und so nach und nach erwuchs, würde er seine Familie sehr glücklich machen. Und es bestand auch kein Zweifel daran, dass Mary ein guter Mensch war. Dazu kamen auch noch Okes Gewissensbisse. Schließlich hatte er versucht, von dem ihm vorgezeichneten Weg abzuweichen, und hatte damit zwei Menschen sehr unglücklich gemacht. Vielleicht war an alter Weisheit ja doch etwas dran.

Gegen Ende der Expedition hatte das Team einen harten Tag hinter sich. Sie hatten das Lager flussaufwärts verlagert, dann einen anstrengenden, endlosen Fußmarsch zu einem auf einer Karte verzeichneten Baum unternommen, der letzten Endes gar nicht dort stand, und zum Schluss hatte es auch noch Probleme mit den Batterien der Taschenlampen gegeben … Na ja, es war ein übler und eigentlich komplett vergeudeter Tag gewesen.

Okes Zeltgenosse, João-Castilho, war ein dürrer, lustiger, vorlauter Typ aus Rio, dem Oke zunächst nicht viel hatte abgewinnen können. Mittlerweile empfand er seine Witze aber nicht länger als nervig, sondern eher als tröstlich. Wenn man ständig vor eventuellen Angriffen durch Krokodile auf der Hut sein musste oder sich nach einem Bad in einem Raum mit einem Dach sehnte, nicht nach einer Dusche unter einem Plastiksack, wenn man sich so sehr wünschte, einfach in ein Café zu gehen und eine vernünftige Tasse Kaffee zu bestellen, dann war eine unermüdliche Frohnatur im Team durchaus von Vorteil.

João-Castilho war längst in der Falle und schnarchte laut vor sich hin. Oke war aber noch wach, hatte sich auf der Motorhaube eines Land Rovers ausgestreckt und blickte zum Kreuz des Südens hinauf, dessen Faszination nie nachließ.

Keine Fernsehserie könnte je so fesselnd sein wie das helle Leuchten der Sterne über einer Lichtung weit entfernt von allen Städten, vom Lärm und der Verschmutzung dieser Welt.

Manchmal sehnte Oke sich fürchterlich nach dem Trubel der Zivilisation, und manchmal war er einfach nur froh, ihn weit hinter sich gelassen zu haben. Oke selbst fühlte sich durch diese Welt, deren Finger nach ihm zu greifen und ihn mal in diese, mal in jene Richtung zu zerren schienen, gelegentlich unförmig und plump, ein verdrehtes Bündel widersprüchlicher Begehren.

Seine Familie wollte das eine, für seine akademische Karriere war etwas anderes nötig, und dann wartete auch noch eine seltsame, eiskalte Ecke der Welt auf ihn, obwohl er sie in seiner aktuellen Situation kaum heraufbeschwören konnte. Edinburgh war eine Stadt aus dem 18. Jahrhundert, während er in einem Glauben aus dem 17. Jahrhundert erzogen worden war und versuchte, in einer Welt des 21. Jahrhundert zu leben.

Aber seine momentane Umgebung, so fern von den Sorgen und Nöten der Menschen, war ein Urwald genau wie der, durch den einst Dinosaurier gestampft waren. Die nächtlichen Geräusche des Dschungels drangen an sein Ohr: wilde Schreie und Kreischen, das Schnattern von Vögeln und gelegentlich das Knurren eines Tieres, das hoffentlich weit, weit weg war. In der badewasserwarmen Luft schaute Oke zu den funkelnden Diamanten am Himmel hinauf und fühlte sich wohl. Hier und jetzt war er plötzlich im Reinen mit seinem tief verankerten Glauben, dass alles auf der Welt miteinander in Verbindung stand und dass es da draußen, in den Tiefen des Alls oder am Rande der Zeit, etwas – irgendetwas – gab, Anfang oder Ende der Kreation. Im Zusammenhang dieses großen Ganzen spielte ein einzelner Mensch keine bedeutende Rolle. Selbst dieser Gedanke war ihm ein Trost: Triff deine Entscheidungen nach deinem besten Wissen und Gewissen, mehr kannst du nicht tun. Das Universum war größer und seltsamer als alles, was Oke oder jeder andere je würde begreifen können. Selbst diese kleine Ecke – einer der ältesten, größten lebenden Organismen auf Erden – war so voller Dinge, die noch nicht verstanden wurden. Und das war in Ordnung.

Oke war halb in Trance und fast eingeschlafen, als plötzlich wie aus dem Blauen heraus Mary vor ihm stand, die vom Toilettenbereich zurückkehrte. »Hey«, flüsterte sie. »Was ist denn los?«

»Nichts«, sagte Oke und wedelte in Richtung Himmel. »Und doch alles.«

Als Mary Anstalten machte, sich neben ihn zu legen, rutschte er ein wenig beiseite.

»Das da sind Kassiopeia«, sagte sie leise, »und Pegasus.«

Er nickte. Dass Menschen Sternen einen Namen gaben, war aus Okes Sicht eine ziemlich oberflächliche Angelegenheit, so ähnlich wie die Geschichten für Kinder, die Carmen verkaufte. Aber an Carmen dachte er ja nicht mehr.

»Ich finde es hier draußen so schön, du nicht?«, flüsterte Mary. »Wir leben wirklich in einem unglaublichen Land. Es muss dir ja schrecklich gefehlt haben, als du weg warst.«

Oke stieß nur ein unverbindliches Grunzen aus, und Mary schaute ihn von der Seite an. Sie kannte ihn seit ihrer Kindheit und hatte ihn immer bewundert. Einst war er ein großer, kluger, wissbegieriger Junge gewesen, der selbst beim Fahrradfahren noch ein Buch in der Hand gehalten hatte, der in den Versammlungen still geblieben war und auch außerhalb von ihnen nicht geprahlt oder laut getönt hatte. Er hatte immer schon gut zugehört, wenn die Alten ihm erklärten, wie er sein Leben zu leben hatte, dann aber genau das getan, was er wollte. Und jetzt war er ein Mann von Welt, war gelehrt und weit gereist, hatte einen Doktortitel. Geld zwar nicht, aber das störte sie nicht, und die beiden Familien wünschten es sich doch so sehr. Mary hatte den Mund gehalten und sich zurückgenommen, so langsam war es ihrer Meinung nach aber Zeit, die Dinge zu beschleunigen. Die Expedition würde bald zu Ende sein, und es wäre doch schön, wenn dann ... alles in trockenen Tüchern wäre. Schließlich war sie schon ihr halbes Leben in Oke verliebt.

Mit Blick auf sein feines Profil stützte sie den Kopf ab. Sie musste ihre ganze Willenskraft aufbringen, um es nicht mit dem Finger nachzuzeichnen. »Diese Reise war einfach unglaublich, oder?«

»O ja.«

»Ich kann kaum fassen, dass bald alles vorbei ist. Wäre es nicht toll, wenn wir … uns noch weitere gemeinsame Forschungsjobs sichern, unser Leben lang zusammen auf Erkundung gehen könnten? Weißt du, als Krankenschwester kann ich überall arbeiten.«

Oke schaute sie an und bemerkte, dass sie zwar mit kurzer Hose und Trägershirt sportlich gekleidet war, aber auch Wimperntusche aufgelegt hatte. »Hm«, machte er.

Sie schob den Arm auf ihn zu. »Ich finde … Also, wir sind doch ein gutes Team, meinst du nicht?«

Wünscht sich das Universum das hier für mich?, fragte sich Oke und starrte zum Himmel hinauf. Er dachte an das Gesicht seiner Mutter, daran, wie sehr sich seine Familie freuen würde. Aber dann sah er auch Carmen vor sich: aufgewühlt, eingeschnappt, mit hochroten Wangen. Er musste an kalte Morgen denken, an eine Welt, die so weit weg zu sein schien, eine teure, eisige Welt. Die Gedanken wirbelten in seinem Kopf herum, bis er sie irgendwann als von sich selbst losgelöst empfand. Plötzlich schienen sich die Sterne über ihm zu bewegen, und es kam ihm vor, als würde sich der Himmel zu ihm vorlehnen, ihm in der warmen Luft schwer auf der Brust ruhen. Immer diese Hitze, dachte er. Jeden Morgen wachte er schweißnass auf. Er badete zwar im Fluss – aber das wirklich saubere Wasser war zum Trinken da, nicht zum Waschen. Und bei der hohen Luftfeuchtigkeit hier war es ja nicht nur so, dass man nach dem Duschen nicht richtig trocken wurde – das T-Shirt klebte einem auch zehn Minuten später schon wieder am Rücken.

Wirklich gestört hatte das Oke, der auf das Klima bisher kaum geachtet hatte, eigentlich nicht. Trotz der späten Stunde empfand er das warme Wetter aber mit einem Mal immer unerträglicher. Es schien ihm die Luft abzuschnüren. Plötzlich sehnte er sich nach der scharfen Frische eines frostigen Morgens und wollte gern eine Mütze tragen, die nicht nur zum Schutz vor grellem Licht diente. Die Welt fühlte sich zu heiß an, und es gab kein Entkommen. Das Blut schien zunehmend zäher durch Okes Adern zu fließen, sein bereits träger Herzschlag wurde mit der Dumpfheit der Hitze langsamer und langsamer, während sein Verstand in einem Meer aus Hitze davontrieb.

»Oke?«, sagte Mary und sah ihn an, während seine Augen immer größer wurden. Sie rückte ein wenig von ihm ab und rief dann alarmiert: »OKE?«

Kapitel 7

Erklären Sie es mir bitte noch einmal«, bat Carmen kopfschüttelnd. Das ergab alles keinen Sinn.

»Also, meine Reise beginnt am 26. Dezember. Ich gehe hier in Schottland an Bord eines Schiffes, das den Atlantik überquert, einen Zwischenhalt in Südamerika einlegt und sich schließlich auf den Weg nach McMurdo Sound macht.« Wieder lag in Mr McCredies Augen dieser feuchte, abwesende Blick.

»Dieses Jahr Weihnachten?«, fragte Carmen. »Aber das kann nicht klappen, schließlich ist in ein paar Wochen schon Dezember!«

»Oh, doch, also, bei denen ist der Sommer schließlich …«

»Nein, das wollte ich damit nicht sagen. Ich meine, wie wollen Sie das finanziell bewerkstelligen? Wenn quasi schon November ist.«

»Ach so«, sagte Mr McCredie. Sie betrachteten beide wieder den Brief des Polarforschungsprogramms, der inzwischen ein wenig zerknittert war. Ja, darin stand so einiges darüber, dass sie ihn als stolzen Nachfahren eines Teilnehmers bei der Bruce-Expedition natürlich gern bei sich willkommen heißen würden. Allerdings war dann weiter unten aufgeführt, was sie ihm dafür abknöpfen würden, und das war ein astronomischer Betrag.

»So viel Geld haben Sie nicht«, sagte Carmen. »Das wird Ihnen die Büroklammer gern bestätigen.«

»Sie versuchen anscheinend, eine Datei aufzurufen«, schrieb Karl, ohne die Datei zu öffnen.

»Äh, na ja«, sagte Mr McCredie, der den Computer keines Blickes würdigte. Jetzt waren seine Augen ganz rund und eifrig. »Aber dafür sind Sie doch hier, oder nicht? Um sich originelle Strategien einfallen zu lassen, mit denen mehr Geld reinkommt.«

»Ja, aber so langsam bin ich mit meinem Latein am Ende«, musste Carmen zugeben. »Haben Sie nicht gehört, wie sich alle wegen meiner ach so gruseligen Geschichte gefürchtet haben?«

»Ich persönlich finde dieses Buch auch schrecklich angsteinflößend«, gab Mr McCredie zu.

»Aber das war doch für Halloween! Und was ist mit dem Film?«

»Der war wirklich vulgär«, befand Mr McCredie.

Carmen blies die Wangen auf.

»Ich habe da eine Idee«, sagte Mr McCredie.

»Ach ja?«, fragte Carmen aufgeregt. Mr McCredie kannte die Buchhandlung besser als jeder andere und wusste, welche verborgenen Schätze man hier vielleicht noch heben konnte.

»Nun gut, sie ist vielleicht etwas ungewöhnlich.«

»Umso besser!«, rief Carmen aus. »Schrullig kommt gut an.«

Mr McCredie schürzte die Lippen. »Also, es gibt da ja diesen Mann …«

»Hm-hm?«

»Jackson McClockerty. Der hat ein paar sehr interessante Ideen dazu, was man aus diesem Laden machen könnte …«

»Was soll das denn heißen?«, empörte sich Carmen.

»Oh, McClockerty ist schon seit Jahren hinter der Buchhandlung her.«

»Er ist verrückt geworden!«, verkündete Carmen an diesem Abend, während sie hin und her marschierte und Eric auf ihrem Arm auf- und abhopsen ließ. »Völlig verrückt!«

»Jackson McClockerty«, murmelte Sofia und schüttelte den Kopf.

Im Moment herrschte zwischen ihnen Waffenstillstand, weil die Alternative einfach zu übel war.

Aber schon bald würde ja Rudi hier einziehen.

»Du kennst den?«

»Den kennt doch jeder. Er ist der Schottenkarokönig von Costorphine! Na ja, obwohl ich nicht davon ausgehe, dass er noch in Costorphine wohnt.«

»O Gott«, knurrte Carmen. »Das alles … kann ich wirklich nicht ertragen. Ich will doch bloß Bücher verkaufen.«

Sofia runzelte die Stirn. Es gab eine ganz offensichtliche Lösung, und sie fragte sich wirklich, warum Carmen sich so dagegen sträubte.

»Mr McCredie braucht also Geld«, sagte Sofia, »und zwar schnell.«

»Hmhm.«

»Und bei ihm oben im Haus stehen etliche Zimmer leer.«

Carmens Miene wurde nur noch länger. Daran wollte sie auf keinen Fall denken, aber Sofia brachte das immer wieder zur Sprache und rieb es ihr unter die Nase. Manchmal hasste sie ihre Schwester einfach.

»Sofia, du weißt doch, dass er keine Zentralheizung hat, daher sind diese Zimmer praktisch unbewohnbar! Und ich glaube ja, dass er meistens unten bleibt, weil er die Treppen nicht mehr so gut steigen kann. Jedenfalls ist dieses Haus quasi verlassen.«

»Ich weiß auch, dass es in einer tollen Gegend liegt und für deine Arbeit total praktisch wäre«, entgegnete Sofia.

Ein Schweigen so eisig wie Mr McCredies obere Räume machte sich breit, und Sofia tat ganz beschäftigt.

»Weißt du was«, sagte sie schließlich ein wenig versöhnlicher, »ihr solltet die Buchhandlung nach hinten hin erweitern. Da ist noch so viel Platz, deshalb ist es echt albern, wie klein die Verkaufsfläche ist. Wenn ihr die vergrößern könntet, könntet ihr viel mehr Ware den Kunden zugänglich machen, und es würde auch mehr gekauft werden.«

»Wie soll ich dahinten denn die elektrische Installation und die Beleuchtung erneuern?«, fragte Carmen. »Mit unsichtbarem Zaubergeld? Das ist echt eine dumme Idee.«

Tatsächlich war es keine so dumme Idee, was sie nur noch nerviger fand.

Eine Weile ignorierten die beiden Schwestern einander wieder schlecht gelaunt, bis die Haustür aufging und Pippa hereinstürmte

»Hallo, mein Schatz«, sagte Sofia, die sich darüber freute, dass jemand die Atmosphäre ein bisschen auflockern würde.

Allerdings gab Pippa ein ganz untypisches »Ohhhh« von sich und sank auf einen Stuhl am Küchentisch. Normalerweise folgte auf ihre Ankunft eine triumphierende Aufzählung ihrer jüngsten Erfolge: wie sie in der Schule Fragen beantwortet, Tests mit Bravour bestanden und Komplimente bekommen hatte. Heute wirkte sie vielmehr niedergeschlagen und starrte auf die Tischplatte.

»Was ist denn los?«, fragte Carmen.

Pippa warf ihr einen finsteren Blick zu. Generell war sie

auf Carmen nicht so gut zu sprechen, weil die sich aus Pippas Sicht in Auseinandersetzungen unfairerweise immer auf Phoebes Seite schlug. (An der Sache war durchaus etwas dran, da sich Phoebe und Carmen sehr ähnlich waren.)

Pippa stieß nur ein schweres Seufzen aus.

»Möchtest du vielleicht eine heiße Schokolade?«, fragte ihre Tante.

»Carmen!«, rief Sofia fassungslos aus.

Genervt schaute Carmen zu ihr hinüber. »Sorry. Ich dachte, das würde eventuell helfen.«

»Zucker ist nie die Antwort!«, sagte Sofia.

»Na ja, das hängt schon von der Frage ab«, murmelte Carmen.

»Hm«, machte Pippa, die in ihrem stillschweigenden endlosen Kampf gegen Carmen nur ungern klein beigeben wollte. »Vielleicht.«

Carmen packte Eric in seine Babywippe. Er konnte sich stundenlang damit beschäftigen, darin »Ba, ba, ba, ba« vor sich hin zu brabbeln, solange nur jeder, der vorbeikam, ihm mit dem Fuß ein bisschen Schwung gab.

Nun trat Carmen an den Herd, goss Milch in einen Topf und streckte den Arm aus, um von einem hohen Regalbrett Sofias geheime teure Plätzchen herunterzuholen.

Wieder flog die Haustür auf. Dieses Mal war es Phoebe.

Die Schule der Kinder lag ganz in der Nähe, und sie hätten theoretisch zusammen nach Hause laufen können, was sie aber nie taten. Pippa legte die Strecke mit ihren besten Freundinnen zurück, von denen meistens zwei gerade nicht miteinander sprachen.

Alle Mädchen in ihrer Gruppe trugen den gleichen hohen, makellosen langen Pferdeschwanz.

Phoebe kam für gewöhnlich mit dem »wandernden

Schulbus«, hielt sich aber am Rand der großen Gruppe von Jungen und Mädchen, sodass sie durchaus auch allein hätte unterwegs sein können. Wie sie da mit ihrem offenen Rucksack voranmarschierte und eine Spur aus Taschentüchern und vollgeschmierten Zetteln hinterließ, erinnerte ein wenig an eine Illustration von Quentin Blake.

Weil sie montags nicht arbeitete, lief Carmen an diesem Tag oft Phoebe mit Eric auf dem Arm entgegen. Dann zog sich ihr das Herz in der Brust zusammen, wenn sie ihren kleinen Spatz ganz allein den Hügel zum West End hinauf hochstapfen sah. Phoebe knallte beim Gehen ihr Hockeyschläger gegen die Beine, und Pippa lief weit vor ihr voran.

Dann musste Carmen daran denken, dass sich Sofia früher so ähnlich verhalten hatte. Aber das hatte sie nicht gestört, wenn sie das noch richtig in Erinnerung hatte. In der Schule ignorierten sich Schwestern eben, das war nun mal die Regel. Und zu Hause eigentlich auch, wenn es irgendwie möglich war.

»Hey, Phoebes«, sagte Carmen jetzt mit warmem Lächeln. Einer ihrer festen Zöpfe war aufgegangen, sodass ihr die Haare lose auf den Pullover fielen. Der war auf einer Seite nicht mehr in den Rock gesteckt und hatte außerdem Löcher in den Ärmeln, weil Phoebe sie sich immer wieder mit den Daumen über die Hände zog, wie oft man sie deshalb auch ermahnte.

Sie trug die alten Sachen von Pippa auf, die ihr in makellosem Zustand vererbt wurden und die sie innerhalb von Wochen ruinierte oder verlor.

»Wie war dein Tag?«

Auch Phoebe sank auf einen Stuhl. »Also, Mr Lochin sagt, dass ich mich mehr konzentrieren muss.«

Sofia schaute auf. Mr Lochin war die Art von Lehrer, die

sie mochte: traditionell und altmodisch. Er stellte an alle Kinder die gleichen hohen Ansprüche, in Bezug auf Lernverhalten, sonstiges Benehmen und Manieren. Für Phoebe war das eine Katastrophe.

»In welcher Hinsicht?«

Carmen rührte die Schokolade in die heiße Milch.

»Äh, Phoebes«, sagte jetzt Pippa. »Eigentlich wollte ich hier gerade eine Unterhaltung unter Erwachsenen führen.«

Mit klagender Miene schaute Phoebe sie an.

»Ich heb dir was von der heißen Schokolade auf«, versprach Carmen.

»Ich krieg keine heiße Schokolade«, maulte Phoebe, »wenn ich Probleme habe.«

»Weil du ja jeden Tag Probleme hast«, entgegnete Pippa. »Deshalb würde heiße Schokolade es nur noch schlimmer machen!«

»Pippa, sei nicht so fies!«, mahnte Sofia.

»Ich bin freundlich und sage die Wahrheit! Ich dachte, wir sollen die Wahrheit sagen!«, protestierte Pippa.

Carmen goss die heiße Schokolade in vier Tassen und bot Sofia, die sowieso Nein gesagt hätte, ganz diplomatisch keine an, ohne eine große Sache daraus zu machen.

Jack würde jetzt jeden Moment zur Tür hereinstürmen, falls er sich nicht melden und Bescheid sagen würde, dass er bei Olly blieb. Ollys Zuhause war aus Jacks Sicht das reinste Paradies. Sein Freund lebte in einer neuen umzäunten Wohnanlage in einem Haus mit Schwitzraum und einem Billardtisch im Keller.

Zwischen lauter anderen identischen Häusern gab es dort riesige Grünflächen, wo man Ball spielen konnte. Sofia fand diese Häuser mit ihren Filmzimmern und Kaugummiautomaten, riesigen Hochleistungskühlschränken und Plastikrasen hinter dem Haus, ja, die ganze Anlage mit den auf der Straße geparkten Autos, furchtbar vulgär. Für Jack war sie der Himmel auf Erden.

Phoebe beäugte ihre heiße Schokolade. »Darf ich die mit nach oben nehmen?«

»Nein, darfst du nicht.«

»Oder mit in Carmens Zimmer?«

»Ja, klar.«

»Was?«, entfuhr es Carmen.

Carmen liebte Phoebe, aber sie kleckerte doch auf Schritt und Tritt.

»Ach, komm, dir ist das doch egal.« Außerdem ziehst du sowieso bald aus, war der unausgesprochene Nachsatz.

»Ähem«, räusperte sich Pippa.

»Kann ich nicht doch dableiben?«, versuchte Phoebe es noch einmal.

Pippa warf ihr einen vernichtenden Blick zu. »Das hier sind Erwachsenensachen für große Leute. Misch dich da nicht ein!«

»Ich sag auch nichts!«

»Nicht ein Wort!«, mahnte Pippa.

»Okay.«

»Es ist nämlich ein Geheimnis – du darfst niemandem davon erzählen, weil ich das sicher herausfinden würde!«

»Okay«, piepste Phoebe mit ihrer kleinlautesten Stimme.

»Was ist denn?«, fragte Sofia.

»Also ...«, sagte Pippa und legte eine dramatische Pause ein, »Alfie Broderson will, dass ich seine Freundin werde.«

Stille legte sich über den Raum.

»Aber du bist doch nur ein kleines Kind!«, sagte Carmen.

»Ich bin fast zwölf!«

»Womit du gerade die Definition von ›Kind‹ genannt hast.«

Sofia musste sich erst einmal setzen. »Ist Alfie Broderson dieser Junge, der Rugby spielt?«

»Ja, und er ist echt ätzend. Ich mag ihn gar nicht«, erklärte Pippa hastig.

»Äh, gut, schließlich bist du noch ein Kind.«

»Alle sagen, dass er dich mag«, meldete sich Phoebe schüchtern zu Wort.

»Das ist sogar in der Vierten Thema?«, fragte Pippa und versuchte, nicht allzu begeistert auszusehen. »Wie furchtbar.«

»Darüber reden alle«, versicherte Phoebe.

Mit einem Mal schien Pippa ihre strenge »Kein Wort«-Regel vergessen zu haben.

»Er ist der bestaussehendste Junge der Schule«, fuhr Phoebe fort. »Sagen manche. Ich finde, er sieht aus wie ein Blödmann.«

»Und jetzt weiß ich nicht, was ich machen soll«, sagte Pippa.

»Du magst ihn also wirklich nicht?«, fragte ihre Mutter und setzte sich so hin, dass sie mit Pippa auf Augenhöhe war.

»Sofia!«, knurrte Carmen. »Hör auf damit!«

»Nein!«, versetzte Sofia. »Solche Dinge sind ein wichtiger Teil der persönlichen Entwicklung. Außerdem erinnere ich mich noch gut daran, wie das bei dir früher lief.«

»Nicht in der siebten Klasse der Grundschule!«

»Aber auch nicht viel später!«

Da sich Pippas Körper längst zu verändern begann, wusste Sofia, dass sie diese Sache ernst nehmen musste. Ihr war aufgefallen, dass viele Mädchen in der Klasse ihrer Ältesten bereits Brüste bekamen, und manche auch ihre Periode. Früher hatte es das in der Grundschule noch nicht gegeben, aber so sah es heutzutage nun einmal aus. Ja, alle Handbücher rieten dazu, und sie würde sich in dieser Situation als die Mutter zeigen, die sie gern sein wollte.

»Du hast also kein Interesse an ihm?«

»Für so etwas bin ich doch viel zu jung. Und er ist auch ein blöder Kerl.«

»Sehr vernünftig.«

Ja, vernünftig bin ich wirklich, dachte Pippa und strahlte. »Das Problem ist nur«, fügte sie hinzu, »dass er bloß noch mehr drängt, wenn ich höflich ›Nein danke‹ sage.«

»Ja, so läuft das leider«, seufzte Sofia. »Aber das hab ich dir ja schon erklärt.«

Carmen starrte sie an. »Was?«

»Oh, du weißt schon«, sagte Sofia. »Wenn du willst, dass dich ein Typ mag, dann musst du dich rarmachen. So viel ist dir doch auch klar, da erzähl ich dir ja nichts Neues.«

»Das ist viktorianischer Schwachsinn!«, rief Carmen aus. »Red den Kindern doch nicht solchen Mist ein!«

»Entschuldige bitte, aber ich führe hier gerade ein privates Gespräch mit meiner Tochter«, zischte Sofia wütend.

Carmen schluckte. Ehrlich gesagt, hatte sie die Worte ihrer Schwester gerade als Seitenhiebe empfunden. Als sie mit Oke zusammengekommen war, war sie schließlich bis über beide Ohren in ihn verliebt gewesen und hatte sich ihm aufgedrängt. Für nichts und wieder nichts.

»In welchem Licht hast du dann eigentlich mich gesehen?«, fragte sie leise. »In der Zeit mit Oke?«

»Carmen, du bist schon groß und kannst für dich selbst entscheiden«, antwortete Sofia. »Außerdem hättest du meinen Rat sowieso nicht gewollt.«

»Also stimmt es: Du fandest, dass ich mich ihm zu sehr an den Hals geworfen habe, oder?«

»Das halte ich vor den Mädchen nicht für ein angemessenes Gesprächsthema.«

»Also ja«, sagte Pippa.

»O Himmel«, murmelte Carmen, während ihr Tränen in die Augen schossen.

Sofia wandte sich zu ihr hin. »Oh, mein Schatz, du warst wegen Oke so glücklich und ganz verrückt nach ihm. Deshalb hab ich lieber den Mund gehalten, obwohl er auf mich gewirkt hat, als hätte ihm ein bisschen mehr Freiraum gutgetan. Aber wie hättest du denn reagiert, wenn ich dir das gesagt hätte? Du hättest mir doch den Kopf abgerissen.«

Carmen blinzelte die Tränen weg.

»Wo ist Oke eigentlich?«, fragte Phoebe aus dem Blauen heraus. »Ist der immer noch im Urwald? Ich fand ihn gut und dachte, er würde mein neuer Onkel. Nur, dass er keine Geburtstage feiert, war doof«, sagte sie. »Aber es wäre nicht so schlimm gewesen, weil du mir ja auf jeden Fall ein Geburtstagsgeschenk gekauft hättest, Tante Carmen. Oder vielleicht auch zwei, um wiedergutzumachen, dass Oke nicht an Geburtstage glaubt. Aber sonst find ich ihn super. Er ist also immer noch im Dschungel?«

Carmen schluckte heftig. »Ich weiß es nicht«, musste sie zugeben. »Und deiner Mutter zufolge hätte ich mich ja mehr wie Pippa benehmen und mich nicht so an ihn ranschmeißen sollen.«

»Alle sollten sich mehr wie Pippa benehmen«, sagte Phoebe. »Aber das ist echt schwer.«

»Ist es nicht!«, protestierte Pippa. »Sei einfach nett!«

Carmen starrte Sofia an, die ihren Blick nicht erwiderte.

»Vergiss es«, sagte Carmen. »Hör mal, du hast recht. Ich sollte hier wirklich ausziehen.«

Die Kinder keuchten auf.

»Was?«, rief Phoebe.

Phoebe warf sich auf Carmen. »Du darfst nicht weggehen!«, rief sie. »Du wohnst doch hier bei uns!«

»Eigentlich ist sie nur zu Besuch gekommen«, mischte sich Pippa ein, »und dann total lange geblieben. Ich hab gehört, wie Mummy das am Telefon gesagt hat.«

»PIPPA!«, fauchte Sofia. Es war das erste Mal, dass Carmen sie in so einem Tonfall mit ihrer Ältesten sprechen hörte.

Sofia wandte sich an Carmen. »Ach, du hast also etwas gefunden? Hättest du nicht erst mir Bescheid sagen können? Den Kindern hätte ich es nämlich gern selbst gesagt«, versetzte sie mit eisiger Stimme. Offensichtlich war sie stinkwütend.

Gut, dachte Carmen.

»Ich dachte, du würdest für immer hierbleiben«, sagte Phoebe mit Tränen in den Augen.

Carmen hob sie sich auf den Schoß, obwohl sie dafür eigentlich schon zu groß war.

»Aber ich komme ja oft zu Besuch«, versprach sie. »Außerdem zieht auch Rudi bald hier ein, das wird toll mit dem!«

»Wo gehst du denn hin?«, fragte Pippa.

»Ah, das weiß ich noch nicht genau. Aber in diesem Haus wohnen ganz schön viele Leute, findest du nicht?«

»Ja«, schniefte Phoebe. »Aber Daddy ist für Jack, Mummy ist für Pippa und du bist für mich.«

Obwohl der Herd immer noch Wärme ausstrahlte und Sofias schönes Haus für Extrakomfort auch eine Fußbodenheizung hatte, schien plötzlich ein eisiger Wind durch den Raum zu wehen.

»Jetzt sei doch nicht albern, mein Schatz«, sagte Sofia,

aber ihre Stimme kiekste dabei. Die Situation ging ihr gerade ein wenig gegen den Strich. Es war ja nicht ihre Schuld, dass Pippa wie eine Klette an ihr hing, sich immer gut benahm, Freundschaften schloss, nie in Schwierigkeiten steckte, während ihre jüngere Tochter fest entschlossen schien, sich selbst das Leben so schwer wie möglich zu machen. Natürlich liebte sie Phoebe, und zwar über alles, aber manchmal war es mit ihr eben nicht leicht. Und Sofia hatte wirklich gedacht, dass sie über genug Selbstbeherrschung verfügte, um sich ihre Gefühle nicht anmerken zu lassen.

Sie machte einen Schritt auf Phoebe zu, aber Carmen hatte die Kleine immer noch auf dem Schoß und wich Sofias Blicken aus.

Verdammte Carmen, dachte Sofia plötzlich, sie vermittelt Phoebe, dass es okay ist, den ganzen Tag nur herumzuliegen und sich nicht darum zu scheren, wie unmöglich man aussieht, dabei Süßigkeiten zu essen und heiße Schokolade zu trinken. Als könnte man stolz darauf sein, mit dreißig in einem Job mit Mindestlohn zu arbeiten und weiter seine Familie anzuschnorren.

Verdammte Sofia, dachte Carmen. Sobald jemand mal ein bisschen vom Weg abkommt, ist er für dich gestorben. Hoffentlich verinnerlicht Phoebe das nicht als Lektion fürs Leben.

Kapitel 8

»Findest du, dass ich ein schlechter Mensch bin?«, fragte Sofia Federico.

Obwohl die Kinder längst im Stockwerk über ihnen im Bett lagen, sprach sie mit leiser Stimme. Sie hörten Eric über den Babymonitor schnaufen, und Carmen befand sich zwei Stockwerke unter ihnen im Souterrain. »Ich meine, sie kümmert sich zum Beispiel super um Eric.«

Federico nickte. »Ja, schon. Aber sie hat hier quasi umsonst gewohnt, und es weist nichts darauf hin, dass sie in dieser Zeit Geld für eine Kaution angespart hat. Das hätte sie wirklich tun sollen.«

»Oh, darum hab ich mich gekümmert«, erklärte Sofia. Sie hatte die symbolische kleine Miete, die Carmen ihr bezahlte, auf einem Sparkonto angelegt, das ein paar Zinsen brachte. »Viel ist es allerdings nicht.«

»Trotzdem …«, sagte Federico. »Also, du weißt ja, dass es mich eigentlich nicht stört. Aber meine Mutter möchte auch mal länger zu Besuch kommen, und sie würde sich da unten am wohlsten fühlen. Außerdem zieht ja bald der Babysitter ein …«

Sofia sah ihn an. »Es macht dir doch nichts aus, dass es ein Mann ist, oder?«

»Nein, warum sollte es?«, entgegnete Federico. »Ich glaube, der ist genau das, was wir brauchen. Außer natürlich, du bist schon lange erpicht auf eine Affäre mit einem einarmigen, rothaarigen, religiösen Fanatiker.«

»Das ist nicht witzig«, knurrte Sofia. »Und wenn du das noch lauter sagst, werden die Kinder es bei seiner Ankunft wiederholen, und dann wird er uns wegen Diskriminierung verklagen. Mit gutem Recht! So einen Fall würde ich sofort annehmen.«

»Hmhm«, machte Federico. »Na ja, ich finde es jedenfalls gut. Es wird Zeit, dass jemand diesen kleinen Heiden Gott ein wenig näherbringt.«

Sofia starrte ihn an. »Willst du etwa mit ihnen in die Kirche gehen?«

»Neeein!«, sagte Federico.

»Na, dann ist ja gut.«

»Und was machen wir jetzt mit Carmen?«

»Pscht!«

»Siehst du, genau das meine ich!«, sagte Federico. »Ich weiß ja, dass wir Hilfe brauchen, aber müssen wir deshalb einfach alle bei uns beherbergen? Ich möchte in meinen eigenen vier Wänden eigentlich nicht flüstern müssen, das ist alles. Und selbst in unserem schönen großen Haus sind acht Leute wirklich viel. Mal abgesehen davon, dass die meisten Dreißigjährigen hier auch gar nicht bleiben wollen würden.«

»Ich weiß«, sagte Sofia, »ich weiß. Es ist einfach an der Zeit.« Sie sah ihn an. »Ich hoffe nur, Phoebs nimmt es nicht allzu schwer.«

»Zerbrich dir über Phoebe mal nicht den Kopf, okay? Gute Noten sind nicht alles, darüber haben wir ja schon mal gesprochen. Solange sie nur ihr Bestes gibt.«

»Ich weiß, ich hatte mit ihr eine Unterhaltung darüber.«

»Siehst du? Mach dir nicht solche Sorgen, es kommt

sicher alles ins Lot. Den drei Großen geht es gut, dem Baby geht es gut, Carmen wird sich schon wieder einkriegen, und du wirst begeistert sein, dass du endlich wieder arbeiten kannst. Wir haben doch wirklich ein Riesenglück.«

Sie küsste ihn. »Das haben wir.«

Im Stockwerk über ihnen unterhielten sich die beiden Mädchen wispernd.

»Mummy hat mir schon wieder den ›Du bist wunderbar, so wie du bist‹-Vortrag gehalten«, sagte Phoebe.

»O nein«, stöhnte Pippa. »Das ist nie ein gutes Zeichen.«

»Genau. Dabei hab ich gar nichts Schlimmes angestellt.«

Er herrschte lange Schweigen.

»Glaubst du, Carmen geht meinetwegen weg?«, fragte Phoebe in der Dunkelheit leise.

»Phoebe, ich werde jetzt ganz freundlich sein …«, erklärte Pippa.

»Gut.«

»… und deshalb lieber nicht darauf antworten.«

Kapitel 9

Oke?«, sagte Mary wieder besorgt.

Aber Oke war wie weggetreten. Er hatte den Kopf in Richtung Sterne abgewandt und atmete heftig keuchend.

»Hey … schau mich an!« Mary schüttelte ihn. »João-Castilho!«

Was als Nächstes geschah, brach wie ein Wirbelwind über sie herein – Hubschrauber, Papierkram, Infusionen. Mary, die zum Glück eine wirklich gute Krankenschwester war, begleitete den im Fieberwahn der Malaria gefangenen Oke zum nächsten Krankenhaus.

Der völlig benommene Oke war sich auf einer gewissen Ebene zwar dessen bewusst, dass hier gerade irgendetwas Enormes vor sich ging, konnte darauf aber nicht reagieren.

Er wurde von furchtbaren Schmerzen gequält, die wie Eis brannten, und begann plötzlich von Schnee zu träumen. Weiße Sterne schienen auf ihn herabzuregnen – lag er da etwa auf einem Auto? Wo war er denn nur? Immer noch auf der Motorhaube? Nein, jetzt lag er am Boden, es war bitterkalt, und eisige Sterne fielen auf ihn herab. Oder Schnee. Oder Eis. Aber vielleicht war ihm auch kochend heiß, denn das Eis wurde zu sengenden Splittern, die sich ihm in die Haut bohrten. Ihm war viel zu heiß, er glühte ja förmlich. Oke zerrte an seinen Kleidern. Leute brüllten ihn an, aber er konnte nicht verstehen, was sie sagten. Alles kam und ging, und jetzt brannte wieder die Sonne auf ihn herab.

Oke lag auf der Motorhaube eines Autos und starrte zum Himmel hinauf. Und steckte plötzlich in einem Schneesturm fest. Oder etwa nicht? Er ruckelte über einen unebenen Pfad, wobei er nach rechts und links geschleudert wurde, und eine Frau schaute ihn an. Mit ihrem Gesicht konnte er aber nichts anfangen, weil es weder seine Mutter war noch Carmen. Oder handelte es sich doch um Carmen? Wo steckte Carmen bloß? Carmen war seine … War sie im Schnee? Warum brannte der nur so, und weshalb hörte es denn nicht auf zu schneien? Und wie sollte er sich bloß abkühlen? Er wollte einen Schneeengel machen, aber unter ihm glühte alles. Oke versuchte, Carmens Namen zu rufen, bekam aber meistens keine Antwort. Wenn doch eine Person reagierte, hatte sie ein fremdes Gesicht, oder er konnte es gar nicht richtig erkennen. Und was war eigentlich mit all den Bäumen passiert? Waren die unter dem Schnee begraben? Aber das waren doch Bäume des Dschungels, und es schneite im Urwald nie. Es sollte hier nicht schneien, das war doch nicht … Es war nicht …

Von irgendwoher hörte Oke ein regelmäßiges Geräusch, das an Hämmern erinnerte, aber er konnte es nicht identifizieren. Er schlief ein – ja, war das so? – und wachte in einer Welt so weiß wie Schnee wieder auf. Aber handelte es sich tatsächlich um Schnee? War es je Schnee gewesen oder vielmehr einfach nur ein Zimmer? Ein weißes Zimmer? War überhaupt kein Schnee gefallen?

Wieder schlief Oke, für wie lange, wusste er nicht. Als er endlich aufwachte, war es weder heiß noch kalt. Aber er hatte keine Ahnung, wo er hier war, wie weit weg er sich von zu Hause befand.

Kapitel 10

Es war ein ungewöhnlich milder Sonntagmorgen. Sofia hatte Rudi zu sich eingeladen, damit die Kinder und er sich ein bisschen besser kennenlernten, bevor sie in die Kanzlei zurückkehrte.

Carmen arbeitete sich deshalb knurrig durch eine Website, über die Zimmer vermietet wurden, und las die besonders zweifelhaften Anzeigen laut vor.

»WG mit fünf Männern. Interesse an Computerspielen und Wikingern von Vorteil ... Au Backe, was soll das denn heißen?«

»Das sind INCELS«, bemerkte Federico über die *Financial Times* hinweg, »vermutlich mit Verbindungen zur rechten Szene.«

»Okay«, sagte Carmen. »Aber die Nebenkosten sind mit inbegriffen!« Sie saß am Küchentisch vor der weit offenen Glastür.

Die Kinder liefen im winzigen Garten herum und sammelten gelbe und orangefarbene Blätter ein, aus denen Sofia später irgendeine Collage machen wollte. Sie schoss auch jede Menge Fotos, weil sich diese herzerwärmende Familienaktivität bei Instagram gut machen würde.

Tatsächlich schlich sich Jack aber bereits davon, um lieber seinen Ball gegen die Wand zu kicken, während zwischen Phoebe und Pippa ein Streit darüber ausgebrochen war, wer von ihnen mit einer gefundenen Schnecke am vorsichtigsten umging. Sie hatten beschlossen, das Tier über den Winter zu sich zu nehmen, was allerdings mit dem tragischen Resultat endete, dass die Schnecke hinfiel und ihr Haus aufplatzte.

Sofia fragte sich nicht zum ersten Mal, ob es wirklich so sinnvoll war, bei der Kindererziehung niemals laut zu werden. Fielen ruinierte Schnecken dabei einfach unter Kollateralschäden?

Eric versuchte durch die Blätter zu robben, brachte dabei mit lautem Blubbern seine Überraschung und Zufriedenheit zum Ausdruck und futterte nebenbei so einiges an Laub, während die Mädchen rumheulten und sich gegenseitig Vorwürfe machten.

»Was ist denn mit dieser hier?«, sagte Carmen und ignorierte völlig, was da draußen vor sich ging. »Schlagzeuger sucht Gleichgesinnten. Bitte keine Frühaufsteher … tausendzweihundert Pfund.«

»In welcher Gegend?«

»Auf dem Mars … Oh, warte mal. Offene Person ohne Vorurteile gesucht …«

»NEEEEIIIIN!«

Es klingelte an der Haustür, was auch auf dem Handy von Sofia angezeigt wurde. Sie war ein wenig blass, als sie sich Eric schnappte. »Äh, das ist Rudi«, erklärte sie. »Der ist wegen des Kennenlerntermins hier.«

Carmens Miene wurde finster.

Während Sofia das Haus zu umrunden begann, schaute Carmen zu Federico hinüber.

Der zuckte allerdings nur mit den Achseln und war nicht dazu bereit, sich aktiv am Konflikt zwischen Schwestern zu beteiligen.

Leider wusste Carmen ganz genau, dass sie ihn niemals auf ihre Seite ziehen könnte. Federico und Sofia waren ein Team und besprachen immer alles miteinander. Auch wenn ihre verdammte Schwester diejenige war, die sie aus dem Haus haben wollte – er würde ihr nicht in den Rücken fallen.

Als Carmen ein Seufzen ausstieß, kam Phoebe herbei und presste ihr klebriges Gesicht an das ihrer Tante.

»Bist du wegen der Schnecke traurig?«, fragte die Kleine.

»Nein«, antwortete Carmen. »Ich bin traurig, weil ich von dir wegmuss, Mäuschen.«

Daraufhin wurde Phoebes Miene nur noch betrübter, und Carmen bekam sofort ein schlechtes Gewissen, weil sie hier emotionale Erpressung anwendete. »Du wirst mich trotzdem öfter sehen«, fügte sie hastig hinzu.

»Ja, aber was ist dann mit dem Mitternachtsplätzchenschmaus?«

Carmen starrte sie fassungslos an. »Wir reden doch nicht über den Mitternachtsplätzchenschmaus!«

»O nein, das hab ich ganz vergessen!«

Sofia kehrte mit Rudi im Schlepptau zurück, der fröhlich über das sommersprossige Gesicht strahlte.

»Hallo, d'Angelos!«, sagte er heiter und hielt eine Tüte hoch. »Ich hab Minibananen mitgebracht!«

Mit rotz- und tränenverschmiertem Gesicht starrte Phoebe zu ihm hoch. »Du darfst nie beim Mitternachtsplätzchenschmaus mitmachen!«, verkündete sie schniefend und wischte sich mit dem Ärmel ihres teuren Pullovers von Boden über die Nase. »Und die Schnecke ist tot!«

Man musste Rudi zugutehalten, dass er angesichts dieser unverständlichen Aussage nicht im Geringsten überrascht wirkte.

Als Phoebe zu der angeschlagenen Schnecke hinüberging, murmelte er: »Aha! Okay, kann mir vielleicht jemand sagen, wo bei euch der Nagellack steht? Das wäre sowieso wichtig zu wissen.«

Pippa sprang auf und holte welchen, den Carmen ihr zu Sofias Entsetzen zum Geburtstag geschenkt hatte. Misstrauisch beäugte sie Rudi. »Was willst du denn damit?«

»Meinst du etwa, ich wüsste nicht, wie man eine Schnecke verarztet?«

»Haben sie dir das in der Armee beigebracht?«, fragte Jack, den die Neugier auf Rudi zurückgetrieben hatte. »Bringst du mir bei, was du da gelernt hast? Also, abgesehen von diesem Schneckenzeug!«

»Okay. Aber jetzt bräuchte ich erst einmal Leukoplast.«

Beeindruckt betrachtete Rudi das Arsenal an Erste-Hilfe-Material, das Sofia in einer Küchenschublade gesammelt hatte. »Damit könntest du ein ganz annehmbares Feldlazarett führen«, sagte er über seine Schulter hinweg, während er nach der Rolle Klebeband griff.

»Das«, erwiderte Sofia überrascht, »ist das Netteste, was seit Langem jemand zu mir gesagt hat.«

»Hey!«, protestierte Federico, grinste sie aber an.

Die Kinder folgten Rudi, der sich neben die Schnecke kniete.

Carmen schaute zu ihm hinüber. Bisher war ihr gar nicht aufgefallen, was für breite Schultern er hatte.

»Okay, *Madam«,* sagte er und öffnete das Fläschchen Nagellack mit den Zähnen. »Jetzt keine hastigen Bewegungen.« Er musste selbst grinsen.

In diesem Moment fiel die Herbstsonne auf seine roten Haare und ließ sie in einem verblüffenden Goldton leuchten.

»Könntest du die Schnecke vielleicht festhalten?«, sagte er zu Phoebe. »Das ist eine große Verantwortung.«

»Ich kann das machen!«, drängelte sich Pippa vor.

Rudi kniff die Augen zusammen und schaltete schnell: »Für dich habe ich eine andere Aufgabe, du müsstest für die Patientin ein Bett vorbereiten. Wir brauchen ein gemütliches Bett aus Blättern!«

Rudi pinselte Nagellack über den Riss im Schneckenhaus. Dann klemmte er sich die Rolle Leukoplast unter seinen Stumpf und riss mit den Zähnen ein kleines Stück ab, das er darüberklebte.

»So, jetzt müssen wir sie noch mit gesunder Krankenhauskost versorgen. Zum Beispiel mit …«

»… einer Minibanane!«, rief Jack begeistert.

»Perfekt!«, befand Rudi. »Und wie ich sehe, hat das jüngste Mitglied der Familie beim Thema Bananen genau den richtigen Riecher.«

Während sich alle anderen auf die Schnecke konzentriert hatten, war nämlich Eric mit zahnlosem Grinsen auf die am Boden liegende Papiertüte zugekrochen und patschte fröhlich auf den Bananen herum.

Carmen beobachtete die Szene.

Phoebes Tränen trockneten, und Sofia tauschte freudige Blicke mit Federico. Sie schien wohl zu hoffen, dass sie nach Jahren mit Flop um Flop, mit Kindermädchen, die einfach nur ätzend gewesen waren oder direkt geklaut hatten, dieses Mal vielleicht den Jackpot geknackt hatten.

Pippa baute für die Schnecke sorgfältig das perfekteste kleine Krankenlager, das man sich nur vorstellen konnte, und Jack himmelte den männlichen Neuzugang im Haushalt ehrfürchtig an.

So traurig es auch war, in diesem Moment realisierte

Carmen zum ersten Mal … dass sie wirklich ausziehen musste. Sie sollte nicht hier sein. Ja, diese Menschen liebten sie, aber sie versuchten, sich ein gemeinsames Leben als Familie aufzubauen. Sie waren eine Familie, und in der war einfach kein Platz für eine Tante, die nur herumhing und die Speisekammer plünderte.

Sofia war sowieso schon aufgeregt genug, weil sie bald wieder arbeiten würde. Da brauchte sie nicht auch noch die Sorge um ihre kleine Schwester.

Carmen stand auf, um für alle Tee zu machen, was ungewöhnlich war. Normalerweise bat Sofia um eine Tasse Tee, wenn sie Eric stillte. Carmen, die für gewöhnlich damit beschäftigt gewesen war, über Oke und die Funkstille zwischen ihnen zu klagen, zog dann eine Schnute und verkündete: »Ich bin doch nicht deine Sklavin!« Im selben Augenblick fiel ihr aber wieder ein, dass sie ja quasi gratis hier im Keller wohnte, und erhob sich, um ungnädig einen nicht besonders leckeren Tee aufzugießen.

Dieses Mal tat sie es aber von sich aus. Sofia kam herbei und blieb neben ihr stehen. »Hör mal, Phoebe will auf keinen Fall, dass du gehst. Da unten ist zwar nicht viel Platz … aber du kannst ruhig bleiben, wenn du willst.«

»Nein«, würgte Carmen hervor. »Nein. Es ist das Richtige. Das ist mir jetzt auch klar.«

Sofia tätschelte ihr den Arm und wiederholte ihr Angebot nicht.

»Rudi scheint nett zu sein«, sagte Carmen.

»Ja, ich bin total nett«, bestätigte Rudi, der plötzlich neben ihr erschien. »Kriege ich vielleicht auch einen Tee?«

Er strahlte Carmen an, die es zunächst gar nicht bemerkte, aber zu grinsen begann, als sie ihm die Tasse reichte.

Gottlob ist sie bald weg, dachte Sofia. Und gottlob kehre ich zur Arbeit zurück.

Sie hatte kein Problem damit, sich den ganzen Tag mit Familienrecht, Testamenten und Scheidungen herumzuschlagen. Das war viel weniger anstrengend als ihre eigene Familie.

Kapitel 11

Um die Buchhandlung zu dekorieren, holte Carmen den Weihnachtsschmuck vom Dachboden und achtete beim Vorbeimarschieren dieses Mal aufmerksamer als sonst auf die eisigen Räume in Mr McCredies Haus.

Es gab hier einen schicken Salon, in dem seit etwa 1952 nichts verändert worden war, und etliche verwinkelte Treppen und Flure führten zu Zimmern, die sie noch nie betreten hatte. Generell war das Gebäude kalt und staubig, voll mit gruseligen Steckdosen aus Bakelit und quasi unbewohnbar. Carmen dachte an Sofias wohliges Haus mit Fußbodenheizung. Vielleicht würden die Dinge jetzt ganz anders aussehen, wenn sie nur eine bessere Mitbewohnerin gewesen wäre, oder vielleicht Oke eine bessere Freundin …

Voller Bedauern schaute sich Carmen in den alten Räumen um. Mal abgesehen von allem anderen war noch nicht einmal klar, ob Mr McCredie überhaupt Ja sagen würde.

Na los, redete sie sich schließlich aufmunternd zu. Jetzt reiß dich mal zusammen, du hast schließlich genug zu tun! Wenigstens sollte sie sichergehen, dass ihr noch die Arbeit blieb.

Bei der nächsten Runde holte sie vom Dachboden das Puppenhaus herunter, in dem kleine Spielzeugmäuse lebten. Sie platzierte es im Schaufenster auf einem Untergrund aus Watte und schaltete die Miniaturlichterketten ein.

Das warme Licht dieser Auslage erhellte den vorderen Bereich der Buchhandlung, ließ sie hübsch und gemütlich wirken. Im zweiten Schaufenster befand sich die Spielzeugeisenbahn. Rund um die beiden zentralen Elemente hatte Carmen so viele beliebte Weihnachtsbücher arrangiert, wie sie nur hatte finden können: wunderschöne Ausgaben von tollen alten Klassikern, neue Abenteuer, Geschichten von Gespenstern, die über verschneite Ebenen geisterten, Liebesromane, deren Ausgang davon abhing, ob jemand der Weihnachtsmann war oder nicht.

Carmen grübelte die ganze Zeit darüber, wie sie ihr Problem Mr McCredie gegenüber ansprechen sollte.

Aber wenigstens würde die Buchhandlung toll aussehen, auch wenn alles andere den Bach runterging, und Carmen empfand es als schön und beruhigend, sie zu dekorieren. Ihre Laune wurde gleich besser, weil es schwer war, sich dem neuen glitzernden Zauber des Ladens zu widersetzen. Als sie ihr Werk gerade bewunderte, ertönte draußen ein lautes, schrilles, kreischendes Geräusch.

Carmen stammte von der Westküste, daher war sie mit Dudelsackmusik (sowie köstlichem Eis) aufgewachsen und mochte Dudelsäcke durchaus. Deren Klänge waren zum Teil äußerst bewegend – in angemessenem Maße. Aber das Gejaule, das da aus Bobbys nahem Laden ertönte, zerrte unbarmherzig an den Nerven. Es handelte sich um grelle Dudelsackversionen von Popsongs, die von morgens bis abends liefen.

Weil das schon seit Tagen so ging, klagten alle an der Straße darüber, aber die Musik war nicht das einzige Problem: Bobbys geliebte Eimer und Kübel, die er jeden Morgen vor seinem Laden aufgestellt hatte, waren jetzt voll mit billigen Schottenmützen, fürchterlichen in Tartan gekleideten

Plastikfiguren, hergestellt natürlich in Übersee, und anderem üblen, billigen Tand. Am schlimmsten waren – zumindest aus der Sicht von Carmen und Mr McCredie – die riesigen Schilder mit der Aufschrift PLÜSCHI'S 6,99 £ oder T-SHIRT'S 9,99 £ mit dicken fetten Apostrophen auf leuchtend orangefarbenem Grund. Es war alles unerträglich hässlich.

Und Bobby wusste das natürlich. Er wirkte verlegen und beschämt und tat dauernd so, als hätte er seine Nachbarn nicht bemerkt.

Crawford aus dem Bekleidungsgeschäft schrieb lange, wortgewandte Briefe an die Stadtverwaltung, die allerdings so unterfinanziert wie unterbesetzt war und wirklich andere Prioritäten hatte, solange pünktlich die Miete gezahlt wurde.

Bronagh murmelte wegen der ganzen Angelegenheit unverständlich vor sich hin und hatte diesbezüglich offenbar einen Plan, von dem Carmen keine Details kannte. Sie hoffte, Bronaghs Strategie würde einen Silencio-Zauber mit einschließen.

Damit die Mäuse im Schaufenster aufrecht stehen bleiben würden, brauchte Carmen ein paar Tackerklammern, und sie hoffte, bei Bobby welche zu kriegen. Die Sache drängte, weil sie wirklich nicht von einem Kind dabei beobachtet werden wollte, wie sie an den Mäusen herumtackerte – dieses Jahr sollte davon niemand traumatisiert werden.

Als sie auf die Straße hinaustrat, flatterten billige Plastikfähnchen im Wind. Bobbys einst so charmanter und nützlicher Laden war hier an der Victoria Street zu einem Schandfleck geworden. Man konnte deutlich sehen, dass Touristen bei ihren Fotos von der wunderschönen Straße bewusst dieses Geschäft nicht mit aufs Bild nahmen, und bei manchen Familien zogen die Eltern ihre Sprösslinge schnell weiter.

Jahrelang war Bobbys uriger Laden mit seinen fotogenen Wischmopps, Eimern, altmodischen Besen und Besenstielen immer wieder auf Instagram aufgetaucht. Allerdings hatten nur wenige Leute dann auch einen Mopp gekauft, um ihn als Andenken mit nach Hause zu nehmen.

Entsetzt starrte Carmen das Geschäft an. Durchs Schaufenster konnte sie Bobby sehen, den man zum Tragen einer Schottenmütze und eines Kilts genötigt hatte. Der Kilt war jedoch eine billige Synthetikversion ohne Falten mit einem leuchtend roten Royal-Stewart-Tartan. Bobby trug dazu ganz normale Slipper mit Socken, was sie einfach grauenhaft fand.

Als er sie bemerkte und rot anlief, hätte Carmen beinahe den Rückzug angetreten. Aber da fielen ihr wieder die Tackerklammern ein.

»Hey, Bobby«, sagte sie beim Durchqueren der Tür. »Wie sieht's aus?«

Sie wurde lauter, um sich über eine gruselige Dudelsackversion von *Stille Nacht* hinweg verständlich zu machen. »Ich mochte Dudelsackmusik ja immer«, sagte sie ein wenig traurig.

»Ich auch«, antwortete Bobby. Früher hatte er mit seinen runden Bäckchen mal an einen fidelen Landmann erinnert. Davon war mittlerweile nichts mehr übrig, und er hatte dunkle Ringe unter den Augen.

Als Carmen auf dem Tresen Lärmschutzkopfhörer entdeckte, folgte er ihrem Blick und erklärte: »*Aye*, ja, aber die darf ich leider nicht tragen, wenn Kunden im Laden sind.«

»O Gott«, stöhnte Carmen. »Das tut mir so leid. Kannst du den Typen nicht einfach zum Teufel schicken?«

Bobby schüttelte den Kopf. »Nein, ich hab einen Vertrag unterzeichnet. Und weißt du was, Carmen? Es klingelt doch tatsächlich die Kasse.«

»Im Ernst?«

Niedergeschlagen nickte er. »Ja. Die Kunden wollen … dieses Zeug.«

Als Carmen nach einem Nessiestofftier mit Klettverschluss griff, bekam sie erst einen gewischt, und dann fiel auch noch einer der Zacken vom Schwanz.

»Ich finde es ja nicht schlimm, wenn Leute Dinge lieben«, sagte sie. »Aber müssen es so schreckliche Dinge sein?«

»Leider kann ich mir nicht aussuchen, was wir anbieten«, erklärte Bobby niedergeschlagen. »Das wird alles zentral bestellt.«

»Ja, das glaube ich gern«, nickte Carmen und musterte den massengefertigten Ramsch. Es roch sogar grauenhaft, wie ein Feuer in einer Nylonfabrik.

»Oh, Bobby!«

»Aye.«

»Gab es denn sonst keine Möglichkeiten?«

»Alternativ wäre nur noch geblieben, mir eine Lizenz für den Verkauf von Lebensmitteln zu holen und Kaffee auszuschenken. Was anderes bringt kein Geld ein.«

»Und mit den Leuten aus den Cafés solltest du dich besser nicht anlegen.«

Er schüttelte den Kopf. »Nein.«

Als jetzt die Tür aufging, bemerkte Carmen etwas, was ihr vorher gar nicht aufgefallen war: Bobbys früheres Glöckchen war weg, und es ertönte stattdessen ein schrilles elektronisches Piepen.

»Das gehört zum neuen Sicherheitssystem«, murmelte Bobby.

»Wie fürchterlich!«, rief Carmen aus. »Ich meine, Mist ist das alles, aber das mit der Glocke ist ja geradezu Frevel!«

»Danke für Ihre Einschätzung«, erklang eine Stimme. »Und wer, zum Teufel, sind Sie?«

Die Stimme gehörte zu einem großen übergewichtigen Mann in einem ziemlich grellen Tartananzug in Blau und Lila. Carmen erkannte sofort, dass das Kleidungsstück aus Crawfords Laden stammen und ein Vermögen gekostet haben musste.

Manchen Menschen sah man auf den ersten Blick ein so unerschütterliches Selbstbewusstsein an, dass jegliche Kritik einfach an ihnen abperlen würde. Und Jackson McClockerty gehörte eindeutig dazu.

Wenn sie mit ihm nicht einer Meinung war, bekam eine Frau von so einem Typen entweder zu hören, wie »temperamentvoll« sie doch war, oder wurde gefragt, ob sie gerade ihre Tage hatte – je nachdem, wie gern er mit ihr ins Bett wollte. Dazwischen gab es bei solchen Kerlen nichts.

Wie er sie von oben bis unten musterte, war Carmen unerträglich, und sie hätte ihm am liebsten vors Schienbein getreten und wäre dann davongelaufen. Aber das war ja noch nicht einmal den Kindern erlaubt.

»Carmen«, antwortete sie schließlich, weil sie ungern mehr preisgeben wollte.

Aus den Augenwinkeln sah sie, wie Bobby die Lärmschutzkopfhörer unauffällig unter dem Tresen verschwinden ließ.

Jacksons Augen verengten sich. Er hatte ein flächiges Gesicht, in dem alles groß war – Augen, Nase und Mund. Die Augenbrauen waren kräftig und das dunkelblonde gewellte Haar zu einem Vokuhila geschnitten.

»Ich kenne Sie«, sagte er. »Sie arbeiten doch bei diesem verrückten Alten drüben in der Buchhandlung, oder?«

»Na, hören Sie mal!«, knurrte Carmen fassungslos und merkte zu spät, dass sie ihm in die Falle getappt war.

»Oh, da hat aber jemand Temperament!«, rief Jackson aus. »Kommen Sie, Sie wissen doch, was ich sagen will. Er ist ja nun wirklich kein junger Hüpfer.«

»Falls Sie sich auf meinen Chef beziehen: Sein Name ist Mr McCredie.«

»Ich mag freche Frauen«, sagte Jackson. »Man könnte fast glauben, dass sie zur Schickeria gehört, oder, Bobby? Dabei tut sie das natürlich nicht.«

Er stieß ein selbstzufriedenes Lachen aus, während Bobby zu Boden starrte.

In diesem Moment wurde Carmen von so einem Hass auf diesen Mann erfüllt, dass sie ihn am liebsten mit einem seiner üblen billigen Souvenirschwerter erstochen hätte. Aber das wäre bei dem Versuch ja in seine Einzelteile zerfallen.

Jackson ließ sich mit seinem dicken Hintern auf eine wunderschöne alte Kommode sinken, die ein wenig an einen Apothekerschrank erinnerte. Früher hatte Bobby darin mal alle nur erdenklichen Schrauben und Nägel aufbewahrt. Jetzt waren die Schubladen vollgestopft mit albernen Dudelsackmagneten, die daraus hervorquollen, was einfach unseriös wirkte.

Das widersprach allem, was Carmen je über das Führen eines Ladens gelernt hatte.

»Ehrlich gesagt, wollte ich bei dem Buchhändler heute noch reinschauen«, sagte Jackson, um ihre Reaktion zu sehen.

Carmen wusste genau, dass er sich mit Absicht so aufführte, und das machte sie wahnsinnig. Es ist eins der schlimmsten Gefühle überhaupt, zu erkennen, dass man provoziert wird und trotzdem darauf anspringt. Man fühlt sich gleichzeitig gereizt, hintergangen und gescheitert.

Carmen platzte öfter mal der Kragen, und jetzt kribbelte es bei ihr am ganzen Körper. »Tatsächlich?«

»Tatsächlich«, bestätigte er und äffte dabei ihren Akzent von der Westküste nach. »Ja, er hat mich um ein Treffen gebeten, bei dem wir gucken wollen, ob ich ihm vielleicht unter die Arme greifen kann. Er braucht wohl Bares.« Amüsiert beobachtete er, wie Carmen mit Mühe und Not ihre Wut unterdrückte.

»Wir kommen auch gut allein klar«, behauptete Carmen und hasste sich selbst für das Bedürfnis, diesem fürchterlichen Mann zu imponieren.

»Ah, das freut mich für Sie«, sagte er. »Ich meine, wir ziehen doch alle an einem Strang, oder nicht? Hier will schließlich jeder, dass es Edinburgh gut geht und dass unsere schönen Läden nicht in Fast-Food-Ketten mit fieser Plastikfassade verwandelt werden.« Sein Mund lächelte, sein Blick war jedoch kalt wie der eines Reptils.

Carmen war völlig klar, dass er versuchte, sie auf die Palme zu bringen. Sie kämpfte mit aller Kraft dagegen an, um ihm diese Genugtuung nicht zu geben. »Ich muss los«, sagte sie. »Ciao, Bobby! Ach halt, ich brauche ja noch Tackerklammern!«

»Äh«, machte Bobby, und sie begriff, dass das die schmerzhafteste Wunde von allen war, »die verkaufen wir nicht mehr, tut mir leid.«

Kapitel 12

Carmen bebte und war ganz rot im Gesicht. »Mr McCredie?«

Sie musste unbedingt als Erste mit ihm sprechen. Sofia hätte diesen Jackson McClockerty natürlich mit eleganter Herablassung abgefertigt. Aber ich bin ja so dämlich, dachte Carmen, mich von so einem Typen provozieren zu lassen.

»Mr McCredie!«

Als sie durch den Vorhang in den Bereich mit den Stapeln trat, fand sie ihn schließlich etwas weiter hinten. Offensichtlich hatte sie ihn erschreckt, da er mit alarmierter Miene aufblickte. Er war gerade mit einer uralten, wunderschönen Ausgabe von *Frankenstein* beschäftigt, die eigentlich nicht ohne Handschuhe angefasst werden sollte.

»Sie sind so früh am Morgen aber ganz schön laut, Carmen«, sagte er mit leicht vorwurfsvollem Tonfall.

»Es ist doch fast elf Uhr! Außerdem hab ich gerade Jackson McClockerty kennengelernt, und dieser Mann ist das reinste Monster!«

Mr McCredie runzelte die Stirn. »Ich glaube … der kommt nachher vorbei und will ein paar interessante Ideen dazu vorstellen, wie wir aus dem Laden das meiste herausholen können. Zum Beispiel mit … äh … Scottish-Terrier-Trockentüchern, wenn ich mich recht entsinne. Denn ich muss ja wohl, hm, einen finanziellen Engpass überwinden, und zwar schnell!«

Carmen holte tief Luft, weil sie ihr Anliegen nicht länger vor sich herschieben konnte. Zwar schluckte sie noch einmal heftig, aber sie war bereit. »Nein«, sagte sie. »Nein, Sie müssen bei diesem McClockerty unbedingt standhaft bleiben. Wir kriegen das Geld schon anders zusammen, und es würde bereits ein bisschen helfen, wenn Sie bei sich im Haus ein Zimmer untervermieten würden.«

»Wie bitte?«

»Und zwar an mich. Sie müssen mir ein Schlafzimmer vermieten, ich brauche nämlich einen Platz zum Wohnen. Und ich – also, Sofia – na ja, egal. Wir würden jedenfalls dafür bezahlen.«

Mr McCredie schaute sie verwirrt an. »Sie wollen also … hier wohnen?«

»Gott«, stöhnte Carmen. »Von ›wollen‹ kann eigentlich nicht die Rede sein. Aber irgendwo muss ich hin, Sie haben zusätzliche Zimmer, und ich habe Geld. Also, Sofia hat Geld, und sie hat gesagt, dass sie die Kaution bezahlen würde.«

»Himmel«, sagte Mr McCredie. »Auf die Idee wäre ich nie gekommen, denn das Haus ist ja in keinem idealen Zustand.«

»Weder das Haus noch sonst irgendwas«, murmelte Carmen finster. »Ach, und wir sollten uns eine Möglichkeit überlegen, den Bereich mit den Stapeln für die Kunden zugänglich zu machen. Wie, weiß ich auch noch nicht, aber wir müssen uns da was einfallen lassen. Damit die Leute sich selbst nach allem umsehen können und nicht immer Sie fragen müssen, ob Sie von diesem oder jenem vielleicht gehört haben.«

»Aber ich hab doch von allem schon mal gehört.«

»Haben Sie nicht! Letztens hat zum Beispiel jemand nach dem neuen Floriana-Grawford-Krimi gefragt, und das schien Ihnen gar nichts zu sagen.« Carmen bezog sich auf eine millionenfach verkaufte Serie über eine einst atemberaubend schöne Ärztin, die ein zauberhaftes und gar nicht teures Pflegeheim für ältere Menschen und ihre wundervollen Hunde betrieb und in ihrer Freizeit Mordfälle löste.

»Ich meine Bücher, die wirklich zählen, richtige Bücher.«

»Alle Bücher zählen!«, protestierte Carmen. »Das sollte ich mir auf ein T-Shirt drucken lassen. Oder vielleicht besser nicht. Egal, aber es stimmt auf jeden Fall: Sie sollten wissen, was gerade neu rausgekommen ist und was die Leute wollen.«

»Aber warum wollen die Leute nicht lieber wichtige Meisterwerke lesen?«, fragte Mr McCredie und putzte sich die Brille.

»Na ja, das ist so wie mit dem Essen: Manchmal hat man eben Lust auf ein Rinderfilet und manchmal eher auf einen Cheeseburger.«

Verwirrt starrte er sie an. »Einen Wasbürger?«

Carmen verdrehte die Augen. »Okay, manchmal möchte man lieber … einen Zitronenpudding.«

»Ja, durchaus«, räumte Mr McCredie ein. »Aber was wollen Sie mir damit sagen?«

»Ich will damit sagen, dass nicht jeder in Bezug auf Bücher so hohe moralische Standards hat wie Sie. Und ich finde auch, dass man als Bücherwurm alle Bücher lieben sollte, nicht nur alte staubige.«

Mr McCredie runzelte die Stirn. »Ich soll also Bücher lieben, in denen jemand seit zwanzig Jahren mit einem Psychopathen verheiratet ist und es nicht gemerkt hat?«

»Ja, wenn sie gut sind!«

»Aha!«, sagte Mr McCredie und schaute sich um. »Und das mit den Stapeln, wie wollen Sie das machen?«

»Kein Ahnung«, gab Carmen zu. »Aber durch die Untermiete nehmen Sie zumindest schon einmal zusätzliches Geld ein, ohne billige Trockentücher für diesen … Schuft verkaufen zu müssen. Ich kann quasi morgen hier einziehen und Ihnen sofort Miete zahlen.«

Sie hoffte, dass man ihrer Stimme ihre Verzweiflung nicht anmerkte.

Jetzt waren schwere Schritte zu hören.

»Lassen Sie mich das doch bitte in Angriff nehmen! Wenn wir die Verkaufsfläche vergrößern und mehr Sachen sichtbar auslegen können, dann wird auch mehr Geld reinkommen.«

Mr McCredie seufzte.

»Ich werde sogar alles abstauben!«

»Verliere ich dadurch meine Leseecke?«

»Vielleicht«, sagte Carmen. »Aber ich bin mir sicher, dass wir Ihnen dann irgendwo anders eine einrichten können. Außerdem wird die Ihnen sowieso nicht fehlen, weil Sie doch in der Antarktis sein werden.«

»Hallo, ist da jemand?«, ertönte aus dem Ladenbereich eine laute, aggressive Stimme.

»Sie werden in Allwetterkleidung gehüllt wie Riepischiep ganz vorne am Bug sitzen und hinaus aufs Meer blicken …«

»In Richtung des ewig fernen Südens«, murmelte Mr McCredie benommen.

»Vor Ihnen kommen unermessliche weiße Weiten in Sicht«, improvisierte Carmen. »Die endlosen Schneewüsten an der Spitze der Welt. Unberührt. Makellos. So viele Orte, die noch nie ein Mensch betreten hat, und, äh, Pinguine überall. Vielleicht kann man sich dort sogar einen als Haustier halten.«

»Das kann man nun wirklich nicht«, wandte Mr McCredie ein, aber er klang, als sei er in Gedanken ganz weit weg.

»Dann setzen Sie Ihrem kleinen Pinguin ein Mützchen auf und binden ihm einen Schal um und machen sich mit Ihren, äh, Laufski auf den Weg.« Carmen hatte eine höchst vage Vorstellung davon, was in der Antarktis so vor sich ging. »Sie streben in Richtung einer Sonne, die niemals untergeht, gleiten ins große, fahle Licht hinein, über die Schneefelder hinweg, die wie Diamanten funkeln. Berge türmen sich höher auf, als sich je jemand hätte ausmalen können. Die Halle eines Schlosses aus Kristall …« Carmen wurde klar, dass sie gleich anfangen würde, *Lass jetzt los* aus *Die Eiskönigin* zu zitieren.

Aber Mr McCredie bekam wohl sowieso nicht viel mit, da sein Blick in weite Ferne gerichtet war. Er schien auch Jackson McClockerty kaum zu hören, der jetzt etwas darüber knurrte, dass sein Scheckbuch gezückt und bereit war.

»Ja«, sagte Mr McCredie mit glühenden Wangen zu Carmen.

»Sie lassen mich also machen?«

»In Ordnung.«

Erleichtert sackte Carmen in sich zusammen. »Okay. Dann gehen Sie jetzt mal in Ihre Leseecke und machen es sich dort gemütlich. Ich bringen Ihnen gleich einen Tee.«

Als ihr Chef verschwunden war, marschierte Carmen mit triumphierendem Gesichtsausdruck vorne in den Verkaufsbereich.

»Na, Schätzchen? Ich hab einen Termin mit Ihrem Boss.«

»Ich fürchte, der ist gerade nicht zu sprechen.«

»Ach, wirklich?«

»Wirklich.« Carmen nickte.

Jackson schaute sich um. »Was soll das hier überhaupt darstellen?«

»Das Finanzamt«, schnaubte sie. »Aber das sagt Ihnen wohl nichts.«

»Bücher!«, versetzte Jackson abfällig.

»Ja«, sagte Carmen, »ganz genau, wir sind eine Buchhandlung. Hierher kommen Menschen, weil sie gern für eine kurze Zeit an einen anderen Ort, in ein anderes Leben versetzt werden wollen.«

»Warum sollte man? Ich bin liebend gern ich selbst.«

»Tja, schön für Sie«, sagte Carmen.

Er schnaubte. »Also, dann viel Spaß bei dem Versuch, nach Weihnachten weiter zu überleben.«

»Na, vielen Dank auch.«

Jackson schob die Hand in seine teure Umhängetasche und zog ein billig gemachtes, gefalztes Büchlein mit einem Cover im Schottenkaromuster hervor.

»Sie könnten doch wenigstens einen Ständer mit denen hier aufstellen«, sagte er herausfordernd.

Carmen griff danach. Es war ein dünnes Heft mit dem Titel *Geschichte Ihres Clans*, in diesem Fall über die Familie Lindsay. Dafür hatte offensichtlich jemand ein paar Infos aus Wikipedia zusammenkopiert und günstig drucken lassen.

»O Gott, nein danke«, sagte sie.

»Die verkaufe ich für zwölf neunundneunzig«, sagte Jackson.

Carmen klappte die Kinnlade runter. »Das ist nicht Ihr Ernst, oder? Die Produktionskosten können doch höchstens bei fünfundzwanzig Pence liegen.«

»Sie haben noch viel zu lernen, Süße!«

»Na ja, wir versuchen es jedenfalls auf unsere Art und Weise«, erklärte Carmen, die wieder mal errötete.

»Ja, machen Sie das«, sagte Jackson. »Wir sehen uns dann nach Weihnachten, wenn keine Panikkäufe mehr getätigt werden und Sie kurz vor dem Verhungern stehen.«

»Gott, was sind Sie nur für ein schrecklicher Mensch!«, platzte es aus Carmen heraus.

»Ich bin doch kein schrecklicher Mensch!«, entgegnete Jackson verblüfft. »Ich rette diese Läden davor, in Wohnungen umgewandelt zu werden oder zu schließen und leer zu stehen! Ich bin ein Philanthrop und hab für meinen Einsatz sogar Preise bekommen.«

»Etwa dafür, dass Sie den Leuten leicht entzündliche Nessies andrehen?«

»Dafür, dass ich Menschen Souvenirs zu annehmbaren Preisen anbiete, durch die sie sich gern an ihren tollen Urlaub in dieser schönen Stadt erinnern.«

»Aber dadurch wird diese Stadt doch immer weniger schön!«, empörte sich Carmen.

Eine üble Dudelsackversion von *A Spaceman Came Travelling* war zu hören, als Jackson die Tür der Buchhandlung aufriss, nach draußen marschierte und verschwand.

Kapitel 13

NOVEMBER

Am Morgen ihres Geburtstags stürmten Phoebe und Jack morgens um sieben laut in das Zimmer ihrer Tante. Während Carmen sich allmählich zu rühren begann, kam Pippa mit einigem Abstand hinterher, um zu zeigen, dass sie schon viel zu groß und cool war, um bei so einem Getue mitzumachen.

Carmen hatte das grauenhafte Gefühl, dass irgendetwas furchtbar schiefgelaufen war. Am liebsten hätte sie sich übergeben, ihr tat alles weh, und sie hatte wohl irgendwie Mist gebaut.

Sie war mit Idra und ein paar anderen Freundinnen ausgegangen und hatte viel zu viele Negroni getrunken. Tatsächlich war ja schon mehr als einer zu viel, da sie sich wirklich nicht als professionelle Negroni-Trinkerin bezeichnen würde und dieses Zeug nichts für Weicheier war.

Während Phoebe sie mit Küssen überschüttete und Jack mit einem Geschenk wedelte, kommentierte Pippa, dass es im Zimmer komisch roch, wie nach Trifle an Weihnachten, und auch nach Zigaretten.

Als Carmen allmählich richtig wach wurde, wummerte es in ihrem Kopf wie in dem Nachtclub, in dem sie gestern Abend unausweichlich gelandet waren. So langsam dämmerte ihr, dass sie Oke mindestens eine Sprachnachricht hinterlassen hatte. Ein Blick auf ihr Handy bestätigte ihr, dass sie ihn sogar dreimal angerufen hatte und ihm einmal ganze sieben Minuten auf die Voicemail gesprochen hatte.

»JETZT MACH SCHON DAS GESCHENK AUF!«, rief Phoebe, für die die Anspannung langsam zu viel wurde. Sie konnte nicht verstehen, dass jemand an seinem Geburtstag nicht so furchtbar aufgeregt war wie eine Achtjährige.

Was hatte sie da bloß gesagt? O Gott, jetzt fiel es Carmen wieder ein. Sie hatte Oke angebettelt – wirklich angefleht –, sie doch anzurufen. Und dann hatte sie sich mit Idra in die Haare gekriegt, die ihr das Telefon wegnehmen wollte. Himmel!

Wieder betrachtete sie ihr Handy. Natürlich hatte er nicht geantwortet. Es war nur eine Textnachricht von Idra eingegangen: »Ich vergebe dir. Trink am besten möglichst viel Wasser.«

»Vielleicht mache ich besser das Fenster auf«, sagte Pippa und wedelte vielsagend mit der Hand vor ihrem Gesicht herum.

Weil jedes Knistern des Papiers schmerzte, packte Carmen nun endlich ganz vorsichtig das Geschenk aus. Es handelte sich um eine Flasche parfümiertes Badeöl, das die Kinder offensichtlich persönlich ausgewählt hatten. Sofia hätte so einem Produkt nämlich nie Einlass in ihr Haus gewährt: Der Deckel bestand aus einer großen Plastikrose mit Glitzer, und das Öl roch, als wäre eine Kugel Eis auf heißen Asphalt geklatscht.

»Wow, der Duft ist ja wirklich … intensiv«, sagte Carmen, deren Augen zu brennen begannen.

»Das haben wir selbst ausgesucht!«, rief Phoebe.

»Ich hab die Mädchen entscheiden lassen«, erklärte Jack. »Parfüm ist nämlich blöd.«

»Jack, hör auf, so sexistisch zu sein!«

»Ich bin nicht sexistisch!«, erwiderte Jack, der sich nur selten davon aus der Ruhe bringen ließ, als Junge meist in der Unterzahl zu sein. »Aftershave hasse ich auch! Das ist genauso blöd!«

»Ich glaube, etwas, was gut riecht, ist heute ein wirklich PASSENDES GESCHENK«, sagte Pippa.

»Schon verstanden, Pippa«, sagte Carmen. »Alles klar, aber darf ich jetzt erst einmal duschen?«

»Nein!«, rief Phoebe. »Los, komm mit zu deinem Geburtstagsfrühstück!«

»Es ist sieben Uhr morgens«, jammerte Carmen, »und ich hab mir extra den Tag freigenommen, um nicht früh aufstehen zu müssen. Könnt ihr mir das Frühstück nicht ans Bett bringen?«

Phoebe schüttelte den Kopf. »Mummy hat Nein gesagt, weil du dann kleckern würdest.«

Carmen hätte darüber gelacht, wenn es ihr nicht so dreckig gehen, ihr nicht alles wehtun würde. Langsam quälte sie sich aus dem Bett. Ihre Haut fühlte sich unangenehm und klebrig an.

»Darf ich bitte duschen?«, bat sie noch einmal.

Pippa schüttelte den Kopf. »Nein, wir müssen doch gleich zur Schule.«

»Na, dann machen wir es eben so, wie es euch am besten passt«, murmelte Carmen und schleppte sich nach oben.

Sofia zog die zu einem perfekten Bogen gezupften Augenbrauen hoch. Sie war am Vorabend für zwei Getränke im Tiger zu Carmen und ihren Freundinnen hinzugestoßen, hatte aber direkt klargestellt, dass sie wegen des Babys früh wieder aufbrechen würde. Das hatte ihr nichts ausgemacht, weil sie davon ausgegangen war, dass der Abend ziemlich heftig werden würde. Und so war es wohl auch gewesen.

Eigentlich hatte sie um jeden Preis das »Die böse Sofia schmeißt mich raus«-Gespräch vermeiden wollen. Es hatte dann doch stattgefunden, aber nur kurz zwischen den »Oke liebt mich nicht«-Tränen und dem allgemeinen »Ich glaube, ich rufe Oke noch mal kurz an«-Kampf um Carmens Handy.

Die Küche im Erdgeschoss war picobello, und Federico machte gerade Pfannkuchen. Mitfühlend lächelte er und sagte: »Die Kinder wollten dich unbedingt sehen.«

Carmen nickte. Und das war ja auch nett, wirklich. Phoebe überreichte ihr eine selbst gebastelte Karte mit einem Einhorn, dem Sterne aus dem Hintern kamen. Dazugeschrieben hatte sie: »Du bist jetzt einunddreißig und deshalb alt, aber nicht so alt wie Mummy.« Carmen bedankte sich für die entwaffnende Offenheit.

Auf der Karte von Jack stand: »Herzlichen Glückwunsch Carmen«, also nur das absolute Minimum, was sie aber in Ordnung fand.

Nun räusperte sich Pippa vielsagend und zog ein Blatt Papier hervor.

Als Carmen zu Federico hinüberschielte, schob der ihr schnell einen riesigen Caffè Latte hinüber, an dem sie dankbar nippte.

Sofia saß im Wohnzimmer auf dem Sofa, stillte Eric und wedelte vage mit der Hand.

»C ist für die Chips, die du so gern isst«, deklamierte Pippa feierlich einen Text, den sie von dem Blatt ablas. »A, weil du unsere allerliebste Tante bist und uns nie vergisst.«

»Ihr habt doch nur eine«, murmelte Carmen und rieb sich einen Klumpen Mascara aus dem Augenwinkel.

»Ja, aber du bist doch die liebste von allen Tanten der Welt«, sagte Phoebe.

Carmen lächelte.

»Das ist ja nur, damit das Gedicht passt«, erklärte Pippa. »R für deine Ratschläge, sind sie manchmal auch schräge.«

»Okay«, seufzte Carmen.

»M ist für Mr McCredie, bei dem bist du die Verkaufslady. E für deinen Ehemann, den ich noch nicht sehen kann.«

Alle lachten, aber Carmen schien auf Pippas Gesicht den Anflug eines triumphierenden Lächelns wahrzunehmen.

»N für die neuen Sachen, die dir hoffentlich Freude machen«, endete Pippa. »Also, an deinem Geburtstag«, fügte sie hastig hinzu.

Federico begann zu klatschen, und Carmen fiel müde mit ein.

»Danke, Pippa, das war wirklich schön«, sagte sie.

»Das darfst du für immer behalten«, sagte Pippa und reichte ihr das Blatt.

»Ich werde gut darauf achtgeben«, erwiderte Carmen, und es kam von Herzen.

»Pfannkuchen?«, fragte Federico, und die Kinder riefen alle »JAAAA!«. Dafür waren sie schließlich früh aufgestanden und hatten die Geburtstagskarten überreicht.

Carmen setzte sich. Sie konnte die Pfannkuchen nicht ertragen, und wegen des Geruchs vom Ahornsirup drehte sich ihr der Magen um. Aber sie versuchte, gute Miene zum bösen Spiel zu machen, während sie Sofias wie immer sorgfältig ausgesuchte Geschenke aufmachte: eine klassische Abendtasche für die eleganten sozialen Anlässe, die es in Carmens Leben leider nicht gab, eine edle Flasche Gin von Pickering's und ein zartes Armband, viel schöner als etwas, das Carmen sich selbst ausgesucht hätte.

Carmen wusste durchaus, dass sie sich trotz allem glücklich schätzen konnte, ungeachtet der Enttäuschungen und ihrer ätzenden persönlichen Situation. Eine Familie zu haben, die sie liebte, war wirklich ein Segen.

Es war so weit, an einem eisig kalten Tag Ende November zog Carmen doch tatsächlich um. Auf den Straßen hörte man Autos schlittern, und es war einer dieser Tage, an dem man besser das komplette Set Thermounterwäsche drunterzog und ein zweites Paar Handschuhe mitnahm, falls man das erste irgendwo liegen ließ.

Carmen sah sich in ihrem winzigen Zimmer im Souterrain um und seufzte. Als sie mit dem Packen begann, fiel ihr irgendwann die Karte in die Hände, die Phoebe zum Geburtstag für sie gebastelt hatte. An den Geburtstag selbst dachte sie mit einem gewissen Unbehagen. Tatsächlich wollte sie sich am liebsten zu einem kleinen Ball zusammenrollen und sterben, wenn die Erinnerungen daran zurückkehrten, vor allem an ihre Sprachnachrichten für Oke. Von dem hatte sie immer noch nichts gehört.

»Meu amor!«

Immerhin erkannte Oke die Person, die in dem weißen Zimmer an seinem Bett saß: Es war seine Mutter. So viele Gesichter waren an ihm vorbeigezogen, und keins war das gewesen, nach dessen Anblick er sich sehnte. Aber wenigstens war jetzt seine Mutter hier.

»Du bist ja so krank gewesen!« Sie sprang auf und begann im Zimmer herumzuwuseln, räumte die Kleider ein, die sie für ihn mitgebracht hatte. Die von der Expedition waren nach Monaten im Dschungel wenig mehr als Lumpen.

»Ich weiß«, sagte er schwach und freute sich, sie wiederzusehen.

»Und du bist so dünn geworden! Hier!« Sie hielt ihm eine riesige Schachtel Gebäck hin.

Oke starrte das Zeug an, wonach ihm in diesem Moment nun wirklich nicht der Sinn stand. Er kniff die Augen zusammen. »Es war Malaria, oder?«

»Ja, und zwar ein ziemlich schwerer Fall«, erklärte seine Mutter. Es lag nicht in ihrer Natur, daher wurde sie nicht emotional und verschwieg ihrem Sohn, was für furchtbare Sorgen sie sich um ihn gemacht hatte. Aber sie teilten einen stillen Moment miteinander.

»Das verstehe ich nicht«, sagte Oke schließlich. »Ich hab doch die Tabletten genommen und mich immer gut eingesprüht.«

Seine Mutter schüttelte den Kopf. »Ihr wart so tief im Urwald«, sagte sie, und es schwang ein wenig Stolz in ihrer Stimme mit. »Deshalb bist du an einen seltenen Stamm geraten, der den Ärzten wirklich Sorge bereitet hat. Auf meinen Sohn ist eben Verlass: Wenn er schon krank wird, dann muss es etwas Seltenes und Ausgefallenes sein.«

Darüber musste er ein wenig lächeln. »Das ist nun wirklich nichts, worauf man stolz sein kann«, befand er. »Es war nämlich ganz furchtbar. Und ich kann nicht fassen, dass die Expedition so zu Ende gegangen ist.«

»Pff«, machte seine Mutter. »Ich bin mir sicher, dass du deine Arbeit fantastisch erledigt hast.«

Oke sah sich um. »Ich kann … mein Handy nicht finden.«

»Das hat es nicht bis ins Krankenhaus geschafft«, sagte seine Mutter. »Ich glaube, Mary hat gesagt, dass es während des Hubschrauberflugs verloren gegangen ist.«

»Kann ich …? Könntest du mir vielleicht ein neues besorgen?«

»Nein«, sagte seine Mutter. »Du brauchst jetzt Ruhe und Erholung.«

Carmen griff nach Phoebes Karte – die sie natürlich aufbewahren würde –, um sie einzupacken. Schweren Herzens dachte sie daran, dass sie es sich mit ihren Nachrichten bei Oke wohl endgültig verscherzt hatte. Nein, sie hatte sich in dieser Angelegenheit wirklich nicht mit Ruhm bekleckert.

Und natürlich musste Carmen auch zugeben, dass Sofia unglaublich gut zu ihr gewesen war und jetzt wirklich ein bisschen mehr Privatsphäre verdient hatte. Trotzdem fühlte sie sich an diesem eiskalten Morgen echt übel.

Achtlos warf sie ihr Zeug in ihren großen Reiserucksack, während sie einen Seufzer nach dem nächsten ausstieß.

Unter dem Bett entdeckte sie einen Christbaumanhänger. Wie war der denn da gelandet? Ach ja, wahrscheinlich hatte Phoebe den hier verloren. Ihre Nichte hatte ihn sich einst geschnappt und eine Zeit lang wie ein Stofftier mit sich herumgetragen. Sie hatte das Ding sogar mit ins Bett genommen, obwohl das ganz schön unbequem gewesen sein musste, wenn sie sich nachts umgedreht hatte und darauf zu liegen gekommen war. Es handelte sich um einen hölzernen Ring mit einem Kreuz in der Mitte. Carmen musste daran denken, dass man ihr diesen Christbaumschmuck an einem Abend geschenkt hatte, an dem sie mit Oke auf dem Weihnachtsmarkt eingekauft hatte. Sie wusste noch genau, wie sie Oke erzählt hatte, was sie über die Feiertage so machten. Oje, das half nun nicht weiter, ganz und gar nicht.

Jetzt klopfte jemand an die Eingangstür zum Souterrain.

Carmen hatte hier unten ihren eigenen Eingang gehabt. Sofia hätte es bevorzugt, wenn sie den auch benutzt hätte, damit Carmens schmutzige Schuhe, ihre Jacken, Taschen und Bücher oben nicht in ihrem sonst so makellosen Zuhause rumflogen.

Aber Carmen hatte selbstverständlich immer die Haustür oben benutzt. Zum einen, um ihre Schwester zu ärgern, zum anderen, weil sie sich nicht wie eine bezahlte Haushaltshilfe hatte fühlen wollen, die den Dienstboteneingang nahm. Denn als solcher war die Tür hier unten ja gedacht gewesen, als das Haus zweihundert Jahre zuvor gebaut worden war.

Carmen runzelte die Stirn. Sie wusste natürlich, wer das war, so früh hatte sie allerdings nicht mit ihm gerechnet.

Als sie die Tür aufmachte, stand vor ihr ein strahlender Rudi, eine große Reisetasche unter den guten Arm geklemmt.

»Hallo!«, sagte er und schüttelte sich wie ein Hund Regentropfen aus den roten verwuschelten Haaren. »So, da bin ich!«

Carmen starrte ihn an.

»Ihr hattet mich doch heute erwartet, oder nicht? Rudi der Einarmige, der einen guten Draht zu Kindern hat?«

»Ja, klar«, sagte Carmen. »Ich bin nur noch nicht weg, das ist alles.«

»Oh«, sagte Rudi. »Ich dachte, die hätten das andere Zimmer für mich fertig gemacht.«

»Nein, haben sie nicht«, sagte Carmen. Sie war augenblicklich wütend auf sich selbst, weil es wesentlich bitterer geklungen hatte als beabsichtigt.

»Und wo kommst du jetzt unter?«

Rudi schielte in Carmens Zimmer hinein, das nach vorne

rausging. Es war klein und lag unter der Erde, außerdem hatte es zum Schutz vor Dieben Gitter vor den Fenstern, aber es war hübsch, warm und sauber.

Es hatte Carmen eher genervt, dass Sofia darin erst vor Kurzem neuen Teppichboden in Beige hatte verlegen lassen.

»Wow!«, machte Rudi.

»Äh, das ist also in Ordnung für dich?«, fragte Carmen, die sich über ihr Kämmerchen Idra gegenüber eigentlich immer nur beschwert hatte.

»Ja, klar. Ehrlich gesagt … Na ja, ich bin gar nicht daran gewöhnt, ein Zimmer für mich selbst zu haben, das ist alles. Das war weder zu Hause noch beim Militär drin.«

Jetzt hatte Carmen ein schlechtes Gewissen, weil sie über ihre Unterkunft so oft gelästert hatte.

»Ganz früh am Morgen kommen hier Lkws vorbei und rumpeln über das Kopfsteinpflaster.«

»Glaub mir, das ist immer noch leiser als der Weckruf in der Kaserne.«

»Okay«, sagte Carmen und schleppte ihren Rucksack aus dem Zimmer. »Dann lass ich dich mal auspacken.«

»Ich wollte dich hier wirklich nicht vertreiben.«

Von Schuldgefühlen geplagt, sagte Carmen schnell: »Tust du auch nicht. Sofia muss ja wieder zur Arbeit, deshalb braucht sie jemanden, der nicht nur gelegentlich babysittet, sondern Vollzeit zur Verfügung steht. Im Ernst, das hat nichts mit dir zu tun.«

»Okay«, sagte Rudi mit einem Funkeln im Blick. »Aber du schaust doch öfter mal rein, nicht wahr? Oder ist das hier der Beginn einer Blutfehde, die Generationen entzweien wird?«

»Nein, wir werden schon klarkommen, denke ich.«

»Gut«, sagte Rudi. »Und vielleicht können wir mal zusammen was trinken gehen. Ich würde dich zur Wiedergutmachung auch einladen.«

Carmen musterte ihn, um zu sehen, ob das ernst gemeint war. Aber er setzte einfach ganz unbeteiligt und mit neutraler Miene seine Tasche ab.

Also hatte es wohl nichts zu bedeuten. In diesem schwierigen Moment in ihren Leben hatte ihr die Vorstellung aber ein wenig das kalte Herz gewärmt, und sie sagte von ganzem Herzen: »Danke.«

Als Carmen mit dem Rucksack auf dem Rücken die Princes Street Gardens durchquerte, wurde dort bereits der Weihnachtsmarkt aufgebaut: Sie kam an reihenweise kleinen Buden aus Holz vorbei, an Glühweinverkäufern, Karussells und Ballons und kleinen Weihnachtsszenen, vor denen Kinder für Fotos posieren konnten.

Ein großes Riesenrad reckte sich höher als die Dächer der Stadt in den Himmel, während eine strenge Stimme, die aus dem Nichts zu kommen schien, die in diesem Moment nicht vorhandenen Fahrgäste immer wieder mahnte, die Türen nicht zu öffnen.

Lichterketten waren um jede Straßenlaterne geschlungen und glitzerten in allen Schaufenstern. Zu dieser Jahreszeit würde es schon um drei Uhr nachmittags wieder dunkel werden, trotzdem würde das Herz der Stadt weiter von funkelndem Zauber erfüllt sein und unabhängig vom Wetter einen wundervollen Anblick bieten. Der Duft von Kaffee und Lebkuchen lag in der Luft, und an den stets dunkleren und kälteren Morgen wirkte selbst der Hauch von Frost auf den Pflanzen im Park wie ein hübscher Vorbote des Winters.

Carmen nahm heute bewusst nicht die kürzeste Strecke zur Arbeit, um sich die schlechte Laune von der Seele zu laufen. Ihr Weg führte durch Ecken der Stadt, die sie bei ihrer Ankunft hier so unüberschaubar gefunden hatte, dass Sofia befürchtet hatte, sie würde sich verirren: Sie durchquerte den bezaubernden Park, lief The Mound hinauf und über die breite, sich windende Straße an Kunstgalerien vorbei – konkret an einer Kunstgalerie, in die Sofia sie und die Kinder schon etliche Male geschleppt hatte, um sich das Bild von Reverend Robert Walker beim Schlittschuhlaufen anzuschauen. Sie sah unterwegs auch das geheimnisvolle Gebäude, dessen Nutzung nicht bekannt war und in dem sich laut Jack wohl der Zugang zu einer Geheimorganisation befinden musste.

Auf dem höchsten Punkt von The Mound gab es eine Reihe herrschaftlicher Gebäude, die sich bis zur Burg hinauf erstreckten, inklusive Mylnes Court, das Carmen hartnäckig ignorierte.

Unterwegs rief sie sich etliche hier erlebte Momente in Erinnerung, kühle Abende auf der uralten Treppe, deren Stufen direkt in den Vulkan, das felsige Fundament der Stadt, hineingeschlagen worden zu sein schienen.

So viele Füße waren hier hinauf- und hinuntergelaufen und hatten die Stufen glatt poliert. Unter anderem auch die Füße trauriger, vom Leben enttäuschter Verkäuferinnen, dachte Carmen, und dieser Gedanke tröstete sie ebenfalls ein wenig.

Wie viele sich wohl hier raufgeschleppt hatten, um in der Tolbooth Kirk Vergebung für ihre Sünden und ihre lüsternen Herzen zu erbitten? Oder vielleicht sogar in der prächtigen St.-Giles-Kathedrale. Auf dem Bereich davor spuckten selbst heute noch Einheimische im Vorbeigehen auf das als

Herz von Midlothian bekannte Mosaik im Pflaster, um ihre Abscheu gegen die Hinrichtungen zum Ausdruck zu bringen, die hier einst stattgefunden hatten.

Während Carmen bei ihrem Weg nach oben uralte Innenhöfe betrat und durchschritt, dachte sie, dass man sich kaum des Gefühls erwehren konnte, ein Teil all dessen zu sein.

Edinburgh war eine Stadt, in der die Straßenbahn nirgendwo hinfuhr, in der das Gelände fürs Fahrradfahren einfach zu steil war und deshalb nicht nur alle zu Fuß gingen, sondern auch die Abkürzungen und versteckten Gässchen kannten, durch die man die Horden von Touristen meiden konnte – und dadurch fühlte man sich nur noch mehr als Mitglied einer Gemeinschaft.

Auf den uralten Straßen dieser so lebendigen, vitalen Stadt, die doch jahrhundertealt war, schien man immer nur einen Schritt, eine stille alte Hintertreppe davon entfernt zu sein, am Grassmarket tatsächlich auf einen Markt mit Heu und Vieh zu stoßen: mit Marktschreiern, die ihre Ware anpriesen, mit dem Lärm von quiekenden Schweinen und überall herumflatternden Hühnern, mit vorbeimarschierenden Soldaten in leuchtend roten Uniformjacken, mit Pferden, die an den vielen heute noch vorhandenen steinernen Trögen angebunden waren, mit einer bunten Mischung aus Menschen, die später in der Kirche auf die Knie sinken würden.

Edinburgh veränderte sich nicht groß. Die Stufen waren inzwischen stärker abgenutzt, Autos waren einst dazugekommen, aber mittlerweile wieder aus dem Zentrum verbannt worden. Hexenverbrennungen gab es schon lange keine mehr, allerdings betonte Bronagh gern, dass es ja mehr als eine Möglichkeit gab, eine Edinburgher Hexe aufs Korn zu nehmen, und dass es weiterhin versucht wurde.

In gewisser Weise war Carmen die Robustheit dieser Stadt, ihre Unvergänglichkeit, ein Trost. Diesen Effekt hatte Edinburgh immer auf sie.

Inzwischen ratterten hier keine Kutschenräder mehr übers Kopfsteinpflaster, sondern nur noch die Räder von Kehrmaschinen. Aber gerade das machte es den Menschen so deutlich: Obgleich sich die Welt weiterdrehte und veränderte, standen hier immer noch die gleichen Häuser. Auch die Burg ragte weiter stolz und streng in den Himmel, um jedem Bürger deutlich zu zeigen, dass er in ihrem Schatten sicher sein würde.

Für Carmen war es nicht so einfach, von der Seite der Royal Mile aus zu erkennen, welches Haus das von Mr McCredie war. Die Buchhandlung befand sich im unteren Teil des Gebäudes, aber sie lag weit unterhalb des Bereiches, den sie von der Princes Street aus erreicht hatte. Obwohl Carmen bereits seit einem Jahr in der Stadt lebte, fand sie solche Konstruktionen immer noch verblüffend.

Es gab hier oben ein paar Souvenirläden, manche deutlich kitschiger als andere, wofür Carmen umgehend Jackson McClockerty verantwortlich machte. Die Gebäude am Lawnmarket waren abwechselnd in hellem Grau und Weiß gestrichen und hatten kleine goldene Stuckelemente, die das Baujahr anzeigten.

Bei Carmens neuem Zuhause, das sie jetzt erreichte, verwies die Zahl auf das Jahr 1639, wobei das Ladenlokal unten allerdings jüngeren Datums war.

Ein schmaler Eingangsbereich zwischen zwei Läden mit Strickwaren führte zu Mr McCredies Haustür aus schwarzem Metall.

Eigentlich rechnete Carmen kaum mit einer Antwort, als sie an einer Klingelschnur zog. Nachdem ein schepperndes

Geräusch ertönt war, tat sich zu Carmens Überraschung aber recht schnell etwas hinter der Tür.

»Carmen?«, ertönte Mr McCredies Stimme. »Sind Sie das?«

Dann hörte man ein knackendes Geräusch, als versucht wurde, den Riegel zurückzuschieben. Und noch einmal. Schließlich bewegte er sich mit grauenhaftem Quietschen.

»Ah«, machte Mr McCredie. »Also, wissen Sie, ich …«

»Benutzen Sie denn Ihre eigene Haustür nie?«, fragte Carmen ungläubig, denn die Tür öffnete sich nicht.

»Hm, ich …«

Natürlich, dachte Carmen, er hatte eben nie Besuch. O mein Gott, und jetzt würde sie hier einfallen und sich bei ihm breitmachen. Plötzlich war sie ein bisschen aufgeregt.

»Nun gut, wenn Sie den Knauf vielleicht gleichzeitig von außen drehen …«, sagte Mr McCredie.

Das tat sie, ganz vorsichtig, und schließlich bewegte sich langsam die alte Tür aus Metall. Carmen holte tief Luft und machte sich dafür bereit, ihr neues Zuhause zu betreten.

Kapitel 14

Carmen stand in einem langen Flur mit hüfthoher Holzvertäfelung. Von der Seite der Royal Mile her gesehen, befand sie sich im Erdgeschoss, das von der Seite der Victoria Street her mehrere Stockwerke hoch lag.

Etliche Türen gingen von diesem eiskalten Korridor ab. Der Boden war schwarz-weiß gefliest, an den Wänden hingen große Porträts, und am Ende des Gangs tickte eine Standuhr feierlich. Die hätte Carmen sich gern mal näher angesehen, weil sie so schön war: Beim Material handelte es sich um glänzendes dunkles Holz, und im Inneren konnte man die Malerei von einem goldenen Engel erahnen, der auf Worte in einem Buch zeigte.

»Also …«, sagte Carmen und reichte Mr McCredie eine große Schachtel Schokoladenplätzchen, die Sofia ihr für ihren neuen Vermieter mitgegeben hatte.

»Ah, wunderbar«, murmelte Mr McCredie. »Die sind gut für unterwegs, weil sie sich halten. Vielleicht können wir uns die auf meiner Reise an Neujahr als kleine Leckerei gönnen.«

Carmen runzelte die Stirn. »Das ist doch ein ganz normales Schiff, würde ich mal sagen. Ich glaube kaum, dass Sie während der Überfahrt Entbehrungen auf sich nehmen müssen.«

»Oh, ein Mann erkennt seinen wahren Wert doch nur

auf einer Reise voller Entbehrungen!«, wandte Mr McCredie ein. »Sein Herz aus geschmiedetem Stahl!«

»Na dann«, sagte Carmen, musste dabei aber leider an Oke denken, der sich durch die Tiefen des Dschungels schlug. Ob er bei seiner Expedition wohl sich selbst entdeckte? Oder hatte er vielmehr die gut aussehende junge Frau mit den tollen Zöpfen an seiner Seite entdeckt?

»Okay, welches Zimmer ist meins?«

Augenblicklich griff sich Mr McCredie mit beiden Händen an den Kopf. »Ich wusste doch, dass ich noch irgendetwas erledigen sollte«, sagte er. »Tut mir leid, tut mir leid. Da müssen Sie wohl selbst entscheiden.«

Er deutete in Richtung Standuhr. Dort zweigte ein engerer, dunklerer Flur ab, der natürlich mit Bücherregalen gesäumt war. Auf der linken Seite führte eine Wendeltreppe in die Höhe, die ganz anders aussah als die Treppe nach unten zur Buchhandlung.

»Sie können gleich nach da oben gehen«, sagte Mr McCredie, »und sich ein Zimmer aussuchen. Ich selbst verbringe dort nie Zeit.«

Carmen kniff die Augen zusammen. O Gott, wie übel würde es wohl werden? In Edinburgh war es das ganze Jahr über feucht, und es bestand die Gefahr, dass Mr McCredie das Dach nicht vernünftig instand gehalten hatte. Als er zugestimmt hatte, sie bei sich aufzunehmen, hatte sie eigentlich auf ein bezugsfertiges Gästezimmer gehofft. Stattdessen …

»Aber am besten zeige ich Ihnen erst einmal alles hier unten«, sagte Mr McCredie.

Carmen stellte ihren Rucksack ab und folgte ihm brav.

»Also, hier ist die Küche.«

Sie sah aus wie der Ausstellungsraum eines Museums,

weil wohl seit circa 1955 nichts mehr daran verändert worden war. Darin standen ein großer schwarzer holzbefeuerter Herd, den Carmen nicht sehr vertrauenerweckend fand, eine Anrichte voll mit für den Betrachter zur Schau gestelltem Porzellan, hölzerne Regale mit Schüsseln und uralten Kochutensilien sowie ein blank gescheuerter Holztisch.

Es gab keine Dunstabzugshaube, und der Linoleumbelag des Fußbodens war uneben. Ein Fenster gewährte einen Blick auf zwei einander gegenüberliegende Wände, was Carmen bei ihrem Versuch, den Grundriss des Gebäudes zu verstehen, nicht sehr hilfreich fand.

Die Regale beherbergten nostalgisch stimmende Produkte wie Brasso und Omo, und in einer Ecke entdeckte Carmen eine dieser uralten Waschmaschinen mit zwei Bereichen, bei denen in der einen Hälfte das Wasser offen sprudeln würde. Ein Schlauch ragte daraus hervor. Tatsächlich wunderte sich Carmen, dass daneben nicht noch eine Mangel stand.

»Was essen Sie denn nur?«, fragte Carmen.

»Also, ich mag gern Sardinen«, antwortete Mr McCredie. »Und natürlich Zwieback.« Er zeigte ihr eine stabile Dose.

»Sie essen Schiffszwieback?«

»Und jede Menge Limetten.«

Ihre Miene wurde immer finsterer. Carmen folgte ihrem Chef durch den großen Salon mit den glatten Sesseln, uralten Fotografien und dem freudlosen Ambiente, den sie schon mal gesehen hatte.

Im Stockwerk oberhalb des Hauseingangs befand sich ein weiterer Flur, und Carmen öffnete versuchsweise eine der vielen Türen, die davon ausgingen. Dahinter entdeckte sie ein Zimmer, das komplett voll mit Büchern war. Hinter der nächsten war es genauso.

»Äh, ja, die müsste ich mal aussortieren.«

»Mr McCredie, wenn Sie beizeiten diese Bücher ausgemistet und hier ein AirBnB eröffnet hätten, wären Sie jetzt Millionär«, stöhnte Carmen.

»Ja«, sagte Mr McCredie, »aber ich höre ständig von Dingen, die ich tun sollte, um Millionär zu werden. Außerdem war ich ja schon mal Millionär, denke ich. Also, früher.«

Fassungslos starrte Carmen ihn an, aber sie konnte Mr McCredie nie lange böse sein. Und erst recht nicht, wenn man bedachte, wie wenig Miete er von ihr verlangte.

»Abends sitze ich meistens unten in meinem Lesezimmer«, erklärte er jetzt, und das konnte Carmen ihm kaum verdenken.

Oh, ihr fehlte Sofias hübsches Häuschen an der Walgrave Street jetzt schon, mit der gemütlichen großen Küche, in der immer etwas auf dem Herd oder im Schongarer blubberte und jemand da war, mit dem man quatschen konnte. Womöglich würde ihr sogar Pippas Fagottstunde fehlen, und sie hätte ja nie damit gerechnet, dass sie das mal denken würde.

Es war ihr auch gelungen, ihre Schwester auf den Geschmack zu bringen, was *Hochzeit auf den ersten Blick* anging. So ein Laster hätte sich Sofia allein niemals gegönnt. Aber in letzter Zeit hatten sie sich mit einer Tasse Tee oder, wenn das Wochenende näher rückte, auch mit einem Glas Wein und einer Tüte Chips im Fernsehzimmer zusammen aufs Sofa gesetzt, wenn die Kinder im Bett waren.

Dann klagte Sofia gern darüber, dass sie mehr Yoga machen wollte und schon seit Monaten nicht mehr bei ihrem Buchclub war.

»Pfeif drauf, du bist doch in Elternzeit!«, sagte Carmen, wies ihre Schwester darauf hin, dass es bei dem gemeinsamen Essen der Paare gleich ordentlich abgehen würde, und unterstrich, dass sie doch wirklich Gesellschaft brauchte, weil sie sich immer noch von schrecklichem Liebeskummer erholte.

Das waren tolle Abende gewesen, viel schöner, als sie in jenen Momenten realisiert hatte.

Und jetzt? Sie würde also am Morgen nach unten gehen, um zu arbeiten, und am Abend hier nach oben kommen, um … ja, um was denn zu tun? Um auf dem Diwan zu hocken? WLAN hatte sie hier oben natürlich nicht, darum würde sie sich auch kümmern müssen. Die Steckdosen in den Wänden sahen nicht einmal so aus, als könnte man darin moderne Geräte einstöpseln. Carmen hatte runde Steckdosen aus Messing bemerkt, die sie nicht sehr vertrauenerweckend fand.

Na ja, wenn sie früher zu suchen angefangen hätte … Wenn sie nicht so dickköpfig gewesen wäre, hätte sie sich mehr Alternativen anschauen können. Das war doch keine große Sache, schließlich war es ganz normal, loszuziehen und sich eine Wohnung zu suchen, sich mit Menschen zu treffen, die man nicht kannte, und ihnen sein ganzes Geld auszuhändigen. Carmen seufzte. Ihre Miete hier war ein absolutes Schnäppchen, so viel war klar, und das Haus lag ja mitten in der Stadt. Da war es wohl nicht so wichtig, dass vor allen Türen Spinnweben hingen.

Es widerstrebte Carmen, zu Spinnen fies zu sein und ihre Netze zu zerstören, aber anders würde es wohl nicht gehen. Schließlich spannten die sich quer durch die ganze Küche, so als wäre noch Halloween. Der Salon war trotz der vier Fenster nach vorne und hinten raus ebenfalls staubig und freudlos. Carmen hatte den Eindruck, sich hier in einem Museum mit Ausstellungsstücken zu befinden, die in

Mr McCredies Jugend schon alt gewesen sein mussten. Beinahe erwartete sie, an den Wänden kleine Schildchen mit Erklärungen zu entdecken, oder auf gruselige, gesichtslose Figuren zu stoßen, die sich in altmodischer Kleidung nach einem Kohleeimer bückten. Das alles sah aus wie ein Puppenhaus. Es war gruselig, sie hasste es hier und wollte nur noch nach Hause.

Carmen schluckte jedoch heftig und sagte sich, dass sie eine erwachsene Frau war und jetzt eben tapfer sein musste. »Es ist also egal, welches Zimmer ich nehme?«

Mr McCredie zuckte mit den Achseln. »Ja, gehen Sie ruhig hoch, und suchen Sie sich eins aus«, sagte er wieder. »Ich bin da oben nur gelegentlich, um die Pflanzen zu gießen.« Plötzlich erhellte sich seine Miene. »Aber das können Sie ja jetzt übernehmen! Ich vergesse es sowieso immer.«

»Warum stehen bei Ihnen denn Pflanzen im oberen Stockwerk, wenn Sie das gar nicht nutzen?«, fragte Carmen knurrig.

Mr McCredie sah sie verblüfft an. »Ich weiß nicht recht«, antwortete er. »Die sind noch von meiner Mutter.«

Einen Vorteil hatte dieses Arrangement allerdings, dachte Carmen, dass sie nämlich keine Bücher mitzubringen brauchte. Hier hatte sie schließlich exklusiven Zugang dazu.

Und dann musste sie ein wenig lächeln, weil sie es in ihrer Kindheit einfach traumhaft gefunden hätte, in einer Buchhandlung zu wohnen, ein kleines Bett in einem Regal zu haben, in dem zu jedem nur erdenklichen Thema all die Bücher standen, nach denen sich ihr kleines Herz sehnte.

Aber natürlich änderten sich die Dinge im Laufe des Lebens. Phoebes größter Wunsch war im Moment, auf einem Bett aus Wolken zu schlafen, und das würde Carmen auch nicht wollen.

Jetzt klingelte in den Tiefen des Hauses eine Glocke, und Carmen wurde klar, dass sie irgendwie mit dem Türglöckchen der Buchhandlung verbunden sein musste.

Mr McCredie war ziemlich vergesslich, wenn es darum ging, die Ladentür abzuschließen. Vermutlich deshalb, weil er es selbst hier oben mitbekam, wenn jemand das Geschäft betrat.

»Wollen Sie nicht nachsehen, wer das ist?«, fragte sie. »Wir erwarten eine Lieferung von The-Broons-Jahrbüchern.«

Mr McCredie runzelte die Stirn.

»Und Sie brauchen mir gegenüber wirklich nicht so zu tun, als wüssten Sie nicht, wer die Broons sind«, sagte Carmen. »Ich bringe eben meine Sachen weg und komme gleich nach.«

Während Mr McCredies Schritte in der Ferne verhallten, machte sich Carmen auf den Weg zurück zum Eingangsbereich des Hauses, wo die Wendeltreppe nach oben führte.

Okay, vorher hatte sie in einem feuchten Keller gehaust, daher war das hier vermutlich eine Verbesserung, dachte sie. Vom Keller unters Dach, allerdings von einem Dienstbotenquartier ins andere …

Carmen seufzte. Sie konnte nicht ewig auf diese Weise Trübsal blasen, das brachte sie doch nicht weiter. Und es war richtig gewesen, Sofia gegenüber nicht noch mehr Theater zu machen. Hätte sie sich quergestellt, darauf bestanden, dass sie bleiben wollte, und ihre Mutter auf ihre Seite gezogen – ja, dann hätte Sofia wohl nachgegeben.

Die Gewissheit, richtig gehandelt zu haben, dachte Carmen, war leider nicht so komfortabel wie ein Aufenthalt im luxuriösen Zuhause ihrer Schwester.

Weil die Treppe, die jetzt vor ihr lag, ziemlich steil war,

ließ Carmen ihren Rucksack zunächst unten, um erst einmal das Terrain auszukundschaften.

Es war so schräg, dass hier überall unterschiedliche Treppen irgendwohin führten. Dieses Haus war eindeutig nicht in dieser Form entworfen worden, vielmehr schienen ihm mehr oder weniger von sich aus neue Extremitäten gewachsen zu sein. Ein Grundriss würde ganz verwinkelt und verschnörkelt aussehen.

Als Carmen die ersten knarzenden Stufen aus Holz hinaufgestiegen war, hörte sie Wasser tröpfeln. O Gott, waren hier etwa die Rohre undicht? Dann musste es da oben furchtbar kalt und feucht sein. Es wunderte sie auch, dass am Ende der Treppe Licht zu sehen war, aber vielleicht hatte Mr McCredie eine Lampe angelassen.

Oben angekommen, runzelte Carmen die Stirn, weil sie nicht sicher war, was sie da eigentlich vor sich hatte. Ihr erster wenig realistischer Gedanke war, dass sie hier unter freiem Himmel stand, weil Mr McCredie das Dach völlig hatte verfallen lassen, und dass aus den Trümmern Pflanzen gesprossen waren.

Dann gewöhnten sich ihre Augen nach und nach an das Licht, und sie erkannte, worum es sich tatsächlich handelte: In diesem Teil des Hauses bestand das oberste Stockwerk nicht aus einem Dachboden, sondern aus einem gläsernen Wintergarten. Die Bodenfliesen waren schwarz-weiß, auf der einen Seite entdeckte sie eine kleine hölzerne Putte, und das Geräusch von tropfendem Wasser stammte nicht von einem undichten Rohr, sondern von einem kleinen Springbrunnen. Der Wasserstrahl entsprang dem Mund einer weiteren Putte.

»O mein Gott«, hauchte Carmen und trat vor.

Sie war von Pflanzen umgeben, die leider uralt, staubig

und so furchtbar trocken waren, dass sie sich unter ihrem eigenen Gewicht krümmten. Manche davon überragten Carmen weit. Was das für eine Art war, wusste sie nicht, aber sie waren wunderschön.

»Mr McCredie?«, rief Carmen über ihre Schulter hinweg. Aber der konnte sie wohl nicht hören, selbst, wenn er wieder ins Haus zurückgekehrt war. Das hier oben war praktisch ein eigener abgeschlossener Bereich.

Neben dem plätschernden Brunnen stand an einem Marmortischchen ein Hocker, auf den sich Carmen sinken ließ, um sich verblüfft umzuschauen. Eine der Wände war mit Spiegeln verkleidet, in denen sich das matte Grün spiegelte, und ein herbstlicher Sonnenstrahl fiel durch die schrägen Dachscheiben herein, die vom Regen sauber gewaschen waren.

»O mein Gott«, seufzte Carmen erneut, sah sich um und machte ihre Jacke zu, weil es hier eiskalt war. »Das ist doch verrückt.«

Dann betrachtete sie die Gewächse genauer. Sie ließen den Kopf hängen und waren von so einem muffigen Geruch umgeben, dass Carmen sich fragte, ob Mr McCredie sich, vom gelegentlichen Gießen abgesehen, überhaupt um diese Pflanzen kümmerte. Sie waren halb verdorrt und der Fußboden mit braunen Blätter bedeckt, was nur die Verwirrung in Bezug auf die Frage verstärkte, ob man sich hier eigentlich drinnen oder draußen befand.

Auf einer Seite gab es eine Doppelglastür, hinter der ein flacher Bereich des Daches lag, und Carmen versuchte, sie aufzumachen. Es war nicht abgesperrt, aber das Schloss war völlig verrostet und hakte, sodass sie ein paarmal ordentlich am Knauf rütteln musste, bevor sich die Tür schließlich öffnete. Vor sich hatte Carmen nun mitten auf dem Gebäude eine kleine gepflasterte Terrasse mit noch mehr Pflanzen, die nass waren und ungepflegt aussahen.

Von hier aus konnte sie in einen Innenhof mit Kopfsteinpflaster hinunterblicken, um den sich eng andere Häuser drängten. Sie hatten zwar Fenster zum Hof hin, die sich aber alle weiter unten befanden, sodass man Carmen von dort aus nicht sehen konnte.

Man schaute von hier gen Süden, konnte die weitläufige Kunstakademie sehen und dahinter die wogenden Hügel der Pentland Hills.

Jetzt ertönte hinter ihr ein höfliches Hüsteln.

»Das hier hatte ich ganz vergessen«, sagte Mr McCredie.

»Wie denn nur?«, fragte Carmen fassungslos. So eine Überraschung hatte sie wirklich nicht erwartet. »Wie kann man denn eine komplette Dachterrasse vergessen, die zum eigenen Haus gehört?«

Er zuckte mit den Achseln. »Also, ich … Ich komme eigentlich nie hier herauf, nur manchmal wegen der Pflanzen. Dieser Bereich war einst der ganze Stolz meiner Mutter.«

»Na, das kann ich mir vorstellen«, sagte Carmen. »Er ist schließlich spektakulär, wie aus einer Szene in *Über den Dächern*.«

»Ach, finden Sie?«, fragte er erfreut. »Was für ein wunderbares Buch. Das findet man heutzutage ja nicht mehr. Ja, früher gehörten sogar noch Volieren mit Vögeln dazu. Meine Mutter hat hier stundenlang gesessen, wenn sie nicht … zu traurig war. Nun ja, gut. Heute hat diese Terrasse ihre besten Jahre leider hinter sich.«

»Wie wir alle, oder nicht?«, sagte Carmen, die weiter den Blick wandern ließ. »Okay, ich weiß zwar rein gar nichts übers Gärtnern …«

»Ich auch nicht«, gab Mr McCredie zu. »Mir haben immer schon minimalistischere Landschaften mehr zugesagt.«

»… aber ich könnte mir problemlos ein bisschen Wissen anlesen!«

»Wunderbar!«

Sie lächelten einander an.

»Ach, die Schlafzimmer!«, sagte Carmen plötzlich.

Auf der anderen Seite der Treppe lagen drei Türen.

Der Wintergarten nahm die halbe Breite des Gebäudes und eine komplette lange Seite ein. Er musste wohl zwei Stockwerke über der Straße auf der Nordseite liegen und damit fünf Stockwerke über der Buchhandlung auf der Südseite. Es war unglaublich.

Zu Carmens Erleichterung fanden sich hinter zwei der Türen identische Schlafzimmer, saubere, einfache Räume mit Blick über den Lawnmarket. Carmen fiel auf, dass man von hier aus sogar das Versammlungshaus der Quäker drüben an der Spitze von West Bow sehen konnte, und auch Mylnes Court. Jedes der Zimmer hatte zwei Fenster mit einer Aussicht, die sich seit Hunderten von Jahren nicht groß verändert hatte, und die Schlafzimmer lagen so hoch, dass hier kein Lärm von der Straße zu hören sein würde.

In einem der Zimmer standen zwei einzelne Betten. Mr McCredie erklärte ihr, dass das sein Kinderzimmer gewesen war, wenn sie Zeit in der Stadt verbracht hatten und nicht auf dem prächtigen Landgut, das er nach und nach verkauft hatte, um seine Steuern zu bezahlen.

In dem anderen stand ein kleines Ehebett, also entschied Carmen sich dafür.

Der dritte Raum war ein knackig kaltes Bad mit einer riesigen Wanne mit Krallenfüßen. Deren Anblick machte

Carmen Freude, obwohl sie daran zweifelte, dass es hier je genug heißes Wasser geben würde, um sie zu füllen.

Das Bett war zwar alt, aber bequem, und Mr McCredie holte ihr aus dem Kleiderschrank Laken. Auch die waren alt und mehrfach geflickt, im Laufe der Zeit aber angenehm weich geworden. Carmen hatte noch nie ein Bett mit Decken und losen Laken bezogen, daher wollte sie damit lieber warten, bis sie unbeobachtet war.

»Und finden Sie das … in Ordnung?«

»Ich denke …«, begann Carmen und schaute sich um. Sie blickte aus den kleinen Fenstern und hinaus auf die wunderbare Stadt, die sich zu ihren Füßen erstreckte, dann wieder hinüber zu diesem verblüffenden Garten unter dem Himmelszelt im Herzen der Metropole.

Dafür, dass sie (am Ende) ohne viel Theater bei Sofia ausgezogen war, hatte sie doch wirklich mal etwas Schönes verdient. Und schön war es hier in der Tat, wenn auch ziemlich kalt.

Sie griff nach dem Umschlag mit Bargeld, den ihre Schwester ihr gegeben hatte, und reichte ihn Mr McCredie.

»Ich denke, das passt schon.«

Kapitel 15

Sich auf die Rückkehr zur Arbeit vorzubereiten fiel Sofia überraschend schwer. Das hab ich doch schon mehrmals mitgemacht, sagte sie sich. Und es war ja eine gute Idee, etwa einen Monat vor Weihnachten anzufangen, um es erst einmal langsam angehen zu lassen, die alten Klienten wiederzusehen und sich neu einzugewöhnen.

Eigentlich hätte sie gedacht, dass sie es mehr genießen würde, erneut in die Rolle von Anwältin d'Angelo zu schlüpfen, in diese Welt zurückzukehren, die sie so gut kannte, Menschen zu beraten und ihnen zu helfen.

Aber Eric war einfach ein bezauberndes Baby, und Sofia wusste mit absoluter Sicherheit, dass sie kein weiteres Kind bekommen würde. Bei ihm stand für sie daher weniger im Vordergrund, wie er sich nach und nach zu einer kleinen Person entwickelte, sondern vielmehr, dass sie mit ihm bald ihr letztes Baby verlieren würde.

Obwohl das eher untypisch für sie war, wollte sie jede einzelne Sekunde voll und ganz auskosten, an seinem nach Puder duftenden Köpfchen schnuppern, ihm Küsse auf das Stupsnäschen drücken und sich stundenlang an seinem zahnlosen Grinsen erfreuen. Jeden Tag kam es ihr aufs Neue so vor, als hätte sie etwas verloren. So hatte sie das bei den anderen nicht empfunden. Bei denen war sie immer begeistert gewesen, wenn sie eine neue Phase erreicht hatten, zu laufen, zu sprechen begonnen und mit dem Erkunden der Welt angefangen hatten. Aber Eric würde sie am liebsten von einem Vampir beißen lassen, wenn sich das machen ließe.

Nein, das würde sie natürlich nicht, mahnte sie sich streng. Das war doch albern und ein ganz schrecklicher Gedanke! Egal, jetzt war es jedenfalls an der Zeit. Aber sie merkte selbst, dass sie knurrig und dünnhäutig war, was sich leider auf ihren Nachwuchs übertrug. Wie so viele Kinder waren auch Pippa, Jack und Phoebe konservativ in dem Sinne, dass sie keine Veränderungen mochten.

Und jetzt würden plötzlich weder Mummy noch Carmen zu Hause auf sie warten, wenn sie abends aus der Schule kamen. Wie sehr sie Rudi auch mochten, das war ein harter Schlag, und sie gingen damit jeder auf seine eigene Weise um.

Jack knallte gegen Wände und machte so ziemlich alles kaputt, was ihm in die Hände fiel.

Pippa bestand darauf, dass ihre Mutter sich von ihr endlose Aufsätze vorlesen ließ und dabeiblieb, wenn sie Fagott übte. Sie berichtete auch ausführlich darüber, wie sich alle anderen unmöglich benommen hatten, während sie mal wieder ein goldenes Sternchen bekommen hatte.

Phoebe stieß schwere Seufzer aus und schien unfähig, selbst einfachste Anweisungen auszuführen, sich zum Beispiel vor dem Essen die Hände zu waschen oder ihre Schultasche aus der dunklen Ecke bei der Treppe wegzuräumen, weil dort jede einzelne Person im Haus schon mehrmals darüber gestolpert war.

Es würde alles gut werden, sagte sich Sofia an ihrem ersten Arbeitstag. Der Morgen war kalt und grau, einer von denen, an denen es überhaupt nicht hell zu werden schien.

Das schwarze Kostüm passte noch gerade eben, nur auf Höhe der prallen Brüste spannte es.

Es war albern, das wusste Sofia ja. Bei den anderen hatte sie nach Ablauf der von der Weltgesundheitsorganisation empfohlenen sechs Monate liebend gern mit dem Stillen aufgehört.

Aber bei Eric wollte sie nicht einmal daran denken. Wenn sie ihn sich an die Brust legte und er lange Züge nahm, alles so lief, wie es sollte, machte sich auf seinem Gesichtchen ein Ausdruck von Glückseligkeit breit, und sein kleiner Körper entspannte sich mit gegen sie gepresstem Bäuchlein auf ihrem Arm völlig.

Sie ertrug die Vorstellung nicht, dass es bald das letzte Mal sein sollte. Tatsächlich hatte sie schon mal mehr oder weniger damit aufgehört. Eric hatte kein Problem mit Fläschchen und stopfte bereits feste Nahrung in sich hinein, wenn er welche in die Finger bekam, unter anderem auch Knete und Sand. Aber dann war Sofia wieder schwach geworden, und zwar aus völlig egoistischen Gründen.

Die Folge waren jetzt diese albernen Jumbotitten, die alles volltropfen und sie wie einen Pornstar aussehen lassen würden.

Eigentlich hatte sie bei dem Meeting mit den Firmenpartnern einen ganz anderen ersten Eindruck machen wollen. Na ja.

Rudi war früh aufgestanden und bot ihr mit fröhlichem Lächeln an, Kaffee zu machen, was zumindest ein guter Anfang war.

Federico hatte beruflich in Tokio zu tun und fehlte ihr.

»Da sind die Haferflocken für den Porridge – den bitte mit Vollmilch kochen, auch wenn Phoebe sagt, dass sie die nicht mag … genau wie Rosinen.«

»Alles klar«, sagte Rudi. »Also, ich fasse das noch mal zusammen: Frosties und Schokomilch, wann immer sie Lust darauf haben.«

»Rudi!«, mahnte Sofia, aber sie lächelte. Tatsächlich hatte sie den neuen Babysitter längst ins Herz geschlossen. Er verfügte über die unterschätzteste aller Tugenden: Liebenswürdigkeit.

»Und um sie zu Sauberkeit anzuhalten, prügel ich sie dem Alter entsprechend der Reihe nach unter die Dusche.«

»Ja, bitte«, sagte Sofia und fügte dann mit leiserer Stimme hinzu: »Übrigens pinkelt irgendjemand beim Duschen. Ich nehme mal an, es ist Jack, aber ich will ihn nicht misstrauisch machen, also wäre jeder Hinweis ...«

»Wenn ich hier den Privatdetektiv geben soll, kostet das leider extra«, erwiderte Rudi. »Aber ich nehme den Auftrag natürlich gern an.«

»Apropos Privatdetektiv«, sagte Sofia, die es immer noch ein wenig verdächtig fand, dass ihre Schwester ohne großes Theater hier ausgezogen war. »Geh mit den Kindern ruhig in Mr McCredies Buchladen, wann immer du Lust dazu hast.«

»Alles klar«, sagte Rudi. »Na, komm, Krümel.« Fachmännisch klemmte er sich Eric unter den rechten Arm.

»Was meinst du, soll ich ihn lieber noch ein letztes Mal füttern?«

»Ach, der kann inzwischen doch selbst den Toaster bedienen«, entgegnete Rudi. »Mach dich ruhig auf den Weg.«

An ihrem ersten Morgen war der Himmel grau und wolkenverhangen. Carmen wachte in ihrem hoch liegenden Schlafzimmer vom Läuten einer Kirchenglocke auf und hatte zunächst keine Ahnung, wo sie sich eigentlich befand. Es war noch furchtbar früh, aber wenigstens hatten die schweren alten Decken etwas Tröstliches, Gemütliches an sich. Carmen empfand ihr Gewicht als wirklich angenehm, was sie selbst erstaunte, und fühlte sich wie in einem Nest.

Auf Zehenspitzen huschte sie aus ihrem Zimmer, füllte im Bad das Waschbecken mit lauwarmem Wasser und wusch sich. Sie zog eine Grimasse. Hier war es wirklich furchtbar kalt. Durch die dünnen Fenster mit Einfachverglasung zog es, und die Glastüren zur Dachterrasse waren zwar wunderschön, schlossen aber nicht dicht.

Kein Wunder, dass die armen Pflanzen so litten. Da Mr McCredie offensichtlich nur das absolute Minimum tat, um sie am Leben zu erhalten, wucherte auch überall Moos und Unkraut. Carmen runzelte die Stirn, füllte das lauwarme Wasser aus dem Waschbecken in einen Zahnputzbecher und goss damit quasi alle Pflanzen.

Es gab keine Heizung, nur einen leeren Kamin in ihrem Zimmer, in dem nicht einmal vertrocknete Pflanzen standen. Carmen seufzte und sehnte sich nach Sofias Fußbodenheizung zurück. Na komm, so ist es jetzt eben, sagte sie sich dann, zog einen Pullover über ihren Schlafanzug und darüber ihren Morgenmantel.

Pantoffeln hatte sie noch nie besessen. Das zeigte nur, wie verwöhnt sie bisher gewesen war, dachte sie, weil sie in diesem Haus einfach jede zusätzliche Lage Klamotten brauchen würde. Sie wickelte den Morgenmantel fester um sich und berührte die Spitze ihrer Nase, um zu sehen, wie kalt und rot sie eigentlich war. (Sehr.)

Dann schlich Carmen nach unten.

Von ihrem Vermieter keine Spur, was kein Wunder war, da er gern spät aufstand. Und jetzt begriff sie auch, warum: Er wollte vermutlich sichergehen, dass zumindest ein paar

Sonnenstrahlen hereinfielen und ihm ein wenig die Knochen wärmten. Immerhin wartete in der Küche eine positive Überraschung auf Carmen: In dem kleinen Herd flackerte fröhlich ein Feuer vor sich hin. O Himmel! Der Raum war warm, und ein schwerer Kessel stand bereit, der nur noch auf die Herdplatte gestellt zu werden brauchte.

Carmen rückte näher heran und genoss die Wärme. »Danke!«, sagte sie laut, falls sich Mr McCredie hier irgendwo herumdrücken sollte, aber sie konnte nichts hören. Das war schon seltsam, aber sehr willkommen. Sie zog den Morgenmantel aus, schob den schweren Kessel auf die Herdplatte und machte Teebeutel ausfindig.

Dann erkundete sie die Speisekammer. Es handelte sich um einen kleinen Raum, der über den Hof hinausragte – merkwürdig wie eigentlich alles an diesem Haus – und in dem etwa die gleiche Temperatur herrschte wie in einem Kühlschrank.

Dort fand sie einen Krug mit fetter Milch, ein Stück Butter und rustikales Brot. Einen Toaster konnte Carmen in der Küche nicht entdecken, allerdings zwei alte Röstgabeln, über die sie sich inzwischen wirklich nicht mehr wunderte. Sie schüttelte den Kopf, nahm sich vor, Brot nachzukaufen, und wollte sich ans Werk machen.

Als sie den Herd mal aufmachte, entdeckte sie allerdings etwas Schockierendes. Fassungslos, völlig verstört, nahm Carmen zur Kenntnis, dass darin Bücher brannten. Das war ja furchtbar, das reinste Sakrileg!

War die Situation von Mr McCredie denn so verzweifelt?

»Was …?«

In diesem Moment schlurfte der alte Herr herein. »Ach, Carmen«, sagte er, als er ihren Gesichtsausdruck bemerkte. »Das sind doch keine echten Bücher.«

»Sie sehen aber ziemlich echt aus.«

»Nein, nein. Schauen Sie mal.«

Er schob den Schürhaken in den Herd und zeigte ihr einen Buchtitel. Es handelte sich um die Autobiografie eines der korrupteren Politiker aus der letzten Zeit.

»Es sind nur Autobiografien von Politikern«, sagte er. »Alle übel. Alle bestechlich. Deshalb sind diese Bücher doch Papierverschwendung und taugen bloß als Brennstoff.«

Carmen musste heftig schlucken. »Na«, sagte sie, ein wenig beschwichtigt. »Trotzdem, das ist doch Wahnsinn!«

»Sonst hätte ich auch noch ein paar Memoiren von Influencern, wenn die Ihnen lieber wären. Ich bin mir zwar nicht ganz sicher, was ein Influencer ist, gut brennen tun sie aber. Carmen, jetzt gucken Sie mal nicht so entsetzt. Die würden früher oder später ja doch zerstört werden. Und so können wir noch davon profitieren.«

»Das fühlt sich einfach nicht richtig an«, sagte sie, während zugleich Nase und Finger die Hitze als himmlisch empfanden.

Mit gekonnten Handgriffen schob Mr McCredie zwei Scheiben Brot auf die Röstgabeln. »Ich brauche Geld«, sagte er einfach nur. »Und ich bin Ihnen ja dankbar dafür, was für eine große Hilfe Sie waren, aber es ist noch ein weiter Weg.«

Carmen beobachtete, wie das Brot langsam bräunte, und dann holte Mr McCredie etwas, was sie schließlich als Schmalz identifizierte.

Sie wollte ablehnen, musste aber feststellen, dass es auf Brot wirklich gut schmeckte. Danach gab es noch mehr Toast, dieses Mal mit Marmelade, und jede Menge starken Tee. Ehrlich gesagt, war es ein ziemlich leckeres Frühstück.

Schließlich kehrte Carmen auf ihr Zimmer zurück, zog sich hastig an und schwor sich dabei, dass sie irgendwie einen Weg finden würde, Mr McCredies Problem zu lösen. Da musste es doch eine Möglichkeit geben.

Carmen starrte den hinteren Teil des Geschäftes an, wo sich hinter dem Vorhang all die Stapel verbargen – wenn sie diesen Bereich doch nur in die Verkaufsfläche integrieren könnten, und zwar auf eine Art und Weise, die kein Geld kosten würde! Das hatten sie nämlich nicht.

Vorne war die Buchhandlung mit den Mäusen und dem flackernden Feuer so gemütlich, und die kleine Modelleisenbahn tutete bei ihrem Weg durch die Winterlandschaft fröhlich vor sich hin. Wer den Laden besuchte, musste wohl denken, dass es hier weder Kummer noch Sorgen gab. Und dann kam auch noch eine Lieferung mit Weihnachtsbüchern rein, was Carmen sofort ein bisschen aufmunterte.

Irgendwann näherte sich draußen ein potenzieller Kunde, aber das leuchtend rote Haar machte schnell klar, um wen es sich da handelte.

»Der Thronräuber!«, rief er aus, als er mit einem Klingeln des Glöckchens den Laden betrat.

»Ich bin doch erst seit gestern weg«, sagte sie. »Hat Sofia dich etwa auf mich angesetzt, damit du herausfindest, ob ich etwas mitgehen lassen hab?«

»Und, hast du?«

»Das geht dich gar nichts an«, sagte Carmen, die sich ganz eventuell an Sofias Schublade mit den neuen Strumpfhosen bedient hatte. Mal im Ernst, wer hatte denn eine Schublade extra für neue Strumpfhosen? Carmen hatte ebenfalls ein paar Kaschmirsachen eingepackt, weil sie die nun wirklich dringender brauchen würde, und ganz spontan auch noch ein sexy Kleid.

»Mal im Ernst, was machst du denn hier?«, fragte Carmen, nachdem sie den fröhlich vor sich hin glucksenden Eric aus der Babytrage vor Rudis Brust geholt hatte.

»Wenn du es denn unbedingt wissen musst, du Topfguckerin: Ich hab die Kinder zur Schule gebracht und bin jetzt auf dem Weg zum Markt, um fürs Abendessen ein paar Biosachen zu holen«, sagte Rudi, der auf dem Rücken einen großen leeren Rucksack trug. »Deshalb dachte ich, dass ich für einen Höflichkeitsbesuch hereinschaue.«

»Ja, sehr höflich, du hast mich gerade Topfguckerin genannt!«, protestierte Carmen. »Abgesehen davon, könntest du auch einfach Truthahn-Dinosaurier kaufen und das eingesparte Geld behalten. Sofia wird erst Stunden später kommen, und die Kinder werden für dich lügen.«

»Deine Strategie, auf meinen Rausschmiss hinzuarbeiten, damit du wieder einziehen kannst, wird bei mir nicht fruchten«, sagte Rudi. »Und du hast vielleicht ganz vergessen, dass es in den Reihen meiner Schützlinge eine Spionin gibt: Bei Pippa würde ich mit solchen Sachen niemals durchkommen.«

»Würdest du wirklich nicht«, räumte Carmen ein. »Auf sie aufzupassen ist ein bisschen so, als würde man Hillary Clinton babysitten.«

»Gut zu wissen«, sagte Rudi. »Noch andere nützliche Hinweise?«

»Wenn du je so fies zu Phoebe bist wie deine Vorgängerin …« Todernst funkelte Carmen ihn an.

»Dann hackst du mir auch noch die andere Hand ab?«, fragte Rudi.

»Das hab ich nicht gesagt! O mein Gott!«

»Aber du hast es eindeutig gedacht.«

»Hab ich nicht!«, schwindelte Carmen.

»Mit einem Cutter, während du gleichzeitig ein Baby festhältst!«

Tatsächlich hatte Carmen gerade einen Cutter in der Hand, und sie gab lieber Eric zurück, um das Klebeband eines Kartons aufzuschneiden.

»Wie ist deine Unterkunft?«

»Frisch«, antwortete Carmen, die fingerlose Handschuhe trug und die bis April nicht mehr auszuziehen gedachte.

»Au Backe!«, sagte Rudi.

Carmens Miene wurde ein wenig sanfter. »Aber nebenan stehen Pflanzen.«

»Was denn für Pflanzen?«

»Keine Ahnung, zum Teil sind sie ganz schön groß.«

Rudi schob die Unterlippe vor und nickte. »Okay.«

»Und sie sind auch echt schön, aber ich weiß nicht, was ich damit anfangen soll.«

»Ich hab ein bisschen Erfahrung mit dem Thema«, sagte Rudi. »Vielleicht könnte ich mal mit den Kindern rüberkommen und …«

»Ja«, sagte Carmen. »Bitte. Bitte komm mit den Kindern vorbei, wann auch immer, wann immer sie wollen.«

Beim Karton, dessen Klebeband sie durchtrennt hatte, klappten die Seiten hoch.

»Und was ist das?«, fragte Rudi.

»Weihnachtsbücher«, sagte Carmen lächelnd. »Es ist … einfach eine Zeit, in der unglaublich viele Bücher als Geschenke gekauft werden, deshalb versuchen wir, so viele wie möglich unter die Leute zu bringen. Und welche mit Weihnachtsthematik sind auch toll für Kinder. Wenn man die erst einmal zu Hause hat, kann man sie Jahr für Jahr neu lesen, sich dafür zusammen ins Bett kuscheln, während man auf den Weihnachtsmann wartet.«

»Oh.« Mit gerunzelter Stirn beugte sich Rudi über den Karton und las einen Buchtitel. »Wie bitte – *Der pupsende Weihnachtsbär?*«

Carmen starrte das Cover ebenfalls an. »O Gott«, murmelte sie.

»Was denn?«

»Nichts«, sagte Carmen. »Das ist bloß von einem nervigen Typen, der letztes Jahr hier im Laden rumgehangen hat.«

»Blair Pfenning! Ist das nicht so ein Promi mit Doktortitel?«

»Er ist ein Lackaffe und gar kein richtiger Doktor. Seinen Titel hat der von der Uni der glänzenden Zähne, Fakultät ›Ich verkünde Offensichtliches mit furchtbar ernster Miene‹. Ich glaube, bei der kann man sich irgendwo in Amerika einschreiben. Und so ein Buch über einen Bären hat er doch schon mal geschrieben.« Sie blätterte durch das neue. »Dieses ist genau das gleiche, nur pupst der Bär hier.« Sie seufzte. »Und jetzt muss ich vierundzwanzig Stück davon loswerden. O Mann, er ist so ein Lackaffe!«

»Warst du mit ihm im Bett?«

Carmen starrte Rudi an. »Wie kommst du denn auf die Idee?«

»Die meisten Leute würden sich nicht so über Bücher aufregen, die ein Promi aus dem Nachmittagsprogramm über pupsende Bären geschrieben hat.«

»Na, vielleicht sollten sie das aber!« Aufs Geratewohl schlug sie eine Seite auf. »›Sei nett, Herr Pinguin‹, sagte Herr Bär. ›Wir müssen doch alle mal pupsen. Genauso, wie wir uns die Zähne putzen müssen.‹ ›Ja, stimmt‹, sagte Herr Pinguin.«

»Pinguine haben keine Zähne«, wandte Rudi ein.

Wieder funkelte Carmen ihn an. »Das ist wohl kaum das

Schlimmste an diesem Machwerk. Und, nein, ich war wirklich nicht mit ihm im Bett. Aber hör dir das mal an: ›Möchtest du vielleicht einen riesigen Rosenkohl, Herr Bär?‹ ›Ja, klar, Gemüse ist nämlich total lecker, und das weiß ja jeder. Nur leider muss man davon …‹ Das Ganze ist ein einziges Lügengebilde!«, brach es aus Carmen heraus.

Rudi betrachtete die Rückseite des Buches. »Himmel, das ist aber ein enormes Autorenfoto. Sind seine Zähne wirklich so weiß und strahlend?«

»Jap!«, bestätigte Carmen.

»Und seine Haare, wow. Echt heiß!«

Carmen sah ihn an. »Ist das dein Ernst?«

»Ja, klar. Den würde ich nicht von der Bettkante stoßen.«

Ich hab ihn von meiner gestoßen, dachte Carmen, die sich mit einem Mal sehr einsam fühlte. »Also magst du Männer?«

Rudi zuckte mit den Achseln. »Schon«, sagte er. »Und …«

In diesem Moment klingelte das Türglöckchen, und eine unfassbar schöne Frau Mitte vierzig kam herein. Sie hatte roten Lippenstift aufgetragen und trug das dunkle Haar zu einem geometrischen Bob geschnitten.

»Mensch, Rudi!«, rief sie strahlend aus und boxte ihm gegen den Oberarm. »Ich dachte mir doch, dass du das bist.« Jetzt sah sie sich in der Buchhandlung um. »Was für ein hübscher Laden!«

Carmen fuhr augenblicklich durch den Kopf, dass sie so eine Frau gern zur Freundin hätte.

»Und so tolle Ware …« Sie griff nach einem Exemplar von *Der pupsende Weihnachtsbär*. »Oh«, machte sie mit enttäuschter Miene.

Carmen beschloss, die Dinger am besten irgendwo hinten zu verstecken.

»Na ja, Schätzchen«, sagte die Frau zu Rudi. »Ich hab gehört, dass du wieder in der Stadt bist, und das sind doch wunderbare Neuigkeiten! Du musst unbedingt mal vorbeikommen.«

Sie schlenderte an den Regalen vorbei, um noch ein paar Bücher unter die Lupe zu nehmen, und schielte dann vielsagend zu Rudi hinüber. »Heute Abend, wenn du kannst.«

»Klar«, sagte Rudi.

Zu Carmens großer Überraschung schob sie sich dann ganz nah an Rudi heran und legte ihm einen Finger mit rot lackiertem Nagel auf die Wange.

»Du hast mir gefehlt«, hauchte sie mit rauchiger Stimme. Was sie damit meinte, war unverkennbar.

Carmen musterte Rudi, um zu sehen, ob ihm die Sache peinlich sein würde, aber er wirkte in keinster Weise verlegen. Sie fragte sich auch, ob sie nicht lieber Eric die Ohren zuhalten sollte. Aber vor allem war sie ein bisschen neidisch. Wenn man so glänzende Haare hatte, konnte man wohl flirten, was das Zeug hielt.

»Allerdings bin ich spät mit der Arbeit fertig«, sagte er. »Erst nach acht.«

»Umso besser.«

»Ich hab mir gedacht«, sagte Rudi dann zu Carmen, die die Augenbrauen hochgezogen hatte, »dass ich die Arbeit bei deiner Schwester und mein Privatleben besser voneinander getrennt halte.«

»Das weiß sie sicher zu schätzen«, murmelte Carmen und sah den sommersprossigen jungen Mann jetzt, wo sich so eine mondäne Frau derart an ihn ranschmiss, mit ganz anderen Augen.

»Ach, was haben wir denn da?«, sagte nun die schöne Frau, die zu den Bücherregalen zurückgekehrt war.

Als sie sich zu ihnen umdrehte, versetzte es Carmen einen kleinen Stich. Sie hatte eine wunderschöne gebundene Ausgabe von *Schlittschuhe* entdeckt, alt, aber in perfektem Zustand.

Ramsay, ihr Lieferant für Antiquarisches, hatte sie irgendwo aufgetrieben.

Carmen konnte der Frau wohl kaum übel nehmen, dass sie einen guten Geschmack hatte, aber das Buch war so toll, dass sie es nur ungern verkaufen wollte.

»Das nehme ich mit«, sagte die Frau. »Dann hab ich was zu tun, während ich auf dich warte.« Neckisch lächelte sie in die Richtung von Rudi, der zurücklächelte.

»Komm doch mit uns zum Markt, wenn du willst«, schlug er vor.

»Aber da würde ich mich wohl nicht zurückhalten können und hier und da eine Gurke packen.«

»Bitte nicht vor dem Baby«, empörte sich Rudi.

Die beiden prusteten und zogen kurz darauf lachend gemeinsam von dannen.

Carmen musste an Rudis Einladung auf einen Drink denken, die sie in ihrer Unbedarftheit ernst genommen und durch die sie sich sogar geschmeichelt gefühlt hatte. Natürlich war das Quatsch gewesen.

In diesem Augenblick rutschte der hohe Stapel der pupsenden Bären von der Theke, und Carmen starrte die Bücher finster an.

Kapitel 16

Am eisigen nächsten Morgen beschloss Carmen, einfach so zu tun, als würde das Geld für den Ausbau des Lagers schon irgendwie reinkommen, falls sie damit das Schicksal beeinflussen würde oder so. Und sie brauchte wirklich ein paar positive Gedanken, um sich ein bisschen aufzumuntern.

Nach vorne raus hatte die Buchhandlung zwei große Schaufenster, die jetzt für Weihnachten dekoriert waren. Die Verkaufsfläche endete mit einem Vorhang vor dem Bereich, in dem sich die ganze zusätzliche Ware befand. Zum Glück würden sie dort keine Wände rausreißen müssen. Aber hinten war es staubig und schmuddelig, und der Fußboden unterschied sich vom Rest des Ladens. Mal abgesehen davon, bildeten die Regale und Stapel das reinste Labyrinth, und es würde eine Ewigkeit dauern, das alles zu sortieren. Mr McCredie hatte hier seit Jahrzehnten Bücher aus allen Ecken der Welt zusammengetragen und sie, so gut er konnte, nach seinem System geordnet. Ausgeleuchtet wurde der Bereich mehr schlecht als recht von üblen Neonröhren, die man den Kunden auch nicht zumuten konnte.

Okay, dachte Carmen, ihr blieb wohl nichts anderes übrig, als die Hemdsärmel hochzukrempeln und sich ans Werk zu machen. Schließlich hatte sie ja jetzt mehr Zeit, weil sie sich den Weg zur Arbeit sparte.

Sie zog den Vorhang zur Seite, aber es war ein kalter, grauer Tag, an dem durch die Schaufenster nicht viel Licht hereinfiel. Dass die Hälfte der ersten Neonröhre flackerte und summte, sah nicht nur unschön aus. Carmen befürchtete auch, das Ding würde ihr womöglich auf den Kopf fallen. Und trotz der Röhren konnte man kaum erfassen, wie viele Regale und Stapel sie da vor sich hatte. Die erstreckten sich unterhalb des Hauses, das auf der anderen Seite an der oben liegenden Straße lag, tief hinein ins Gestein des Felsens, auf dem die Burg stand. Es handelte sich mehr um eine Schatzhöhle als um ein zweckmäßig organisiertes Lager.

Carmen kniete sich neben den ersten Stapel, um zu gucken, woraus er bestand. Mal wieder aus Kartenwerken, die Mr McCredie einfach toll fand. Sie verdrehte die Augen, zog ein riesiges Buch hervor und nahm es mit nach vorne.

Als Erstes blies Carmen den Staub vom Einband. Der Atlas war einfach prächtig, eine Ausgabe aus dem frühen 19. Jahrhundert mit altmodischen Landkarten. Die farbigen Karten waren mit dünnem Seidenpapier geschützt, und ein schönes seidenes Leseband in einer kräftigen Farbe zeigte an, was der Betrachter sich beim letzten Mal angesehen, von welchem Ort er geträumt hatte. Carmen fand es nicht sehr überraschend, dass die Landkarte auf den markierten Seiten die Antarktis zeigte. In diesem Bereich gab es keinen einzigen benannten Ort, er war Terrra incognita. Dieses Buch war herausgekommen, bevor je jemand die Antarktis betreten hatte, bevor irgendjemand wusste, wie es dort aussah. Und jetzt konnte man dort mit einem Kreuzfahrtschiff hinfahren. Menschen waren schon außergewöhnliche Wesen.

Als sie weiter durch den Atlas blätterte, machte sich in Carmen allerdings ein ungutes Gefühl breit. Es kam ihr so vor, als gehöre darin jedes einzelne Land der Welt zu Großbritannien. Natürlich war dieses Buch wunderschön, aber auch auf unfassbare Weise gefährlich überholt. Als sie Holzschnitte von Künstlern aus »Siam« bewunderte, fragte sie sich längst, ob so ein Buch überhaupt noch verkauft werden sollte.

Das Türglöckchen läutete. Eine Frau trat ein, die zur Begrüßung lächelte.

»Hallo!«, sagte Carmen.

Es handelte sich um eine Stammkundin, eine Dozentin der Uni, die unfehlbar einmal im Monat die Haarfarbe änderte. Heute trug sie Zöpfe in Rosa- und Lilatönen und eine dazu passende Brille. »Mr McCredie hat einen Kodex für mich zurückgelegt.«

»Okay«, sagte Carmen, wühlte unter dem Tresen herum und legte das Gesuchte schließlich neben den Atlas.

»Was ist das denn?«, fragte die Kundin.

»Na ja, theoretisch ein Atlas, aber ein ziemlich rassistischer. Ich will für den Weihnachtsverkauf den Ladenbereich ein bisschen erweitern und dafür hinten das Lager nutzen. Ehrlich gesagt, brauchen wir das Geld, aber ich bin mir nicht sicher, wie viel von dem Zeug noch verkauft werden kann.«

Fasziniert blätterte die Frau durch die wunderschönen Seiten. »Unsinn!«, versetzte sie schließlich. »Carmen, den kann man wunderbar verkaufen, solange man ihn nicht unter ›Geografie‹ einordnet.«

»Und worunter sonst?«, fragte Carmen. Es nagte immer noch an ihr, dass sie selbst nicht studiert hatte, und die vielen Mitarbeiter der nahe gelegenen Universität, die hier regelmäßig hereinschauten, schüchterten sie ein wenig ein.

»Na, der ist doch zugleich Kunstwerk und historisches

Zeugnis. Er zeigt auf, wie sich unser Verhältnis zur Welt im Laufe der Zeit wandelt. Und auch, dass etwas gleichzeitig zauberhaft und doch gefährlich sein kann.«

Die Frau zeichnete mit dem Finger die Seidenstraße und die Passatwinde nach. Carmen sah ihr dabei zu und bekam angesichts der deutlich markierten Linien ein mulmiges Gefühl.

»Gucken Sie mal«, sagte die Kundin, »hier steht es klar und deutlich: Baumwolle, Zucker, Sklaven. Und das wurde veröffentlicht, ohne dass man es in irgendeiner Form als problematisch wahrgenommen hätte. Von gelehrten Menschen, die sich vermutlich furchtbar modern fanden.« Sie schüttelte den Kopf. »Den Atlas nehme ich auch mit. Ein besseres Lehrmittel kann ich mir kaum vorstellen.«

»Ich bin mir nicht sicher, ob ich dafür überhaupt Geld verlangen kann«, murmelte Carmen betreten.

»O doch!«, widersprach die Dozentin, »da wir schließlich durch negative Erfahrungen lernen. Aber vielleicht setzen Sie den Preis dann nicht so hoch an? Und ich hoffe mal, dass sich dahinten noch mehr solche Kleinode finden, vielleicht auch welche mit positiverem Vibe.«

Carmen nickte. »Das ist eine echte Mammutaufgabe.«

»Wollen Sie sich bis ganz nach hinten vorarbeiten?« Die Frau kniff die Augen zusammen und spähte zum halb geöffneten Vorhang. »Himmel, wie aufregend! Das wird eine richtige Schatzsuche, und wer kann schon sagen, was Sie dort hinten noch alles entdecken werden! Die Kunden werden Tage brauchen, um das alles zu durchstöbern.«

Sie starrte das schlecht ausgeleuchtete und staubige Lager an, als wäre es der Zugang zu einem geheimen Zauberland.

In Carmen stieg ein Anflug von Optimismus auf. »Ich

weiß. Um diesen Bereich wirklich zugänglich zu machen, ist aber eine anfängliche Investition nötig.«

Die Frau nickte. »Meiner Meinung nach würde die sich allerdings schnell rentieren. Das ist ja der reinste Drachenhort!«

Als die Frau ging, blickte Carmen zuversichtlicher in die Zukunft, obwohl die Dozentin heute Morgen ihre bisher einzige Kundin gewesen war. Und da sie trotz ihrer Pläne lieber realistisch bleiben wollte, verkniff Carmen es sich am Mittag, sich irgendwo ein überteuertes Sandwich zu holen. Stattdessen schob sie sich ein paar von den »Energiebällchen« rein, die als Werbegeschenke bei Blair Pfennings Büchern mit dabei gewesen waren und absolut widerlich schmeckten. Gott, ihre Situation war wirklich nicht rosig.

Nach der Mittagspause schaute Bronagh vorbei, um zu hören, was es Neues gab. »Mich erinnert das an eine riesige Grabbelkiste«, bemerkte sie angesichts der Stapel hinten. »Und das war jetzt nicht positiv gemeint.«

»Ich weiß«, nickte Carmen. »Da ein bisschen Ordnung zu schaffen ist furchtbar viel Arbeit. Und wir haben leider kein Geld, um dafür jemanden zu bezahlen.«

»Hm«, machte Bronagh. »So etwas habe ich mir schon gedacht.« Sie zog ein Fläschchen mit einer dicklichen gelben Flüssigkeit hervor.

»Was ist das?«, fragte Carmen.

»Sieh es als frühes Weihnachtsgeschenk. Das bringt Glück, und es sieht ja so aus, als könntest du ein bisschen davon gut gebrauchen.«

»Was soll das denn heißen?«, fragte Carmen, setzte ihre skeptischste Miene auf und hatte völlig verdrängt, dass sie ja selbst vor zwei Stunden noch versucht hatte, durch positives Denken das Schicksal zu beeinflussen.

»Wenn du das trinkst, wird jemand etwas zu deinen Gunsten tun. Allerdings musst du den Gefallen später weitergeben, sonst wird das Glück nicht halten.«

»Und das ist nicht einfach irgendein Unsinn, den du dir ausgedacht hast?«, fragte Carmen.

Bronagh wirkte tödlich beleidigt. »Ja, natürlich, Carmen – du und nur du allein hast die göttlichen Mysterien des Universums durchschaut. Ich gratuliere dir dazu, dass du begriffen hast, wie alles auf dieser Welt läuft.«

Während Carmen dastand und das Fläschchen anstarrte, rührte sich Bronagh nicht von der Stelle und verschränkte die Arme vor der Brust.

»Meine Güte!«, knurrte Carmen schließlich.

»Du könntest auch einfach Danke sagen«, fand Bronagh.

Da es keinen anderen Ausweg zu geben schien, öffnete Carmen den Flakon und schnüffelte argwöhnisch daran. »Und, was ist das, Drachenschleim oder so?«

»Jetzt trink es einfach.«

Carmen schüttete das Zeug in sich hinein und keuchte auf. »O mein Gott, o mein Gott, das ist ja grauenhaft. Echt eklig. Igitt!«

»Das ist Eierlikör«, sagte Bronagh.

»Ich weiß. Widerlich!«

»Verzauberter Eierlikör.«

»Hättest du nicht dazuzaubern können, dass er nicht wie geronnener Pudding schmeckt?«

»Ich bin eine Hexe, keine Göttin.«

»Ibäh!«

»Und jetzt wird sich in deinem Leben Glück manifestieren«, erklärte Bronagh. »Aber vergiss nicht, dass du dem Universum dadurch etwas schuldig bist. Schönen Tag noch!«

Bronagh war schnell vergessen, als sich Carmen wieder um den Lagerbereich hinten kümmerte: Das Dringendste dort war die Beleuchtung, aber es wäre auch keine schlechte Idee, zu entstauben, die Regale zu streichen und einen neuen Fußboden zu verlegen. Das alles war einfach so viel Arbeit, für die sie niemanden bezahlen konnten. Seufzend dachte Carmen an Jackson zurück, an seinen Vorschlag, die Einnahmen damit anzukurbeln, dass sie für ihn diese albernen Büchlein mit Informationen über Clans verkauften … Nein, mahnte sie sich streng. Sie waren eine Buchhandlung mit einem Angebot aus guten Büchern, die die Menschen liebten. Das definierte sie, aber damit hatten sie sich in eine heikle Lage gebracht.

Als hätte sie ihn durch ihre Gedanken herbeibeschworen, erschien plötzlich mit einem Glöckchenklingeln Jackson McClockerty höchstpersönlich im Laden. Wie üblich strahlte er über das ganze rote, selbstzufriedene Gesicht.

Carmen sah ihn an. Er war sicher nicht der Mensch, durch den ihr das von Bronagh angekündigte Glück zuteilwerden würde.

»Was?«

»Gehen Sie so mit Ihren Kunden um, Schätzchen? Okay, kommen Sie doch mal her, und sehen Sie sich das an.«

Er öffnete ein Köfferchen und zeigte ihr eine Auswahl unterschiedlicher Loch-Ness-Monster aus Gummi, die Weihnachtsmützen trugen.

»Wir haben eine ganze Produktlinie mit diesen Dingern, die retten Ihnen auf einen Schlag das komplette Weihnachtsgeschäft.«

»Nein danke.«

»Na, kommen Sie schon, kleine Weihnachtsmützen! Die sind doch unwiderstehlich!«

»Danke, kein Bedarf.«

Jetzt warf er einen Blick in den durch den Vorhang freigegebenen Bereich. »Aber ohne Kapital können Sie nicht expandieren, oder?«

»Wir kommen schon klar.«

»Ach, tatsächlich? Wollen Sie etwa behaupten, dass Sie finanziell prima dastehen? So sieht es aber gar nicht aus.« Er deutete vielsagend auf Carmens billige Schuhe.

»Sie sind so was von unverschämt!«, schnaubte Carmen.

»Und Sie sind so was von dämlich. Jetzt hören Sie mal, so langsam hab ich die Nase voll. Bisher hab ich wirklich versucht, nett zu sein.«

»Davon hat man gar nichts gemerkt.«

»Sie werden diesen Laden verlieren, den Laden und alles, was sich darin befindet. Da ist ganz egal, wie viele langweilige, staubige alte Bücher Sie dahinten hervorkramen. Und wer liest denn heutzutage noch? Haben Sie hiervon schon mal gehört?«

Er hielt ein blödes, riesiges faltbares Handy hoch.

Selbst sein Telefon ist irritierend, dachte Carmen. »Ein piepsendes, deprimierendes Gerät, das uns ständig ablenkt?«, entgegnete Carmen. »Genau genommen, ist das das exakte Gegenteil von einem Buch.«

»Aber darauf könnte ich ja Bücher lesen!«, wandte Jackson ein. »Jedes Buch der Welt! Was ich allerdings nicht tue. Völlige Zeitverschwendung. Ich hab im Leben noch kein Buch freiwillig gelesen, und sehen Sie nur, was aus mir geworden ist.«

Jetzt starrten beide einander unbehaglich an.

Er schniefte. »Egal, es ist jedenfalls nur eine Frage der Zeit, Schätzchen. So, dann will ich mal nach Bobby sehen – bei dem jetzt endlich die Kasse klingelt.«

Und der wie ein gebrochener Mann aussieht, dachte Carmen, sprach es aber nicht aus. Sie konnte von hier aus hören, welches bekannte Lied drüben gerade in Dudelsackversion aus dem Laden ertönte: *I Wish It Could Be Christmas Every Day*. Sie wollte sich gar nicht ausmalen, wie es sich anfühlen musste, das Zeug den ganzen Tag aus nächster Nähe ertragen zu müssen. Das erinnerte doch an Methoden, mit denen feindliche Soldaten gefoltert wurden.

»Aber ich bin nicht nachtragend. Melden Sie sich, wenn Sie Ihre Meinung geändert haben.«

Jackson McClockerty schaute sich noch einmal in der Buchhandlung um, lachte dann freudlos und machte auf dem Absatz kehrt. Carmen zeigte seinem Rücken wütend den Mittelfinger, als er die Straße entlanglief. Dabei entging ihr, dass hinter ihr Mr McCredie erschien und sie über seinen Tee hinweg mit nachsichtigem Blick anblinzelte. »Soll uns das etwa dabei helfen, mehr einzunehmen?«, fragte er.

Carmen fuhr herum. »Nein«, sagte sie hastig. »Aber es ist alles in Ordnung.«

»Also sind Sie mit Mr McClockerty zu einer Einigung gekommen?«

»Mr McCredie! Sie haben sich ein Jahr lang gegen jede Neuerung gesträubt, die ich vorgeschlagen habe, um den Laden zu retten. Jetzt taucht so ein windiger Abzocker mit irgendwelchem Ramsch aus Ausbeuterbetrieben auf, und Sie fallen ihm begeistert um den Hals!«

Mr McCredie senkte beschämt den Blick. »Aber das Schiff legt doch diesen Winter noch ab, Carmen«, sagte er schüchtern.

»Okay, okay. So, dann helfen Sie mir mal dabei, die erste Kategorie von Büchern zu sortieren, die wir vorne den Kunden zugänglich machen.« Sie führte ihn hinter den Vorhang und deutete auf ein Regal mit Büchern über die Polargebiete, das im vorderen Bereich des Lagers stand.

Mr McCredie erbleichte. »Muss das sein?«, fragte er. »Ich meine …«, stotterte er. »Da … also, da stehen viele Werke, die mir wirklich viel bedeuten.«

»Im ganzen Laden stehen Werke, die Ihnen viel bedeuten«, erwiderte Carmen. »Allerdings ist das hier nun einmal eine Buchhandlung.«

»Ich weiß, aber …« Er trat vor und griff nach einer eleganten taubengrauen Ausgabe von *Die schlimmste Reise der Welt*. »Das ist das beste Buch, das je geschrieben wurde«, sagte er.

Carmen nahm es an sich und schlug es auf. »Polarforschung ist die zugleich sauberste und isolierteste Art, eine schlechte Zeit zu haben, die je ersonnen worden ist«, las sie. Sie schaute auf. »Sind Sie sicher, dass Sie das wirklich machen wollen?«

»Durch Ausdauer siegen wir«, zitierte Mr McCredie, und Carmen musste sich eingestehen, dass es ihr niemals gelingen würde, ihm das wieder auszureden.

Sie holte alle Bücher aus dem Regal und lagerte sie in Kartons zwischen, wobei Mr McCredie sie entsetzt beobachtete. Hier und da bediente er einen Kunden, der hereingeschaut hatte und ebenfalls großes Interesse daran zeigte, was sich dahinten im Laden tat. Verschwitzt und genervt schleifte Carmen schließlich das Regal ohne jede Hilfe über den hölzernen Fußboden nach vorne. Es war wirklich unhandlich und hinterließ eine schmutzige Spur. Carmen füllte eine Schüssel mit heißem Seifenwasser und wischte energisch über alle Oberflächen.

Im Laufe des Nachmittags begann sie zu hoffen, dass sie vielleicht einen guten Riecher gehabt hatte. Sie holte die

Bücher aus den Kartons, staubte sie ab und sortierte sie sorgfältig der jeweiligen Expedition entsprechend – zumindest in dieser Hinsicht waren Mr McCredie und sie einer Meinung. Allerdings rückte Carmen dabei gegen den Willen ihres Chefs Robert F. Scott in den Vordergrund. Gegen den Briten hegte Mr McCredie eine seltsame Abneigung, die irgendetwas mit einem Heißluftballon zu tun haben schien.

Beiseitegelegt hatte Carmen bei diesem Prozess alles, was mit schneebedeckten Bergen geschmückt war. Sie hatte nämlich eine gute Idee gehabt und stellte am Schluss diese Bücher mit dem Cover nach vorne in einer Reihe auf ein Regalbrett, sodass sie eine lange, weiße Bergkette bildeten.

Gegen Ende des Nachmittags betrachtete Carmen ihr Werk voller Zufriedenheit. Ihre gute Laune wurde sowohl verstärkt als auch ein wenig gedämpft, als jemand ein großes Buch mit dem Titel *Träume vom fernen Norden* mit wunderschönen farbigen Illustrationen arktischer Weiten entdeckte. Er bezahlte dafür einen stolzen Preis (super), hinterließ damit aber eine riesige Lücke inmitten ihrer Auslage (weniger super).

Carmen rief sich in Erinnerung, dass sie ja Buchhändlerin war, keine Bühnenbildnerin, und machte sich auf die Suche nach etwas, womit sie das Loch wieder stopfen konnte.

Sie überlegte sich, das neue Regal vielleicht zum Herzstück ihrer Weihnachtsdekoration zu machen. Sie würde (natürlich auf dem Regalbrett darunter) etwas über Pinguine hinzufügen, und (natürlich auf dem Regalbrett darüber) etwas über Eisbären. Dann könnte sie eventuell noch ein paar Sterne darüberhängen, was wirklich hübsch aussehen würde. Oder beispielsweise die Modelleisenbahn als

Polarexpress drum herumfahren lassen. Aber nein, der Zug musste ja durch ihre Weihnachtslandschaft im Schaufenster rattern … egal.

Carmen nahm den hinteren Bereich noch einmal in Augenschein. Das größte Problem war wirklich die Beleuchtung, die war einfach übel. Und damit würde es wohl noch schlimmer werden, je weiter man nach hinten vordrang. Die elektrische Installation war eben uralt … Was es kosten würde, das alles auf den neuesten Stand zu bringen, wollte sich Carmen nicht einmal ausmalen.

Gedankenverloren wandte sie sich ab. Draußen wurde es schon dunkel, da bereits nachmittags die Dämmerung hereinbrach, obwohl noch nicht einmal offiziell Winter war. Carmen machte das nicht so viel aus. Sie hatte die dunkle Jahreszeit immer als ideal erachtet, um es sich zu Hause mit einem Buch gemütlich zu machen. Wenigstens gehörte sie zu den glücklichen Menschen, die einen Ort hatten, an den sie sich vor dem kalten, nassen Wetter zurückziehen konnten. Ein wenig genervt dachte sie an ihr unterkühltes Schlafzimmer und den staubigen, lieblosen Salon oben. Tja. Na ja. Vielleicht würde sie es sich stattdessen lieber in dem netten Café die Straße runter bequem machen. Und bald war ja auch schon Weihnachten …

Plötzlich fühlte sich Carmen furchtbar einsam.

Wie glücklich sie letztes Jahr an den Feiertagen gewesen war! Aber dieses Mal … Natürlich wurde davon ausgegangen, dass sie die bei Sofia verbringen würde. Ihre Eltern würden da sein, die Kinder, und wahrscheinlich würden alle ganz begeistert von Rudi schwärmen. Carmen würde allein erscheinen, als fünftes Rad am Wagen. Dann würde bald ein neues Jahr anbrechen, und … Streng mahnte sie sich, mit dieser Grübelei aufzuhören. Heute war ein guter Tag gewesen. Sie wohnte jetzt bei Mr McCredie und hatte endlich die Stapel hinten in Angriff genommen. Das war der einzige Ausweg.

Jetzt entdeckte sie draußen auf dem Bürgersteig eine trostlose Gestalt. Es war Bobby.

Carmen ging zu ihm hinaus und sprach ihn an: »Hast du etwa den Laden unbeaufsichtigt gelassen?«

Er schaute hinüber. »Den kann ich doch von hier aus im Auge behalten. Ich hab etwa fünf Sekunden.«

Carmen folgte seinem Blick. Eine große Gruppe Touristen entfernte sich, während sich eine zweite vom Grassmarket aus in ihre Richtung in Bewegung setzte. Dort unten brachten gerade Männer die diesjährige Weihnachtsbeleuchtung an.

Einen Moment betrachtete Carmen sie fasziniert. Es handelte sich um weiße Schneeflocken, zart wie Spitze, mit leuchtender Mitte. Sie wurden so aufgehängt, dass man von weiter oben oder unten auf ein ganzes Meer fallender Flocken zu blicken schien. Während der Himmel immer finsterer wurde, schaute Carmen glücklich hinauf und schlang die Arme um sich. Wie schwierig die Dinge auch aussehen, dachte sie, eins wird sich niemals ändern: Wie von jeher werden auch dieses Jahr wieder überall kleine Lichter glitzern, Hoffnung und Freude werden die Luft erfüllen, und wir werden feiern. Mitten in tiefster Dunkelheit, wenn das Leben am härtesten zu sein scheint, werden Flammen und Kerzen und Kinderaugen glänzen.

»Hast du McClockerty schon wieder abblitzen lassen? Er hatte vorhin echt miese Laune.« Bobby erschauderte.

Carmen seufzte. »Ja … Wie lange wir noch durchhalten werden, weiß ich aber nicht.«

»Was machst du da drinnen eigentlich?«

»Ich versuche, die Verkaufsfläche zu vergrößern und den Kunden mehr Ware zugänglich zu machen«, erklärte Carmen. »Aber die Beleuchtung …«

Noch während sie das sagte, flackerte im hinteren Bereich des Geschäftes eine Neonröhre auf eine Art und Weise, die in einem Film ein schlechtes Omen sein würde.

»Oh, das sieht aber nicht gut aus, *aye*«, sagte Bobby.

»Dessen bin ich mir bewusst, vielen Dank auch«, knurrte Carmen etwas gereizter als beabsichtigt.

»Ich meine, das lässt sich doch recht einfach beheben. Dafür musst du nur in der Decke neue Kabel verlegen, dann die Steckdosen und Lampen austauschen …«

»Und wie, zum Teufel, soll ich das bezahlen?«, fragte Carmen verzweifelt.

Vom anderen Geschäft her erklang das klagende Geräusch eines Kirsty McColl-Songs in Dudelsackversion.

Die beiden sahen einander an.

»Nein!«, protestierte Carmen. »Nein, nein, nein. Auf keinen Fall!«

Hinten in der Buchhandlung flackerte eine weitere Neonröhre und gab dann den Geist auf.

Jetzt marschierte ein kräftiger Mann die Straße herauf. Er trug eine senfgelbe Knickerbockerhose, Strümpfe mit Argylemuster, schwere Stiefel, eine karierte Weste, in der sogar eine Taschenuhr steckte, und eine schwere Jacke aus Tweed.

»Hallo!«, dröhnte er.

Carmen starrte ihn an. »Crawford! Du siehst ja aus wie der Kröterich aus *Der Wind in den Weiden*. Wir haben eine illustrierte Ausgabe des darauf basierenden Theaterstücks. Die zeig ich dir gern mal.«

»Nicht nötig!«, strahlte Crawford. »Das weiß ich doch!«

»Er ist aber nicht gerade der Held des Stücks«, gab Carmen zu bedenken.

»Doch, und ob! Tröt, tröt!«

Carmen verzog das Gesicht. »O Gott, nun wirklich nicht.«

»Das halte ich für Ansichtssache.«

In der Buchhandlung flackerten über den Stapeln die Leuchten weiter fröhlich vor sich hin.

»Egal«, sagte Crawford. »Jedenfalls bin ich hier, um euch zu meinem jährlichen wohltätigen Weihnachtsschmaus bei mir zu Hause einzuladen. Um diese fröhliche Jahreszeit zu feiern.«

»Zu feiern gibt es nun wirklich nichts!«, murmelte Bobby.

»Und ich fürchte … dass wir in unserer momentanen Situation nicht viel für wohltätige Zwecke spenden können«, räumte Carmen verlegen ein.

»Kommt trotzdem!«, sagte Crawford unverzagt. »Ihr braucht nichts mitzubringen, und Bronagh ebenfalls nicht, woran ihr sie bitte noch einmal erinnert. Egal, was da angeblich in ihrem Glühwein drin ist – das Zeug würde sogar einen Herrscher über Schlucht und Tal in die Knie zwingen.«

Carmen machte die Buchhandlung zu und begleitete dann Bobby zu seinem Geschäft. Insgeheim hegte sie die Hoffnung, dass bei ihm hinten irgendwo noch Material rumlag, das er ganz vergessen hatte und das ihr nützlich sein könnte.

Sie ließ den Blick durch seinen Laden wandern. Es gab billige T-Shirts mit einem Bild von Nessie und der Aufschrift: »Ich bin ein echtes Monster.«

»Wer soll die winzigen Dinger denn tragen?«, fragte Carmen.

»Das sind Kindergrößen«, erklärte Bobby.

Carmen runzelte die Stirn. »Du verkaufst T-Shirts für Kinder, auf denen steht, wie übel die sind?«

»Für elf neunundneunzig«, bestätigte Bobby.

Carmen griff nach einem winzigen Plastikdudelsack, der auf ein kariertes Herz geklebt war.

»Fass das lieber nicht …«, begann Bobby, aber zu spät, der Dudelsack hatte sich bereits gelöst.

»Meine Fresse«, knurrte Carmen. »Das ist so ein Schund.«

Sie schob sich an ein paar Kartons mit Edinburgh Rock vorbei, einer typischen lokalen Süßigkeit, deren Haltbarkeitsdatum allerdings abgelaufen war, und nahm kleine Figürchen aus Metall ins Visier – schwarze Taxis, rote Briefkästen und Doppeldeckerbusse.

»Die haben ja noch nicht einmal etwas mit Schottland zu tun«, bemerkte sie. »Was soll das nur? Wenn du hier Touristenkitsch aus anderen Ländern verkaufst, könntest du genauso gut auch kleine Eiffeltürme anbieten.«

»Das ist für Touristen, die es eilig haben«, murmelte Bobby. »Manche sind nur einen einzigen Tag in Großbritannien.«

»Und den verbringen sie hier drin?«, fragte Carmen gereizt. »Mal im Ernst: Ich kann wirklich nicht nachvollziehen, warum die Stadtverwaltung erlaubt, dass überall diese Ramschläden aus dem Boden schießen.«

»Bronagh sagt, dass die mit dem Teufel im Bunde sind.«

Carmen runzelte die Stirn und dachte an eine Truppe von Männern und Frauen in schicken Anzügen, die jeden zweiten Dienstag in den Laden kamen und nach der »geheimen Abteilung« fragten. Sie befand sich in einem abgeschlossenen Schrank, für den nur Mr McCredie einen Schlüssel hatte.

»Das kann doch nicht sein«, sagte sie. Dann ließ sie sich die Sache noch einmal durch den Kopf gehen. »Na ja, das Planungskomitee vielleicht schon.«

Bobby grunzte. »Bronagh scheint sich da ziemlich sicher zu sein.«

Carmen sah sich rasch um. »Die Vorstellung, dass in der Edinburgher Stadtverwaltung die Mitglieder eines satanistischen Blutkults sitzen, ist lächerlich. So etwas sollte man nicht einmal aus Spaß sagen, Bobby«, rief sie laut aus, falls das tatsächlich der Fall sein und sich jemand in Hörweite befinden sollte.

Jetzt kündigte ein schriller Ton Kundschaft an. Carmen vermisste das fröhliche Klingeln des alten Glöckchens, aber Jackson hatte extra ein System installiert. Es erfasste die Anzahl von Kunden, weil er plante, die Preise eventuell je nach Tageszeit anzupassen.

Tatsächlich war es Jackson selbst, dessen riesige Gestalt plötzlich dastand, mit weit gespreizten Beinen. Wahrscheinlich hatte er in irgendeiner dämlichen Zeitschrift gelesen, dass man mit so einer Haltung Autorität ausstrahlte. Er hatte die Arme vor der Brust verschränkt und sich umgezogen: Jetzt war er in ein Tartanmuster in Gelb und Lila gekleidet, das Carmen noch nie zuvor gesehen hatte. Irgendwie war seine Haarfarbe ja auch verdächtig gelb.

»Bei unserer Stadtverwaltung handelt es sich um eine ehrbare Gruppe aufrechter Bürger«, verkündete Jackson, ebenfalls auffällig laut, wie Carmen bemerkte. »Die eigentlich nie jemandem die Kehle aufschlitzen oder Blut trinken. Wie ich sehe, sind Sie ja schon wieder hier. Hat es sich der alte Mann etwa anders überlegt?«

»Hat er nicht!«, gab Carmen zurück. »In der Victoria Street gibt es schon seit den 1840er-Jahren Buchhandlungen, und man konnte hier zu Dickens' Zeiten regelmäßig die neuen Folgen seiner Fortsetzungsromane kaufen. Wir waren bereits hier, als den Hügel rauf die Redaktion von *The Scotsman* lag, als Edinburgh weltweit der wichtigste Ort für Druck und Bücher und Verlagswesen war. Und deshalb gehen wir hier auch nicht weg.«

»Na, einer von Ihnen wohl schon«, sagte Jackson und kräuselte die Lippe. »Soweit ich weiß, ist doch eine äußerst lange Reise in Planung.«

Während er sich die Hände rieb, rannte ein Mann herein, der aus dem Fernen Osten zu stammen schien. Er trug eine bunte Baseballkappe mit dem Logo eines Reiseanbieters und hielt den Blick auf seine Armbanduhr gerichtet.

Scheinbar wahllos schnappte er sich drei Kapuzenpullis mit Schottland-Aufdruck, drei Plastiknessies (bei denen wie bei den Dudelsäcken durch die billige Machart überall Klebereste zu sehen waren), eine riesige Schachtel schottische Butterplätzchen mit stolzem Preis, und eine Stofftüte mit dem Aufdruck »Hey McLeod, Get off of my Ewe«. Wahrscheinlich hatte er keine Ahnung, was das bedeutete.

Der Mann schleuderte seine Bankkarte auf den Tresen und achtete nicht einmal auf den Preis, als Bobby sie über das Lesegerät zog. Dann raste er wieder nach draußen. Vermutlich wartete auf ihn am Fuße des Hügels ein riesiger Reisebus, der mit laufendem Motor Abgase in die Luft blies.

Wenn hier Reisebusse mit ausländischem Kennzeichen auftauchten, lauerten seltsamerweise keine Politessen im Anschlag. Wahrscheinlich hatten sie es aufgegeben.

»Der hat hier gerade mehr Geld ausgegeben, als Sie an einem Tag einnehmen«, sagte Jackson triumphierend, während Bobby in seinem Schatten gedemütigt und traurig dastand.

Ja, das war Carmen nicht entgangen, und ihr wurde angesichts dieser Erkenntnis ein bisschen schlecht. »Ich muss los«, sagte sie.

»Wir sehen uns!«, feixte Jackson und warf ihr eine Kusshand zu.

Kapitel 17

Mit Okes Gesundheit ging es nicht durchgehend bergauf, da gab es Besserungen und Rückfälle. Manche Tage waren fürchterlich, manchmal war Oke einfach nur hundemüde, manchmal kränklich und gereizt.

Seine Mutter war immer da, und es kümmerte sich auch regelmäßig eine seiner Schwestern um ihn, oder beide. Er war unglaublich dankbar dafür, in diesem Moment, in dem er Zuwendung so sehr brauchte, von so einem Kokon aus Liebe umgeben zu sein.

Mary besuchte ihn, sobald es erlaubt war, stürmte mit einem großen Stapel Bücher und Zeitschriften und einem strahlenden Lächeln auf den Lippen herein. Sie schlang die Arme um ihn. »Oke, mein Schatz!«, rief sie aus. »O mein Gott, was haben wir uns alle für Sorgen um dich gemacht!«

Sie wollte ihn gar nicht mehr loslassen, und Oke fragte sich kurz, ob seinem angeschlagenen Gedächtnis vielleicht irgendetwas über ihre Beziehung zueinander entfallen war. An einen Moment erinnerte er sich noch klar und deutlich. An dem Abend hatte er auf einem Auto gelegen und zu den Sternen hinaufgeschaut. Aber er hatte dabei nicht an Mary gedacht. Oder vielleicht doch?

Mit wenig Erfolg versuchte er, sich aufzusetzen.

»Erzähl mir, was passiert ist«, bat er.

Mary zog eine Grimasse. »Erinnerst du dich etwa nicht daran?« Ihr starkes Deo erfüllte den kleinen Raum.

Er schüttelte den Kopf. »Nö.«

»Na ja, es war so ein schöner gemeinsamer Moment …« Sie strich ihm mit den Fingern über die Hand.

»Wir haben zusammen die Sterne betrachtet, und du hattest an dem Abend ein bisschen Rum getrunken. Deshalb dachte ich, du hättest dich vielleicht deshalb plötzlich unwohl gefühlt. Aber es war ja nicht viel gewesen.« Ein wenig nervös schilderte sie die Szene.

Oke runzelte die Stirn.

»Und dann bist du … einfach zusammengeklappt.«

Sie drückte ihm ganz fest die Hand. »Es war wirklich furchtbar.«

»Tut mir leid«, murmelte Oke.

»Ich hab João-Castilho geholt«, erklärte sie, »und der war auch ziemlich bestürzt. Mit dem Boot hätte es bis zum nächsten Krankenhaus ja vier Tage gedauert, was ihm, also eigentlich uns allen, viel zu gefährlich erschienen ist. Vor allem wegen deiner Augen.«

»Was war denn mit denen?«

»Die sahen echt gruselig aus, ganz weiß. JC hat sich schon gedacht, dass es was Schlimmes sein könnte – so tief im Urwald hättest du dir wer weiß was holen können. Also haben wir beschlossen, dass wir lieber auf Nummer sicher gehen.« Sie senkte die Stimme. »Die von der Versicherung haben einen ziemlichen Aufstand gemacht. An den Hubschrauber erinnerst du dich doch sicher noch, oder?«

Oke schüttelte den Kopf.

»Wow! Das war richtig toll. Da wir nicht beide mit an Bord konnten, bin bloß ich mitgeflogen. Und dann hat dich ein Flugzeug hierhergebracht.«

Oke lag in einem Krankenhaus in Brasilia. Da sich sein Leben hier auf weiße Wände, fades Essen und Piepsen im Hintergrund reduzierte, hätte es aber auch jeder andere Ort der Welt sein können. Von seiner Umgebung hatte Oke kaum etwas wahrgenommen.

»Wann wirst du entlassen?«

»Keine Ahnung«, sagte Oke. »Aber mir geht es wohl wieder so gut, dass ich bald das schicke Einzelzimmer aufgeben muss.«

»Ach, wie schade«, sagte Mary, die immer noch bei ihm auf der Bettkante saß. Mit schräg gelegtem Kopf musterte sie ihn. »Meine Herren, du warst ja vorher schon dünn …«

Diese Unterhaltung hatte Oke bereits etliche Male geführt, zum Beispiel mit einem seiner Neffen, demzufolge er aussah wie eine Königsboa, die auf dem Schwanz balancierte. Eine seiner Schwestern erinnerte er an drei kleine, aufeinanderstehende Jungen unter einem Mantel, die andere eher an einen Schlafanzug, der leer an einem Kleiderbügel hing.

Oke war sich also dessen bewusst, dass er abgemagert war, und an die entsprechenden Sprüche gewöhnt. Seine Mutter tat ihr Bestes, um ihn ein wenig zu mästen.

»Ja, ja«, murmelte er.

»Ich muss dich wohl ein bisschen aufpäppeln«, neckte ihn Mary, die weiterhin seine Hand hielt und nachdenklich streichelte. »Meine Brigadeiros sind echt lecker.« Mit der freien Hand deutete sie auf einen mitgebrachten Picknickkorb. »Isst du denn schon wieder?«

Für Oke schmeckte alles nach Sand und Kies, aber er schüttete die hochkalorischen Drinks des Krankenhauses gehorsam in sich hinein. »Äh«, machte er. »Ein bisschen.« Dann runzelte er die Stirn. Ihm tat der Kopf weh, er fühlte sich schwach und litt an Schwindelgefühl. »Mary …«, begann er. »Ich möchte gern etwas mit dir besprechen. Etwas Wichtiges.«

»Ja?«, fragte sie und strahlte über das ganze hübsche Gesicht, während sie die Hand ausstreckte und ihm sanft übers Haar strich. Wie lange sie schon auf diesen Moment gewartet hatte! »Was ist denn, mein Liebling?«

»Ich … hast du mein Handy gefunden?«

»Nein – hast du denn noch kein neues?«

»*Mamãe* denkt, das würde meiner Genesung im Weg stehen.«

Mary runzelte die Stirn. »Und damit hat sie vermutlich recht. Du solltest dich ausruhen und dir nicht irgendwelchen Mist im Internet angucken.«

»Okay, okay«, sagte Oke, der keine Diskussion wollte. »Aber ich habe eine große Bitte: Könntest du etwas für mich tun?«

Und dann brachte er sein Anliegen vor. In den letzten grauenhaften, verwirrenden Wochen voller Schmerzen war er sich bei vielen Dingen nicht sicher gewesen. In Bezug auf eine Sache aber schon. Das war ihm jetzt als Einziges wichtig. »Kannst du bitte Carmen Bescheid sagen?«

Kapitel 18

DEZEMBER

Endlich brach der Dezember an, und es war, als hätte sich ein Zaubermantel über die Stadt gelegt, ein Umhang aus schwarzem Samt, auf dem Sterne glitzerten. Jedes Fenster war mit Lichtern geschmückt, und in den Princes Street Gardens war ein weihnachtlicher Jahrmarkt mit seinem wilden Trubel in vollem Gange, mit Lichtern und Lärm und Farben. Im kleinen deutschen Häuschen wurde Holzspielzeug und Christbaumschmuck verkauft, Würstchen brutzelten, die Fahrgeschäfte schleuderten Teenager herum und einander in die Arme, was ihnen wunderbar passte. Es gab Glühweinverkäufer und Süßigkeitenstände und Glasbläser, heiße Schokolade und ein Weihnachtsbaumlabyrinth und eine Minieisenbahn, die eine Runde um den ganzen Park drehte. Darin saßen warm eingepackte Kinder und winkten mit behandschuhten Fingern ihren Eltern zu, die das Handy gezückt hatten.

Dabei ging es ja nicht nur um Spaß, dachte Carmen oft, wenn sie nach da unten schlenderte, um sich in New Town mit Idra zu treffen. Vor allem angesichts all dessen, was heute in der Welt so vor sich ging, war das hier viel tiefschürfender und wichtiger. Vermutlich war auf der Welt immer schon jede Menge vor sich gegangen, überlegte sie. Aber inzwischen bekam man eben alles mit, statt nur sein eigenes Lebensumfeld im Blick zu haben.

Auf jeden Fall hatten diese wirbelnden Lichter, die tanzenden Jugendlichen, all das bunte Treiben, die hysterische Aufgekratztheit der mit Zucker vollgepumpten Kinder, etwas wunderbar Kühnes, Herausforderndes an sich.

Die Leuchtdekoration, das Feuer, der Spaß – das alles war wie eine zum Himmel hinaufgereckte Faust, die auszudrücken schien: Nein, die Finsternis wird uns nicht kleinkriegen, weder jetzt noch sonst irgendwann! Wir werden feiern, dass die dunkle Zeit schon fast zur Hälfte hinter uns liegt.

Wenn man über Schottland hinwegfliegen würde, überlegte Carmen, wären die Highlands dunkel, weil sich dort wenige Menschen auf einen großen Bereich verteilten, auf die wunderschönen Täler, die Inseln und die etwas größeren Ansiedlungen im hohen Norden. Im Süden würde man vermutlich die friedlichen Grenzen erkennen können.

Aber in der Mitte gab es einen Streifen vom prächtigen Königssitz Dunfermline bis nach Edinburgh hin, über Falkirk, Stirling, Glasgow, Kilmarnock und Ayr, der durchgehend leuchten und strahlen, für das Weihnachtsfest die Stellung halten würde.

Am Anfang war Carmen nicht so sicher gewesen, ob sie wirklich zu Crawfords Weihnachtsessen gehen sollte.

Aber Idra bestand darauf, dass ihre Freundin endlich über Oke hinwegkam, sich aufs Feiern verlegte und deshalb Einladungen annahm. Das würde sie mit der von Crawford jetzt zum ersten Mal tun.

»Aber da werden doch nur Freunde von Crawford und Leute kommen, die bei uns in der Straße arbeiten!«, sagte Carmen. »Die kenne ich ja alle, von denen ist jeder etwa hundert und besitzt einen Besenstiel.«

»Man kann nie wissen«, gab Idra zu bedenken. »Vielleicht bringt jemand einen Begleiter mit.«

»Ja, der auch hundert Jahre alt sein wird«, murmelte Carmen.

»Das stimmt ja gar nicht. Kommen denn die aus dem Café nicht?«

»Aber die hassen mich doch alle!«

»Dann kauf da eben keinen Kaffee mehr!«

»Gesteh mir doch bitte ein letztes Laster zu!«, bat Carmen. »Das ist alles, was mir geblieben ist.« Am Ende ließ sie sich von ihrer Freundin überzeugen.

Carmen wollte mit Idra zusammen shoppen gehen, um etwas Passendes für Crawfords Festmahl zu finden. Sie hatte zwar Sofias schickes Kleid, aber das war etwas figurbetonter, als es Carmen eigentlich lieb war – tatsächlich war es zu eng für die Völlerei, der sich Carmen auf Kosten der von Crawford ausgesuchten Schickimickwohltätigkeitsorganisation hemmungslos hingeben wollte, welche auch immer das sein mochte. Vermutlich irgendetwas Albernes wie Medaillen für pensionierte Militärs oder Ähnliches. Carmen hätte sich ja in Crawfords Laden für den Abend eingekleidet, aber sie war nun mal pleite, und dort kostete alles etliche Hundert Pfund. Mal abgesehen davon, dass die Sachen dort auch total verrückt waren, wie zum Beispiel ein Hut mit Fasanenfedern, eine Tweedweste mit lauter an seltsamen Stellen angebrachten Schnallen und Spangen oder ein langer, enger Kilt für Damen.

Stattdessen wollten Carmen und ihre Freundin eher zu Primark und sich da irgendetwas Fröhliches aussuchen. Schließlich war es, insgesamt gesehen, ja ein hartes Jahr gewesen.

Zum Einstimmen lud Idra Carmen erst einmal zu einem Glühwein ein, dessen völlig überzogener Preis ihnen etwas zu spät auffiel, und danach schwebten sie kichernd über den Jahrmarkt auf die hell erleuchteten Geschäfte zu.

»Ooh, Glitzer!« Carmen probierte ein Kleid mit Tüll und goldenen Sternen an, was eigentlich gar nicht ihr Stil war. Für gewöhnlich trug sie eher Jeans und Ringelshirt. Aber selbst sie musste zugeben, dass sie mit ihren vom Wein und der Kälte geröteten Wangen darin wirklich hübsch aussah.

Eine passende Strumpfhose und hohe Stiefel würden den Effekt noch verstärken, daher beschloss Carmen, für das Kleid etwas von dem wenigen Geld auf ihrem Konto lockerzumachen. Manchmal brauchte man eben ein bisschen Glamour im Leben.

»Gut«, befand Idra. »Bist du sicher, dass du nicht Crawford seines Vermögens wegen heiraten könntest?«

»Ich nehme mal an«, sagte Carmen und wuschelte sich vor dem Spiegel durchs Haar, »dass er nicht in der Victoria Street hinter der Ladentheke stehen würde, wenn er wirklich Geld hätte.«

Wie so oft würde Carmen auch in Bezug darauf bald feststellen müssen, dass sie völlig falschgelegen hatte.

Crawford hatte in seinem Laden mal zu Carmen gesagt: »Ich wohne hier oben.« Bei ihm war es also genau wie bei Mr McCredie, und Carmen hatte sich sein Zuhause so ähnlich vorgestellt, wenn auch ohne Wintergarten auf dem Dach.

Tatsächlich musste man, um den Eingang zu Crawfords Haus zu erreichen, vom Grassmarket aus eine Treppe hochgehen, die zur Ramsay Mews führte. Die berühmten weißroten Häuser dieser Straße, die sich geradezu an die Burg schmiegten, waren aus gutem Grund so bekannt – es handelte sich um eine der teuersten Wohngegenden der Welt. Die prächtigen Gebäude verfügten nicht nur über eigene Gärten, sondern auch über eine eindrucksvolle Aussicht über die Stadt hinweg.

»O mein Gott!«, hauchte Carmen, als sich für sie eine mit Nieten besetzte Holztür geöffnet hatte und sie sich aus ihrer Jacke schälte. Ja, draußen war es wirklich kalt, es roch nach Frost, und auf den Laternen an der Straße waren Eisblumen erblüht. Im Haus war es hingegen gemütlich warm.

»Das ist ja der Wahnsinn!«, rief Carmen aus.

»Na ja, es ist nicht gerade die Burg«, gluckste Crawford, was wohl bescheiden klingen sollte, aber überhaupt nicht so rüberkam. »Aber wir haben Gärten, und die gibt es da oben nicht.«

»Also ist es hier noch besser!«

»Das hast du gesagt, nicht ich.«

Carmen reichte ihm die zweitbilligste Flasche Rotwein, die sie im Supermarkt gefunden hatte, und Crawford griff danach mit einem Blick, als wäre so ein Gebräu nicht einmal gut genug für einen Viehtrog. Er setzte ein falsches Lächeln auf. »Ach, vielen Dank. Dann häng mal deine Jacke auf und komm mit in den Salon.«

O ja, Sofia hätte es auch gern gehabt, dass man in ihrer Familie statt »Wohnzimmer« den Ausdruck »Salon« benutzte, aber bei ihr das kam schon arg aufgesetzt rüber.

Für Crawford schien es hingegen das Natürlichste auf der Welt zu sein.

»Lass dir doch von Duka ein Gläschen reichen.«

Duka war ein extrem attraktiver tätowierter junger Mann mit weißem Hemd und schwarzer Hose, der auf einem Tablett Gläser mit Champagner anbot.

»Ich weiß, ich weiß«, sagte Crawford. »Jetzt wirst du gleich mit mir schimpfen, weil ich hier Jahrgangschampagner in weithalsigen Gläsern servieren lasse, durch die er viel zu stark moussiert. Aber ich liebe diese Gläser eben!«

Abgesehen von »Köstlicher Champagner? Immer her damit!« hatte Carmen dazu keine weitere Meinung, aber sie lächelte dem atemberaubenden Duka zu und griff fröhlich nach einem Glas.

O nein, dachte sie, als sie den besagten »Salon« betrat. Manchmal war das Leben wirklich nicht fair.

Der Raum war mit Holz vertäfelt und auf völlig unironische Art und Weise mit Hirschköpfen, Wappen und mittelmäßigen Aquarellporträts von weniger bekannten Mitgliedern der königlichen Familie dekoriert. Die vordere Seite nahm komplett ein großes Fenster mit rautenförmigen Scheiben ein, durch das man auf die Nordseite der Stadt hinabblickte: auf die Princes Street, New Town, dahinter sogar bis Firth und die fernen Ufer von Fife. Wie alles funkelte! Flugzeuge kreisten über dem Airport, Ölplattformen glänzten wie Lametta, und riesige Schiffe fuhren hin und her.

»Himmel!«, entfuhr es Carmen.

Die Luft war erfüllt von den Aromen teurer Parfüms und leckeren Essensdüften.

Im Raum tummelten sich nicht nur die Ladenbesitzer, mit denen Carmen eigentlich gerechnet hatte, sondern etliche zauberhaft gekleidete Menschen, die unglaubliches Selbstbewusstsein ausstrahlten und sich untereinander gut zu kennen schienen.

Vergeblich schaute sich Carmen nach einem freundlichen Gesicht um – Mr McCredie war zwar da, stand aber drüben neben den Bücherregalen. Sie sah ihn begeistert vor sich hin murmeln, die Bücher durchgehen und hier und da eins herausziehen. Dabei störte sie ihn wohl lieber nicht.

Ihr Lieferant für antiquarische Bücher, der unfassbar große Ramsay, war auch gekommen. Anders als sonst hatte er dieses Mal keins seiner zahlreichen Kinder im Schlepptau, allerdings seine hübsche, fröhliche Frau Zoe, die aus England stammte. Sie strahlte an seiner Seite und hatte offensichtlich großen Spaß. Sie konnte ja wohl nicht wieder schwanger sein, oder?, dachte Carmen. Doch, ganz eindeutig. Du liebe Güte! Na ja, da oben in Kirrinfief, wo die beiden lebten, waren die Winter eben lang und kalt. Da musste man sich ja irgendwie wärmen.

Und die gut aussehenden Menschen, die drüben am Kamin Hof hielten, waren so unglaublich laut und von sich selbst eingenommen, dass sie wohl Schauspieler vom Traverse Theatre sein mussten.

Jetzt fiel ihr Blick auf einen enormen Weihnachtsbaum. Die riesige Tanne war zu Carmens Verblüffung und Begeisterung mit echten Kerzen geschmückt, was eindeutig ein Sicherheitsrisiko darstellte, aber einfach toll aussah. An üblichem Christbaumschmuck gab es nur Lametta, ansonsten war der Baum mit echtem Spielzeug dekoriert – Carmen entdeckte eine Puppe, einen kleinen Lkw, ein Zebra, einen Bären. Das war schon ein seltsamer Weihnachtsbaum, aber der schönste, den sie je gesehen hatte. Die Spitze krönte ein Rotkehlchen, das beinahe echt aussah.

Crawfords Frau bemerkte ihr Lächeln.

»Unsere Enkel dürfen sich aus dem Baum ihre Geschenke aussuchen«, erklärte sie. »Wie Sie sich bestimmt denken können, führt das zu so einiger Panik.«

Ja, das wunderte Carmen nicht. »Aber was für eine schöne Idee«, sagte sie. »Der Baum ist wirklich toll.«

»Danke, meine Liebe.«

Es verblüffte Carmen, wie sehr diese rundliche, über das ganze Gesicht strahlende Frau ihrem Ehemann ähnelte. (Sie fragte sich, ob sie wohl von Anfang an wie Geschwister ausgesehen hatten oder einander im Laufe der Zeit immer ähnlicher geworden waren.)

Crawfords Frau strich sich den langen Schottenrock glatt, der sich an ihre mütterlichen Hüften schmiegte, und Carmen war eher froh, dass sie selbst sich dagegen entschieden hatte, ordentlich Geld für einen hinzublättern.

Nun ging sie hinüber zum Fenster, um die beeindruckende Aussicht zu genießen. Durch diese Stadt, die von solcher Schönheit und auch einer gewissen Rauheit geprägt war, fühlte sich Carmen irgendwie kühner und mutiger. Ich werde die Buchhandlung zum Erfolg führen!, dachte sie, schließlich wollte sie hier unbedingt dazugehören. Bisher hatte Carmen nur die Liebe zu Menschen gekannt und nicht gewusst, dass man sich auch in einen Ort verlieben konnte.

Mit einem Mal erschien an ihrer Seite Bronagh, gekleidet in grünen Samt, in dem sie einfach majestätisch aussah. »Väterchen Frost kommt zu Besuch«, bemerkte sie. »Es stehen Veränderungen an.«

»Aber die Dinge verändern sich doch immer, Bronagh!«

»Nicht auf diese Weise.« Sie schüttelte den Kopf. »Es werden sich Risse auftun, alte Bindungen werden sich lösen, und stattdessen wird frisches Eis entstehen. Neues wird veredelt werden und Bewegung in die Sache kommen. Und dann wird es kalt werden, so kalt. Aber der Frost wird uns einen neuen Pfad aufzeigen.«

»Das kann doch so gut wie alles bedeuten«, knurrte Carmen. »Du drückst dich hier absichtlich wie ein Gnom aus.«

»Na ja, aber wenn ein Mensch warm ist und ein anderer kalt und das zwischen den beiden steht, dann würde es sie voneinander fernhalten«, sagte Bronagh. »Das ist für jeden ganz deutlich, der die Zeichen lesen kann. Aber ich hab natürlich keine Ahnung«, fügte sie eingeschnappt hinzu.

»Hast du wirklich nicht«, murmelte Carmen und dachte wütend an Oke.

»Aber es ist gerade alles im Fluss, denn die Sonnenwende rückt näher, und die Welt dreht sich im Schlaf um.«

»Okay, jedenfalls ist es schön, dich hier zu sehen«, sagte Carmen. »Wie läuft es im Laden?«

Bronagh zuckte mit den Achseln. »Die Hexen von Edinburgh sind reicher denn je«, sagte sie. »Die Welt wird ärmer, und sie werden reicher. Es ist ein starker Zauber.«

»Gut«, sagte Carmen. »Und so, wie es aussieht, hat Crawford wohl auch ordentlich Kohle.«

»Oh, er ist der Erbe eines uralten Vermögens«, erklärte Bronagh.

Wieder einmal wünschte sich Carmen, Mr McCredie hätte auf das Geld seiner Familie besser achtgegeben, aber es war ihm einfach durch die Finger geronnen.

Hier, in diesem prächtigen und mollig warmen Haus, hätte sie liebend gern zur Untermiete gewohnt.

Eine große Doppeltür aus Holz war geöffnet worden und gewährte einen Blick auf einen Tisch, an dem für mindestens dreißig Personen gedeckt war. Es stand sogar Personal bereit.

Angesichts all dieser Pracht und Schönheit musste Carmen seufzen. Es kam ihr ein bisschen so vor, als würde sie von außen die Nase gegen ein Fenster pressen und das glamourösere Leben anderer Menschen beobachten.

Später würden alle in ein idyllisches, komfortables Zuhause zurückkehren, während sie die Treppe zu ihrer zugigen Kammer erklimmen würde, in der innen Eisblumen an den Scheiben wuchsen, um traurig die welken Pflanzen zu betrachten.

Als sich jetzt Crawford an sie heranschob, achtete Carmen zum ersten Mal darauf, wie er sich für die Party herausgeputzt hatte. Über seiner karierten Hose in schreiendem Lila und Samtweste mit türkisfarbenem Halstuch trug er einen pflaumenfarbenen Hausrock. Seine Füße steckten in Pantoffeln aus Samt, und sein Anblick war einfach prächtig.

»Du siehst heute wirklich majestätisch aus«, sagte Carmen.

Das tat er tatsächlich, vor allem in dieser Umgebung.

Crawford strahlte. »Na ja, ich zeig eben gern, was wir im Laden so verkaufen.«

»Du bist also dein eigenes Model?«

»Ganz genau. Na komm, ich mache dich mal mit ein paar Leuten bekannt.«

Jetzt näherte sich ein großer, langgliedriger älterer Herr mit wundervoll vollem blondem Haar, das von Silberfäden durchzogen war. »Na, nimmst du alle Gäste unter hundert für dich in Beschlag?«, fragte er mit dem beinahe englisch klingenden Akzent eleganter Edinburgher.

»Ganz und gar nicht«, sagte Crawford. »Das ist übrigens Carmen, die bei Mr McCredie in der Buchhandlung arbeitet.«

»Ah, ja«, sagte der Mann, griff nach ihrer Hand und deutete einen Handkuss an. *»Enchanté.«*

Zu ihrer eigenen Überraschung fand Carmen das nicht so schmierig, wie sie eigentlich erwartet hätte. Der Mann war derart attraktiv, dass ihre Wangen zu brennen begannen und sie auf eine Art und Weise kichern musste, wie es ihr schon lange nicht mehr passiert war.

»Bertie!«, mahnte Crawford. »Mal im Ernst!« Dann wandte er sich wieder an Carmen: »Darf ich dir den Earl von Rothenhy vorstellen?«

»Himmel!«, entfuhr es Carmen.

»Nennen Sie mich ruhig Bertie«, sagte er, während sich Carmen streng in Erinnerung rief, dass geerbte Adelstitel ein völlig albernes Konzept waren, welches sie natürlich in jeder Hinsicht ablehnte.

»Das ist ein wirklich albernes Konzept«, flüsterte ihr in diesem Moment Bertie zu. »Crawford erwähnt meinen Titel vor allem deshalb gern, weil er mehr von diesen albernen Hosen verkaufen will.«

»Na, vielen Dank auch«, zischte Crawford. »Es handelt sich um wirklich ganz fantastische Hosen.«

Dann watschelte er davon, um mit einem der Kellner zu sprechen. Durch den karierten Stoff stach sein dicker Hintern derart ins Auge, dass Bertie und Carmen ihn wie hypnotisiert anstarrten. Schließlich brachen beide in Kichern aus.

Carmen nahm gern ein zweites Glas des köstlichen Champagners entgegen. Okay, heute stand offensichtlich auf dem Programm, sich einen Abend unter den Schönen und Reichen zu tummeln. Dann würde sie es auch genießen, beschloss sie.

Nach und nach füllte sich der Raum mit immer mehr unglaublich gut gekleideten, kultivierten Menschen, die über Vermögensanlagen und Öl diskutierten.

»Meine Güte«, seufzte Bertie. »Hier sind alle so furchtbar langweilig …«

Carmen fragte sich, ob er sie wohl auch langweilig fand. Sie war es nämlich leid, langweilig zu sein, hatte die Nase absolut voll davon. Sie schaute zu ihm hoch und bemerkte, dass er sie aus seinen mandelförmigen Augen amüsiert betrachtete.

»Ach, wirklich, finden Sie?«, sagte sie in einem verschwörerischen Tonfall, der bei ihr als Flirten durchging.

In diesem Moment schaute Bertie zur Tür hinüber und verkündete: »Aha! Bis jetzt!«

Carmen folgte seinem Blick und entdeckte halb gereizt, halb beeindruckt, dass da gerade der verdammte Rudi hereinmarschierte. Er trug einen hübschen Kilt, der gut zu seinem Teint und seiner Haarfarbe passte, und hatte sich die in all ihrer orangeroten Pracht leuchtenden Haare mit Gel nach oben gestylt.

Seine grünen Augen strahlten Bertie an, der ihn sich schnappte und ihn zur Begrüßung auf den Mund küsste.

»Rudes, komm mal her, lass mich dir …«

»Oh, wir kennen uns«, sagte Carmen rasch.

Rudi funkelte sie aus zusammengekniffenen Augen an.

»Edinburgh ist klein«, fuhr Carmen fort.

»Allerdings«, sagte Bertie. »Ich hol mal was zu trinken.«

Während er in Richtung Theke verschwand, wandte sich Rudi an Duka, der mittlerweile Horsd'œuvres reichte – winzige Pakoras mit Haggis-Füllung.

»Hallo, Schätzchen«, sagte Rudi, »arbeitest du hier etwa Vollzeit?«

Duka schüttelte den Kopf und lächelte. »Ich hab um zehn frei.«

»Na, dadurch wurde der Abend gerade um einiges interessanter«, sagte Rudi.

Die beiden lächelten sich an, und dann zog Duka weiter – ohne Carmen eins der Häppchen anzubieten, wie ihr nicht entgangen war.

Carmen starrte Rudi an. »O mein Gott!«, sagte sie. »Wer bist du denn nur, Mr McSexmachine? So jemand passt also auf meine geliebten Nichten und Neffen auf?«

»Ich bin ein junger Mann, der in seiner Freizeit tut und lässt, was er möchte«, entgegnete er ruhig und hatte damit ja völlig recht. »Da brauchst du mir gar nicht mit so einem missbilligenden Tonfall zu kommen. Schließlich hab ich dir doch gesagt, dass ich Arbeit und Privatleben streng getrennt halte. Dass du hier sein würdest, konnte ich ja nicht wissen. Ich hab gerade ein Baby gebadet und ins Bett gebracht, nach einem gesunden Abendessen drei weitestgehend unberührte Teller weggeräumt, vier Kapitel von *Das magische Kästchen* vorgelesen und hab jetzt eben Lust auf einen Drink, wenn du mir den denn zugestehst!«

Carmen bekam sofort ein schlechtes Gewissen. »Sorry«, murmelte sie. »Das geht mich wirklich nichts an.«

Er grinste, vergab ihr augenblicklich und deutete mit einer Kopfbewegung auf Bertie. »Na, hast du's mal beim Earl versucht?«

»Nein!«, protestierte Carmen. Dann zuckte sie mit den Achseln. »Na ja, für jemanden in seinem Alter ist er nicht schlecht.«

»Ist er wirklich nicht«, bestätigte Rudi. »Tu dir meinetwegen keinen Zwang an. Er ist viel zu gut, um ihn nicht zu teilen.«

Prustend spuckte Carmen ihren Champagner aus. »Mein Gott, du bist wirklich ein ganz schlimmer Finger!«

Rudi sah sie aufmerksam an. »Wann hattest du denn das letzte Mal Sex?«

»Ja, klar, über so was rede ich bestimmt mit dem Babysitter meiner Nichten!«

»Wow, schon so lange nicht mehr?«

Einen Moment herrschte Schweigen.

»Ja«, gab Carmen schließlich zu. Sie fühlte sich furchtbar.

Rudi schüttelte den Kopf. »Echt schade. Ich meine, du bist doch noch jung. Also, so gerade eben.«

»Äh, danke«, murmelte Carmen.

Jetzt kehrte der Earl zurück, reichte Rudi ein Glas und schlang ihm den Arm um die Taille. »Was gibt's?«, fragte er.

»Weißt du was? Carmen hatte quasi schon seit Jahren keinen Sex mehr«, antwortete Rudi.

»O nein«, sagte Bertie und betrachtete sie mit ernsthaftem Bedauern.

»Jahre im Plural waren es jetzt nicht«, murmelte Carmen.

»Und deshalb wollte sie es mal bei dir versuchen.«

»Wollte ich gar nicht«, knurrte Carmen.

»Ach, ich stehe gern zu Diensten«, sagte Bertie.

»Nur aus Höflichkeit brauchen Sie doch nicht mit mir ins Bett zu gehen«, sagte Carmen.

Mit einer eleganten, kultivierten Bewegung zuckte Bertie mit den Achseln. »Dafür gibt es schlechtere Gründe. Ich helfe gern, also, was auch immer ich für Sie tun kann …«

»Vielleicht fangen Sie mal damit an, nicht auf Rudi zu hören«, sagte Carmen, wandte sich mit brennenden Wangen ab und ging zu Mr McCredie und Ramsay hinüber, die bei den Bücherregalen standen.

»Irgendetwas Interessantes?«, fragte sie, als Ramsay zur Begrüßung breit grinste.

»Hey, wie geht's dir?«

»Ich bin gerade ganz knapp einem gruseligen Edinburgher Sexring entkommen«, sagte Carmen. »Mal abgesehen davon, gut.«

»Oh, der Earl allein ist schon sein eigener Sexring. Von dem würde ich mich an deiner Stelle lieber fernhalten.«

»Du bist doch derjenige mit den einundzwanzig Kindern«, entgegnete Carmen.

Mit glücklichem Strahlen schaute Ramsay zu Zoe hinüber, die in eine Unterhaltung mit Crawfords Frau vertieft war. Er war ein Mensch, der sich jeden Tag aufs Neue gesegnet fühlte. Und seine gute Laune steckte Carmen an, als sie gemeinsam zu überlegen begannen, ob es in Crawfords Bücherregal wohl etwas zu entdecken gab, was sie mitgehen lassen und dann für teures Geld verkaufen könnten. Leider fanden sich darin vor allem alte Jahrbücher und Verzeichnisse zum Thema Jagd.

»Hier ist doch wohl kein Raubzug in Planung, oder?«, ertönte hinter ihnen plötzlich Crawfords Stimme.

Alle setzten unschuldige Mienen auf und lachten übertrieben.

Ihr schlechtes Gewissen würde sich später noch um einiges lauter zu Wort melden.

Erst einmal nahmen jetzt aber alle am langen Tisch Platz, an dem es nur so funkelte, weil das Besteck und die Kerzenhalter aus Silber waren. Der Duft von frisch gebackenem Brot und das Stimmengewirr angeregter Unterhaltungen lagen in der Luft.

Als Vorspeise wurde ein zauberhaftes Schälchen mit Cullen-Skink-Suppe serviert und dazu Wein eingeschenkt (während an jedem Platz natürlich auch ein Gläschen Whisky stand).

Carmen saß zwischen Ramsay, den sie wirklich gernhatte, und einem älteren Herrn mit rotem Gesicht, der immer wieder einnickte. Neben dem saß auf der anderen Seite eine wunderschöne Dame, mit der er wohl verheiratet war.

Rudis Bekannte aus der Buchhandlung – die mit den roten Lippen und dem zackigen Bob – saß am anderen Ende des Tisches zwischen ihm und Bertie. Da die drei aus vollem Halse lachten, schienen sie sich köstlich zu amüsieren.

Wie so ein unbeschwertes Leben wohl ist?, fragte sich Carmen sehnsüchtig. Aber sie hatte es doch versucht, oder nicht? Sie hatte einem Menschen, den sie sehr gerngehabt hatte, klar und deutlich gesagt, dass sie Sex mit ihm wollte. Und was war passiert? Nichts, er hatte sie zurückgewiesen, weshalb sie das nicht noch einmal probieren würde.

Aber jetzt saß sie eben hier und war von lauter glücklichen, attraktiven Menschen umgeben, die alle jede Menge Spaß hatten. Vielleicht sollte sie also damit aufhören, in Selbstmitleid zu versinken und sich in ihrem Schmerz zu suhlen, um sich wieder ins Spiel zu bringen. Wenigstens wohnte sie nicht mehr bei ihrer Schwester, wo bei der Rückkehr nach Hause in Begleitung die Gefahr bestand, dass Phoebe morgens um vier zu ihnen ins Bett krabbelte.

Sie war frei. Sie war (mehr oder weniger) jung. Das musste sie doch genießen.

Auf das opulente Leben, das Crawford offensichtlich führte, war sie einerseits neidisch, andererseits machte es sie geradezu wütend. Mittlerweile hatte sie begriffen, dass er sein Geschäft nur aus Liebhaberei betrieb, als Hobby, weil er eben Kleidung liebte – was ja unverkennbar war. Er musste nicht wie Mr McCredie und sie jeden Tag darum kämpfen, den Laden am Laufen zu halten.

Carmen schaute quer über den Tisch zu Bobby hinüber und fragte sich, ob die Einladung zu so einer luxuriösen Veranstaltung bei ihm wohl ähnliche Gefühle auslöste.

Der Hauptgang war gebratener Fasan mit knuspriger Haut, dazu gab es prächtige Ofenkartoffeln, gebackenes Wurzelgemüse und Rotkohl von intensivster Farbe, begleitet von einem dekantierten vollmundigen Rotwein, den alle als Barolo bezeichneten und der die Mahlzeit perfekt abrundete.

Es kam Carmen beinahe so vor, als wolle Crawford ihnen seinen Reichtum auf die Nase binden. Diese Welt, dieses Haus, dieses Zimmer, dieses Abendessen, dieses Leben: All das war wunderschön und das genaue Gegenteil von dem, was Carmen hatte. Das war für einunddreißig wirklich nicht viel. Es war auch das Gegenteil von allem, was Jackson McClockerty wollte: das Niveau senken und billigen Ramsch verticken. Hier war alles alt. Ja, es war auch schickimicki, ein bisschen versnobbt, aber es war sorgsam ausgewählt worden, war schön und wurde geschätzt.

»Könnten wir nicht das ganze Haus leer räumen?«, zischte Carmen Ramsay zu. »Er würde nie auf die Idee kommen, dass wir es waren.«

»Er würde nie seine unglaublich armen Nachbarn von nebenan verdächtigen?«, grinste Ramsay. »Machst du Witze? Solange er nicht völlig verblödet ist, behält gerade Sicherheitspersonal jeden einzelnen Teelöffel gut im Auge. Und deine Finger.«

»Ach komm, nur ein winzig kleiner Raubzug«, sagte Carmen. »Ich wette, du kennst Leute, die die Beute für uns verticken könnten.«

»Klar«, sagte Ramsay, »die Verschwörungen und mafiösen Strukturen in unserem Metier sind ja allgemein bekannt. Durch die sind wir antiquarischen Buchhändler auch so reich geworden.«

Carmen seufzte und betrachtete wieder ihre Gabel. »Vielleicht könnte ich sie ja über einer Kerze schmelzen. Dann müsste ich sie wohl mit nach Hause nehmen.«

Der Fasan wurde abgeräumt, Crawford stand auf und

klopfte mit seiner äußerst teuren Gabel gegen sein ebenso teures Glas aus Kristall.

»Darf ich um eure Aufmerksamkeit bitten?«, fragte er. »Ihr wisst natürlich alle, dass ich euch nicht einfach so hierher einlade …«

»Nein, sondern um uns deine nicht lange genug abgehangenen Fasane reinzuwürgen!«, rief jemand, was zu trunkenem Grölen führte.

Das ignorierte Crawford und sprach weiter: »Wie immer sind wir für einen guten Zweck hier zusammengekommen. Und heute handelt es sich um etwas, das mir besonders am Herzen liegt.«

O Gott, dachte Carmen. Gleich würde man sie doch noch dazu nötigen, irgendetwas zugunsten trauriger Ponys zu unterschreiben. Damit würde man sie in eine ziemlich missliche Lage bringen.

»Vor vielen Jahren, zu Lebzeiten meines Vaters …«

»Und der von John Knox!«, kam ein neuer Einruf, der zu allgemeiner Belustigung führte.

»… wurden in jedem einzelnen Laden der West Bow Bücher verkauft. Hier wurde bereits mit Papier gehandelt, als auf dem Grassmarket noch Hexen verbrannt wurden. Edinburgh hatte weltweit die größte Anzahl von Buchhandlungen pro Kopf, und sie haben zur Aufklärung mit beigetragen, haben die sanfte Revolution im Kampf um die Rechte jeden Mannes vorangetrieben.«

Die Gastgeberin gab ihm einen Klaps auf den Arm.

»Und jeder Frau.«

Eine jüngere, nicht binäre Person, die ganz in seiner Nähe saß, zupfte ihn am Ärmel.

»Entschuldigung. Die Rechte aller Menschen«, sagte er. »Tut mir leid.«

Verwirrt hörte Carmen ihm zu.

»Und jetzt ist bei uns in der Nachbarschaft nur noch eine Buchhandlung übrig geblieben. Ein einziges Geschäft als Mahnmal, zum Andenken an jene Zeit, in der das Lesen von Büchern als größte Errungenschaft angesehen wurde, in der Menschen lesend und schreibend eine bessere, friedlichere Welt erschaffen wollten. Es mag seltsam klingen, weil es sich vielleicht nicht immer so anfühlt: Aber ich denke, dass heutzutage mehr Menschen als je zuvor in unserer Geschichte ein Leben in Frieden und Eintracht führen können. Das hat viel mit neuem Verständnis füreinander zu tun, und der Grundstein dafür wird oft zwischen den Deckeln eines Buches gelegt. Meiner Meinung nach ist es kein Zufall, wenn die unfähigsten unserer Weltenlenker öffentlich verkünden, dass sie wenig lesen. Daher sammeln wir heute Spenden, um in Mr McCredies Buchhandlung die elektrische Installation erneuern zu lassen, damit der alte Knabe endlich mal ein paar Bücher unters Volk bringt!«

Während hier und da Gelächter ertönte und alle in Applaus ausbrachen, klappte Carmen die Kinnlade herunter.

»Und um das zu erledigen, engagieren wir unseren wunderbaren Bobby.«

Der Applaus wurde nur noch lauter und hielt lange an. Alle hier mochten Alleskönner Bobby, der bei jedem schon mal schnell vorbeigeschaut hatte, um einen Wasserhahn zu reparieren, ein klemmendes Fenster zu öffnen oder einen der tausend Gefallen zu tun, um die handwerklich begabte Männer so gebeten wurden. Leider gab es von denen ja immer weniger.

»Und ich hoffe wirklich, er wird eines Tages genug Geld

verdienen, um diese verdammte Dudelsackmusik wieder abstellen zu können.«

Bei dieser Bemerkung sprangen alle auf.

Mit leuchtend roten Wangen strahlte Bobby übers ganze Gesicht, während die Leute begannen, in ihren Sporrans nach ihren Portemonnaies zu kramen.

»O Mann«, stammelte Carmen überwältigt. »Wow, das ist so cool, unglaublich! Jetzt tut es mir fast leid, dass ich hier ein paar Löffel stibitzen wollte. Nein, es tut mir definitiv leid.«

Bronagh suchte von der anderen Seite des Tisches her ihren Blick, und jetzt fiel es Carmen plötzlich wieder ein: die gute Tat! Bronagh musste über alles im Bilde gewesen sein, sagte sie sich, und hatte deshalb die Nummer mit dem Eierlikör abziehen können.

Ramsay grinste. »Genial! Das ist wirklich toll. Hey, Eric, weißt du was – dann wirst du ja tatsächlich mal arbeiten müssen!«

Mr McCredie lächelte warmherzig. »Ich denke, meine Kollektion wird sich ganz von allein verkaufen. Selbst werde ich nämlich auf dem Rossmeer unterwegs sein.«

»Ähem!«, machte Carmen.

»Aber zum Glück wird mich ja unsere zauberhafte Carmen würdig vertreten.«

Kapitel 19

Als sich der Abend dem Ende zuneigte, schwebte Carmen wie auf Wolken. Es war so eine tolle Überraschung gewesen, dass sie es immer noch nicht richtig fassen konnte.

Einige der Gäste, unter ihnen Rudi, Bertie und die Dame mit dem geometrisch exakten Haarschnitt, verkündeten, dass sie im Panda & Sons weiterfeiern würden. Sie fragten auch Carmen, ob sie sich ihnen anschließen wollte, aber die geriet plötzlich in Panik und stammelte hastig, dass sie vielleicht später nachkommen würde. Alle schnaubten und erklärten ihr, dass es sich doch um eine geheime Kneipe handelte, die sie nie allein finden würde. Also ließ Carmen sie ziehen. Aber sie schaute ihnen mit einem schmerzhaften Gefühl des Bedauerns hinterher, als sie in die eisig kalte Nacht hinausliefen, Lichterketten über ihren Köpfen glänzten, während sie sich laut lachend auf den Weg zum Lawnmarket machten.

Warum konnte sie nicht einfach Spaß haben, wie diese Truppe? Worauf wartete sie nur? Auf ihren Ex, der nie mehr zu ihr zurückkehren würde? Sie hatte sich da auf die altmodische Idee versteift, dass sie nur Sex mit einer einzigen Person haben wollte, wodurch sie am Ende überhaupt keinen Sex hatte. Carmen hatte viel zu früh, in viel zu jungem Alter, all das hinter sich gelassen, und das wusste sie auch.

Trotzdem lag sie kurze Zeit später ein wenig betrunken wieder allein in ihrem Bett und scrollte auf dem Handy durch Fotos von Oke – suchte sogar auf der Website der Uni nach seinem Profilbild als Dozent, was doch wirklich erbärmlich war – und verfasste Nachrichten, die sie dann doch nicht abschickte.

Oh, das war alles so lächerlich. Sie ließ den Kopf aufs Kissen sinken und schaute durch die Fenster hinüber zu dem riesigen Mond über Mylnes Court, der Studentenunterkunft, in der Oke früher gewohnt hatte. Es wirkte ja fast so, als hätte sie ihn von hier aus mit den Fingern berühren können.

Der Mondschein warf Rechtecke auf die Bettdecke, als Carmen sich ein wenig aufrichtete und den Kopf in der Hand abstützte.

Mr McCredie und sie waren vorhin zusammen zurückgekommen. Sie war ziemlich verblüfft gewesen, als er ihr kurz darauf einen in ein Tuch eingewickelten Backstein überreicht hatte.

»Die bewahre ich in der Küche neben dem Herd auf«, hatte er erklärt. »Legen Sie den im Bett ans Fußende.«

Sie hatte ihn zwar fassungslos angestarrt, aber es funktionierte wirklich gut.

»Oke«, sagte Carmen jetzt in ihr Handy. Sie hinterließ ihm wieder eine Sprachnachricht, irgendwie kam es ihr aber vor, als richte sie sich gleichzeitig an das Universum. »Oke, du fehlst mir, du fehlst mir ganz furchtbar. Dieses Jahr an Weihnachten … Ach, weißt du was, so wichtig ist mir dieses blöde Weihnachtsfest doch gar nicht, und genauso wenig … Ich meine … sorry! Was ich da alles über Quäker gesagt habe, und über dich, tut mir echt leid. Aber du hattest mir so wehgetan, dass ich völlig ausgerastet bin.

Ich wünschte wirklich, es wäre anders gelaufen, und es tut mir so leid, Oke. Ich liebe dich.«

Jetzt gab es kein Zurück mehr, daher beendete Carmen den Anruf, drehte sich auf die andere Seite und versuchte zu schlafen.

Aber wie jedes Kind am Abend vor Weihnachten feststellen muss, kann man erst recht nicht einschlafen, wenn man es angestrengt versucht. Deshalb wälzte sich Carmen unter den schweren Decken hin und her. Durch die Fenster, vor denen sie den Vorhang nicht zugezogen hatte, starrte sie zu den Sternen hinauf und grübelte vor sich hin.

Das kann es doch nicht sein, sagte sie sich, so kann ich nicht weitermachen. Ich muss ihn mir aus dem Kopf schlagen, endlich begreifen, dass alles schiefgelaufen ist und ich ihn verloren habe. Ich will jetzt nach vorne sehen. Ja, morgen bricht ein neuer Tag an, morgen werde ich mich ändern, und es wird alles anders werden. Besser. Ganz bestimmt.

Knapp zehntausend Kilometer von ihr entfernt wälzte sich ein Mann schwitzend im Bett hin und her, murmelte ihren Namen und sehnte sich nach einem traumlosen Schlaf, der ihm nicht vergönnt war.

Teil 3

Kapitel 20

Irgendwann musste Carmen wohl doch eingeschlummert sein, da sie plötzlich erschrocken aus dem Schlaf hochfuhr. Sie blinzelte. In den Ecken des Fensters schimmerte kühles Licht, und das ganze Zimmer kam ihr irgendwie anders vor. Sie war so verwirrt, dass sie ihr Handy nicht fand, als sie benommen danach tastete, und auch die Nachttischlampe nicht.

Es war ganz still, und obwohl es nur ein vager Eindruck war, kam es ihr so vor, als sei gerade Musik verklungen, die sie nicht bloß geträumt hatte. Carmen konnte hören, dass sich weiter unten im Gebäude etwas regte. »Mr McCredie?«

Sie stand auf, zog die zerknitterten Kleider an, die sie gestern tagsüber getragen hatte, und verließ ihr Zimmer. Als sie in den Wintergarten hinaustrat, schaute Carmen zum ersten Mal nach draußen.

Die ganze seltsame und doch so vertraute Welt glitzerte silbern. Alle Gebäude waren zu hellen geometrischen Formen geworden, und dahinter lagen die Hügel von Edinburgh unter Schnee begraben, wirkten wie eine einzige Fläche von makellosem Weiß bis zum Horizont.

Obwohl ihre Nachtruhe unterbrochen worden war, atmete Carmen einmal tief durch und erging sich in stiller Freude.

»Mr McCredie?«, rief sie dann. »Sind Sie das?«

Keine Antwort. Carmen schlich nach unten. Als sie dort wieder durch ein Fenster schaute, hatte sich draußen alles geändert, weil sich durch den Schnee und das Licht seltsame optische Effekte ergaben. Während die Kunsthochschule verschwunden zu sein schien und der große Büroblock auf der Südseite ebenso wenig zu erkennen war, waren die Mauern der Altstadt weiterhin zu sehen. Deutlich zu erkennen waren auch die Bäume, die mit einem Mal überall zu stehen schienen. Sie waren kahl, nur mit der dicken Schneeschicht bedeckt, die jeden einzelnen Zweig bis in die feinsten Verästelungen hinein umfing. Wie nah am Stadtzentrum sie doch standen! Ganz Edinburgh war von Bäumen umgeben, die sich bis in die Hügel hinein, bis zum Horizont, erstreckten.

»Mr McCredie?«, fragte Carmen wieder, diesmal leiser. Sie hatte keine Antwort erwartet, und es kam auch keine. Eine Stille so tief und zeitlos wie die Schneedecke lag über dem Haus, das ungestört vor sich hin zu schlummern schien.

Carmen lief zur Haustür hinüber, zog sich die Stiefel an und schlüpfte in eine alte Lammfelljacke, die mal Sofia gehört hatte. Dann ging sie nach draußen, zog geräuschlos die Tür hinter sich zu und blickte durch das dichte weiße Wölkchen hindurch, das sich durch ihren Atem in der Luft bildete.

Auch hier draußen herrschte Stille, die nicht einmal vom Krächzen einer aufgeschreckten Krähe durchbrochen wurde. Die Straße war auf einen schmalen Weg reduziert, eingefasst von unberührten Schneeverwehungen. Carmen setzte sich in Bewegung und lief diesen Pfad zum Marktplatz hinunter, ganz langsam und vorsichtig, damit ihr kein Schnee in die Stiefel geriet.

Als sie sich ein Stück vom Haus entfernt hatte, fühlte sie sich plötzlich furchtbar allein. Aber sie zwang sich dazu, ohne einen Blick zurück weiterzulaufen. Mit einem Mal hatte sie nämlich die Befürchtung, das Haus könnte vielleicht verschwunden sein, wenn sie sich umdrehte.

Jetzt hörte sie in einiger Entfernung ein leises Geräusch. Carmen verharrte reglos. Da war es wieder, durch den Schnee gedämpft: ein sich wiederholendes, unregelmäßiges Summen, wie von einem Bohrer. Es ertönte in kurzen, unregelmäßigen Schüben, so, als würde jemand Löcher vorbohren und dann Schrauben eindrehen. Während Carmen dastand und lauschte, schien die Welt um sie herum ein wenig heller zu werden. Endlich fühlte sie sich nicht mehr so eingeengt, der Schnee begann zu glitzern, und als sie aufschaute, sah sie über sich einen Streifen klaren blauen Himmel.

Sie bog in die Victoria Street ein und näherte sich dem brummenden Geräusch. Die steinernen Gebäude trugen alle eine Schneemütze, Carmen konnte den blauen Rauch von Holzfeuern aus Schornsteinen aufsteigen sehen und ihn auch riechen.

Als sie die Buchhandlung erreichte, stand die Tür weit offen, und ein Mann mit breiten Schultern, der eine weinrote Schürze trug, werkelte darin herum. Endlich begriff Carmen, um wen es sich da handelte: Es war Bobby.

»Seid gegrüßt, Robert!«, sagte sie.

Mit gerunzelter Stirn blickte Bobby auf und nickte ihr zur Begrüßung zu. »Ah, Carmen. Du bist aber früh auf.«

»Heute ist ein neuer Tag.«

»Allerdings«, sagte Bobby und machte sich wieder an die Arbeit.

Carmen kniff die Augen zusammen und nahm den hinteren Teil des Ladens ins Visier. Von hier aus konnte man kein Ende erkennen.

Plötzlich war von der Straße her ein Knirschen zu hören, das sowohl Bobby als auch Carmen innehalten ließ. Als Carmen herumfuhr, sah sie Jackson McClockerty die Victoria Street zu ihnen heraufstapfen. Sie konnte den Inhalt der McDonald's-Tüte riechen, die er in der Hand hielt.

Blitzschnell zog Bobby den schwarzen Vorhang vor, sodass der Lagerbereich nicht mehr zu sehen war.

»Na, auf Sie stößt man ja überall, junge Dame«, sagte Jackson mit spöttischem Blick, als er in der Ladentür stehen blieb.

Carmen starrte ihn an.

»Wollen Sie was abhaben?« Er hielt ihr die McDonald's-Tüte hin. Es roch so lecker, dass Carmen beinahe zugegriffen hätte. In dem Augenblick trat aber Bobby an die beiden heran, und Carmen riss sich zusammen.

»Nein danke«, sagte sie.

»Wie Sie möchten«, murmelte Jackson und begann zu futtern. »Ich hoffe, Sie halten sich damit nicht zu lange auf«, sagte er zu Bobby. »Schließlich arbeiten Sie für mich.«

Bobby schaute ihn an und antwortete unbewegt: *»Aye.«*

»Na ja«, sagte Jackson. »Ich denke trotzdem nicht, dass die Buchhandlung noch lange durchhalten wird. Keine Angst, ich werde so lange warten.«

Sie blickten ihm hinterher, als er ging, und es lief Carmen kalt den Rücken herunter. »Dieser Typ ist mir wirklich nicht geheuer.«

»Ach, über die Victoria Street hat er aber keine Macht, zumindest nicht auf Dauer«, versicherte Bobby, während sie hineingingen und die Ladentür hinter sich schlossen.

»Vergiss das nicht. Und jetzt komm und guck dir das mal an«, sagte er und zog sie hinter den Vorhang.

»Hast du hier etwa gestern Abend schon angefangen?«, fragte Carmen.

»Was du heute kannst besorgen, das verschiebe nicht auf morgen«, antwortete er. »Schließlich muss ich tagsüber im Geschäft stehen.«

Bobby überprüfte etwas und bat Carmen dann, einen Schritt zurückzutreten. Schließlich betätigte er einen Lichtschalter.

Um den Fußboden neu zu machen und alle Regale streichen zu lassen, war leider nicht genug Geld reingekommen. Aber Bobby hatte hier und da kleine Heizlüfter eingebaut, und, am allerwichtigsten: Er hatte die komplette elektrische Installation erneuert. Danach hatte er zwischen all den Stapeln und Regalen unter der Decke wunderschöne alte Lampen aus Metall in elegantem Dunkelgrün aufgehängt. Und es waren unendlich viele, eine endlose Reihe von Lampe um Lampe.

»O mein Gott!«, hauchte Carmen, die sich noch nie so weit vorgewagt hatte und eigentlich nicht einmal die ungefähre Anzahl von Büchern hatte schätzen können. »Das ist ja riesig.«

»Und es gibt noch mehr zu entdecken«, sagte Bobby und führte sie nach weiter hinten.

Tatsächlich, dort befanden sich im Felsgestein höhlenartige Nischen, uralte Aushöhlungen. Selbst die hatte Mr McCredie mit Büchern, Karten und Stichen gefüllt.

»Himmel«, sagte Carmen, »einfach irre!«

»Ich würde dir dringend raten, hier hinten niemanden rauchen zu lassen«, empfahl Bobby. »Und ich hab auch ein paar Notausgang-Schilder angebracht, die ich noch aus meinem alten Laden hatte. Für die zahlen ebenfalls Crawfords reiche Freunde.«

»Du meine Güte«, murmelte Carmen, »das ist wirklich wie Aladins Schatzhöhle.«

Bobby lächelte. »Allerdings. Keine Ahnung, wie ihr das alles katalogisieren wollt.«

»Ich glaube«, überlegte Carmen, »dass ich möglichst viel davon nach vorne holen werde – alles, was irgendwie mit Weihnachten und Winter zu tun hat. Und jede Menge Kinderbücher sowie besonders schöne Ausgaben. Bevor ich den Rest in Angriff nehmen kann, lassen wir die Leute einfach darin stöbern, denke ich mal. Hier haben sie die Chance, selbst ein kleines Juwel zu entdecken, und ich möchte gern, dass unsere Kunden den Zauber dieses Ortes auch erleben können. Danke, Bobby, danke, danke, danke!«

»Bronagh hat ja prophezeit, dass mit dem Frost Veränderungen kommen«, gab er zu bedenken.

»Genau, und sie hat auch gesagt, dass der Geist einer Fischerfrau aus Leith den Pfad verflucht hat, auf dem ihr Mann gewandelt ist, und dass deshalb die Straßenbahnlinie nicht fertiggestellt werden kann.«

Bobby kratzte sich am Kopf. »Das ergibt doch durchaus Sinn.«

Trotz ihrer Zweifel ans Bronaghs Vorhersagen, fühlte sich Carmen heute wirklich anders.

Sie machten sich auf den Weg in die kleine Leseecke ganz hinten. Dort saß bereits Mr McCredie mit einem Tässchen Tee.

»Guten Morgen«, sagte Carmen. »Ich hab vorhin ge dacht, dass ich Sie im Haus gehört habe.«

Mr McCredie runzelte die Stirn. »Es ist hier hinten wirklich sehr hell.«

»Hm-hm«, machte Carmen. »Darüber haben wir doch gesprochen. Wissen Sie noch?«

Er nickte. »Allerdings muss ich sagen«, fuhr er nun fort, als sei er selbst überrascht, »dass es das Lesen enorm erleichtert.«

Am Ende überlegte sich Carmen ein Einbahnstraßensystem und hängte handgemalte Schilder mit Pfeilen auf, damit die Kunden einander in den engen Zwischenräumen zwischen Regalen und Stapeln nicht gegenseitig auf die Füße treten würden. Carmen schickte sie auf einem Weg gegen den Uhrzeigersinn durch dieses Labyrinth, sodass sie bei der Kasse herauskommen und dort entweder direkt das Portemonnaie zücken oder zumindest überzeugend genug verbergen würden, was sie heimlich eingesteckt hatten.

Das funktionierte durchaus, wenn man von den Leuten absah, die sich mit der Bemerkung beschwerten, das sei hier doch nicht Ikea. Noch öfter passierte es allerdings, dass jemand nach dem Durchlaufen des kompletten Parcours am Ende doch das *Handbuch der bestätigten Sichtungen von Meerjungfrauen* des *Illustrierten Wochenblattes* aus dem 18. Jahrhundert oder irgendetwas Ähnliches mitnehmen wollte. Wenn sich die Person dann zurück auf den Weg zwischen die Stapel machte, war es ihr leider oft unmöglich, in dem Irrgarten dort hinten das Gesuchte wiederzufinden. Wo sie es vermuteten, stießen die Kunden stattdessen auf ein üppig illustriertes Sachbuch über das Hofballett Ludwigs XV. oder einen Kleiderkatalog aus der Viktorianischen Zeit oder auf einen gruselig hohen Stapel mit Weltuntergangsliteratur, von Atombomben bis hin zu Zombies. Beinahe wirkte es so, als würden sich die Bücher hier hinten bewegen, als würden Detektive Märchenländer besuchen und Cricketspieler zur See fahren.

Carmen hatte in den ersten Tagen so viel Spaß! Wie verblüfft alte Stammkunden dreinblickten, wenn ihnen klar wurde, dass es hinten eine ganz neue Welt zu erkunden gab! Es kam ihnen vor wie ein Traum, in dem sich im eigenen Haus ganz plötzlich eine Tür auftat, die sie noch nie zuvor geöffnet hatten.

Ronald, ein Liebhaber von allem, was mit Zügen zu tun hatte, riss die Augen auf, als er einen riesigen Bereich mit uralten Büchern zum Thema Transport entdeckte. Er kramte sein Handy hervor, packte es aber schnell wieder weg.

»Was ist denn?«, fragte Carmen.

»Ich wollte ein Foto davon auf einer Website für Eisenbahnfans veröffentlichen. Aber dadurch würden die hier alle wie Heuschrecken einfallen.«

»Na, dann los!«, drängte Carmen, aber Ronald schüttelte entschlossen den Kopf und nahm die Ecke über Lokomotiven lieber allein in Angriff.

»Verraten Sie mir doch zumindest, wie die Website heißt!«, flehte Carmen, die gleich auf jeden Fall ein Foto zu machen gedachte.

»Ich hab schon zu viel gesagt«, entgegnete Ronald steif, während er ein wenig zu liebevoll ein vollständiges Set von Fahrplänen der Gesellschaft TransPennine aus dem Jahr 1967 streichelte.

Auch hereinkommende Touristen staunten, waren begeistert darüber, den in den Felsen gehauenen Bereich erkunden zu können, und fragten, ob man dahinten vielleicht die sterblichen Überreste von Pestopfern gefunden hatte. Wenn Carmen den Kopf schüttelte, waren sie ziemlich enttäuscht, daher fing sie bald damit an, nur vage mit den

Schultern zu zucken. Sie deutete an, es sei nicht hundertprozentig ausgeschlossen, dass dahinten vielleicht doch noch welche zu entdecken seien. Gleichzeitig wies sie dann gern auf ein Regal mit Büchern über die Pest hin.

Ein paar Tage später ließ Carmen zunächst glücklich den Blick über die Stapel wandern und schaute dann nach draußen, wo es immer noch schneite. Das war einfach wunderschön. Zwar stolperten und schlitterten die Menschen auf ihrem Weg hinunter zur West Bow die Victoria Street entlang, aber sie machten dabei tausend Fotos. Also war alles, wie es sein sollte, und Carmen hatte zusätzlich zum Ordnen und Sortieren ordentlich Kundschaft. Gegen Mittag trat sie müde, aber zufrieden, einen Schritt zurück und betrachtete den Laden. Der Unterschied war einfach erstaunlich. Nach hinten hinaus ging es immer weiter und weiter.

Jetzt klingelte das Glöckchen an der Tür, und Carmens Freude wurde nur noch verstärkt, als die Kinder hereinstürmten.

»Tante Carmen!«, rief Phoebe, raste herbei und warf dabei einen ganzen Stapel Bücher über pupsende Bären um.

Carmen störte es nicht. »Mein Schatz!«, sagte sie.

Mit zurückhaltenderem Lächeln schoben sich auch Pippa und Jack herein, gefolgt von Rudi.

»Ach, arbeitest du etwa am Wochenende?«

»Ich helfe, wo ich kann«, antwortete Rudi. Was auch immer er in seiner Freizeit so trieb, schien seiner Energie keinen Abbruch zu tun.

Er roch sogar gut, nach einem frischen Aftershave mit Zitrus- und Tabaknoten, wie Carmen feststellte, als sie nahe genug an ihn herankam, um mal zu schnuppern.

»Riechst du etwa gerade an mir?«

»Nein«, behauptete Carmen. »Aber wenn ich an dir riechen würde …?«

»Penhaligon's«, antwortete Rudi.

»Wie viel zahlt Sofia dir eigentlich?«

»Oh, das ist nicht meins«, sagte Rudi.

Als sie ihn anstarrte, zeigte er sein unwiderstehliches Grinsen, das Carmen immer unwillkürlich erwiderte.

»Oh, wow!«, ertönte da eine Stimme. Sie gehörte zu Jack, der von Buchhandlungen normalerweise wenig beeindruckt war. »Ist das etwa ein Labyrinth? Ihr habt hier jetzt ein Labyrinth?« Er wartete die Antwort nicht ab, sondern rannte bereits auf die Regale zu.

»Äh …«, Carmen fuhr herum, aber ihr Neffe war längst verschwunden.

»Ja, das ist echt ganz schön cool«, fand auch Rudi. »Also, für Nerds. Quasi wie ein Disneyland für Streber.«

»Ach, danke!«, sagte Carmen, die sich kein schöneres Kompliment denken konnte.

»Ich freue mich ja so, euch zu sehen«, sagte sie dann zu den Mädchen. »Pippa, wie läuft es mit deinen Tests?«

»Also«, begann Pippa mit wichtigtuerischer Stimme. »Oliver J. und Oliver P. haben gesagt: ›Pippa, du brauchst nicht zu glauben, dass du automatisch Klassenbeste wirst, weil manchmal auch Jungs die Besten werden müssen.‹ Ich hab ihnen versichert, dass Jungen nie die Besten sind, aber sie haben gesagt, dass ich schon sehen werde.«

»Sind das etwa Zwillinge?«, fragte Phoebe.

»Sei nicht so dämlich, Phoebe, die haben doch nur den gleichen Vornamen!«

»Ah, ja«, machte Phoebe, und Carmen legte dem kleinen Mädchen instinktiv den Arm um die Schulter.

»Also hab ich gesagt, dass ich auf jeden Fall Klassenbeste

werde. Und wenn nicht, dann werd ich den Lehrern erzählen, dass sie die Mädchentoiletten ausspioniert haben«, kam Pippa atemlos und stolz zum Ende.

»Das erscheint mir vernünftig«, nickte Carmen. »Schlau und strategisch.«

Ihrem Blick zufolge war sich Pippa nicht sicher, ob diese Bemerkung ernst oder sarkastisch gemeint war.

»Wie geht's denn deinem Freund?«, fragte Carmen.

»Oh, ich hab ihm gesagt, dass er sich nicht genug anstrengt, deshalb kauft er mir für Weihnachten jetzt was Teures«, erklärte Pippa.

»Was?«, fragte Carmen.

»Man muss die Aufmerksamkeit einfordern, die man verdient hat«, führte Pippa aus.

»Du bist in der siebten Klasse der Grundschule!«

»Aber wo sie recht hat, hat sie recht«, versetzte Rudi und klatschte bei Pippa ab.

»Es geht ja auch nicht um das Geschenk an sich«, fügte Pippa noch hinzu. »Sondern um die Aufmerksamkeit, darum, dass er meine Bedürfnisse ernst nimmt.«

Carmen kratzte sich. »Ich werd es im Hinterkopf behalten.«

Nun tauchte am Ausgang bei der Kasse Jack wieder auf. »Ey!«, rief er. »Dieser Laden ist jetzt echt viel cooler!« Er hielt ein Buch mit dem Titel *Neue Flugzeuge von heute* hoch, in dem es um Maschinen aus dem Zweiten Weltkrieg ging.

»Aha!«, ertönte in diesem Moment die Stimme von Mr McCredie, der wie aus dem Nichts erschien. »Also, ich zeig dir mal, was daran so interessant ist. Weißt du, die Spitfire …« Er erging sich in einem gelehrten Diskurs über Birmingham und sagte am Ende: »Nimm das Buch am besten einfach mit, und erzähl mir später, wie du es fandest.«

»Auf keinen Fall!«, schritt Carmen ein. »Lass deine Eltern dafür bezahlen, schließlich haben die doch jede Menge Kohle.«

Als Mr McCredie einen betrübten Gesichtsausdruck aufsetzte, mimte sie, wie jemand durch den Schnee glitt, um ihn an seine Antarktis-Pläne zu erinnern, obwohl sie noch nie Skilaufen war und die Tätigkeit daher nicht sehr überzeugend imitierte.

Aber ihr Chef kapierte es irgendwann. »Ah, ja«, sagte er.

»Ich habe da auch ein Buch über einen pupsenden Bären«, sagte Carmen hoffnungsvoll, »das an Weihnachten spielt.«

Phoebe griff nach einem Exemplar, runzelte die Stirn und schlug es auf einer beliebigen Seite auf: »›Also, Herr Bär, keine Sorge. Natürlich bist du noch bei unserem veganen Weihnachtsessen willkommen, auch wenn du gern mal pupst. Pupsen ist ganz normal, auch an Weihnachten‹, sagte Herr Schlange.« Sie schaute Carmen an. »Die laden einen Bären ein, damit er da rumpupst?«

»An Weihnachten!«, rief Carmen aus.

»Aber Schlangen gleiten doch über den Boden! Und der Bär pupst ja nach unten. Arme Schlange!«

»Ich glaube nicht, dass Schlangen riechen können«, wandte Jack ein, der sich für kriechende und krabbelnde Tiere jeder Art interessierte.

»Ah, also macht ihnen die Pupserei deshalb nichts aus«, folgerte Carmen.

»Aber für die Pinguine ist das echt nicht fair«, sagte Phoebe, die die Bilder im Buch unter die Lupe nahm. »Pinguine sind doch noch mehr auf der Höhe von Bärenhintern als Schlangen.«

»Stoppen sie am Ende die Pupserei mit ihren Schnäbeln?«, fragte Jack interessiert.

Carmen blätterte durch das Buch. »Nein, erst einmal wird hier empfohlen, noch mehr Yoga zu machen. Okay. Ach, und wir sollen nett zu Leuten mit Reizdarmsyndrom sein – das war jetzt eine unerwartete Wendung!«

»Darf ich dein neues Zimmer sehen?«, fragte Phoebe. »Ich hab in unserem jetzt eine neue Lichterkette.«

»Aber du lässt sie immer tagsüber an, sodass die Batterie schon wieder so schnell leer wird«, warf Pippa ein.

»Gar nicht! Okay, manchmal schon«, räumte Phoebe ein, die es als ziemliche Herausforderung empfand, acht Jahre alt zu sein.

»Es ist echt schade, dass du nicht mehr bei uns im Keller wohnst«, sagte Phoebe, wofür Carmen enorme Dankbarkeit durchströmte. »Aber wir haben ja jetzt Rudi! Und der ist total super!«

»Er spielt auch Fußball!«, warf Jack ein.

»Und er weiß ganz viel über Fagotts«, erklärte Phoebe.

»Oh, und über rosafarbene Oboen weiß er auch sehr viel«, sagte Carmen zuckersüß.

Rudi streckte ihr die Zunge raus.

Carmen ließ den Laden in Mr McCredies Obhut und mahnte ihn, nicht im Labyrinth der Regale zu verschwinden. »Jetzt müssten wir die Tür hier hinten eigentlich abschließen«, sagte sie, als sie die Treppe hochgingen. »Damit sich die Leute nicht nach oben verirren.«

»Oder ihr könntet die Kunden einfach durch das ganze Haus streifen lassen«, schlug Rudi vor, »und es mit Büchern füllen.«

Carmen lächelte. »Mensch, das könnten wir wirklich«,

sagte sie. »Das würde einfach immer so weitergehen, vielleicht durch die komplette Stadt, kilometerlang Regal um Regal.«

Sie stiegen hinauf, kamen vorbei an Zimmern voller Bücher aus aller Welt, gingen nach ganz oben, von wo aus sie über den Lawnmarket hinwegblicken würden.

»Immerhin wirst du hier in Form bleiben«, bemerkte Rudi, der sich nicht am Geländer festhalten konnte, weil es auf der linken Seite angebracht war. All die Türen waren ihm nicht entgangen. »Und hier wohnt Mr McCredie also allein?«, fragte er verblüfft.

»Jetzt bin ja ich noch da«, sagte Carmen.

Rudi schüttelte den Kopf. »Aber all die Jahre davor …«, sagte er. »Weißt du, wie viele Obdachlose es in Edinburgh gibt?«

Da sie mal mit Oke zusammen gewesen war, der sich für solche Dinge interessierte, wusste Carmen das durchaus. Aber an Oke dachte sie ja nicht mehr.

Als sie schließlich ihr Handy gefunden hatte, hatte sie ein einziges Mal nachgeguckt, um zu sehen, ob Oke sich zurückgemeldet hatte. Hatte er natürlich nicht. Aber wenigstens hatte der Schnee die ganze Welt verzaubert, und es war an der Zeit, nach vorne zu sehen.

Die kleinen Stiefel der Kinder klapperten auf den hölzernen Stufen, und jetzt erreichten sie endlich das oberste Stockwerk, sodass der Wintergarten in Sicht kam.

Die Rasselbande keuchte auf.

Draußen hatte der Schnee Dächer und Balkone komplett eingehüllt und türmte sich vor der doppelten Glastür.

»Das ist ja ein Feengarten!«, rief Phoebe entzückt aus.

»Ich glaube, diese Pflanzen sind tot«, bemerkte Pippa ein wenig pragmatischer.

Rudi pfiff durch die Zähne.

Es hatte wieder zu schneien begonnen, sodass Flocken sanft auf das Glasdach fielen.

»Wow«, sagte Rudi, »das ist ja …«

»… wunderschön, ich weiß!«, sagte Carmen.

»… fürchterlich«, führte er seinen Satz zu Ende. »Die armen Pflanzen … Sieh dich nur mal an, du jämmerlicher kleiner Weihnachtsstern.« Er zerrieb etwas Erde zwischen den Fingern. »Ja, die wurden ab und an gegossen, aber das reicht nicht. Diese Erde ist völlig unfruchtbar geworden, deshalb muss man die Pflanzen ausgraben und umtopfen. Dafür brauchst du qualitativ hochwertige Erde und Dünger aus Blut und Knochen.«

»Das ist ja widerlich!«

»Aber nicht schlimmer als ein ganz normales Würstchen.«

»Auch wieder wahr«, räumte Carmen ein.

»Was ist denn das Problem mit Würstchen?«, fragte Phoebe.

»Egal«, sagte Rudi. Er betrachtete die Blumentöpfe und wischte mit seiner einzigen Hand etwas Staub von einem Blatt. »Hey, Kinder! Wer will dafür sorgen, dass hier im Frühling alles wächst und gedeiht?«

»Werden wir dann blühende Blumen haben?«, fragte Pippa.

»Ja.«

»Und eine Venusfliegenfalle?«, rief Jack.

»Nein«, sagte Rudi.

»Was ist mit Löwenzahn?«, wollte Phoebe wissen.

»Das ist doch keine Blume, sondern Unkraut!«, wandte Pippa ein.

»Aber ich mag Löwenzahn!«

»Unkraut!«

»Hier wird so einiges wachsen«, versprach Rudi. Noch einmal sah er sich um. »Versuch bitte, alles regelmäßig zu gießen, okay? Wenn du einverstanden bist, besorge ich ein paar Sachen und bringe sie das nächste Mal mit.«

Carmen nickte glücklich. »Ja, cool!«

»Ich finde dein neues Kühlschrankhaus toll, Tante Carmen!«, verkündete Phoebe.

»Ihr könnt kommen, wann immer ihr wollt«, bot Carmen an und küsste Phoebe auf den Kopf.

»Iih, mach das nicht, die hat doch Läuse«, sagte Jack.

»Hab ich nicht!«, protestierte Phoebe.

»Okay, ihr Äffchen, dann wollen wir mal, auf geht's«, lenkte Rudi sie geschickt ab. »Wir müssen weiter zu The Meadows, weil Jack dort sein Fußballtraining hat.«

»Und wir kriegen da auch eine heiße Schokolade«, flüsterte Phoebe.

»Fällt das bei dem Schnee denn nicht aus?«

»Na, in dem Fall würden wir einen großen Schneemannwettbewerb organisieren. Und alle, die mitmachen wollen, um Längen schlagen!«

Laut polterte die ganze Truppe die Treppe hinunter, und Carmen wurde ein wenig schwer ums Herz. Sie wäre gern mit in den Park gegangen, hätte beim Bau eines riesigen Schneemanns geholfen und sich ein warmes Getränk gegönnt. Aber sie musste wieder an die Arbeit und würde sich danach allein in ihr stilles Kämmerlein zurückziehen … Mit einem Mal verflog ihre optimistische Stimmung. Als sie unten ankamen, schlang Phoebe die Arme um sie.

»Kannst du nicht mitkommen und eine heiße Schokolade mit uns trinken?«

Fragend schaute Rudi sie an.

»Heute nicht, Spatz, weil ich viel zu tun hab. Aber ein andermal gern.«

»Und wir kommen bald wieder, um hier einen richtigen Garten anzulegen«, sagte Rudi.

Es war ein ernst gemeintes Versprechen, und sie war sich sicher, dass man ihr die Dankbarkeit ansah, als sie ihn anblickte.

Kapitel 21

Wieder war Carmen beim Aufwachen von einer geradezu magischen Stille umfangen, die keinen Zweifel daran ließ, dass über der Stadt noch immer Schnee lag. Okay, dann mal los. Sie musste sich in ihrem wunderschönen, vergrößerten Laden an die Arbeit machen.

Die Kinder hatten für sie Papierketten gebastelt, mit denen sie die Regale dekorieren würde. Und auf der erweiterten Verkaufsfläche waren überall neue Lichterketten zu finden, die sie erbettelt, sich geliehen oder stibitzt hatte.

Nach nur wenigen Tagen hatte sich bereits gezeigt, dass es eine gute Idee gewesen war, den hinteren Bereich zugänglich zu machen. Allerdings lief es mit manchem, wie etwa der thematischen Klassifizierung, gar nicht so, wie sie sich das vorgestellt hatte. Zum Beispiel hatte Carmen ein paar tolle Biografien von Leuten gefunden, von denen sie noch nie zuvor gehört hatte: von Generälen, Weberinnen, Bewohnern von St. Kilda und Varietéstars, und hatte sie am Ende alle nebeneinandergestellt.

In dem unglaublichen Regal mit Kirchlichem befanden sich Sachen, die wohl mal von einer Kathedrale selbst verkauft worden sein mussten, was Carmen unfassbar fand.

Aber sie hatte hier erlesene illustrierte Bibeln und Messbücher vor sich, sogar Bücher mit kolorierten Kupferstichen. Und, ja, manche davon waren zwar Geschichten über

Heilige für Kinder. Aber es ging darin vornehmlich darum, dass irgendwelche Körperteile abgehackt wurden oder Leute unter publicityträchtigen Umständen tot umfielen. Carmen betrachtete eine besonders grausame kolorierte Darstellung der Heiligen Agatha und beschloss, das Buch vorerst nicht in den Kinderbereich umzusortieren.

Und dann war da die Ecke mit den Klassikern … Carmen verfluchte sich selbst – und vernünftigerweise Mr McCredie – dafür, sich darauf nicht schon früher konzentriert zu haben. Hier war die Auswahl riesig, es gab wunderschöne frühe Ausgaben von einfach allem: *Waverly*, *Lied vom Abendrot*, Dickens, Austen, Trollope, Coleridge, Eliot und alles, was dazwischenlag, in jedem nur erdenklichen Format.

Es stimmte also, dass vielleicht nicht alles perfekt geordnet war, aber das passte ja gewissermaßen zum Geist der Buchhandlung. Und mehr noch: Jeder Stapel, jedes Regalbrett enthielt eine Besonderheit – irgendeine spezielle Kleinigkeit –, an der man beim Stöbern hängen blieb und die einfach unwiderstehlich war.

Bei den Klassikern stand ein Exemplar von *War Jane Eyre eine Mörderin?*, ein Buch, das sich mit echten Verbrechen in literarischen Texten beschäftigte, und eins von den Thursday-Next-Büchern, in denen eine fiktive Literaturdetektivin Ermittlungen anstellte. Im unglaublich tollen Bereich mit Landkarten standen Bücher über Grenzen, geschrieben lange vor ihrer heutigen Verteilung, Werke aus den 1940ern, die erstaunlich prophetisch die zukünftige Situation im Nahen Osten vorhersagten, und zauberhafte illustrierte Bände mit Gedichten über die mögliche Existenz von Australien.

Jedes Mal, wenn Carmen ein paar Sachen umsortierte oder abstaubte, entdeckte sie etwas Neues, was ihre Aufmerksamkeit erregte. In einem Stapel mit klerikalen Werken fand sie zum Beispiel einen coolen Bildband über Randbemerkungen in Bilderhandschriften: Wenn ihnen langweilig war, hatten Mönche in solchen Manuskripten manchmal herumgekritzelt, wütende Katzen gemalt oder füreinander kleine Rätsel notiert.

Und Carmen war nicht die Einzige, die immer wieder so gefesselt war. Touristen wollten eigentlich nur einen Reiseführer von Edinburgh kaufen und verschwanden dann hinten zwischen den Stapeln. Wenn sie fünfundvierzig Minuten später wiederauftauchten, erzählten sie begeistert von dem kilometerlangen Eisenbahntunnel, der immer noch unter dem Leith Walk bestand, oder davon, dass das *Caledonian Hotel* ja eigentlich ein Bahnhof war.

Andere Leute kamen auf der Suche nach dem neuesten Kinderbuch herein und kauften letztlich ein komplettes Set von Mathe-Prüfungsaufgaben aus dem Jahr 1913.

Ja, sie ärgerte sich oft über Mr McCredie, dachte Carmen, während sie glückliche Kunden mit leicht glasigen Augen an der Kasse abfertigte. Aber mit Büchern kannte er sich wirklich aus.

»Man hat einfach das Gefühl, dass es ewig weitergehen wird«, sagte die Unidozentin, deren Haare heute grün waren. »Wie … wie konnten Sie das nur all die Zeit dahinten verbergen? Die Welt hat doch ein Recht, davon zu erfahren!«

»Ja, ganz klar!«, stimmte Carmen zu. »Posten Sie doch bitte über uns auf Instagram.«

»Aber dann ist es ja kein Geheimtipp mehr«, murmelte die Frau mit gerunzelter Stirn.

Ein junges Paar in Trägershirts kam herein. Die beiden, die schon äußerlich sehr belesen wirkten, reagierten mit begeisterten Ausrufen auf den neuen Bereich, in dem sie kichernd und flirtend verschwanden.

Dann gab es da noch den älteren Herrn mit ungekämmtem Haar, verschlissener Kleidung und Löchern in den Schuhen, der sich gern in eine abgelegene Ecke des Ladens zurückzog, einfach nur, um ein bisschen warm zu werden.

Ein wenig schuldbewusst sprach Carmen Mr McCredie auf den Besucher an, weil sie nicht wusste, was sie diesbezüglich machen sollte.

»Ja, das ist Christopher Pickle«, antwortete ihr Chef würdevoll. Er zog sich kurz in den neuen Poesie-Bereich zurück und erschien mit einem uralten, dünnen Gedichtband mit dem Titel *Die lange Finsternis.*

»Der begabteste Dichter unserer Zeit«, erklärte Mr McCredie und warf einen Blick zu dem Mann hinüber. »Die Welt war für ihn noch nicht bereit, aber hier ist für ihn immer Platz.«

Also stellte Carmen für Christopher Pickle einen Stuhl neben die Regale mit Gedichtbänden, auf dem er nun oft mit dankbarem Nicken Platz nahm, um fieberhaft in ein Büchlein zu kritzeln.

Ein paar Tage später tauchte am Morgen aus den Tiefen des Lagerbereiches plötzlich ein zerzaust wirkender Mann in mehreren Lagen Wollpullovern auf.

Carmen hatte überhaupt nicht mitgekriegt, dass er den Laden betreten hatte, daher beäugte sie ihn argwöhnisch. »Wo kommen Sie denn plötzlich her?«

»Nur von dahinten, wo ich nun wirklich nicht in einem der Räume hinter den Regalen übernachte«, murmelte der Mann. »Wenn dem so wäre, würde ich jedoch vorschlagen, dass Sie noch ein bisschen durchheizen, bevor Sie abends zumachen.«

Carmen runzelte zwar die Stirn, fragte sich allerdings, ob es hinten zwischen den Bücherregalen möglicherweise wärmer war als oben in ihrem Adlernest. All das Papier wirkte bestimmt isolierend, oder? Aber Moment mal – was für Räume denn? Wie weit bohrte sich eigentlich alles in den Felsen hinein? Ja, sie war bis zu Mr McCredies Leseecke und bis zur Treppe nach oben vorgedrungen. Von da an gab es allerdings keine Beleuchtung mehr, und sie hatte keine Ahnung, was noch dahinterlag.

Vielleicht ging es immer weiter mit Höhlen voller Bücher, die sich unter der ganzen Stadt erstreckten. Womöglich führten sie unter der Bibliothek hindurch, unter The Mound – Millionen und Millionen von Seiten und Wörtern, die den Tunnel unter dem Leith Walk bis zum Meer hin ausfüllten. Die Vorstellung gefiel ihr.

»Aber das möchte ich auf jeden Fall mitnehmen«, sagte der Mann und legte ein riesiges Buch auf den Verkaufstresen, das Carmen in keinster Weise bekannt vorkam. »Das hab ich gerade eben gefunden«, fügte er hastig hinzu.

Mit einem gelben Tuch wischte Carmen den Staub vom Einband. Darauf prunkte vorne die große ausladende Zeichnung von einem Baum, den sie gut kannte: der Ormiston-Eibe. Es war ein »intimer Blick« auf die Geschichte dieses Baumes, der sich in der Nähe von Edinburgh befand und dort bereits bei Jesu Geburt gestanden hatte. Einst waren die alten Römer daran vorbeimarschiert, Jakobiten hatten sich darunter verborgen.

Es war ein prachtvolles Buch, und Carmen hatte noch nie davon gehört, aber dieser Baum hatte Oke besonders am Herzen gelegen, und plötzlich schwappte wie eiskaltes Wasser eine Welle der Erinnerungen an ihn und an ihre gemeinsame Zeit über sie hinweg.

»Tut mir leid«, stammelte sie mit brechender Stimme. »Das … das ist nicht verkäuflich.«

»Das hat doch seit fünfunddreißig Jahren niemand mehr in der Hand gehabt!«, protestierte der Mann.

»Na ja, ebendeshalb, weil es nicht zum Verkauf stand«, sagte Carmen mit etwas schärferem Tonfall als eigentlich beabsichtigt. Ja, ihr seit Neuestem zugängliches Lager war die reinste Schatzkammer, aber es war nicht alles willkommen oder verkäuflich, was da zum Vorschein kam.

»Hm. Na gut«, sagte der Mann und setzte seinen Rucksack auf. »Übrigens sollten Sie hier wirklich Zimmerservice anbieten.«

Dann stampfte er nach draußen, und Carmen presste sich schützend das Buch gegen die Brust. Das wollte sie nachher oben in Sicherheit bringen, bevor noch irgendjemand versuchen würde, es ihr wegzunehmen. Zwar glaubte sie nicht, dass … Na ja. Sie würde es einfach eine Zeit lang aus dem Verkehr ziehen, das war alles.

Eines Tages klingelte am späten Vormittag das Telefon, und Carmen stellte sich schon einmal gedanklich auf eins der üblichen Gespräche mit Menschen ein, die in einer Buchhandlung anriefen. Normalerweise lief das so: »Ich würde gern so ein Buch kaufen, das ich im Fernsehen gesehen habe. Eins mit grünem Cover.«

Tatsächlich war Carmen bei diesem Spielchen mittlerweile richtig gut und erriet zur Verblüffung des jeweiligen Anrufers meist problemlos, über welche Bücher in diversen Talkshows diese Woche gesprochen wurde. Es war schön, zu wissen, dass bald ein zufriedener Kunde einen der Glücksromane von David Nicholls abholen würde.

Manchmal war es allerdings ein Buch, gegen das Carmen aus irgendeinem Grund eine furchtbare Abneigung hegte – zum Beispiel, weil darin Frauen in Mooren zurückgelassen oder in Stücke gerissen wurden. Dann empfahl sie dem Anrufer etwas anderes, was er sicher lieber lesen würde, und das klappte auch ganz gut.

»Hallo? Spreche ich mit McCredies Buchhandlung?«

Da der Telefonanschluss auch mal erneuert werden müsste, knisterte es in der Leitung. Carmen dachte an das Geld von der Spendensammlung, aber davon war vermutlich nichts mehr übrig. Sie war Crawford ja dankbar, wirklich sehr. Wenn sie gewusst hätte, dass man für sie sammeln würde, hätte sie allerdings weniger von dem teuren Champagner getrunken.

Die Stimme am anderen Ende hatte einen amerikanischen Akzent.

»Hmhm.«

»Hi, yeah, ich rufe vom Produktionsteam an.«

Der Film! Den hatte Carmen ganz vergessen.

»Also, wir werden in Edinburgh eine kleine Premierenparty organisieren. Und dafür würden wir gern wieder die Buchhandlung nutzen.«

Carmen wägte pragmatisch ab. »So kurz vor Weihnachten? Das wird für Sie aber teuer.«

Einen Moment herrschte Schweigen in der Leitung.

»Wir wollen bei Ihnen eine internationale Premiere feiern, eine Pressekonferenz für Medien aus der ganzen Welt abhalten und für berühmte Filmstars den roten Teppich ausrollen … Und dafür wollen Sie uns auch noch etwas berechnen?«

»Probieren musste ich es zumindest«, sagte Carmen fröhlich.

»Wenn Sie sich querstellen, bitten wir eben die Stadtverwaltung, uns die Straße zur Verfügung zu stellen, und machen es *vor* Ihrem Laden«, sagte die Person am anderen

Ende. »Dazu werden die gern bereit sein. Die bauen für uns vor Ihrer Tür ein Festzelt auf, das dann tagelang da stehen wird, und sperren die ganze Victoria Street, sogar für Fußgänger.«

»Ich weiß«, seufzte Carmen schwer.

»Man hat uns als Sicherheitsdienst bereits die Politessen angeboten.«

»Okay«, sagte Carmen. »Wenn Sie das bei uns machen können, werden Sie uns dann in der Werbung für den Film erwähnen?«

»Ja.«

»Werden Sie zu viel Wein bestellen und uns am Ende was davon dalassen?«

»Nein.«

»Werden Sie Whisky anbieten, den ja doch niemand trinken wird und den wir behalten dürfen?«

»Ich bin mir nicht … Ja, das ließe sich vermutlich einrichten.«

»Dann machen wir's«, sagte Carmen.

Kapitel 22

Glaubhafte Bestreitbarkeit, überlegte Mary. Oke würde am Ende wohl sowieso vergessen, dass er sie um einen Gefallen gebeten hatte. Und wenn sie selbst das Thema nicht mehr erwähnen würde, dann war es einfach nur eine Unterlassungssünde. Falls er sie direkt danach fragen würde … na, dann würde sie behaupten, er hätte im Fieberwahn gelallt und sie hätte deshalb keine Ahnung, wen er meinte.

Natürlich wusste Mary ganz genau, wen er gemeint hatte, schließlich hatte Oke Carmen während der Expedition öfter mal erwähnt, auch wenn er das vielleicht selbst nicht gemerkt hatte. Hatte er zum Beispiel begeistert über gewisse Bäume in Schottland gesprochen, dann hatte er gesagt: »Zu denen hab ich mal einen Ausflug gemacht, zusammen mit Car…« An diesem Punkt war er verstummt. »Carmen« hießen in Schottland wohl eher wenige Frauen, und Buchhändlerinnen mit diesem Namen würde es in Edinburgh erst recht nicht viele geben, daher konnte man sie problemlos googeln. Als sie sie gefunden hatte, wurde Mary klar, dass das nicht ihre erste virtuelle Begegnung war: Carmen folgte ihr nämlich auf Instagram, hatte allerdings nicht einen einzigen Post gelikt. Interessant, wirklich interessant.

So hübsch war sie nun auch nicht, fand Mary. Okay, sie hatte Haar wie Ebenholz und rosige Wangen, war dabei aber klein und rundlich. Auf ihrem Instagram konnte man vor allem Fotos von Büchern und dem Geschäft bewundern, und zu Marys großer Freude war auf keiner einzigen Aufnahme Oke zu sehen.

Tatsächlich hatte Carmen einst zig Fotos mit ihm gepostet. In einem eingeschnappten Moment hatte sie sie im März allerdings gelöscht und brachte es jetzt nicht über sich, sie wieder hochzuladen.

Offensichtlich trauerte diese Carmen Oke also nicht hinterher, rechtfertigte Mary sich vor sich selbst, und hatte so einen tollen Mann wie ihn daher gar nicht verdient. Wenn er ihr fehlen würde, dann hätte sie sich ja auch bei ihm gemeldet. Sie selbst wäre geradezu krank vor Angst, wenn sie nicht wüsste, wo Oke steckte. Sie hätte Himmel und Erde in Bewegung gesetzt, um herauszufinden, was mit ihm los war. Carmen hingegen veröffentlichte Fotos von irgendwelchen Kindern, die Papierketten bastelten, und von jeder Menge Bücherregalen.

Die Buchhandlung, für die Carmen arbeitete, schien keine Website zu haben, was schon komisch war. Na ja, zumindest hatte sie es probiert, dachte Mary. Okay, sie könnte eine Nachricht über Instagram schicken, aber viele Leute schauten auf Insta ja gar nicht in ihr Postfach. Vielleicht hatte die Buchhändlerin die Nachrichtenfunktion sogar deaktiviert. Und wer konnte schon sagen, ob die Information dieser Frau überhaupt etwas bedeuten würde, schließlich hatten Oke und sie sich doch getrennt, zwischen den beiden war eindeutig Schluss. Daher scherte es diese Carmen überhaupt nicht, was mit Oke los war. Er war ihr ganz egal, weshalb sie ihn wirklich nicht verdient hatte.

Sie selbst hingegen liebte ihn doch schon so lange.

Also erfüllte Mary Okes Bitte nicht und verließ sich darauf, dass ihm die Angelegenheit entfallen würde. Ja, bestimmt. Sie würde ihn pflegen, bis es ihm wieder besser ging, er würde die Sache vergessen und endlich begreifen, was für ihn das Beste war.

Kapitel 23

Kurz darauf kam der Trailer für den Film raus, den man sich in der »Demnächst verfügbar«-Kategorie eines Streaminganbieters ansehen konnte. Carmen machte mit Sofia aus, dass sie dafür bei ihr vorbeikommen und auch Mr McCredie mitbringen würde.

Bei ihm zu Hause wurde abends nicht ferngesehen, stattdessen hatte sich eine gemütliche Routine eingespielt. Sie aßen zunächst gemeinsam ein frugales Abendessen – was Carmen nach all der Zeit mit den Partytüten von den Kindergeburtstagen wunderbar passte – und setzten sich dann zusammen hin, um zu lesen. Das war einerseits wunderbar friedlich, andererseits beschlich Carmen manchmal das ungute Gefühl, heute Morgen vielleicht als Zweiundsiebzigjährige aufgewacht zu sein.

Bei Sofia angekommen, konnte Mr McCredie nicht fassen, dass jemand so einen riesigen Fernseher hatte, und wollte Sofia außerdem die ganze Zeit wegen legaler Fragen konsultieren. Auch wenn Sofia rein theoretisch seine Anwältin war, machte sie diesen Versuchen sofort ein Ende.

Die Mädchen hopsten begeistert auf dem Sofa herum, und Baby Eric hopste einfach deshalb, weil er eben gern hopste.

»Ich finde ja, wir hätten bei dem Film mitspielen sollen«, klagte Pippa. »Ich hätte mein Fagott mitbringen können.«

»Na, du hättest es kaum schlimmer machen können«, sagte Jack, der den Trailer längst bei einem Kumpel gesehen hatte und die ganze Angelegenheit langweilig fand. Das war nun wirklich nicht die Art von Film, die er mochte.

Der Trailer begann mit Bildern von einer sonnenbeschienen, schneebedeckten Stadt, untermalt mit Glöckchenmusik. Eine tiefe Stimme mit amerikanischem Akzent sagte: »Lassen Sie sich in der Weihnachtszeit in ein Land jenseits aller Vorstellungskraft entführen.«

Die Schwestern schauten sich an.

»Meinen die damit dieses tatsächlich existierende Land, in dem wir uns gerade befinden?«, murmelte Sofia.

»Pscht!«, machte Carmen. Da der Film bei ihnen im Laden gedreht worden war, identifizierte sie sich damit und nahm die Bemerkung persönlich.

»Hallo, ich bin neu hier in Edin-Burg«, sagte Genevieve mit ihrer vollen, leuchtenden Mähne, nachdem sie aus einem Londoner Doppeldeckerbus gestiegen war, der scheinbar mitten auf der Victoria Street gehalten hatte.

»Na, holde Maid, willkommen in Schottland, wohl wahr, wohl war. Ich bin Laird McEarl«, sagte Lind, der in ein komplett schottisches Outfit gekleidet war. Carmen verzog allerdings gequält das Gesicht, weil dafür ein Jagdkilt mit einer Bonnie-Prince-Charlie-Jacke kombiniert worden war.

Nun jubelten alle, weil die Kamera zeigte, dass die beiden direkt vor der Buchhandlung standen. Hier und da zierte ein wenig Kunstschnee den Boden, obwohl das leuchtende goldene Licht keinen Zweifel daran ließ, dass die Szene im Hochsommer gedreht worden war.

»Warum kommen Sie nicht mal in meine hübsche kleine Buchhandlung?«

»Nein danke«, sagte die Genevieve. »Mir gefallen vor

allem Kleider und Schuhe. Ich mag keine Bücher und halte Männer, die welche verkaufen, für Softies.«

Es schwoll Flötenmusik mit einem mystischen Touch an, die für Carmen ziemlich irisch klang, während die wunderschöne Frau in einem kurzen Kleid und mit hohen Absätzen, in denen sie sich eigentlich die Knöchel brechen musste, in der nächsten Szene im Dunkeln übers Kopfsteinpflaster stöckelte.

Sie traf auf zwei sich prügelnde rothaarige Männer.

»Gib mir all dein HEROIN!«, rief einer.

»NIEMALS! FREIHEIT! Ich brrrrringe dich um!«, rief der andere.

Die zauberhafte Genevieve hätte entsetzt dreingeblickt, wenn die vielen Schönheitsbehandlungen ihre Mimik nicht eingeschränkt hätten. Aber sie hob beide Hände.

»Keine Angst, schöne Maid!«, rief da Laird McEarl, der plötzlich aus einer Seitengasse auftauchte. »Ja, harte Drogen sind unsere Geißel. Trotzdem leben wir hier doch in einem schönen und geheimnisvollen Land.«

Er deutete ein paar wenig überzeugende Hiebe an, womit er die beiden Männer in die Flucht schlug. Sie hielten sich mit einer Hand die Wange und reckten die andere zur Faust geballt in die Luft. Das war der einzige Teil, der Jack gut gefiel.

Jetzt erklangen wieder die irischen Flöten, und plötzlich schwebte das Paar in einem Heißluftballon über Loch Ness.

»Guck, da unten ist es!«, sagte der Laird und deutete auf den digital stümperhaft eingefügten Kopf des Loch-Ness-Monsters.

Das war Phoebes Lieblingsszene. »Hey, Nessie!«, rief sie fröhlich.

Wieder wechselte die Szenerie, und die beiden schleppten nun zusammen eine riesige Tanne die Victoria Street hinauf.

»Die stammt von meinem Anwesen«, sagte Laird McEarl. »Ich hab so viel Land, aber ich fühle mich da draußen ganz allein. Millionäre und Großgrundbesitzer führen in Edinburgh wirklich ein trauriges und einsames Leben.«

»O nein!«, rief die brünette Schauspielerin aus.

»*Och, aye*!«

Als Nächstes ging es im Laden weiter, was zu inzwischen etwas leiserem Jubel der Anwesenden führte.

»Na, so was!«, sagte Genevieve gerade. »Dieses Buch hat ja einst Maria Stuart, der Königin von Schottland, gehört!«

»Wir haben dort drüben ein ganzes Regalbrett mit Büchern aus ihrem Besitz. Auf manchen sind sogar noch Blutspritzer von dem Tag, an dem ihr der Kopf abgeschlagen wurde.«

Die Hintergrundmusik wandelte sich zu etwas Schwungvollem und Fröhlichem, während die Schauspielerin plötzlich von einer angenehm diversen Gruppe von Menschen umringt wurde, die ausnahmslos von Kopf bis Fuß Schottenkaro trugen.

Wieder ertönte die tiefe amerikanische Stimme: »Lassen Sie sich in der Weihnachtszeit in ein mystisches, zauberhaftes Land entführen ...«

»Sehr weit würden die aber nicht kommen«, sagte Sofia. »Weil die Bahn streikt und keine Fähren fahren.«

»... und entdecken Sie das wahre Herz von Schottland!«

Der Titel *Schottlands Herz* erschien in karierten Buchstaben auf dem Bildschirm.

»Ich dachte, das Herz von Schottland wären diese Steine, bei denen man auf den Boden spukt«, sagte Jack mit verwirrter Miene.

»Das ist das Herz von Midlothian«, sagte Sofia zerstreut. »Und spuck bitte nicht darauf, das ist eklig.«

»Nur wenn man es danach aufleckt«, sagte Jack unbekümmert.

»Aber das verstehe ich nicht«, meldete sich jetzt Mr McCredie zu Wort. »Arbeitet diese Frau etwa bei uns in der Buchhandlung?«

Sofia und Carmen tauschten Blicke.

»Sie wissen doch, wie Filme funktionieren, oder?«, fragte Carmen, die sich Sorgen zu machen begann, dass ihr Chef langsam tüdelig wurde. Er war den ganzen Tag mit einem Brief in der Hand auf und ab marschiert und wirkte durcheinander. Das gefiel ihr gar nicht.

»Ah, natürlich. Das ist eine Schauspielerin.«

»Ja, stimmt«, sagte Carmen.

»Richtig. Ich … Ich hatte eigentlich gedacht, es wäre eine Dokumentation«, sagte Mr McCredie.

Wieder schauten Carmen und Sofia sich an.

»Die haben gerade aus einem Heißluftballon heraus Nessie zugewunken«, wandte Carmen ein.

»Ja, ja«, murmelte Mr McCredie. »Ich hab gar nicht richtig hingesehen. Das war so furchtbar laut.«

»Erinnern Sie sich denn nicht mehr an die Dreharbeiten bei uns im Laden? Im Sommer?«

Mr McCredie runzelte die Stirn. »Den Sommer über hab ich wieder einmal *Moby Dick* gelesen, und es war genauso wundervoll, wie ich es in Erinnerung hatte. Wussten Sie eigentlich, dass …?«

»Okay«, sagte Carmen. »Na ja, ich bin auf jeden Fall froh, dass ich Sie hierher mitgenommen habe.«

Jetzt war ein Geräusch zu hören, weil jemand die Haustür im Souterrain aufschloss.

»Rudi!«, riefen die Kinder mit einer Begeisterung, mit der sie Carmen nie begrüßt hatten, wie ihr natürlich nicht entging.

Kurz darauf schaute Rudi zur Tür herein. »Hallo!«, strahlte er. »Wie sieht's aus? Mr McCredie, sind Sie denn nicht auf dem Weg zum Südpol?«

»Nein, noch nicht«, seufzte der Angesprochene.

Carmen verzog ein wenig das Gesicht. Ja, es stimmte, mittlerweile kamen viel mehr Leute als früher in den Laden. Aber die zusätzlichen Lampen und neuen Heizlüfter im hinteren Bereich verursachten natürlich Kosten. Obwohl die Temperatur nicht merklich gestiegen war, war ihre Stromrechnung von »noch so gerade eben zu bewältigen« zu »den Verkauf einer Niere erwägen« angestiegen.

»Aber das macht nichts, weil ich demnächst zu der Weihnachtsfeier von Jackson McClockerty gehe. Er hat mir versprochen, dass wir schon einen Weg finden, mir die Reise zu ermöglichen.«

»Wie bitte?«, entfuhr es Carmen, die es nicht fassen konnte. »Was reden Sie denn da? Um Ihnen zu helfen, reiße ich mir doch ein Bein aus. Ich drehe völlig am Rad!«

»Na ja, Mr McClockerty hat noch einmal vorbeigeschaut und mir versichert, dass er mir die Reise ermöglichen kann – er wird mir das Ticket finanzieren, hat er gesagt.«

»Aber ich hab mir doch den Ar… die Finger wund geschuftet, und dann gab es auch noch die Spendensammlung bei Crawford! Gut, so dauert es vielleicht ein bisschen länger, aber die Antarktis läuft Ihnen ja nicht weg.«

Aus seiner Tasche zog Mr McCredie den Brief, den er den ganzen Tag mit sich herumgetragen hatte.

Carmen griff danach und überflog das Schreiben, das für sie zunächst aber keinen Sinn ergab.

»Worum geht es hier? Um die Reiseversicherung?«, fragte sie.

Mr McCredie nickte.

»Trotzdem verstehe ich nicht, was hier steht.«

»Meine Liebe, ich bin neunundsiebzig«, sagte Mr McCredie einfach nur. »Noch werde ich versichert, nach meinem nächsten Geburtstag aber nicht mehr, daher heißt es wohl: Jetzt oder nie.«

Schweigen legte sich über den Raum.

»Aber wir haben ja getan, was wir konnten!«

»Trotzdem ist es nur ein Tropfen auf dem heißen Stein, meine Liebe«, sagte Mr McCredie. »Ich denke, Jackson wird mich über die Zielgerade befördern müssen.«

»Das haben wir doch alles schon besprochen«, sagte Carmen fassungslos. »Ich arbeite Tag und Nacht, um Ihnen Ihren Traum zu ermöglichen und damit dieser McClockerty uns nicht den Laden ruiniert. Sie hingegen machen gar nichts, sitzen bloß in Ihrer Leseecke, stecken die Nase in ein Buch und klagen über das metrische System.«

»Es ist einfach so eine gefühlskalte Art und Weise, unsere wunderschöne Erde zu beschreiben ...«

»Aber dadurch ist wenigstens alles miteinander kompatibel ... O Gott, jetzt vergessen Sie mal das verdammte metrische System! Vor diesem Typen dürfen Sie auf keinen Fall einknicken, schließlich haben Sie ja gesehen, was der mit Bobby gemacht hat! Ihnen müsste doch klar sein, dass dieser Kerl bloß alles zugrunde richten will. Und ich hänge mich für Sie rein, während Sie nur durch die Gegend marschieren und irgendwas von Eisbären erzählen.«

»Die gibt es am Nord...«

»Von Pinguinen, verdammten Pinguinen!«

Es war totenstill im Raum, und mit einem Mal realisierte Carmen a), dass sie hier mit hochrotem Kopf einen alten Mann anbrüllte, b), dass Mr McCredie zwar eingeschüchtert aussah, aber nicht so, als würde er in diesem Punkt nachgeben, und c), dass alle sie anstarrten.

Sofia wurde nie laut, daher wirkte Phoebe richtig verängstigt.

Carmen spürte, dass ihre Wangen immer heftiger brannten, und es passte ihr gar nicht, vor Rudi so die Beherrschung verloren zu haben.

»Nun«, sagte Mr McCredie, der sich erhob. »Mir war nicht klar, dass Ihnen diese Sache so wichtig ist.«

»Ich kann unmöglich für diesen Typen arbeiten!«

»Eigentlich dachte ich ja, dass Sie für mich arbeiten.«

Carmen biss sich auf die Lippe. »Ja, im Moment tu ich das noch.«

Sie starrten einander an, und man merkte Mr McCredies großen blauen Augen an, dass er verletzt war. »Oh.«

»Wir schaffen das schon«, versicherte Carmen. »Mit den Büchern hinten aus den Stapeln. Geben Sie der Sache nur ein bisschen Zeit.«

»Aber ich habe nun einmal keine Zeit.«

»Carmen, bitte«, mischte sich Sofia ein.

Die Angesprochene senkte den Blick, während Phoebe nach ihrer Hand griff. »Sei doch nicht wütend, Tante Carmen«, bat sie. »Ich mag es nicht, wenn Leute wütend werden.«

»Aber ich bin ja gar nicht wütend«, behauptete Carmen, »sondern trete hier bloß für etwas ein, woran ich glaube.«

»Bist du sicher, dass du nicht fies zu anderen Leuten bist, Tante Carmen?«, fragte Pippa.

»Nein!«, rief Carmen aus. »Ich versuche doch nur … das

Richtige zu tun, Pippa. Alle versuchen immer nur, das Richtige zu tun.«

Mit einem Mal war sie völlig erschöpft. Die ganze Freude über mehr Ware und darüber, dass die Filmleute in der Buchhandlung ihre Feier ausrichten würden, die Begeisterung wegen des Trailers, all das war mit einem Mal verflogen. War die harte Arbeit etwa umsonst gewesen?

»Muss die Buchhandlung zumachen?«, fragte Phoebe traurig.

»Nein«, antwortete Carmen.

»Aber es werden sich vielleicht Dinge ändern«, stellte Mr McCredie klar.

Sie starrte ihn an.

»Ja«, sagte er auf seine höfliche Art. »Und Sie sind doch diejenige, die immer betont, dass ich mich der Realität stellen muss.«

Carmen verschränkte die Arme vor der Brust. »Aber sind Sie nicht derjenige, der immer betont, dass es im Leben Wichtigeres als Geld gibt?«

Kapitel 24

Es ist ganz schön blöd, sich mit jemandem gestritten zu haben, mit dem man zusammenwohnt und mit dem man anschließend gemeinsam den Heimweg antreten muss.

Die beiden legten die Strecke schweigend zurück, und Mr McCredie steuerte auf Höhe des Lawnmarket die Buchhandlung an, während sich die immer noch stinkwütende Carmen auf den Weg nach oben machte.

Die ganze Sache nagte wirklich an ihr, zum Teil deshalb, weil Sofia ihr ihr unbeherrschtes Benehmen vor den Augen der Kinder übel nahm. Aber auch deshalb, weil sie gedacht hatte – wirklich davon überzeugt gewesen war –, dass sie es schaffen konnten.

Okay, der Laden müsste mal gestrichen werden, und sie kam mit dem Staubwischen kaum hinterher. Das schien den Leuten jedoch nicht viel auszumachen. Die alten Teppiche, die sie für den Steinfußboden aufgetrieben hatte, waren zwar abgewetzt, aber interessant, und es schob sich jeder mit dem Gefühl zwischen die Stapel, dort hinten vielleicht einen Schatz entdecken zu können. Womöglich eine seltene, wertvolle Ausgabe von *Über den Dächern*. Das wäre ein echtes Gewinnerlos, dachte Carmen kleinlaut, aber damit konnte sie vermutlich nicht rechnen.

Alle freuten sich auf das Abenteuer, sich im Irrgarten der Regale zu verlieren und vielleicht in einer seitlich in den Felsen gehauenen Höhle eine Ecke mit Mysteriösem, Geheimnisvollem zu entdecken.

Letztlich würde Carmen von unerwarteter Seite Hilfe angeboten werden, nämlich von Rudi, der am nächsten Tag mit den Kindern bei ihr vobeisah. Als sie aus einem Fenster zu ihnen hinunterguckte, begann er zu lachen. »Na, schau mal einer an!«, rief er. »Du siehst ja aus wie eine Waschfrau!«

Die kleinen Besucher tobten fröhlich durch die Flure des Hauses, das sie einfach toll fanden, und dann machten sie es sich oben mit einer Packung Garibaldi-Plätzchen gemütlich. Die mochte eigentlich keiner, aber Sofia hatte mal wieder eine ihrer Phasen und war bereit, dieses Gebäck mit Johannisbeerfüllung als Kompromiss zu akzeptieren.

»Und, wie sieht dieser Kompromiss aus?«, fragte Carmen. »Du darfst Plätzchen essen, aber nur eklige?«

»Mehr oder weniger«, antwortete Rudi.

»Na ja, schon irgendwie logisch«, sagte Carmen.

»Die sind echt übel«, befand Jack und schnappte sich vier.

»Okay«, sagte jetzt Rudi und packte seine Tasche aus. Darin befanden sich Pflanzerde, eine Sprühflasche mit Unkrautvernichter, Dünger, ein Produkt, durch das Blätter glänzender wurden, eine wunderschöne rot-gelbe Gießkanne sowie mehrere Pakete Blumenzwiebeln.

»Frohe Weihnachten!«, sagte er.

»Bedeutet das alles etwa, dass ich gleich jede Menge kaltes Wasser hin- und herschleppen muss?«, fragte Carmen.

Rudi wandte sich an die Kinder und begann ihnen zu erklären, wie man sich gut um Zimmerpflanzen kümmerte.

Carmen tat zwar so, als würde sie nur aus Höflichkeit zuhören. Aber sie lauschte aufmerksam, als er über die verschiedenen Phasen beim Wachstum sprach, erklärte, wie viel Wasser Weihnachtssterne brauchten, wie man gegen Blattläuse vorging und wie man für die Pflanzen reichhaltigen Mulch vorbereitete.

»Wie ein leckeres Abendessen für die Wurzeln«, sagte Phoebe.

»Rudi ist wirklich ein guter Babysitter«, bemerkte Pippa, die neben Carmen stand.

(Als Carmen ihr das letzte Garibaldi-Plätzchen anbot, sagte Pippa: »Nein danke«, also aß Carmen es selbst, obwohl es ihr überhaupt nicht schmeckte.)

»Das sehe ich«, sagte Carmen.

»Du solltest ihn um Hilfe bitten.«

»*Mein* Babysitter ist er doch nicht!«

»Schon, aber er ist einfach generell gut.«

»Hm«, machte Carmen.

»Also«, sagte Rudi jetzt und wandte sich zu ihr um. »Weißt du, was du nun machen solltest?«

»Hast du das heute Morgen zusammen mit Pippa ausgeheckt?«, knurrte Carmen.

»Pippa und ich sind wirklich ein tolles Team von Problemlösern«, versicherte Rudi, und das kleine Mädchen strahlte begeistert.

»Du meinst wohl, ein tolles Team von Leuten, die in alles ihre Nase stecken müssen.«

»Ja, das auch«, sagte Rudi.

»Hm«, machte Carmen.

»Okay, wusstest du, dass ich zu Jackson McClockertys berühmter Weihnachtsfeier eingeladen bin?«

»Du bist da auch eingeladen?«, fragte Carmen. »Kennst du eigentlich jeden?«

Rudi zuckte mit den Achseln. »Na ja, ich komme ganz schön herum.«

»Offensichtlich.«

»Rudi hat viele Freunde«, sagte Pippa. »Genau wie ich. Wir sind uns in vielen Dingen sehr ähnlich.«

Was das anging, verkniff sich Carmen lieber jeglichen Kommentar.

Rudi musste grinsen, weil ihm ihr Blick nicht entging. »Also …«

»Also was?«

»Also solltest du mit mir da hingehen. Um Jackson im Auge zu behalten und dir gut anzuhören, was er mit Eric zu besprechen hat.«

Wie kam Rudi nur immer zu dieser Vertrautheit? Carmen sagte zu Mr McCredie nie Eric und nannte ihn nicht einmal in Gedanken so.

»Dann können wir ihm die Sache entweder ausreden oder vielleicht sogar von Anfang an ein Gespräch zwischen ihnen verhindern.«

»Eigentlich war ich mir sicher, dass wir aus dem Schneider sind«, seufzte Carmen. »Ich hätte ja nie gedacht, dass Mr McCredie auf diesen furchtbaren Kerl hören würde.«

»In seinen Adern fließt mehr Abenteurerblut, als man denken würde.«

»In seinen Adern fließt mehr undankbares Blut, als man denken würde«, klagte Carmen.

»Was zahlst du hier noch mal an Miete?«, fragte Rudi.

»Ach, halt den Mund!«, knurrte Carmen rasch.

»Na, komm schon«, lächelte Rudi. »Das wird echt eine tolle Party.«

»Deine Definition von ›tolle Party‹ würde mir vermutlich eher Angst machen«, entgegnete Carmen.

»Okay«, kam von Rudi. »Dann bleib eben mit deinen Frosties zu Hause.«

»Wir dürfen keine Frosties essen«, sagte Phoebe traurig.

Bei dieser Bemerkung bekam Carmen ein ganz schlechtes Gewissen. Als sie bei Sofia ausgezogen war, hatte sie sich als Erstes eine große Packung Frosties gekauft. Die sollte sie wohl besser gut verstecken.

»Ich will McClockerty nun wirklich nicht die Genugtuung geben, auf seiner blöden Feier aufzutauchen«, sagte Carmen.

Gleichzeitig musste sie aber daran denken, wie sie sich am Abend von Crawfords Abendessen gefühlt hatte. Sie hatte sich endlich mal wieder schick gemacht, war ausgegangen und hatte Spaß gehabt. Leider arbeitete Idra jeden Abend, und ihre anderen Freunde hatte sie an der Westküste zurückgelassen. Zu Hause zu bleiben und zu lesen war schon schön, aber sollte es das jetzt sein? Es war auch nicht sehr hilfreich, dass sie inzwischen mitten in der Stadt wohnte, wo jeden Abend viel los war. Leute im Kilt mit allem Drum und Dran, in glitzernden Ballkleidern oder Smokings machten sich in großen Gruppen auf den Weg zu eleganten Abendessen in The Witchery oder gingen am Grassmarket tanzen. Kollegen stolperten nach einem Arbeitsessen prustend wieder auf die Straße, Carmen konnte von ihrem Zimmer aus in Mietwohnungen sehen, in denen Partys im Gange waren, und in jedem Gässchen, auf jeder versteckten Treppe der Stadt küssten sich Paare.

Es kam ihr so vor, als würde ganz Edinburgh da draußen ein großes Fest feiern, um die Weihnachtszeit einzuläuten. Sie hingegen hockte Abend für Abend irgendwann allein in ihrem Zimmer und starrte zu den Sternen hinauf.

»Ein Junge aus der Schule hatte so eine doofe Feier, und ich musste dahin, obwohl ich ihn hasse«, warf Jack jetzt ein.

»Das war eine von denen, wo die komplette Klasse eingeladen ist.«

Alle drei Kinder stöhnten auf.

»Was denn?«, fragte Carmen. »Ich finde es schön, wenn alle eingeladen sind.«

»Aber das ist gar nicht schön!«, ereiferte sich Phoebe. »Da kommen nämlich die ganzen schrecklichen Leute.«

»Phoebe, du bist acht Jahre alt. So viele schreckliche Achtjährige kann es doch gar nicht geben.«

Rudi und Phoebe schnaubten gleichzeitig.

»Oh«, sagte Carmen. »Ich dachte, weil ich dich so gern mag, sind alle in deinem Alter so.«

Ihr Kommentar beschwichtigte Phoebe ein wenig.

»Okay«, meldete sich Jack wieder zu Wort. »Jedenfalls bin ich zu dieser blöden Feier gegangen, weil Mum mich gezwungen hat. Und dann hab ich die ganzen Wurstbrötchen gegessen, einfach alle. Mit dem Jungen hab ich nicht einmal geredet. Ich hatte Mum erzählt, dass er sich Knete wünscht.«

»Wie jetzt, gibt es mit Knete etwa ein Problem?«

»Knete will doch keiner.«

Die Mädchen nickten zustimmend.

»Ihr verwöhnten Dinger!«, sagte Carmen. »Ich fand Knete früher toll.« Erst nach dieser Bemerkung fiel ihr wieder ein, dass sie es vor allem toll gefunden hatte, die Sofia in die Nase zu schieben. Sie schlenderte hinüber zu den Blumentöpfen und betrachtete die Pflanzen, die tatsächlich etwas weniger grau und todgeweiht aussahen als zuvor.

»Also«, fasste Jack zusammen. »Ich will damit sagen: Geh da am besten hin und futtre die ganzen Wurstbrötchen.«

Rudi nickte feierlich. »Und rette die Buchhandlung.«

»Ich finde ja schon, ihr solltet Nessies verkaufen«, warf Pippa ein.

»Ich auch«, sagte Phoebe.

»Fangt ihr nicht auch noch damit an!«, protestierte Carmen. »Okay, ich mach das, ich gehe dorthin.«

»Dann hol ich dich um sieben ab«, sagte Rudi mit gedämpfter Stimme, bevor er die Kinder nach draußen begleitete.

Das ließ Carmen ganz verwirrt zurück. Hatten sie etwa … ein Date? Nein, sicher nicht. Ganz bestimmt nicht. Auf keinen Fall.

Aber was, wenn doch?

Kapitel 25

Dieser nette Karottenkopf?«, fragte Idra.

»Sag doch so was nicht, das ist rassistisch.«

»Was? In welcher Hinsicht?«

»Ich weiß auch nicht. Ist es aber.«

»Ist es überhaupt nicht! Seine Haare haben nun mal die gleiche Farbe wie eine Karotte! Was soll ich denn sonst sagen, etwa Pantone 21c?«

»Also, es ist jedenfalls keine Verabredung«, stellte Carmen klar. »Oder für ihn vielleicht schon, der lässt ja nichts anbrennen. Aber nicht für mich.«

»Warum denn nicht?«, fragte Idra. »Warum sollte das kein Date sein? Ich mag ihn nämlich.«

»Dann probier du es doch mal mit ihm. Der wohnt immerhin bei meiner Schwester und kümmert sich um meine Nichten und Neffen.«

»Hattest du etwa vor, es bei denen im Wohnzimmer auf der Couch mit ihm zu treiben?«

»Nein, natürlich nicht!«

»Dann weiß ich nicht, wo das Problem liegt.«

»Mein Problem ist …«, begann Carmen, musste sich aber schnell eingestehen, dass ihre Liste von Problemen furchtbar lang und umfassend war. Das war jetzt nicht der richtige Zeitpunkt, um darauf einzugehen, weil sie am Ende noch zu spät zu der Party kommen würde.

»Egal«, sagte sie. »Kannst du mich bitte stolz und wild stylen?«

»Das Ganze steigt also bei Jackson McClockerty zu Hause?«, fragte Idra.

»Hm-hm. Wie kommt es eigentlich, dass alle den kennen?«

»In seiner Millionärsvilla in Barnton?«

Barnton war eine schicke Gegend in Nord-Edinburgh, mit großen Villen, die an Alleen lagen.

»Hmhm«, machte Carmen wieder.

Idra grinste. »Ich glaube, ich nehme mir heute Abend mal frei und komme mit.«

»Was?«, schnaubte Carmen. »Wie jetzt?«

»Eine junge Frau mehr unter den Gästen? Glaub mir, das wird ihn nicht stören«, sagte Idra. »Und ich will so gern das Haus sehen! Der Typ ist schließlich berühmt. Der wird dauernd im *Hiya Magazine* erwähnt, als Schottlands großer Unternehmer!«

»Der ist doch um die fünfzig!«, wandte Carmen ein.

»Wunderbar«, sagte Idra. »Ich mag reife Männer.«

»Es ist ganz offensichtlich, dass du ihm noch nie begegnet bist.«

»Willst du etwa nicht, dass ich mitkomme?«

»O doch!«, sagte Carmen, die es total ätzend fand, dass ihre beste Freundin abends arbeiten musste. »Wenn ich da mit einer ganzen Clique auftauche, sieht es aber womöglich so aus, als wäre ich ganz heiß auf diese Party gewesen. Dabei hasse ich den Typen doch.«

»Oh, ich dachte, du findest es vielleicht blöd, dass ich mich bei deinem Date mit dranhänge.«

Ja, Carmen musste sich eingestehen, dass ihr auch dieser Gedanke kurz durch den Kopf geschossen war. »Das ist wirklich kein Date! Glaube ich zumindest. Nein, definitiv nicht. Und Rudi flattert sowieso von Blume zu Blume.«

Idra zog die Brauen hoch. »Na ja, ich komme wohl trotzdem mit, man weiß ja nie, wen man so kennenlernt. Außerdem haben im Restaurant heute zig Gruppen von Müttern aus den Schulen der Gegend reserviert.«

»Ach, das klingt doch nett«, murmelte Carmen abwesend, während sie mit dem Lidstrich den Augenwinkel verlängerte.

Vor dem Essen bei Crawford hatte sie sich ewig nicht schick gemacht, und jetzt würde gleich schon wieder das Glitzerkleid zum Einsatz kommen. Es fühlte sich irgendwie seltsam an.

Idra starrte sie an, als sei sie verrückt geworden. »Machst du Witze? Lauter Mütter, die durchweg berufstätig sind und ihre Kinder großziehen, weshalb sie seit Monaten nicht mehr aus waren und dem Wahnsinn nahe sind, völlig am Rad drehen. Aus diesem Grund sind spätestens um halb sieben alle sturzbetrunken, und ich stelle immer Schachteln mit Papiertaschentüchern hin, weil ordentlich rumgeheult werden wird.«

»Ich dachte, Edinburgher Mütter sind so schickimicki?«, sagte Carmen, die natürlich an Sofia dachte.

»Ah, ja, ein paar von ihnen schon. Aber die behalten auch bei solchen Müttertreffen ihre Professionalität bei. Wenn die auf der Bildfläche erscheinen, freuen sich alle total darüber, dass sie auch gekommen sind. Die bestellen dann jede Menge Prosecco, nehmen selbst aber keinen Schluck, während die anderen dadurch langsam warm werden. Und wenn sich der Rest entspannt zurücklehnt, springen sie plötzlich auf und sagen: ›War wirklich schön mit euch, aber ich muss dann mal los‹, legen einen nicht ausreichenden

Geldbetrag auf den Tisch und verziehen sich einfach, während alle anderen längst so viel intus haben, dass es für sie kein Entkommen mehr gibt. Und«, fügte Idra unheilschwanger hinzu, »die tragen cremefarbene Wollmäntel. In Edinburgh. Im Winter.«

»Vielleicht hat Bronagh ja doch mit ihrer Behauptung recht, dass das Hexen sind«, sagte Carmen. »Früher hab ich es nicht geglaubt, so langsam aber doch.«

»Das würde durchaus Sinn ergeben«, überlegte Idra. »So, jetzt sitz mal still, damit ich die Wimpern anbringen kann.«

»Das ist so, als würde mir jemand Spinnen ans Auge kleben«, beklagte sich Carmen.

»Hey, so viel Körperkontakt hattest du doch schon lange nicht mehr.«

»O Gott, wie deprimierend!«

»Ja, Spinnen im Auge ist im Moment wohl dein Sexersatz.«

»Hör auf! Das mein ich ernst!«

»Und, glaubst du, Karottenköpfchen hätte Interesse?«

»Karottenköpfchen würde es auch mit einem Foxterrier treiben.«

»Na dann!«, sagte Idra. »Warum denn nicht?«

»Meine Schwester …«

»Dieses eine Mal hat das alles wirklich nichts mit deiner verdammten Schwester zu tun. Es ist Wochenende. Er hat frei. Du kannst ihn nachher hierher mit zurückbringen.« Idra runzelte die Stirn. »Aber vielleicht solltest du dafür lieber die Heizung anstellen. Es ist ja eiskalt.«

»Ich weiß«, sagte Carmen. »Leider gibt es hier keine Heizung.«

»Außerdem sind die Pflanzen da draußen alle tot, was echt gruselig aussieht.«

»Genau«, sagte Carmen. »Selbst, wenn ich Lust dazu hätte, ihn nachher mit nach Hause zu nehmen, wozu ich absolut keine habe, und selbst, wenn er dazu bereit wäre …«

»Ich meine … Foxterrier …«

»Hm-hm. Trotzdem ist es nicht gerade … ein Liebesnest.«

»Ach, ich weiß nicht«, sagte Idra und schaute sich um. »Eigentlich ist es ganz hübsch. Könntest du den Kamin anzünden?«

»Keine Ahnung. Bei Mr McCredie in der Küche unten brennt immer ein Feuerchen. Aber damit würde ich womöglich das Haus abfackeln, mal abgesehen davon, wie das rüberkommen könnte: ›Hey, guck mal, ich hab extra den Kamin angezündet, weil ich dich hierherlocken wollte! Um mit dir ins Bett zu gehen!‹ Das ist ja so, als würde ich bewusst gute Unterwäsche anziehen.«

»Warum trägst du deine gute Unterwäsche denn nicht jeden Tag?«

»Weil sie damit zu schäbiger Unterwäsche wird«, antwortete Carmen.

»Ja, und dann kauft man eben neue, du Schlunze!«

»Okay, wenn man dafür Geld zum Fenster rauswerfen will.«

»Gute Unterwäsche ist doch keine Geldverschwendung, damit bringt man sich selbst ein Minimum an Respekt entgegen!«

Idra schob die Hand in Carmens T-Shirt und inspizierte den BH-Träger, der nach vielen Wäschen ganz grau geworden war. »Himmel!«

Carmen zog eine Schnute. »Ich werde nicht für nichts und wieder nichts gute Unterwäsche vergeuden.«

»Aber wenn sich dir irgendwann mal eine Gelegenheit

bietet, wird das gute Zeug längst von Mäusen angefressen sein! Und mit dem hier wird das auf keinen Fall was.«

Carmen starrte den Träger an.

»Ich meine, willst du heute etwas reißen oder nicht?«

»Wollte ich schon«, sagte Carmen. »Aber jetzt … weiß ich langsam gar nicht mehr, was ich will.«

»Mein Gott, seit Oke bist du nur noch ein Häufchen Elend«, sagte Idra, aber diesmal durchaus mitfühlend. »Du hast dein Selbstbewusstsein verloren und musst es wieder zurückgewinnen. Also, gib dein Bestes!«

Carmen starrte sich im Spiegel an, betrachtete ihre großen dunklen Augen, die durch die falschen Wimpern noch mehr betont wurden. Sie seufzte.

»Du weißt selbst, dass du dich nicht länger verstecken kannst, oder?«, fragte Idra.

»Ja, schon.«

»Bald hast du schon seit eineinhalb Jahren nicht mehr …«

»Das ist doch nicht ungewöhnlich«, unterbrach Carmen sie rasch.

Die beiden Frauen waren bereits seit Langem befreundet, daher hatte Idra jetzt kein Problem damit, Carmens Unterwäscheschublade aufzuziehen und darin herumzuwühlen.

»Du meine Güte«, murmelte Idra. »Das sieht ja aus wie die Kiste mit den liegen gebliebenen Kleidungsstücken in einer Sporthalle.«

Irgendwann fischte sie einen schlichten schwarzen BH aus Lycra und einen Slip in der gleichen Farbe hervor. »Besser als nichts«, befand sie. »Oder, nein, eigentlich nicht besser als nichts, aber da draußen ist es ganz schön kalt.«

»Was hast du denn an?«, fragte Carmen.

Idra schob den Blazer ihres schicken schwarzen Hosenanzugs ein wenig zur Seite, um einen kirschroten BH-Träger mit Spitze zu enthüllen. Als sie ihre Hose ein bisschen herunterzog, wurde klar, dass sie ihn mit dem dazupassenden Tanga kombiniert hatte.

»Du trägst Tangas? Freiwillig, über einen längeren Zeitraum?«, fragte Carmen. »Vielleicht bist *du* ja eine Hexe.«

»Die sind echt bequem, wenn man sich erst einmal …«

»Auf keinen Fall! Damit reibt doch der blanke Hintern den ganzen Tag gegen die Hose. Ich weigere mich, zu glauben, dass das bequem sein soll.«

»Okay«, räumte Idra ein. »Aber man hat dadurch einen sexy Schritt drauf, der Aufmerksamkeit erregt.«

»Na, vielen Dank auch«, sagte Carmen. Sie zog sich im eiskalten Schlafzimmer hinter der Schranktür um und stand dann endlich im funkelnden Partykleid vor ihrer Freundin. Idra trug bei Carmen noch leuchtend roten Lippenstift auf, legte ihr eine große goldfarbene Halskette um und frisierte ihr dunkles Haar mit Haarspray nach hinten.

»Na also«, sagte Idra. »Jetzt siehst du ein bisschen nach *Cabaret* aus.«

»Und ist das gut oder schlecht?«

»Sehr gut.«

Idra schlang den Arm um sie. »Schätzchen«, sagte sie mit ihrer tiefen Stimme. »Du weißt es genau: Es ist an der Zeit.«

»Es ist an der Zeit«, murmelte Carmen. »Das weiß ich.«

»Du willst doch wieder du selbst sein, oder?«

Carmen nickte.

»Okay, dann ist das hier eine neue Version von dir, mit mehr Sex-Appeal.«

»Ja, das kann man wohl sagen.«

»Gut«, sagte Idra. »Jetzt setz dein Pokerface auf, und auf in den Kampf! Es muss ja nicht unbedingt Karottenköpfchen sein, such dir einfach irgendjemanden aus, der dir gefällt. Ich wünsche mir bloß eine Carmen, die wieder so funkelt und strahlt wie früher. Sieh es als Weihnachtsgeschenk an dich selbst.«

Kapitel 26

Auf dem Fernseher im Krankensaal lief DownFlix, und Oke döste vor sich hin. Wie müde er immer war, konnte er selbst kaum fassen, und er kam sich vor, als sei er hundertsechs. Oke wusste, dass seine Mutter etwas zu essen vorbereitete und seine Schwestern gleich vorbeikommen würden. Und Mary drückte sich wohl auch irgendwo herum. Sie war immer da, stellte ihm Fragen und sprach auf eifrige Art und Weise mit seiner Mutter, so, als hätten sie viel vorzubereiten.

Oke hatte hier und da Gesprächsfetzen mitbekommen, war sich aber nie sicher, ob er die Sachen wirklich gehört oder nur geträumt hatte. Die Grenze zwischen seiner Realität und der tatsächlichen Wirklichkeit war immer noch schwammig, und er wusste nie so genau, auf welcher Seite der wabernden, durchlässigen Membran er gerade stand.

Im Bett war es warm, und er konnte draußen den strahlend blauen Himmel eines leuchtenden Sommertages sehen. Daher war er überrascht, als im Fernsehen ein Werbespot mit bimmelnder Weihnachtsmusik lief.

Oke kniff die Augen zusammen. Weihnachten hatte ihn nie groß interessiert. Er hatte es wie etwas Seltsames und Fernes betrachtet, das Menschen außerhalb seines Lebensumfeldes feierten, so wie das Zuckerfest oder das Chinesische Neujahr. Schön für die Beteiligten, aber irrelevant für ihn und seinen Alltag. Daher war es einfach an ihm vorbeigegangen.

Letztes Jahr bei seinem Aufenthalt in Schottland war Weihnachten aber ganz zentral gewesen, so ein wichtiger Bestandteil des Glaubens für die Menschen um ihn herum. Er konnte nicht verleugnen, dass er für dieses Fest Respekt empfand, wie natürlich für alle guten Dinge, die die Menschen liebten und die ihnen Vergnügen bereiteten. Und wenn er ganz ehrlich war, musste er sich sogar eingestehen, dass er es auch genossen hatte. Der Traum von der Wiedergeburt, verkörpert durch das Kind in der Krippe. Es war ja keine schlechte Idee, frohgemut zu sein und ein wenig zu feiern, selbst wenn er persönlich sich niemals aufgekratzt zeigte und auch nicht danach strebte. Aber er hatte sich an der Aufregung der anderen, vor allem der Kinder, erfreut. Und natürlich daran, wie sehr Carmen alles genossen hatte. Als sie dem Chor beim Singen von Weihnachtsliedern gelauscht hatte, hatte sie bis über beide Ohren gestrahlt, und angesichts der Lichterpracht im majestätischen Edinburgh hatten ihre Augen wie Sterne geleuchtet.

Im Fernsehen ertönte weiter die Glöckchen-Melodie, und Oke stellte fest, dass sein Blick ganz gegen seinen Willen vom Bildschirm angezogen wurde.

»Lassen Sie sich in der Weihnachtszeit in ein Land jenseits aller Vorstellungskraft entführen«, ertönte eine Stimme.

Immer verwirrter und entgeisterter schaute Oke zu. Um besser sehen zu können, lehnte er sich so weit vor, dass er am Schlauch des Tropfes zog.

Da hielt gerade ein großer Londoner Doppeldeckerbus direkt vor einer weihnachtlichen Buchhandlung.

Oke kniff die Augen zusammen. Ich glaub, ich seh nicht

recht, dachte er. Hatte er da gerade …? War das tatsächlich echt?

»Den Laden kenn ich doch«, krächzte er.

Die Krankenschwester, die in diesem Moment zu ihm ans Bett trat, setzte ein Lächeln auf, als hätte sie ein Kind vor sich. »Natürlich, mein Lieber«, sagte sie und schaute sich sein Krankenblatt an.

»Ist etwa Carmen …?« Er starrte den Fernseher an, während sich sein benebeltes Gehirn einfach keinen Reim darauf machen konnte, was da über den Bildschirm flackerte. »Carmen?«, sagte er wieder.

Aber die Frau im Trailer war nicht die Dunkelhaarige, die er gern sehen wollte. Warum stand sie dort nur hinter dem Tresen und bediente die Kunden? Er schwang die Beine aus dem Bett.

»Na, na«, mahnte die Schwester. »Nichts da.«

Oke war zwar dünn und wackelig auf den Beinen, aber immer noch ein starker Mann. Deshalb zog er den Tropf hinter sich her und ging auf den Fernseher zu, während die Kamera durch die vertrauten Straßen von Edinburgh fuhr. Er wollte den Fernseher gern berühren, die Finger dagegenpressen. Beinahe konnte er spüren, wie vom Bildschirm eine frische Brise ausging, konnte das leichte Hopfenaroma riechen, das manchmal in unerwarteten Momenten des Tages von der letzten Brauerei der Stadt oben am Haymarket herübergeweht wurde. Oke konnte geradezu fühlen, wie die Ostwinde durch die vielen Treppen der Stadt fegten, sodass man erschauderte, den Reißverschluss der Jacke hochzog und sich die Mütze tiefer in die Stirn zupfte. Dann freute man sich darauf, sich gleich in eine gemütliche Kneipe oder warme Bibliothek retten zu können oder einfach in den Scotmid-Supermarkt. Obwohl Oke ja selbst aus einem Land voller äußerst kontaktfreudiger Menschen kam, hatte es ihn dennoch überrascht, dass die Kassiererinnen dort zu jedem gekauften Produkt eine klare Meinung hatten und außerdem tödlich beleidigt waren, wenn man nicht von seinen Plänen für den Rest des Tages berichtete.

Schnell schloss Oke einmal die Augen und schlug sie wieder auf. Jetzt sah man ein Paar, das sich vor dem Hintergrund von Edinburghs Weihnachtsmarkt küsste, und einen Moment lang war Oke beinahe sicher, dass er einfach in die Szene hineintreten könnte und sich dann genau an dem Ort wiederfinden würde, an den er sich gerade wünschte. Er wollte weg aus dieser viel zu warmen, apathischen, abstumpfenden ewigen Sommerhitze und in die erfrischende Kälte. Oke wusste genau, dass es ihm dann besser gehen würde. Auf jeden Fall. Wenn er doch nur diese Hitze hinter sich lassen könnte!

»Hey, hey, hey«, hörte er jetzt eine andere Stimme. Mit besorgter Miene kam Mary herein. »Wieso liegst du denn nicht im Bett, *meu amor*?«

»Oh, dafür ist er inzwischen fit genug«, erklärte die Schwester, als hätte Mary andeuten wollen, dass sie nicht vernünftig auf den Kranken achtgab.

»Ach, tatsächlich?«, sagte Mary mit einer Singsangstimme, als würde sie mit einem Kind sprechen. »Na, gut gemacht! Du bist ja wirklich ein Musterpatient!«

Oke starrte weiterhin den Fernseher an. Der Trailer war inzwischen zu Ende, und jetzt wurde irgendetwas Albernes über Dinosaurier gezeigt, die an einem Tanzwettbewerb teilnahmen.

Oke machte ein paar Schritte rückwärts, ließ sich aufs Bett sinken und griff nach dem Glas mit lauwarmem Wasser auf seinem Nachttisch, um einen tiefen Schluck zu nehmen.

»Na, siehst du? Super!«, sagte Mary.

Oke runzelte die Stirn. Ihm war ein bisschen schwindelig, aber er fühlte sich gerade so lebendig wie schon lange nicht mehr.

»Ich hab ganz vergessen … Ich weiß, dass ich zwischendurch im Fieber fantasiert habe«, sagte er.

»Du warst eben furchtbar krank«, beschwichtigte Mary und tätschelte ihm die Hand. »Aber keine Sorge, mein Schatz. Ich kümmere mich wirklich gern um dich.«

Sie legte den Kopf an seine Schulter, zog ihn aber zurück, als sie merkte, dass Oke darauf in keinster Weise reagierte. Er starrte immer noch den Bildschirm an.

»Hab ich dich eigentlich gebeten … Carmen zu kontaktieren?«, fragte er. »In Schottland? Ich glaube, ja, oder?«

Es fiel Mary nicht leicht. Man hatte sie zu Ehrlichkeit erzogen, dazu, dass sie unter eigentlich allen Umständen immer bestmöglich die Wahrheit sagte. Sie war kein schlechter Mensch, aber eben Hals über Kopf verliebt in Oke, der so krank war. Darum redete sie sich ein, dass er nun bestimmt nicht auf die andere Seite der Welt reisen sollte, um da irgendeiner oberflächlichen Tussi hinterherzulaufen, die ihn schrecklich unglücklich gemacht hatte. Das wäre ganz schlecht für seine Gesundheit und würde ihn stark zurückwerfen. Deshalb konnte sie ihm das nicht antun, auf keinen Fall! Es war für Oke in jeder Hinsicht das Beste, zu seiner Familie heimzukehren, wo sich seine Schwestern um ihn kümmern konnten und wo sie selbst direkt nebenan wohnte. Vielleicht würde sie sogar mit ihrem Masterstudium noch etwas warten, um ihn in ihrer Funktion als ausgebildete Krankenschwester zu versorgen.

Und dann würden sie hoffentlich eines Tages heiraten. Das war es, was er brauchte, und damit tat sie hier das Richtige für ihn, für sich selbst, für die Gemeinschaft und vermutlich auch für diese Carmen, die sich am besten an ihresgleichen hielt … Weil sie sonst eigentlich keine Schotten kannte, hatte Mary für Carmen jemanden wie Hausmeister Willie von den *Simpsons* im Hinterkopf. Und erzählte eine Lüge. »Oh, ja«, begann sie. »Natürlich hab ich mich bei ihr gemeldet. Aber ich hab von ihr noch nichts gehört.«

Es schien Oke, der weiterhin den Fernseher im Auge behielt, einen Stich ins Herz zu versetzen. Also hatte sie … nicht einmal reagiert. Normalerweise neigte er nicht zu Selbstmitleid, aber er lag hier doch im Krankenhaus – wo ihm immer wieder alle versicherten, wie furchtbar krank er gewesen war –, trotzdem hatte sich Carmen noch nicht einmal danach erkundigt, wie es ihm ging, oder sich bei ihm gemeldet. Er war ihr einfach egal. Ihm war es lieber gewesen, als sie ihm gegenüber Wut empfunden hatte.

»Verstehe«, sagte er beherrscht.

»Soll ich es noch einmal versuchen?«, fragte Mary. »Ich bin mir sicher, dass sie einfach zu tun hat. Ich meine, zu dieser Jahreszeit ist dort drüben doch viel los, oder nicht? Ich weiß nicht so genau, was da alles abläuft, aber es erscheint mir ja ein bisschen übertrieben. Egal, wahrscheinlich hat sie es einfach vergessen.«

Mit dem letzten Satz streute sie noch Salz in die Wunde.

Oke schloss die Augen und drehte den Kopf vom Fernseher weg. »Nein, ist schon in Ordnung. Danke, Mary.«

Sie legte ihm die Hand auf die Schulter. »Ich kann es gar nicht abwarten, dass du endlich nach Hause darfst, wo du nach Strich und Faden verwöhnt werden wirst, vor allem von mir. Es ist bestimmt bald so weit, ich meine, schau dich nur an, dir geht es ja jeden Tag besser. Jetzt musst du nur noch ein bisschen aufgepäppelt werden.«

Als sie ihm spielerisch den flachen Bauch tätschelte, zuckte er ein wenig zusammen, was Mary nicht entging. Sie führte es darauf zurück, dass wochenlang Ärzte an ihm herumhantiert und Schläuche in ihn hineingeschoben hatten. Daher würde sie sich von so etwas nicht entmutigen lassen. Wenn er erst sicher zu Hause wäre, wo sie sich eingehend um ihn kümmern konnte, würde alles gut werden.

»Schwester, wann wird er denn Ihrer Meinung nach entlassen?«, fragte sie.

Die Krankenschwester warf erneut einen Blick auf sein Krankenblatt. »Solange er weiter seine Medikamente nimmt, schon bald, denke ich … Allerdings wollten sie wohl, dass er erst ein bisschen zunimmt.«

»Aber er war ja immer schon so dünn«, sagte Mary, tätschelte Oke besitzergreifend und kicherte ein wenig. »Ich werde mein Bestes geben, damit er ein bisschen Speck ansetzt!«

Die Schwester zuckte mit den Achseln. »Na ja, es geht ihm jeden Tag besser. Solange er nur verspricht, zu Hause weiter zu ruhen …«

»Natürlich wird er das!«, sagte Mary. »Wir werden alle für ihn da sein.«

Verwirrt ließ Oke den Blick schweifen. Warum sprach Mary hier eigentlich über ihn wie über ein Kind? Er war immer noch nicht ganz klar im Kopf. Was war das nur, was sollte das?

»Es wird alles wunderbar«, versicherte Mary.

»Ich werde den Ärzten raten, ihn morgen abschließend zu untersuchen«, sagte die Krankenschwester. »Aber Sie scheinen ja alles unter Kontrolle zu haben.«

Mary strahlte.

Kapitel 27

Dass er statt einer jungen Frau nun zwei abholte, schien Rudi weder zu wundern noch zu stören, eher im Gegenteil.

Carmen fragte sich, wie es sich wohl anfühlen musste, wenn man sich in seiner Haut so wohlfühlte. Und dabei hatte er ja weniger Haut als die meisten.

Rudi brachte Idra zum Lachen, indem er auf die durchgefrorenen Teenager hinwies, die die Augen nicht vom Handy lösten und so schwer unter der Last ihrer ausgedehnten Ferien litten, dass sie mit schleppenden Schritten über das Kopfsteinpflaster einer der schönsten Straßen der Welt schlurften.

Er hatte ein Taxi gerufen, und als sie darin auf der Rückbank Platz nahmen, erklärte Carmen: »Rudi zeigt sich hier gerade mal wieder als der Charmebolzen, der er eben ist.«

»Ich hab eine ganze Wagenladung Schwestern«, sagte Rudi. »Deshalb kann ich einfach nicht anders.«

»Ein Mann, der doch tatsächlich Frauen mag«, sagte Idra und warf Carmen mit hochgezogenen Brauen einen Blick zu. »Interessant.«

»Rudi mag einfach jeden.«

»Stimmt«, sagte Rudi. »Ach, übrigens, Phoebe hat eine Nachricht für dich.«

Er entsperrte sein Handy und spielte für Carmen eine

Aufnahme ab: »Hallo, Tante Carmen! Ich hoffe, du hast heute Abend mit Rudi Spaß bei der Party! Ist der dein neuer Freund?«

»Ist er nicht!«, ertönte aus dem Hintergrund eine gebieterische Stimme. »Gott, Phoebe, das ist ja eklig. Er ist schließlich unser Babysitter!«

»Sei still, Pippa! Du hast doch keine Ahnung!«

»Hab ich wohl, weil ich nämlich mit einem Jungen zusammen bin. Du wirst bestimmt nie einen Freund haben!«

»Halt den Mund, werd ich wohl!«

»Und wer soll das bitte schön sein?«

»Vielleicht ... Peebles.«

Jetzt war von Pippa ein schrilles, falsches Lachen zu hören und echtes Lachen von Jack.

»Wer ist denn Peebles?«, fragte Idra.

»Der Hund von nebenan«, sagte Carmen. »O Gott, Rudi, stell das lieber aus. Ich hasse es, wenn sie sich so über Phoebe lustig machen.«

Jetzt hörte man im Hintergrund auch die Stimme von Rudi: »Ich denke, jeder, der so gut aussieht, so treu und fröhlich ist wie Peebles, ist eine ausgezeichnete Wahl. Das war wirklich clever von dir, Phoebe, bravo!«

Carmen wurde innerlich ganz warm. Vor jemandem, der gut zu ihrer kleinen Nichte war, konnte sie kaum ihr Herz verschließen.

Sie bogen in der Vorstadtgegend Barnton in eine Sackgasse mit dem Schild »Privatweg, Parken verboten!« ein. Zusätzlich war zum Schutz vor unberechtigt abgestellten Fahrzeugen die ganze Straße mit gelben Verkehrshütchen gesäumt. Die Anwohner nahmen ihren »Privatweg«-Status hier offensichtlich sehr ernst. Es wurde auch überall auf Videokameras und Nachbarschaftswache hingewiesen und darauf, dass Betteln und Hausieren verboten war. Geradezu schuldbewusst schaute Carmen sich um, obwohl sie ja gar nichts Schlimmes gemacht hatte.

Am Ende der Sackgasse stand das größte Haus, zu dem ein richtiges Anwesen gehörte. Wohnhäuser in Edinburgh waren oft majestätisch, aber sehr traditionell gebaut. Es handelte sich meist um hohe, schmale Gebäude, ähnlich wie das von Sofia, streng und grau und symmetrisch, oder um weitläufige viktorianische Villen mit großen Ausluchten, in denen man Flügel oder Schaukelpferde sehen konnte, oder zu dieser Jahreszeit geschmackvoll dekorierte enorme Christbäume mit warm funkelnden weißen Lichterketten und Schottenkarobändern.

Dieses Haus hier fiel da völlig aus dem Rahmen. Offensichtlich war es in den 1980ern gebaut worden, vor der Zeit, in der in der Stadt wenigstens minimale ästhetische Richtlinien festgelegt worden waren. Es war flach und weitläufig, einfach enorm, und erinnerte Carmen an die alte Fernsehserie *Dallas*, die ihre Großmutter so gern geguckt hatte. Die gedrungene Eingangstür säumten zwei völlig deplatzierte griechische Säulen, die von den Dimensionen her überhaupt nicht zum Rest des Hauses passten.

In der riesigen Einfahrt standen ebenso riesige Autos, vor allem wuchtige Land Rover, aber auch ein tiefergelegter Sportwagen in knalligem Rosa. Die ganze Szene wurde von weihnachtlicher Leuchtdekoration erhellt, was schon irgendwie beeindruckend war. An Lichterketten, die zwischen einem drei Meter hohen Schneemann und quietschbunten Zuckerstangen gespannt waren, gingen Hunderte und Aberhunderte bunte Lämpchen blinkend an und wieder aus. Den Weihnachtsmann auf dem Dach würde man vermutlich auch aus dem Weltall noch sehen können. Es gab einen beleuchteten Briefkasten im amerikanischen Stil, auf dem Gras war Dekoschnee verstreut, und im Garten mussten irgendwo Lautsprecher verborgen sein, die alles mit *Jingle Bells* beschallten.

Carmen rieb sich die Augen. »Autsch!«

»Wow!«, rief Idra aus.

Zögerlich stiegen sie aus.

»O mein Gott, das würden die Kinder so toll finden!«, sagte Carmen.

Plötzlich taten ihre Nichten und Neffen ihr leid, weil es bei ihnen zu Hause nur von Sofia genehmigte geschmackvolle Dekoration gab, die sie nicht anfassen durften. An den von außen sichtbaren Christbäumen war für den hässlichen Schmuck, den sie in der Schule für ihre Eltern gebastelt hatten, kein Platz. Stattdessen hing daran edler Schmuck, den Sofia für die Weihnachtszeit mietete.

In der Küche stand dann ein weiterer, kleinerer Baum mit dem »rustikaleren Flair des Selbstgemachten« für all ihre Papierketten und das im Unterricht selbst gemachte Zeug. Das passte den Kindern gar nicht, die ihn untereinander als den »Schrottbaum« bezeichneten.

»Ich find's toll!«, schwärmte Idra.

Als Carmen sie anstarrte, sagte sie: »Oh, jetzt tu mal nicht so versnobt! Durch deine Zeit bei deiner aufgeblasenen Schwester und in New Town hast du ganz schön Allüren entwickelt. So warst du früher an der Westküste aber nicht.«

»Echt jetzt?«

»Und ob!«, sagte Idra. »Als Kind hätte ich supergern so ein Haus gehabt, deshalb gefällt es mir immer noch, auch wenn du darüber die Nase rümpfst. Obwohl du insgeheim bestimmt auch begeistert bist. Meinst du nicht, Rudi?«

»Ich finde, jeder, der ein bisschen Freude in unsere graue Welt bringen will, ist ein wahrer Segen«, sagte Rudi.

Carmen erstarrte. So ein Satz hätte auch von Oke kommen können. Sie blickte zu Rudi hinauf, der es völlig ernst zu meinen schien.

»Okay, dann wollen wir deren Gastfreundschaft mal nach Herzenslust ausnutzen und so richtig auf den Putz hauen«, fügte er hinzu, was nun gar nicht nach Oke klang.

»Ich denke nicht …«

Idra packte Carmen am Arm, und die drei schlitterten zusammen über den vereisten Gehsteig aufs Haus zu.

Kapitel 28

Dass beim Betätigen der Klingel laut *I Wish it Could Be Christmas Every Day* ertönte, überraschte niemanden groß.

»Man kann die heutzutage programmieren«, erklärte Idra. »Ich glaube, so eine Klingel lege ich mir auch zu, und dann lasse ich die Einstellung einfach das ganze Jahr so. Nur, um alle zu nerven.«

»Das ist selbst zu dieser Jahreszeit schon nervig«, befand Carmen.

»Jetzt hör mal mit deiner Miesmacherei auf, diese Party wird einfach perfekt!«

Eine Frau öffnete ihnen die Tür. Sie hatte eine Weihnachtsmütze auf dem hellblonden Haar, trug ein Bikinioberteil aus rotem Samt mit einer Borte aus billigem weißem Kunstfell, dazu unglaublich knappe rot-weiße Hotpants. Die daraus hervorschauenden Beine steckten in einer Netzstrumpfhose und hochhackigen Schuhen.

»Absolut perfekt!«, strahlte Rudi, während Idra und Carmen die Kinnlade runterklappte.

»Hallöchen!«

Carmen musste sich eingestehen, dass die junge Frau im Vergleich zu ihr vergnügt und keck wirkte, obwohl sie kein Gast war, sondern hier vielmehr in einem wirklich erniedrigenden Outfit arbeitete.

Jetzt sei mal nicht so ein Sauertopf!, mahnte sich Carmen zum x-ten Mal.

»Herein mit euch!«, sagte die leicht bekleidete junge Dame und machte die Tür weiter auf.

Jetzt wurde deutlich, dass das Haus bereits voller Gäste war – unter denen etliche weitere weibliche Angestellte im gleichen sexy Weihnachtsoutfit herumwuselten.

Im Inneren war es unerträglich warm und stickig.

Bei Sofia herrschten immer angenehme Temperaturen, und wenn man sich mal aufwärmen musste, tat man das am besten neben dem Aga-Herd.

Bei Mr McCredie war es frostig, aber man konnte in die Küche gehen, wo ein Feuer brannte, oder nach unten in die Buchhandlung, in der es wärmer war.

Carmen merkte, dass sie sich daran einfach gewöhnt hatte.

Edinburgh war nun mal ein kalter Ort an der kalten Küste eines kalten Landes.

Im Winter beruhte die Schönheit dieser Stadt aber gerade eben auf den klaren grauen Formen und der kühlen Pracht, die von goldenen Lichtpunkten aus Freude und Gemütlichkeit durchbrochen wurden. Jackson McClockertys Residenz war da ganz anders.

Im Inneren des Hauses bestätigte sich der Eindruck von Weitläufigkeit, als sie eine absurd riesige Eingangshalle betraten, in der sich zwei Treppen um einen unglaublich großen Christbaum wanden. Er war mindestens drei Meter hoch, ganz in Silber geschmückt und mit so hektisch flackernden Lämpchen versehen, dass Carmen befürchtete, davon gleich Kopfschmerzen zu kriegen.

»Ooh!«, rief Idra aus. »Ich will da hoch, mich am oberen Ende der Treppe aufbauen und jemanden als falsche Schlange bezeichnen!«

»Und ich will gern wie eine falsche Schlange in einem voluminösen Ballkleid die Stufen hinunterschreiten, während sich Schweigen über den Raum legt«, fügte Rudi hinzu.

Die Weihnachtsfrau hatte ihre Jacken weggebracht und kehrte jetzt mit Gläsern für sie zurück. Das rote, perlende Getränk darin stellte sich bei näherer Untersuchung als üble Mischung von Glühwein und Champagner heraus, das beim ersten Schluck wie Hustensaft schmeckte. Beim vierten Schluck zwar immer noch, das störte dann aber nicht mehr so sehr, weil man längst die Geschmacksnerven betäubt hatte.

Carmen sah sich um. Die Gäste bestanden überwiegend aus selbstgefälligen wohlgenährten Männern mit roten Bäckchen, deren dünne, nervöse Frauen gelegentlich ein Zittern überlief wie kleinen Hündchen.

Alle hielten sich beim Alkohol ran.

Ein großer, fröhlich wirkender Pianist mit knallenger Smokingjacke spielte extrem kunstvolle Coverversionen von Mariah-Carey-Songs. All das Geklimper und die Kapriolen ließen Carmen davon ausgehen, dass er wohl ziemlich teuer sein musste.

Sie war froh, dass sie das Kleid angezogen hatte. Eigentlich hatte sie befürchtet, dass sie darin frieren würde, aber hier herrschten ja tropische Temperaturen, weshalb auf den teuren Hemden der lauten Männer bereits hier und da Schweißflecken zu sehen waren. Carmen roch auch Zigarrenrauch, und der Lärmpegel war unglaublich. Irgendwann vernahm man aber vom oberen Ende der Treppe her ein durch ein Mikrofon verstärktes Räuspern.

»Nein!«, rief Idra. »Meinst du, es wird gleich jemand fragen, welche von den Anwesenden seine Mutter ist?«

Aber es war natürlich Jackson McClockerty. Er trug eine

leuchtend rote Hose mit Stewart-Tartan, in der seine Hüften unglaublich fett aussahen. Beim Anblick der sich bauschenden Hosenbeine konnte man fast glauben, die würden gleich wie zwei Ballons in die Luft aufsteigen. Außerdem hatte er sich für ein weißes Hemd mit Rüschen, eine katastrophale Weste und eine groteske Bonnie-Price-Charlie-Jacke entschieden, die ihm beide zu eng waren – die riesigen eckigen Goldknöpfe der Weste würde er niemals zuknöpfen können.

»Ich heiße euch alle ganz herzlich willkommen in meinen bescheidenen vier Wänden!«, dröhnte er.

Alle jubelten und lachten. Als Carmen den Blick schweifen ließ, fiel ihr auf, dass der Teppich mit dickem Flor ganz schön vollgekrümelt wurde. Sie fragte sich, wer hier wohl später sauber machen würde.

Und ob das nun so beabsichtigt war oder nicht – für sie sah Jackson McClockertys Frau aus wie die menschliche Version einer Quality-Street-Praline, konkret wie die mit Haselnuss-Karamell-Füllung. Ihr Kleid saß eng und hatte über dem glänzenden Oberteil eine Tüllschicht, die zum Gesicht hin aufgefächert war. Dazu kamen leuchtend gelbe Haare, kernkraftstrahlend weiße Zähne und sich stolz der Welt entgegenreckende Wimpern und Brüste. Von Zeit zu Zeit wurden McClockerty so bewundernde Blicke von ihr zuteil, dass Carmen fast ein wenig eifersüchtig auf die beiden wurde. Und es munterte sie direkt ein bisschen auf, dass er seine Gattin offensichtlich für die schönste Frau der Welt hielt.

»Heute Abend gibt es Livemusik – mit mir als Stargast!«, rief der Gastgeber.

Normalerweise hätte Carmen angesichts so einer Ankündigung mit Gelächter gerechnet, aber hier jubelten alle nur. Jeder schien seine Großspurigkeit zu schätzen zu wissen.

Während ein professionell aussehender Fotograf zu knipsen begann, strömten hinter ihnen immer mehr Gäste herein, sodass sie lieber in das große Wohnzimmer weitergingen. Dort standen überall cremefarbene Ledersofas mit pinkfarbenen Kissen herum, bestickt mit Sprüchen wie »Leben – lachen – lieben« oder »Trautes Heim, Gin allein« oder »HIER WOHNT FRAUCHEN« und »Die Regeln des Hauses: Lach, sei nett und TRINK GIN!«.

Carmen bemerkte zwei wuschelige weiße Hunde mit Schleifchen auf dem Kopf, die entweder sich gegenseitig oder jegliche an ihnen vorbeikommenden Gäste anknurrten und -kläfften. Der enorme Raum mit Gewölbedecke erstreckte sich bis zum hinteren Bereich des Hauses, wo große Glastüren mit den geblümtesten, gerüschtesten Vorhängen eingefasst waren, die Carmen je gesehen hatte. Es gab sogar einen Querbehang mit goldenen Troddeln.

Carmen stand immer noch da und starrte wie hypnotisiert die Gardinen an, als Idra sie am Arm berührte und ihr ein neues, dieses Mal rosafarbenes Getränk reichte, das mit einer Zuckerstange dekoriert war.

»Den musst du probieren«, sagte sie. »Er wird als Minkys selbst kreierter Weihnachtscocktail angepriesen.«

»Wer ist denn Minky?«, fragte Carmen.

»Das ist Jacksons Frau.«

»Seine Frau heißt Minky?«

»Nein, sie heißt Melinda, aber ihre engen Freunde nennen sie wohl Minky, daher machen wir das auch. Oh, und mich haben Paparazzi ins Visier genommen!«

»Ich kenne diese Frau doch gar nicht«, murmelte Carmen.

»Na ja, sie stellt jedenfalls Drinks wie diesen hier zusammen«, sagte Idra.

Carmen schaute sich um. »Und wohin ist Rudi entschwunden?«

»Der hat wohl ein paar Leute getroffen, die er kennt.«

»Na, das kann ich mir vorstellen«, sagte Carmen ein wenig sehnsüchtig. Sie hatte doch auch viele Freunde, sagte sie sich. Nur leider lebten die meisten davon auf der anderen Seite des Landes, und sie hatte sich im Laufe des letzten Jahres nicht besonders darum bemüht, den Kontakt aufrechtzuerhalten. Plötzlich kriegte jeder Kinder, womit sie nicht einmal mehr Lust hatte, die Instagram-Posts ihrer Freunde zu liken. Allen tolle Geschenke schicken wollte sie erst recht nicht.

»Er führt gerade die Polonaise an.«

Carmen lächelte. »Gott, wenn er nicht so lieb wäre, wäre er absolut unerträglich.«

»Na ja, weiter hinten kann er sich auch kaum einreihen«, sagte Idra. »Da würde er die Schlenker und Kurven ja nicht gut hinkriegen.«

»Idra!«

»Was denn?«

Idra war nicht entgangen, wie sehr Carmen es hasste, wenn die Leute Rudis Arm erwähnten, obwohl es ihm selbst gar nichts ausmachte. Interessant.

Carmen nippte an dem Getränk. Es war klebrig, süß, widerlich und heftig wie ein Schlag ins Gesicht. »Um Himmels willen!«, rief sie aus. »Hat Jackson vielleicht nebenbei noch in ein Bestattungsunternehmen investiert?« Sie nahm einen weiteren Schluck und lutschte dann an der Zuckerstange. Beim zweiten Mal schmeckte es schon nicht mehr so furchtbar, vor allem nicht nach dem Hustensaft-Gebräu.

»Komm, guck dir das mal an«, sagte Idra, die bereits einen guten Überblick über das Partygeschehen gewonnen hatte. Als sie einen Bogengang durchschritten, nahm Carmen verblüfft die Prägetapete zur Kenntnis, die sie eigentlich eher mit den Zeiten ihrer Großmutter assoziierte. Dass es so etwas noch gab!

Die beiden Frauen erreichten einen Wintergarten, in dem ein großes Büfett vorbereitet war.

»Ist das etwa ein Krabbenteller?«, grinste Carmen.

»O ja!«, rief Idra aus. »Und guck mal, individuelle Biskuitröllchen!«

»Ich liebe Biskuitrollen!«

»Und es gibt kleine Weihnachtspuddinge, in denen sich aus irgendeinem Grund ganze Orangen verstecken.«

»O mein Gott!«

»Lachs mit Blattgold!«

»Pralinierte Pralinen!«

Sie schnappten nach Luft und brachen in prustendes Gelächter aus.

Carmen war in einer ganz normalen Wohnsiedlung groß geworden. Als Sofia erst zur Uni gegangen und dann nach Edinburgh gezogen war, hatte sie miterlebt, wie ihre Schwester nach und nach immer mehr Wert auf Dinge gelegt hatte, die sie als Inbegriff guten Stils verstand: Essen nur aus Bioprodukten, Holzspielzeug und lauter andere entsprechende Sachen, die für Carmen reine Angeberei waren.

Auch das hier war Angeberei, aber auf entgegengesetzte Art und Weise. Hier war man in die Vollen gegangen, hatte ordentlich auf den Putz gehauen, und so etwas Lächerliches wie das Resultat hatte Carmen noch nie gesehen. Irgendwie rief das in ihr aber auch ein mulmiges Gefühl wach. Es gab einfach so viel zu essen! Sie sah einen rundlichen Mann mit Golfpullover und leuchtend roten Wangen, der sich ein Stück Rinderbraten nach dem nächsten auf den Teller packte – wer sollte das denn alles verputzen?

Dann schnitt er sich mehrere Scheiben Stopfleber ab. (Sie stammten von einer Rolle, die noch eine Banderole mit der riesigen Aufschrift FOIE GRAS IN HÖCHSTER QUALITÄT trug, damit auch niemand davon ausging, dass es sich um irgendetwas moralisch Akzeptableres handelte.) Dazu kamen Lachs und eine ordentliche Portion knusprig warme Pommes, die eifrig hin und her eilendes Personal gerade gebracht hatte.

»Du meine Güte«, murmelte Carmen. »Das gefällt mir gar nicht. Wurstbrötchen hätten doch auch gereicht. Oder vielleicht einfach nur Pommes.« Sie schaute sich um. »Und ich glaube, letzten Endes ist Mr McCredie gar nicht gekommen. Ob das nun ein gutes oder ein schlechtes Zeichen ist, könnte ich allerdings nicht sagen. Vielleicht wandelt er auch auf der Suche nach der Bibliothek durchs Haus, oder er hat einmal am Punsch genippt und ist seitdem außer Gefecht gesetzt.«

Idra kniff die Augen zusammen. »Bronagh ist auch nicht hier. Meinst du, die führt irgendwas im Schilde?«

»Wie jetzt, und deshalb ist Mr McCredie lieber zu Hause geblieben?«, schnaubte Carmen.

Da die Leute sie ansprachen, wurde bald klar, dass die beiden kleinen Hunde Brandy und Whisky hießen. Sie tollten unter den Tischen mit den langen Tischtüchern herum und warteten darauf, dass jemandem hier und da etwas vom Essen herunterfiel. Tatsächlich passierte das ständig, wenn sich Leute noch mehr Sachen auf die bereits vollen Teller luden.

»Okay, eins muss ich zugeben: Es ist wirklich dekadent«, sagte Idra. »Das Essen sollte er lieber rüber zum Hilfsprojekt am Grassmarket bringen.«

»Vielleicht spendet er da nachher die Reste«, überlegte Carmen.

Nachdem sie einen Moment die Meute beobachtet hatten, die das Büfett plünderte, sagte Idra: »Ich glaube nicht, dass es Reste geben wird.«

Ein Mann mit dem größten, buschigsten Schnurrbart, den Carmen je gesehen hatte, schob sich an Idra heran. Er trug einen teuer wirkenden Anzug und lächerliche Slipper.

»Hey, Babe«, sagte er.

»Hey«, antwortete Idra. »Cooles Kostüm.«

Der Mann runzelte die Stirn. »Was meinst du?«

Idra zupfte an seinem Schnurrbart, aber der saß bombenfest. »Oh«, sagte sie. »Ooh.«

»Wegen Movember«, erklärte der Mann und betrachtete sich in einem großen Spiegel an der Wand, auf dem mit krakeligen schwarzen Buchstaben »LIEB! UND LACH! FÜR IMMER!« stand. »Aber er hat mir so gut gefallen, dass ich beschlossen habe, ihn nicht abzurasieren.«

»Mir gefällt er auch«, sagte Idra.

»Idra!«, zischte Carmen.

»Darf ich ihn mal streicheln?«

An diesem Punkt gab Carmen es auf, nahm noch einen Schluck aus ihrem Glas und schlenderte zurück ins Wohnzimmer, wo eine Musikanlage aufgebaut war und jetzt Jackson auf einem mobilen Podium stand. Die fetten Lautsprecher würden womöglich die Scheiben zum Zerbersten bringen.

»ALLES KLAR BEI EUCH?«, brüllte Jackson ins Mikro. Plötzlich sprach er mit amerikanischem Akzent.

»Yeah!«, antworteten alle laut, ebenfalls mit amerikanischem Akzent.

»Ich hab gefragt: IST ALLES KLAR BEI EUCH?«, rief der Bruce Springsteen der Ramschläden.

Minky hatte sich vor der Bühne postiert und himmelte ihn an.

»YEAH!«

»Na, dann mal los!«

Hinter McClockerty griffen drei gelangweilt wirkende Studiomusiker nach ihren Instrumenten.

»Und eins und zwei und eins, zwei, drei …«

Carmen hatte eigentlich *I Wish it Could Be Christmas Every Day* oder *I Saw Mummy Kissing Santa Claus* erwartet.

Stattdessen ertönte vom Schlagzeug vorangetrieben ein pulsierender Rhythmus, Jackson kniff die Augen zusammen, schob sich eine Locke mit friseurfrischen Strähnchen aus der Stirn und schwang zackig das Bein in die Luft. Mit tiefer, ächzender Stimme begann er *Like I Love You* von Justin Timberlake zu singen, wobei er es sich auch nicht nehmen ließ, mit der Hüfte zu wackeln und sich den karierten Fedorahut tief in die Stirn zu ziehen.

Carmen klappte schon wieder die Kinnlade herunter. Mit stolpernden Schritten zog sie sich rückwärts zurück, damit niemand mitbekam, dass sie in hysterisches Gelächter auszubrechen drohte, vor allem, als Jackson mit dem langsamen Rapteil begann, der extra sexy sein sollte.

Als schließlich die Lichtshow losging, schienen alle anderen voll mitzugehen.

Allerdings waren nach den beiden besonderen Partycocktails ja alle Gäste sturzbetrunken. Carmen war selbst ein wenig benommen und verlor gerade langsam die Kontrolle über ihre Gefühle.

Der Raum war voll mit reichen Golfplatz-Typen, die herumtänzelten, so wie reiche Golfplatz-Typen eben tanzten, und der Lärm war ohrenbetäubend.

Verzweifelt sehnte sich Carmen nach ein bisschen frischer Luft. Sie konnte den Geruch von zig sich vermischenden Sorten Parfüm und Rasierwasser, von intensiven Duftkerzen, von Schweiß und einer Mischung aus Champagner und Kaviarfahne (die vermutlich roch wie die Blubberblasen eines Fisches) nicht mehr ertragen, und auch die überhitzte Luft nicht.

Deshalb ging sie zur Haustür und nach draußen, wo inzwischen ein paar Flocken vom Himmel fielen und wo vor allem etliche jüngere Leute herumstanden, rauchten und verzweifelt versuchten, sich warm zu halten.

Unter denen entdeckte sie Rudi. Er rauchte nicht, brachte aber gerade eine junge Frau damit zum Lachen, dass er ihr mit den Zähnen ein Tuch um den Hals wickelte.

Plötzlich durchfuhr Carmen ein stechendes Gefühl von Eifersucht. Warum wurde sie eigentlich nie so von jemandem geneckt?

Jetzt lachte die junge Frau laut auf und schlang das Tuch Rudi um den Hals, um ihn damit zu sich heranzuziehen. Mit seinen zackigen Augenbrauen und dem spitzen Kinn sah er ein bisschen aus wie ein frecher Faun, dachte Carmen.

Rudi schien zu spüren, dass ihn jemand beobachtete, schaute auf und bemerkte sie. Ein Strahlen legte sich über seine Miene. »Was denn, ist etwa der Auftritt von Dingsbums McTimberlake nichts für dich?«

Carmen zitterte. Nach der Hitze im Haus war es hier draußen unerträglich kalt. »Ich kriege langsam Kopfschmerzen«, antwortete sie. »Keine Ahnung, warum. Früher fand ich Partys mal toll.«

»Ich liebe Partys!«, rief die junge Frau mit dem Halstuch aus, um Rudis Aufmerksamkeit wieder auf sich zu lenken.

Rudi lächelte sie an. »Oh, Crystal, und ob! Wollen wir wieder reingehen und tanzen?«

Crystal grinste und setzte sich in Bewegung.

»Gib mir eine Sekunde!«, bat Rudi.

»Aber lass mich nicht warten!«, mahnte sie und warf ihm im Gehen eine Kusshand zu.

Carmen sah ihn an. »Na, ich denke mal, das wäre geritzt.«

Er lächelte. »Crystal ist eine ganz Nette.«

»Hm«, machte Carmen und fragte sich, warum sie eigentlich so schlechte Laune hatte. Sie war auch nett, war sogar viel zu lange nett und brav gewesen.

Hier draußen war immer noch das Wummern der Musik zu hören, Jacksons sexy Gesang aber nicht mehr, also war es gar nicht so schlimm. Schnee fiel mittlerweile keiner mehr, aber er hatte eine zarte, weiße Schicht hinterlassen, auf dem Dekoschnee im Garten und auch auf dem riesigen gedrungenen Haus und der Garage mit Platz für vier Autos, die dadurch gar nicht mehr so übel wirkten. Tatsächlich herrschte hier am Ende der Sackgasse jetzt eine beinahe romantische Stimmung.

Carmen hatte Idra längst aus den Augen verloren und war ein bisschen beschwipst. Als sie ein wenig näher an Rudi heranrückte, hätte sie kaum guten Gewissens behaupten können, dass sie nicht wusste, was sie da tat.

Rudi grinste und blickte sie geduldig an. »Du siehst in diesem Kleid wirklich toll aus.«

Carmen kniff die Augen zusammen und realisierte, dass sie schon seit Ewigkeiten kein richtiges Kompliment mehr bekommen hatte. Okay, Phoebe machte ihr oft welche, vor allem, wenn sie etwas Langes, Geblümtes trug, womit sie wie ein Amishmädchen aussah. Aber von einem Mann hatte sie so etwas schon lange nicht mehr gehört.

Sie grinste Rudi an, musste sich aber eingestehen, dass sie nicht einmal mehr wusste, wie man flirtete. Überhaupt nicht mehr. Dann fuhr ihr plötzlich ein anderer Gedanke durch den Kopf: Was würde Sofia wohl davon halten, wenn sie hier mit ihrem Angestellten turtelte? Den sah sie doch bestimmt als ihr Eigentum an.

Sofia würde angesichts dieser Szene die Augen verdrehen und ihre Schwester dann mit einem enttäuschten, aber nicht überraschten Blick bedenken.

Das rief in Carmen ein nur noch merkwürdigeres Gefühl wach. Warum? Warum durften alle anderen Spaß haben und sich amüsieren? Selbst diese Gestalten hier im Haus, die sich am Büfett und an der Musik erfreuten, ließen es sich einfach gut gehen, statt sich, wie sie während des ganzen letzten Jahres, ständig den Kopf zu zerbrechen.

Carmen rückte noch ein paar Zentimeter näher an Rudi heran und nahm einen tiefen Schluck aus ihrem Glas.

»Du weißt schon, dass das Zeug eigentlich Abflussreiniger ist, oder?«, sagte Rudi.

»Und, hast du damit ein Problem?«

»Ganz und gar nicht!«

Er hielt sein eigenes Glas hoch, ein Martiniglas, in dem sich tatsächlich auch ein Martini befand. »Ich wusste zum Glück, dass Jackson reich genug ist, um einen richtigen Barmann zu engagieren.«

»Und wo ist der zu finden?«, fragte Carmen. Sie hatte sich verzweifelt nach etwas anderem als diesen weihnachtlichen Mixturen umgesehen.

»Im VIP-Bereich.«

»Es gibt hier einen VIP-Bereich?«

Rudi grinste. »Na, klar!«

Carmen schüttelte den Kopf. »Sag nichts – etwa das Klo im Keller?«

»Nein, das Dschungelzimmer«, antwortete Rudi mit vollem Ernst.

»McClockerty hat ein Dschungelzimmer?«

»Allerdings.«

Carmen musste wieder lachen. »Ich wette, du würdest hier gern einen Job als Babysitter landen.«

»Die sind nur Hundeeltern«, erwiderte Rudi grinsend. »Jackson hat wohl eine ganze Schar von Kindern aus seinen ersten zwei Ehen, die er aber nie sieht.«

»O Gott«, murmelte Carmen. »Warum hab ich mich auf diese Party nur eingelassen? Ich werde doch nicht einmal auf ein paar Meter an Jackson herankommen. Eigentlich wollte ich an seine gute Seite appellieren, damit er der Buchhandlung nicht mehr diese Angebote macht. Aber er ist offensichtlich ein Mensch, der sich selbst total super findet, und hat überhaupt kein Gewissen. Warum sollte er auch?« Sie seufzte.

»Was hätte denn deiner Meinung nach passieren sollen?«, fragte Rudi.

Carmen zuckte mit den Achseln. »Ich dachte … ich würde ihm die positiven Aspekte aufzeigen können. Dass durch das Fortbestehen von schönen Geschäften in Edinburgh auch mehr Touristen in seine Ramschläden kommen.«

Rudi lachte. »Ja, das ist ein durchaus überzeugendes Argument.«

»Aber wenn ich mir jetzt so sein Haus ansehe«, fuhr Carmen fort, »dann wird mir klar – dass er einfach Kram liebt. Wahrscheinlich findet er diese Schottenmützen mit roten Haaren hinten dran tatsächlich lustig und hält ein Schild mit der Aufschrift ›Hier residiert ein verwöhnter Highland Terrier‹ für das beste Geschenk aller Zeiten!«

»So eins hab ich eben bei ihm in der Küche gesehen.«

»Ja, ich auch«, seufzte Carmen. »Er wird einfach eine Riesensumme bieten und den Laden übernehmen, oder? Ihn uns vor der Nase wegschnappen. Dann wird er mit den Gemeinderatsmitgliedern zusammen um das jährliche Opferfeuer tanzen, wonach sie ihm sogar noch die Gewerbesteuer erlassen werden.«

»So etwas würde doch kein Gemeinderat je tun«, sagte Rudi laut hörbar.

»Viel länger wird Mr McCredie nicht widerstehen können. Ihm bleibt einfach nicht viel Zeit.«

»Aber konzentrieren *wir* uns doch auf etwas Positives«, schlug Rudi vor. »Wenigstens gibt es beim Barmann gute Martinis. Hier, probier mal.«

Carmen nahm einen Schluck und keuchte auf.

Der Drink war herb und stark, mit einem gewissen Etwas.

»Na, also«, sagte Rudi. »Und, wie wär's, wenn ich dich jetzt in den VIP-Bereich schmuggle?«

»Nein, auf den Dschungelraum hab ich keine Lust, vielen Dank auch.«

»Willst du nicht wenigstens mal gucken?«

Jedes Mal, wenn die Tür kurz auf- und wieder zuging, war zu hören, wie jemand krumm und schief den Song *Mirrors* zum Vortrag brachte, aber auf äußerst ernst gemeinte Art und Weise.

Carmen warf einen schnellen Blick ins Haus.

Dort war Jackson auf ein Knie gesunken und widmete

das misstönende Lied seiner Frau, während die Bandmitglieder mit ihren tief sitzenden Jeans gelangweilter denn je wirkten.

Minky presste entzückt die Hände gegeneinander.

»Nein«, sagte Carmen traurig. »Ich denke nicht … dass das etwas bringen würde. Ich hab es heute Abend wirklich versucht … aber das hat nichts gebracht.«

»Na, wie wäre es dann, wenn wir uns eine Flasche Champagner schnappen und hier verschwinden? Oder möchtest du vielleicht noch ein bisschen Lachs mit Blattgold?«

Carmen verzog das Gesicht.

»Nein, hast ja recht. Wir finden schon etwas anderes.«

Plötzlich öffneten im hinteren Bereich des Hauses ein paar der jungen Frauen in sexy Weihnachtskostümen die Glastüren.

In Carmen war Aufregung aufgeflackert, als Rudi ihr vorgeschlagen hatte, sich hier zu verziehen. Was hatte er damit gemeint? Wo hatte er denn hingewollt?

Rudi war immer umgeben von einer Aura aus Spaß und Vergnügen, und man hatte das Gefühl, dass in seiner Gegenwart einfach alles passieren könnte.

Kein Wunder, dass die Kinder ihn vergötterten, obwohl deren Erwartungen vermutlich ein wenig anders als die von Carmen aussahen.

»Wir können trotzdem noch ein bisschen Spaß haben«, flüsterte Rudi mit einer Stimme, die jegliche Zweifel an seinen Absichten beiseitewischte.

Und in diesem Moment, in dem Carmen nicht nur Monate voller Stress und Traurigkeit hinter sich hatte, sondern auch zwei Cocktails intus, traf sie eine Entscheidung.

Was war denn das Schlimmste, was passieren konnte, wenn sie alle Vorsicht in den Wind schlug? Idra kuschelte sich in diesem Moment doch sicher längst in die Arme des blonden Schnurrbartträgers und dachte sich nichts dabei.

»Und was ist mit Crystal?«, flüsterte sie.

»Oh, die kann mitkommen, wenn sie will.«

»Nein, kann sie nicht!«, versetzte Carmen mit mehr Nachdruck als eigentlich beabsichtigt.

Ein Lächeln auf den Lippen, betrachtete Rudi sie mit seinen mandelförmigen, beinahe goldenen Augen. »Na gut.«

Als er mit seiner rechten Hand nach ihrer linken griff und sie drückte, erbebte Carmen wieder, aber dieses Mal nicht vor Kälte.

Mittlerweile war die Musik verstummt, und die Gäste strömten nach draußen.

»Und nun«, ertönte Jacksons Stimme, »ist es an der Zeit für … die große Erleuchtung!«

Kapitel 29

Aus leistungsstarken Lautsprechern ertönte Orchestermusik, eine opulente Melodie, die Carmen durch Aftershave-Werbespots bekannt vorkam.

Verschwitzt stand Jackson im Durchgang zwischen Haus und Garten und rief laut: »Jetzt!«

Alle johlten und klatschten, als über dem Garten ein riesiges Feuerwerk zu funkeln begann.

Der nächste Schritt von Jacksons »Erleuchtung« ließ alles eher noch billiger wirken: In einer anderen Ecke des Gartens wurden neue Leuchtdekorationen eingeschaltet, nämlich ein riesiger Weihnachtsmannschlitten, bei dessen acht Rentieren die Nasen rot leuchteten, und eine goldene Krippe, deren Figuren alle einen Heiligenschein in einem grellen Orangeton hatten, dann eine Szene mit einem Weihnachtsmann-Thron, um den herum sexy Elfen in Grün und Rot flackerten. Das alles wurde vom weiterhin am Himmel zuckenden Feuerwerk begleitet.

Fassungslos betrachtete Carmen das Spektakel.

Im Haus drehten Brandy und Whisky völlig durch. Alle anderen Hunde in der Nachbarschaft, von denen es so einige zu geben schien, fielen in ihr Jaulen und Bellen mit ein, sodass man die Musik kaum noch hören konnte.

Plötzlich schoss eine enorme Rakete gen Himmel. Als sie wieder herunterkam, leuchtete im Garten das gefrorene

Schloss aus *Die Eiskönigin* auf. Es war so hoch wie das Haus und mit Tausenden glitzernden weißen Lämpchen versehen.

Am Himmel regnete es weiße Funken, und die Menge keuchte auf.

Das Schloss flackerte einmal, zweimal – bevor es mit einem ohrenbetäubenden Knall erlosch. Dann gingen auch alle anderen Leuchtdekorationen aus. Als Nächstes waren die Lichter im Haus dran, die Musik verstummte jählings, und auch das andere Ende des Gartens, das doch weit weg lag, versank in Finsternis. In den Nachbarhäusern auf beiden Seiten wurde es dunkel.

Übrig blieb nur noch das immer wütendere Bellen und das Kreischen einer einzelnen Frau – womöglich Minky.

Alle anderen waren mit Stummheit geschlagen und wie erstarrt.

Rudi stand neben Carmen und schob sein spitzbübisches Gesicht nah an sie heran. »Schnell!«, sagte er. »Gleich bricht hier absolutes Chaos aus!«

Nachdem er sein Handy zwischen die Zähne geklemmt und die Taschenlampenfunktion eingeschaltet hatte, rannten sie in den Wintergarten.

Rund ums Büfett waren Flecken von achtlos verschütteten Getränken und verstreuten Essensresten zu sehen, die sich im teuren Teppich festgetreten hatten.

Die beiden Hunde waren auf den Tisch gesprungen und machten sich dort über einen riesigen Schinken mit Honigkruste her.

Carmen schnappte sich eine Flasche Champagner und huschte weiter durch das gruselig dunkle Gebäude auf die Haustür zu.

Dort suchten die zwei nach ihren Jacken, während vom

Garten her immer lauterer, wüsterer Lärm zu hören war. Offensichtlich waren die Gäste trotz all des Alkohols und der vollen Bäuche genervt und zum Streit aufgelegt.

»Schnell!«, mahnte Rudi wieder. »Bevor die Meuterei losgeht.«

Sie liefen hinaus auf die finstere Straße, an der die Laternen erloschen waren und die nur gelegentlich von an der Sackgasse vorbeifahrenden Autos erhellt wurde. Erst im Dunkeln fiel ihnen auf, dass dieser Bereich der Vorstadt von einem ziemlich unheilvoll wirkenden Wald umgeben war.

Die beiden konnten mit dem Lachen überhaupt nicht mehr aufhören, als sie die Queensferry Road entlangliefen. An einer ziemlich geschäftigen Kreuzung herrschte Tohuwabohu, weil auch die Ampeln ausgefallen waren und die dort festsitzenden Fahrer einander wütend anhupten.

»Bis morgen früh ist noch ziemlich viel Zeit«, bemerkte Rudi, schob sich die Champagnerflasche zwischen die Knie und entfernte geschickt mit einer Hand den Korken.

»Du hast ja ganz schön coole Tricks auf Lager«, sagte Carmen.

»Schätzchen, das war noch gar nichts!«

Carmen rief kurz bei Idra an, die ihr erzählte, dass bei den McClockertys zwar alle durchdrehten, dass es ihr und Schnurrbart-Hendrik aber gut ging und sie sich gerade ein Picknick zusammenstellten, um es mit nach Hause zu nehmen.

Carmen riet ihr, vom Schinken lieber die Finger zu lassen.

Dann liefen sie und Rudi weiter, nahmen hier und da einen Schluck aus der Flasche und winkten anderen kichernden Feiernden zu, die sich ebenfalls auf dem Heimweg durch einige Schneewehen auf den Gehsteigen kämpften.

Offenbar war für die ganze Stadt Schluss mit lustig: Auch in den edlen Kneipen und teuren Restaurants war der Strom ausgefallen, in Wohnungen, in denen eben noch laute Hauspartys gestiegen waren, war Ruhe eingekehrt, in den zauberhaften Hotels waren die Fernseher ausgegangen, und die Aufzüge fuhren nicht mehr.

Das Kreischen von Sirenen zerriss die Luft. Als sie einen höher liegenden Teil der Stadt erreichten, drehte Carmen sich um. Ein leuchtend heller Vollmond stand am Himmel, und sie entdeckte ein einziges wie ein Diamant funkelndes Gebäude. Es musste wohl das Western-General-Krankenhaus sein, das über Notgeneratoren mit Strom versorgt wurde. Sie war wirklich froh, dass dort alles funktionierte und die Patienten nicht in Gefahr waren.

Dann überquerten Rudi und sie die Straße und liefen weiter bergauf, immer voran in Richtung Altstadt. Sie hatten nicht abgesprochen, welches Ziel sie da ansteuerten. Aber es war nicht das Haus von Sofia.

Kapitel 30

Als sie ankamen, konnte Carmen an nichts anderes mehr denken als an all die schlimmen Sachen, die sie gleich zusammen anstellen würden.

Zwar gaben sie sich Mühe, leise zu sein, aber Carmen konnte sich nicht vorstellen, dass sie Mr McCredie wecken würden. Sie wusste nicht einmal, wo genau im Haus ihr Chef schlief oder ob er überhaupt schlief. Vermutlich blieb er die ganze Nacht wach und verschlang Bücher darüber, wie man einen Seehund häutete. Versuchsweise betätigte sie einen Schalter, aber der Strom war wohl immer noch in der ganzen Stadt ausgefallen. Mit seinen Dekorationen und »der großen Erleuchtung« hatte Jackson vermutlich das System so überlastet, bis es zum allumfassenden Knall gekommen war.

Aber das störte Carmen jetzt nicht. Da man ihr die Aufregung sonst wohl angesehen hätte, war ihr eine Kerze ohnehin lieber.

Von Aufregung konnte bei Rudi natürlich nicht die Rede sein, wofür Carmen zutiefst dankbar war. Glucksend durchsuchte er in der Küche die Schränke, bis er zwei Gläser mit flachem Boden und eine unglaublich staubige Flasche Whisky gefunden hatte. Mit gerunzelter Stirn schaute er Carmen an.

»Was denn?«

»Na ja … die ist wirklich uralt. Wenn er davon irgendwo noch eine ungeöffnete rumstehen hat, könnte er die vermutlich verkaufen, seine Reise finanzieren und all eure Probleme lösen.«

Carmen verdrehte die Augen. »Lass es gut sein.«

Rudi schnappte sich mit der Hand die beiden Gläser.

»Nimmst du die Kerze?«

Carmen griff danach und erhellte ihnen den Weg nach oben. Während sie Stufe um Stufe hinaufstieg, war ihr dabei überdeutlich bewusst, dass Rudi ganz nah hinter ihr blieb. Ihre Nerven waren bis zum Zerreißen gespannt.

Es war schon so lange her, so unglaublich lange, und vielleicht hatte sich da ja inzwischen etwas geändert. Womöglich wusste sie gar nicht mehr, wie es ging.

Abgesehen davon, war Rudi möglicherweise an jede Menge ausgefallene Praktiken gewöhnt, von denen sie noch nicht einmal gehört hatte. Er hatte so viel Erfahrung und wollte vielleicht irgendwas mit Küchengeräten anstellen, wofür man sich furchtbar verrenken musste … O Himmel!

Als sie das oberste Stockwerk erreichten, erwartete sie etwas Wunderbares: Durch den gleißenden Mondschein war es im Wintergarten so hell, als hätten sie das Licht eingeschaltet.

»Hey, hey!«, sagte Rudi. »Guck dir das mal an!«

Er stellte die Gläser auf das Marmortischchen und ging zu den Pflanzen hinüber. Nachdem er die Finger in den größten Blumentopf geschoben hatte, zog er sie lächelnd zurück. »Du hast sie ja gegossen!«

Carmen lächelte. »Stimmt.«

»Die werden alle wieder zum Leben erwachen«, versprach Rudi und schaute sich um.

»Hier gibt es so einiges, was wieder zum Leben erweckt werden müsste«, sagte Carmen und schluckte heftig.

Beide nahmen einen Schluck vom süßen, rauchigen Whisky, blickten hinaus auf die durch den Stromausfall dunkle Stadt und zum riesigen hellen Mond.

Aus weiter Ferne konnte man die Rufe fröhlicher Nachtschwärmer hören, denen Kälte und Schnee offenbar nichts ausmachten. Wie einst vor langer Zeit erhellten Kerzen den Grassmarket. Es war alles ein wenig schauerlich, aber unfassbar schön.

Carmen spürte, wie das Herz in ihrer Brust raste.

Langsam und behutsam trat Rudi an sie heran. Er wirkte jetzt nicht mehr so schelmisch wie sonst, sondern ernster, war aber ganz ruhig und gelassen, während Carmen eher an ein aufgescheuchtes Huhn erinnerte. Ja, sie war aufgeregt, furchtbar nervös.

Als sie ihn anschaute, brachen all die Ängste und Sorgen plötzlich aus ihr heraus. »Oh, Rudi!«, sagte sie. »Alles war … einfach so schwierig.« Mit einem Mal hatte sie Angst, dass bei ihr gleich Tränen fließen würden. »Es ist so lange her«, sagte sie. »Und ich …« Sie schüttelte den Kopf und lachte dann ein wenig hysterisch, was immerhin besser war, als zu heulen. »Also, in letzter Zeit ist diesbezüglich alles schiefgegangen, deshalb bin ich komplett aus der Übung. Ich habe keine Ahnung, was ich hier mache und was von mir erwartet wird. Ich fühle mich einfach … Na ja, es ist fast so, als würde ich das gerade zum ersten Mal machen. Als müsste ich wieder ganz von vorn anfangen.«

Vielleicht lag es ja am Mondlicht, es war nämlich ganz untypisch für Carmen, so über ihre Gefühle zu sprechen, völlig offen und ehrlich zu sagen, was sie empfand.

»Mir kommt es vor, als hätte ich einen Winterschlaf hinter

mir, als hätte ich mich unter meinen Klamotten versteckt. Ich hab einfach nur gearbeitet und alles andere ignoriert, war bloß ein hässliches Knäuel aus lauter Blödsinn und Sorgen.«

»So empfinden wir das doch alle«, wandte Rudi tröstlich ein.

»Sofia aber nicht.«

»Ich bin mir sicher, dass Sofia so etwas manchmal auch durch den Kopf geht«, überlegte Rudi. »Oder vielleicht fühlt sie sich ständig wie eine Verrückte am Rande des Burn-outs.«

»Hm«, machte Carmen. »Das ist das, was nur reiche, erfolgreiche Leute kriegen, oder?«

»Denk jetzt nicht an Sofia«, bat Rudi. »Denk an überhaupt nichts.« Er kam noch näher und strich ihr ganz sanft übers Haar.

Carmen wurde klar, dass sie sich nach so etwas verzehrt hatte. Manchmal krabbelte Phoebe auf ihr herum, obwohl auch das mit zunehmendem Alter immer seltener passierte. Sonst war sie schon lange von niemandem mehr berührt worden, deswegen lechzte sie geradezu nach Körperkontakt, nach einer ganz schlichten menschlichen Berührung. Ihr Leben war so einsam und kalt gewesen.

Und deshalb stützte sie den Kopf in Rudis Hand, nur ein kleines bisschen. Wieder rückte er etwas näher, ganz langsam, als wäre sie etwas Zerbrechliches, als bestünde die Gefahr, dass sie sich plötzlich in Luft auflösen würde.

»Und ich weiß gar nicht, wie man ausgefallene Sachen mit Schaukeln und so macht …«, sagte Carmen mit immer noch zitternder Stimme.

»Mit Schaukeln und so?«, fragte Rudi amüsiert wie üblich.

»Na ja, halt so bizarres Zeug.«

»Es gibt kein bizarres Zeug«, sagte Rudi. »Es gibt nur Menschen und Körper und Sachen, die sie beide – die sie alle – machen wollen. Zusammen. Das Ganze sollte schon eine gemeinsame Unternehmung sein. Es ist jedes Mal anders, jedes Mal neu und deshalb auch immer das erste Mal. Das ist doch das Schöne daran.«

Als er jetzt noch ein bisschen näher rückte, reckte Carmen sich ihm entgegen und küsste ihn. Und zu ihrer großen Überraschung fühlte es sich wie ein allererster Kuss an: sanft und zart. Er schlang den Arm um sie, und ihre Hände fanden sich hinter seinem Rücken zusammen.

Das alles war überhaupt nicht merkwürdig, mal abgesehen davon, wie un-merkwürdig es war. Das Mondlicht, der Whisky, die kalte, kalte Nacht … Carmen spürte, wie sie an Rudis Körper dahinsank, als hätte sie zuvor eine schwere Last getragen. Zu der Last, ein sexloses, nicht begehrtes Wesen zu sein, für das sich niemand interessierte, war auch noch die Notwendigkeit gekommen, sich die Bedrücktheit darüber nicht anmerken zu lassen.

Und jetzt war sie hier mit diesem Mann zusammen, der ihr versicherte und auch zeigte, dass all diese Dinge nicht stimmten, sie sich die nur selbst eingeredet hatte.

»Guck mal«, sagte Rudi mit atemloser Stimme und löste sich ein wenig von ihr. Er deutete auf die Scheibe, in der sie sich spiegelten. »Schau dich an!« Dann fiel sein Blick auf die komplett verspiegelte Wand hinter ein paar riesigen Fensterblatt-Pflanzen. Er schob Carmen unbekümmert ein Stück näher heran, sodass sie sich auf der körnigen Oberfläche der alten Spiegel sehen konnte, die auch die flackernde Kerze und das Mondlicht reflektierten.

Rudi trat hinter Carmen, küsste ihr den Nacken und öffnete den Reißverschluss ihres Kleides bis zur Taille.

Carmen zitterte, aber nicht aus Angst, nicht einmal vor Kälte, weil ihr plötzlich gar nicht mehr kalt war.

»Schau dich an«, mahnte Rudi wieder, bis sie schließlich hinsah.

Sie sah ihre Brüste aus dem BH quellen, ihre weiße Haut, im Mondschein blass wie Marmor. Die Rundung ihrer Schultern und das dunkle Haar, das sie weich umschmeichelte, die sanft geschwungenen Hüften, an denen jetzt das Kleid hing.

»Kannst du es sehen?«, flüsterte Rudi ihr ins Ohr. »Kannst du erkennen, wie wunderschön du bist?«

Carmen schluckte heftig. »Hm.«

»Kannst du?«

Sie nickte und wandte den Blick nicht ab, als Rudi den Arm auf ihrer Schulter ruhen ließ und mit den Lippen weiter ihren Nacken liebkoste.

Carmen starrte das Spiegelbild an.

»Du bist so zauberhaft«, murmelte er. »So erlesen. Wie konntest du nur auf den Gedanken kommen, dass mit dir etwas nicht stimmt?«

In diesem Moment erkannte Carmen, warum Rudi sowohl bei Männern als auch bei Frauen so viel Erfolg hatte. Das hatte nichts mit Äußerlichkeiten zu tun, sondern viel mehr damit, dass er gut hinsah, zuhören konnte und auf seine warmherzige Art auf die andere Person einzugehen wusste. Sie konnte spüren, dass er hinter ihr hart wurde, während sein Mund jetzt seitlich über ihren Hals wanderte. Er ging ganz langsam vor, war unglaublich behutsam und wusste ihr die Aufregung zu nehmen. Rudi übereilte nichts, ließ gleichzeitig aber keinen Zweifel daran, was als Nächstes kommen würde und was er wollte. Seine Küsse waren zärtlich, jedoch nicht zögerlich. Als sie erneut ihrer beider Spiegelbild betrachtete, glaubte Carmen dieses Mal wirklich daran: Sie waren wunderschön. Ihr dunkles und sein leuchtend rotgoldenes Haar glänzten in dem seltsam fahlen Licht.

Jetzt spürte sie, wie ihr Körper langsam zu reagieren begann, so, als würde er aus tiefem Schlaf erwachen. Sein Körper, der sich gegen den ihren presste, seine warmen Lippen, die liebevollen und zugleich entschlossenen Bewegungen der sie inzwischen streichelnden Hand …

Sie dachte an die Blumenzwiebeln, die er in den uralten Töpfen gepflanzt hatte, an die Kinder, die er großzuziehen half, an die Freude, die er wachrief und verbreitete, wohin er auch ging. Sie umfing ihn wie die süße Melodie einer Flöte.

Jetzt wünschte Carmen sich beinahe nichts so sehr, als sich zu ihm umzudrehen und sich Haut an Haut gegen ihn zu pressen, ihn an sich heranzuziehen und rüber ins Schlafzimmer zu stolpern. Er sollte ihr den BH öffnen und ihr mit seinen weichen Lippen über die Brüste fahren. Plötzlich wurde ihr Verlangen nach ihm beinahe unerträglich.

Fast hätte sie geflüstert: »Komm her!«

Fast wären ihre zitternden Finger zu seinem Gürtel gewandert, hätten die Knöpfe seines Hemdes aufgerissen, fast hätte sie sich an seine kräftige, kratzige Brust gepresst, hätte ihn ungestüm zu sich herangezogen, sodass ihm ein Keuchen entfuhr. Ihr Verstand war plötzlich wieder scharf, sie fühlte sich stark, warm, wild und lebendig.

Ihr Körper hatte sie nicht verraten. Er hatte sie nicht im Stich gelassen.

Aber in dem Moment, in dem sie sich umdrehte, bemerkte Carmen im Spiegel das lebhafte Flackern einer winzigen, hell leuchtenden Kerze, die eine kleine Rauchfahne in die Nacht schickte.

Und da kam sie ihr wieder in den Sinn: die ruhige Stimme mit nur dem Hauch eines Akzents, die zum Ausdruck brachte, was auf tief verankerten Überzeugungen beruhte.

»Ich will …«, keuchte Carmen. »Ich will, dass Sex … für mich etwas Heiliges ist.«

Rudis Küsse wurden heftiger. »Wie wär's, wenn wir mit ›nicht schlecht‹ anfangen und uns von da aus vorarbeiten?«, schlug er vor.

Aber Carmen wusste es tief in ihrem Inneren: Wie gut sie sich durch ihn auch fühlen würde, er war eben nicht der eine. Nicht derjenige, den sie in diesem Moment wollte. Klar, irgendwann würde sie wohl ihren Keuschheitsgürtel endlich ablegen, wieder in den Sattel steigen oder wie auch immer man das sagte. Und ja, dieser Moment hier war ganz wunderbar, einfach unglaublich. Deshalb wünschte sich ein großer Teil von ihr auch mehr – so viel mehr – von diesem frechen, kecken Mann.

Aber ihr tiefstes Inneres eben nicht.

Aus diesem Grund rückte sie von ihm ab und sah ihm in die schräg stehenden, leuchtenden Augen.

»Danke«, sagte sie.

Er blinzelte kurz, kehrte in die Realität zurück und schaute sie mit einem Blick an, der alles zu begreifen schien. Ein kleines Lächeln lag auf seinen jetzt prallen, rosafarbenen Lippen.

»Im Ernst?«, fragte er mit belustigt funkelnden Augen.

»Was meinst du?«, fragte Carmen, der es leidtat, die Stimmung kaputt gemacht zu haben.

»Du wirst mich jetzt nicht ernsthaft bitten, zu gehen, oder?«

»Ich …« Carmen schaute ihn verwirrt an. »Ich weiß wirklich nicht, was ich hier tue.«

Rudi machte augenblicklich einen Schritt zurück. »O Gott! Ich dachte eigentlich, ich wäre ganz gut dabei, mich des Einverständnisses des anderen zu vergewissern. Obwohl mir im Allgemeinen ja ›ausgelassene Begeisterung‹ lieber ist als nur Einverständnis.«

Sie lächelte ihn an. »Glaub mir, ich bin von dir absolut begeistert.«

»Hmhm, ja, von wegen. Du hast gedacht: Ach, das ist ja alles schön und gut, aber ich warte doch lieber auf den Mann, den ich wirklich mag. Du bist ganz schön katholisch, Carmen Hogan!«

»Bin ich gar nicht!«, protestierte Carmen. Sie schaute ihn an, blickte zu den Sternen am Himmel hinauf und wieder zurück zu Rudi. Es war eine Nacht für Ehrlichkeit.

»Okay«, sagte sie. »Vielleicht hast du recht, tut mir leid. Aber ich bin dir wirklich dankbar. Dafür, dass ich mich durch dich …« Sie verstummte einen Moment. »Na ja, dass ich deinetwegen wieder etwas spüren kann. Danke.«

»Keine Ursache«, sagte Rudi.

»Und es tut mir leid, dass ich dich erst heißgemacht habe.«

»Niemand braucht sich je dafür zu entschuldigen, dass er keinen Sex mit mir will«, sagte Rudi. »Außer, das Problem wären rote Schamhaare, das fände ich echt scheinheilig.«

»Nein, das ist es nicht!«, wandte Carmen mit echter Empörung ein. »Deine Haare find ich toll, auch deine Sommersprossen. Ich liebe deine elegante Hand und deinen runden Stummel, und glaub mir, ich bin ganz verrückt nach deinem Mund.«

Rudi setzte ein seliges Lächeln auf.

Von ihm gefolgt, ging Carmen langsam in ihr Zimmer hinüber und sank auf ihr Bett.

»Alles an dir ist einfach top! Aber ich denke … dass ich jetzt an einem anderen Punkt bin, und danke dir dafür, mir das klargemacht zu haben. Offensichtlich bin ich für den nächsten Schritt bereit, und der besteht für mich einfach nicht darin … dass du aus Mitleid mit mir ins Bett gehst.«

»So habe ich das wirklich nie gesehen!«, versicherte Rudi.

»Okay, aber ich denke … dass ich in Wirklichkeit einen Mann möchte, der nur eine einzige Frau will«, sagte Carmen. »Selbst, wenn er nicht derjenige ist, nach dem ich mich so lange gesehnt habe. Aber zumindest hatte der … wohl den richtigen Riecher. Auch ich will tatsächlich einfach alles: eine spirituelle Verbindung und … Du meine Güte, was weiß ich! So eine dämliche Fußbodenheizung wie die von Sofia.«

»Und eine Klingel, deren Läuten man personalisieren kann?«, grinste Rudi und holte ihr Glas Whisky für sie.

»Babys«, fuhr Carmen fort. »Schuluniform-Schuhe, für die ganze Woche vorkochen, eine Heizung. Einen Milchmann! Nein, nicht das, was du denkst, sondern einfach jemanden, der uns Milch liefert. In Flaschen. Himmel, wie erbärmlich! Womöglich bin ich noch konservativer als Pippa, und die findet ja, dass man in ihrer Schule die Prügelstrafe wieder einführen sollte.«

Rudi nickte geplättet.

»Und ich glaube nicht … dass du dafür die richtige Person bist.«

»Klar, weil ich ja Heizungen hasse!«, sagte Rudi, und Carmen brach in Gelächter aus.

»Ich fürchte, dass ich als Partygirl einfach nicht mehr tauge. Das hat mir jemand für immer ausgetrieben.«

Rudi zog sie an sich heran und drückte ihr einen Kuss auf die Stirn. »Du kannst sein, was auch immer du willst.«

Dann warf er einen Blick auf die alte Uhr an der Wand und zog eine Grimasse.

»Nein, du kannst ruhig bleiben«, sagte Carmen. »Nur nicht …«

»Okay«, sagte Rudi. »Kein Problem.«

Zusammen schoben sie sich in Carmens Bett und sogen beide die Luft durch die Zähne, weil es so eisig war. Rudi lag hinter ihr, und sie kuschelten sich aneinander, um endlich warm zu werden.

So wohl und sicher hatte sich Carmen schon lange nicht mehr gefühlt.

Rudis schönes rotes Haar leuchtete auf dem weißen Kissen. Auf der linken Seite berührte sein Stumpf ihre Schulter, den rechten Arm hatte er um sie geschlungen und ließ ihn auf ihrem gerundeten Bauch ruhen.

Durch die hohen Fenster waren draußen die Sterne und das helle Licht des Mondes zu sehen.

Später fiel wieder Schnee, der sanft herabrieselte, die Welt in eine Decke hüllte und alle Laute dämpfte.

Seit langer, langer Zeit hatte Carmen keinen so erholsamen Schlaf mehr gekannt.

Kapitel 31

Als Carmen am nächsten Morgen aufwachte, war ihr zunächst nicht klar, warum sie eigentlich so ein Gefühl von Glück und Frieden erfüllte.

Ganz kurz, nur den Bruchteil einer Sekunde lang, dachte sie, dass Oke bei ihr war. Als sie am Ende die Augen aufschlug und sich ein bisschen zur Seite drehte, wäre sie beinahe kerzengerade hochgefahren. Das war ja Rudi, Rudi hier, in ihrem Bett! Was hatte sie nur getan?

Ihr Herz raste, nach und nach beruhigte sie sich aber, als die Erinnerung zurückkehrte: Alles in Ordnung, sie hatten nicht miteinander geschlafen. Ja, der Abend war toll gewesen, wirklich fantastisch, aber sie hatten keinen Blödsinn gemacht, sondern einfach eine schöne Nacht zusammen verbracht, eine wunderschöne.

Rudi bewegte sich ein bisschen im Schlaf und schlang den Arm fester um sie. Er roch echt gut, was man ja oft über Rothaarige hörte. Während er langsam wach wurde, drückte er ihr instinktiv einen Kuss auf die Wange.

Carmen lächelte. »Guten Morgen.«

Sie konnte sehen, dass auch er erst einmal einen Moment brauchte, um sich darüber klar zu werden, wo er sich befand.

»Guten Morgen, meine Schöne«, murmelte er.

»Ha! Hast du etwa vergessen, wie ich heiße?«

Als er die Augen aufschlug, erwachten seine Lebensgeister. »Hab ich nicht! Und du *bist doch* wunderschön.«

Überglücklich darüber, dass sein spöttischer Tonfall zurückgekehrt war, drückte Carmen ihm die Schulter.

»Hm, hier unter den Decken ist es so gemütlich und warm«, murmelte er. »Aber ich sollte mich mal bewegen, sonst ...«

»Sonst was?«

»Sonst passieren so Männersachen«, sagte er. »Unausweichlich, weil du eben unwiderstehlich bist.«

Carmen rückte hastig von ihm ab. »Ich muss sowieso mal.«

»Ich auch«, sagte Rudi. »Die Situation da unten ist wirklich verwirrend.«

Nun standen sie aber vor dem Problem, dass es außerhalb des herrlich warmen Bettes eiskalt war. Jedes Mal, wenn einer von beiden die dicke Schutzschicht aus Decken und Laken etwas mehr zu sich rüberzog, jaulte der andere protestierend auf.

Eine andere Möglichkeit gab es nicht, daher rutschten sie am Ende gemeinsam zum Rand des Bettes, Carmen legte einen Arm um Rudi, und er hielt mit der Hand vorne die Decken zusammen.

»Wir müssen quasi aus dem Bett springen«, sagte er. »Zusammen, damit auch nichts von der Wärme verloren geht. Das meine ich ernst, hier ist echtes Teamwork nötig.«

»Auch beim Pinkeln?«, fragte Carmen.

Rudi rollte mit den Augen. »Das Ding nennt sich Penis, und da kommen vorne Sachen raus«, erklärte er. »Guck halt weg, wenn du willst.«

Carmen lachte. »Ich meinte eigentlich, dass *ich* vor dir nicht pinkeln möchte.«

»Wo sind wir denn hier, im Jahr 1896?«, fragte er. »Außerdem verbringe ich meinen Alltag damit, mich mit Pipi und Kacka bei jemandem aus deiner Familie zu befassen. Glaub mir, ich bin immun.«

Kichernd hopsten sie zusammen aus dem Bett und stolperten auf dem bitterkalten Fußboden voran. Als sie die Tür aufmachten, stockte beiden der Atem, weil strahlendes Weiß sie in Empfang nahm. Draußen hatte sich vor den großen Scheiben neuer Schnee aufgetürmt, dessen Leuchten von den alten Spiegeln zurückgeworfen wurde.

Gut, es war frostig, aber auch wunderschön. Das Licht verwandelte das ganze Stockwerk in eine riesige weiße Schneelandschaft, vor deren Hintergrund sich die grünen Pflanzen deutlich abzeichneten. Ja, jetzt war es wortwörtlich ein Wintergarten.

»Wow!« Beide starrten an, was sie da vor Augen hatten.

»Das ist ja unglaublich«, sagte Rudi. »Jetzt kannst du mir wirklich nicht länger erzählen, dass dir Sofias Keller fehlt.«

»Ich vermisse eine Zeit, in der ich mich zum Zähneputzen nicht jedes Mal zum Yeti einmummeln musste«, wandte Carmen ein.

Immer noch kichernd, schoben sie sich auf das kleine Badezimmer zu.

Der Strom war wieder da.

Sie nutzten die Decken als Sichtschutz, als sie nacheinander ihre Blase erleichterten, nahmen dann eine Katzenwäsche vor und putzten sich die Zähne, während sie nuschelnd über die Temperaturen fluchten.

Am Schluss wickelten sie sich wieder zusammen in die Decken, setzten sich mühsam in Bewegung und überlegten, ob sie gleich auswärts oder hier im Haus einen Kaffee trinken sollten.

Rudi erzählte, dass er mal einen Greifer gehabt hatte, der wie ein Haken geformt gewesen war. Darüber hatten sich wohl alle schlappgelacht, und wirklich viel gebracht hatte er auch nicht, aber manchmal benutzte Rudi ihn doch.

Als Carmen innehielt und ihn anstarrte, erklärte er, dass das Ding nicht zum Morden, sondern einfach nur dafür gedacht war, damit eine Tasse festzuhalten.

Carmen runzelte die Stirn und fragte: »Ach, andere Sachen hast du damit nicht angestellt?«

»Siehst du, genau deshalb lege ich ihn nicht mehr an, um solche blöden Fragen zu vermeiden. Gut, aber für Piratenfantasien ist er durchaus nützlich.«

Die beiden prusteten vor Lachen, Rudi zog sie zu sich heran, drückte ihr einen Kuss auf die Stirn und sagte: »Carmen Hogan, du bist einfach genial!«

Und in genau dieser Situation wurden sie von den Kindern überrascht, die die Treppe zum Wintergarten heraufgestürmt waren, um ihre Tante darüber zu informieren, dass es ganz doll geschneit hatte und sie sie zum Spielen im Schnee mitnehmen wollten.

Kapitel 32

Carmen erstarrte, während sich Stille im Raum ausbreitete. Sie und Rudi waren ja halb nackt, trugen beide nur einen Slip, deshalb konnten sie die Decken nicht fallen lassen.

Die Kinder glotzten mit offenen Mund.

Jetzt kam auch Sofia die Stufen herauf. »Ihr drei, ihr solltet wirklich klopfen, wenn ihr …« Am oberen Ende der Treppe blieb sie wie angewurzelt stehen und riss ebenfalls den Mund auf.

»Ja, allerdings«, sagte Carmen mit bebender Stimme.

»Geht nach unten, und wartet da auf mich«, sagte Sofia hastig zu den Kindern. »JETZT!« Sonst wurde sie eigentlich nie laut.

Phoebe holte tief Luft, um zu protestieren, Pippa packte sie aber unwirsch und zog sie mit.

Jack wich rückwärts zurück und wäre beim Erreichen der Stufen beinahe hinuntergepurzelt.

Rudi schälte sich aus dem Deckenzelt und huschte ins Schlafzimmer. Carmen rührte sich nicht von der Stelle.

»Also, ich …« Sofia starrte sie an.

Angesichts des Schocks und Entsetzens auf ihrer Miene wäre Carmen am liebsten im Erdboden versunken. Trotzdem meldete sich augenblicklich ihr Kampfgeist zu Wort. »Ich kann mich nicht daran erinnern, den Kindern gesagt zu haben, dass sie hier einfach ein und aus gehen dürfen.«

»Doch, genau das hast du zu ihnen gesagt«, entgegnete Sofia. »Du hast ihnen versichert, dass sie hier jederzeit willkommen sind! O Gott. O Gott.«

»Na komm schon, es ist ja nicht gerade der Schauplatz eines Pornofilms.«

»Ich hab doch geahnt … dass du hinter Rudi her bist!«

»Entschuldige mal, aber das geht dich gar nichts an!« Jetzt brannte bei Carmen eine Sicherung durch, und sie ließ die Decken sinken.

»Und ob mich das was angeht«, sagte Sofia, »da er schließlich mein Angestellter ist. Meine Güte, Carmen, was hast du dir dabei nur gedacht? Wolltest du dich damit etwa an mir rächen?«

»Das ist ein freies Land!«, keifte Carmen und lief rot an.

»Ja, für dich schon«, sagte Sofia. »Du hast ja auch keine Verantwortung, musst, verdammt noch mal, an niemanden außer dich selbst denken. Und am Ende wirst du Rudi wegen nichts und wieder nichts fallen lassen, genau wie damals Oke. Dann wird er lieber kündigen, ich werde den besten Babysitter verlieren, den ich je hatte, und wieder in der Scheiße sitzen.«

Carmen klappte die Kinnlade herunter.

»Es gibt in Edinburgh zweihundertfünfzigtausend Männer. Und du kannst jeden davon haben, durch dessen plötzliches Verschwinden nicht meine Kinder traumatisiert werden, wenn es schiefläuft.«

Carmen wandte sich ab und versuchte, würdevoll in ihr Schlafzimmer hinüberzugehen, was gar nicht so einfach war, wenn man am ganzen Körper von Gänsehaut bedeckt war, nur einen knappen schwarzen Slip anhatte und den

Bauch einzog. Vor allem, wenn man das vor seiner Schwester tat, die mit frisch geföhnten Haaren und einem vor die Brust geschnallten, entzückenden Baby in ihrem schicken schwarzen Kunstfellmantel einfach toll, wie das blühende Leben, aussah.

Carmen machte die Tür hinter sich zu. Rudi hockte bereits weitgehend angezogen auf ihrer Bettkante und stützte den Kopf in die Hand, während Carmen mehrmals mit der Faust in ihr Kissen boxte.

Dann zog auch sie sich an und riss in Rock und Pullover die Tür mit dramatischer Geste wieder auf.

Aber Sofia war verschwunden.

»Mist!«, knurrte Carmen.

Rudi sog Luft durch die Zähne. »Ist schon okay«, sagte er. Dann schnitt er eine Grimasse. »Eins ist wohl klar: Sie wird uns in einer Million Jahren nicht abkaufen, dass wir es nicht getan haben.«

»Ich weiß«, sagte Carmen, die trotz allem grinsen musste. »O Gott! Und sie scheint ja für alles mir die Schuld zu geben. Meinst du, dass sie dich trotzdem feuern wird?«

»Sie ist Anwältin«, gab Rudi zu bedenken, »und hat für mich einen Vertrag ohne Moralklausel aufgesetzt. Wenn sie mir kündigen würde, könnten wir sie daher verklagen und ihr das Haus wegnehmen.«

»Ooh!« Carmen lachte, dabei war das eigentlich nicht lustig.

»Also, nein, ich glaube nicht, dass sie mich rauswerfen kann, selbst, wenn sie wollte. Aber ich werde ihr auf jeden Fall anbieten, selbst zu kündigen, wenn sie das möchte. Für mich ist es nicht schwierig, Arbeit zu finden.«

»Das kann ich mir vorstellen«, sagte Carmen. »Aber es tut mir so leid. Na, wenigstens hat es sich nicht so angehört, als wolle sie dich loswerden. Sie wünscht sich vielmehr, dass ich irgendwo in einem Graben verrecke.«

Rudi tätschelte ihr die Schulter. »O Gott, was mache ich denn nur mit den Kindern? Glaubst du, ich muss mich auf die ›Wenn sich zwei Erwachsene sehr lieb haben‹-Unterhaltung vorbereiten?«

»Keine Ahnung«, antwortete Carmen. »Aber die haben ja Sexualkunde in der Schule.«

»Wir hatten doch gar keinen Sex!«, stöhnte Rudi. Dann warf er ihr mit hochgezogener Augenbraue einen Blick zu.

»Nein!«, versetzte Carmen. »Das würde es auch nicht besser machen.«

»Hm, in einer Hinsicht schon.«

»Nun zieh dich mal fertig an.«

Carmen schaute derweil durch die Fenster zum Schnee hinaus und dachte nach.

Mittlerweile machten sie auch sonntags auf, aber später, daher hatte sie noch etwas Zeit. Sie überlegte, dass sie vielleicht ein warmes Bad nehmen könnte, wenn sie den Tauchsieder fürs Badewasser in die Wanne hängte. Sie seufzte zwar, weil das leider neunzig Minuten dauern würde, ging aber ins Bad und stellte ihn an.

Als sie zurück ins Schlafzimmer kam, machte Rudi gerade mit den geschickten Bewegungen, die sie so bewunderte, die Knöpfe an seiner Jacke zu.

»Ach«, sagte er und zog sie zu sich heran. »Jetzt zerbrich dir mal nicht den Kopf. Es gibt wirklich Schlimmeres.«

»Gibt es«, musste sie zustimmen, trotzdem fühlte sie sich furchtbar. Die Kinder bedeuteten ihr so viel. Was, wenn Sofia so sauer war, dass sie ihr Besuchsverbot erteilte?

»Und in einem Jahr wird alles längst vergessen sein.«

»In einem Jahr?«

»In einer Woche. Ich meinte eine Woche.«

Jetzt klingelte Carmens Handy. Hastig schnappte sie es sich und schaute aufs Display.

»Sofia?«, fragte Rudi und runzelte die Stirn, als Carmen den Kopf schüttelte.

»Schlimmer, es ist unsere Mutter.« Sie drückte den Anruf weg. »Pff, so läuft das bei Sofia immer: Sie erzählt ihr brühwarm sofort alles, um sie auf ihre Seite zu ziehen.«

»Hm«, machte Rudi.

»Meinst du … dass die Kinder davon irgendeinen Schaden davontragen werden?«

»Nicht, wenn wir ehrlich sind, denke ich mal. Vor allem, wenn sie doch Sexualkundeunterricht haben. Gott sei Dank gehen sie nicht auf eine katholische Schule.«

»Neeeeein«, rief Carmen aus. »Die ist viel fortschrittlicher. Stell dir vor, mich hat Phoebe mal gefragt, ob man ganz oft Sex haben muss, um ein Baby zu machen. Ich hab gesagt: ›Ja, manchmal schon.‹ Und da meinte sie: ›Klar, weil man ja die Hände und Füße machen muss, und die Finger und den Kopf …‹«

»Sie denkt also …« Rudi verzog das Gesicht.

»Sie denkt, dass man sich da ein Baby aus Sperma zusammenbastelt.«

Er rieb sich den Kopf. »Himmel, letztlich ist die Situation vielleicht Anlass für ein paar ganz nützliche Gespräche.« Er zog sein Handy hervor. »Was meinst du, wie lange wird es dauern, bis sich Sofia ein bisschen beruhigt hat?«

»Sechs bis acht Monate«, antwortete Carmen.

In diesem Moment klingelte sein Handy allerdings, und Sofias Name erschien auf dem Display. Während Rudi zögerlich »Hallo?« sagte, verzog Carmen sich vor die Tür.

Sie hörte ihn murmeln, und sein Tonfall blieb relativ neutral. Carmen spitzte die Ohren. Jetzt schien er »Hm-hm« und »Ja, in Ordnung« zu sagen.

Als es so klang, als hätte er das Gespräch beendet, gab sie ihm nur den Bruchteil einer Sekunde Zeit. »Also, und: Was hat sie gesagt? Wie ist es gelaufen? Hat sie dich gefeuert?«

Rudi hob die Hand. »Moment, jetzt beruhig dich mal. Sofia hat mich nicht gefeuert und lediglich gefragt, ob ich vielleicht gern gehen würde. Will ich aber nicht, weil das echt eine gute Arbeitsstelle ist und ich die Kinder mag. Wenn du wüsstest, mit was für teuflischen Biestern ich mich in der Vergangenheit manchmal herumschlagen musste!«

Carmen lächelte. »Ja, die Kids sind toll, oder?«

»Okay, gefeuert bin ich also nicht. Ich soll die Sache allerdings mit den Kindern besprechen und ihnen erklären, dass alles ganz harmlos war.«

»War es ja auch!«

»Äh, ja. Und dann hat Sofia gesagt …« Er verstummte.

Mit bohrendem Blick sah Carmen ihn an. »Irgendwas verschweigst du mir doch.«

»Was meinst du?«

»Ist das alles, was sie gesagt hat?«

»Äh, wieso?«, fragte Rudi, dem die Situation jetzt erkennbar unangenehm war, und schaute auf dem Handy nach, wie spät es war.

»Was war da sonst noch? Spuck es schon aus, das meine ich ernst!«

»Sie hat gesagt … Sie hat gesagt …« Er seufzte. »Du hast sie wirklich auf die Palme gebracht.«

»Ja, das hat sie durchaus deutlich gemacht.« Carmen verdrehte die Augen. »Was nur? Raus damit, schließlich muss ich mich ihr stellen, wenn ich die Kinder je wiedersehen will.«

»Sie hat gesagt, dass du das mit Absicht gemacht hast, um dich an ihr zu rächen, und dass ich deine Avancen nicht ernst nehmen soll.«

»Wie bitte?«

»O mein Gott«, murmelte Rudi jetzt vor sich hin. »Ich hab doch auch Schwestern. Die goldene Grundregel lautet, dass man niemals zwischen zwei Schwestern geraten sollte. Was stimmt mit mir eigentlich nicht?« Dann fuhr er lauter fort: »Nichts. Sie hat gar nichts gesagt.«

»Was dich angeht, ist also alles in Ordnung, und ich bin die böse Carmen, die dich in ihre Höhle des Lasters gelockt und aus Rache alles ruiniert hat, nur weil ich nicht länger in ihrem blöden Keller schlafen kann?«

»So würde ich das jetzt nicht ...«

»Himmel«, murmelte Carmen. »Sie ist der reinste Albtraum.«

»Ich meine ...« Rudi war die Sache furchtbar unangenehm.

»Ach, jetzt zieh schon Leine!«, rief Carmen, die wirklich durch den Wind war. »Kehr zurück in Sofias perfekte kleine Welt, die jedes Mal aus den Fugen gerät, wenn Carmen darin auftaucht oder irgendwie damit in Berührung kommt.«

»Keine Sorge«, sagte Rudi. »Ich werde mit den Kindern sprechen.«

»Wahrscheinlich muss ich mich von denen jetzt fernhalten.«

»Das war für deine Schwester einfach nur ein Schock. Sie beruhigt sich schon wieder.«

»Ja, egal«, sagte Carmen. »Was dich betrifft, ging das aber ganz flott.«

»Es renkt sich schon alles wieder ein«, versprach Rudi.

Aber Carmen war immer noch traurig und zog eine Schmollmiene. Rudi trat an sie heran und drückte sie.

»Soll ich lieber bleiben?«, fragte er.

»Nein!«, rief Carmen. »Ich will, dass du jetzt zu Sofia gehst und meine Nichten und Neffen enttraumatisierst. So schnell wie möglich.«

»Okay«, sagte Rudi. Trotzdem verharrte er noch einen Moment. »Aber es war schön mit dir.«

»Es war schön, bis jemand laut geworden ist«, sagte Carmen.

»Und falls du irgendwann mal Lust hast, aus anderen Gründen laut zu werden …«

Carmen funkelte Rudi an. »Du bist wirklich unverbesserlich!«

»Danke!«

Kapitel 33

Als Oke kurz nach Mitternacht aufwachte, war es im Krankenhaus still, oder zumindest so still, wie es hier je werden konnte – in der Ferne waren gedämpft hastige Schritte zu hören, auf dem Flur hier und da ein Flüstern.

Aber irgendetwas war neu, sein Kopf fühlte sich anders an, überraschend klar. In diesem Moment konnte Oke zum ersten Mal mit Sicherheit sagen, dass es ihm besser ging. Da man ihm den Tropf entfernt hatte, schluckte er seine Medikamente jetzt, und er bekam auch feste Nahrung herunter. Seine Träume wurden nicht mehr vom Fieberwahn dominiert, oder so kam es ihm wenigstens vor.

Aber es stimmte schon, dass er sich kaum in Erinnerung rufen konnte, was sich in den letzten Wochen, in diesem Krankenhaus, alles abgespielt hatte. Sein Gedächtnis beschwor nur vage Bilder herauf.

Zumindest wusste er, wo er sich befand und was passiert war – soweit er verstanden hatte, war es Malaria gewesen, die ihn heftig erwischt hatte und gefährlich gewesen war, weil er sie sich so weitab von der Zivilisation zugezogen hatte. Er hätte dabei draufgehen können, das kam durchaus vor.

Oke stand auf, ging zum Fenster hinüber und öffnete es. Nach Diesel und Pflanzen riechende warme Luft wehte herein, und die Geräusche der Stadt drangen zu ihm herauf:

Musik sowie das Brummen von Motorrädern, die in diese oder jene Richtung fuhren. Oke blickte hinaus. Ja, das war seine Heimat, und sie war wunderschön. Nun musste er an das gramvolle Gesicht seiner Mutter denken und an seine Schwestern, an seine Familie, die er aus tiefstem Herzen liebte. Aber ihm graute davor, von ihnen nach Hause geholt zu werden, damit sie ihn dort fütterten, um ihn herumflatterten, sich um ihn sorgten … Und Oke dachte auch ein wenig alarmiert an Mary. Natürlich wusste er, was sie im Schilde führte und was die beiden Familien davon hielten. Alle in ihrer Gemeinschaft würden sich freuen, alle würden ihnen ihren Segen geben. Es würde ganz einfach sein.

Aber Oke hatte immer schon mehr gewollt. Er wusste, was für ein großes Glück solide Wurzeln waren, er wollte jedoch die Äste weiter ausstrecken, wollte immer neue Erde erkunden und kam gegen diesen Entdeckerdrang nicht an. Oke träumte von fernen Horizonten und in diesem Moment von einer kühleren Welt.

Eine Weile blickte er zum Mond hinauf. Die Sterne waren wegen der verschmutzten Luft über der Stadt nicht zu sehen, aber er wusste natürlich, dass sie am Himmel funkelten.

Als er ein paar Schritte durch den Raum lief und ein Glas Wasser trank, fühlte Oke sich gleich viel fitter. Allerdings führte dies dazu, dass ihm das Krankenhaus zum Gefängnis wurde, er sich vorkam wie ein wildes Tier im Käfig. Jetzt, wo seine Kraft zurückgekehrt war, stand ihm überhaupt nicht mehr der Sinn danach, sich noch mal hinzulegen.

Als er leise den Fernseher anstellte, lief wieder dieser Filmtrailer. Oke starrte auf den Bildschirm, bevor er sich zum Bett hin umdrehte und einmal tief Luft holte. Dann zog er sich an, packte seine wenigen Habseligkeiten zusammen … und verließ mit seiner Tasche über der Schulter das Krankenhaus.

Kapitel 34

Carmen verzichtete auf das Bad, stellte den Tauchsieder aus, ging nach unten und bereitete die Buchhandlung für den Tag vor. Es erfüllte sie immer mit einem befriedigenden Gefühl, wenn sie das Licht anmachte und sich Lampe um Lampe einschaltete, bis ganz hinten zwischen den Stapeln. Dadurch fühlte sie sich wie die Herrscherin über ein weitläufiges Reich.

Als sie auch den Schalter für die Schaufenster betätigte, setzte sich die Spielzeugeisenbahn in Bewegung und drehte ihre Runden durch eine verschneite Landschaft, was immer jede Menge Bewunderer anlockte.

Im anderen Schaufenster hatte sie neben das Puppenhaus mit den Mäusefiguren auch einen Spielzeugoldtimer gestellt, den sie letztes Jahr auf dem Weihnachtsmarkt bekommen hatte, und dazu einen kahlen Baum, an dem eine Lichterkette glänzte.

Im Laufe des Vormittags war so einiges los. Junge Familien waren in der kühlen Winterluft unterwegs und reagierten begeistert darauf, ein offenes Geschäft zu finden, in dem auch ordentlich Platz zum Stöbern war.

»Hallo!«, sagte ein älterer Herr mit langem Bart, der entweder an der Uni Professor war oder aber gern gefragt werden wollte, ob er an der Uni Professor sei. Er trug einen dicken Fair-Isle-Pullover mit Tweedjacke und Tweedkappe.

»Ich hoffe, Sie können mir bei der Suche nach einem Buch weiterhelfen. Es war lila.«

Carmen lächelte. Endlich konnte sie auf solche Anfragen eine passende Antwort geben, weil sie Bücher aus dem neuen Verkaufsbereich, die sie nirgendwo so recht hatte einordnen können, schließlich der Farbe nach in ein großes Regal geräumt hatte. Darüber hatten sich manche Puristen beschwert, aber vor allem Kinder standen oft ehrfürchtig vor diesem bunten Regenbogen, und er machte eine düstere Ecke viel fröhlicher. Außerdem konnte sie jetzt Leute mit unmöglichen Fragen einfach dorthin schicken.

Carmen deutete auf den entsprechenden Bereich. »Lila finden Sie dahinten in der Ecke, *Sir.*«

Mit verblüffter Miene schlenderte der Mann hinüber.

Als Nächstes kam eine Frau, die praktischerweise eine lange Einkaufsliste für Weihnachtsgeschenke mitgebracht hatte. Weniger praktisch war, dass sie leider ihre Brille zu Hause vergessen hatte und nicht wollte, dass sonst jemand einen Blick auf ihren Zettel warf. Deshalb musste sich Carmen ausgiebig in Geduld üben.

Ein wenig später kümmerte sie sich gerade um eine andere Käuferin und hielt dabei das Baby eines Kunden im Auge, das sich die Pappbilderbücher nach Geschmack aussuchte, als wieder die beiden verliebten Nerds hereinkamen. Hand in Hand verschwanden sie kichernd im hinteren Bereich.

Carmen rollte mit den Augen.

Ja, gut, Rudi hatte sie darauf hingewiesen, dass an einer der Stechpalmenpflanzen oben im Wintergarten Misteln wucherten, und vorgeschlagen, dass sie die lieber wegschnitt.

Carmen hatte die Zweiglein im Labyrinth der Regale an

jeder Kreuzung aufgehängt, was Bronagh begeistert zur Kenntnis genommen hatte. Sie hatte versichert, dass Carmen dadurch nachts von ihrer wahren Liebe träumen würde. Das hatte ihr gerade noch gefehlt!

Aber sie wollte der Romanze der jungen Leute, die ihr Geknutsche zwischen den Regalen offensichtlich für ach so gewagt hielten, nun wirklich keinen Dämpfer verpassen. Leider war es einfach nicht sehr praktisch, weil Carmen befürchtete, dass andere Kunden – vor allem Kinder, die so gern hinten herumstöberten – irgendetwas Unangemessenes mitbekommen könnten. Von Szenen dieser Art hatte sie gerade genug.

Wenigstens war es schön, zu tun zu haben.

Der Mann mit dem Bart nahm letztlich einen prächtigen Weinführer mit, der zwar nicht ganz das war, was er gesucht hatte, aber wunderschön und – lila.

Ja, das waren doch überzeugende Argumente.

Eine Kundin hatte sich für die komplette Cazalet-Chronik als gebundene Ausgabe entschieden. Über diese Bücher schwärmten Carmen und sie so lange gemeinsam, bis die Frau dahinter in der Schlange, die eigentlich nur *Suchen Suchen Pflaumenkuchen* hatte mitnehmen wollen, in das Gespräch mit hineingezogen wurde und ihrem Einkauf am Ende auch die ganze Serie hinzufügte.

Sie versprach, später wiederzukommen und ihren Eindruck zu teilen. Carmen lächelte, weil sie dadurch sicher wusste, dass sie diese Käuferin nicht zum letzten Mal gesehen hatte. Wie das immer so war, würde die von Elizabeth Jane Howards Büchern nicht so schnell loskommen.

Dann musste Carmen an Howard und deren Ex-Mann, Kingsley Amis, denken, der ihre literarischen Ambitionen untergraben hatte wie einst Mozart die musikalischen von

Salieri, wenn man *Amadeus* glauben durfte. Der eine Name war dadurch immer bekannter geworden und überdauerte den Lauf der Zeit, während der andere in Vergessenheit geraten war.

Wehmütig dachte Carmen auch an Sofias Kinder und fragte sich, was sie tun sollte. Natürlich würde Rudi die Sache wieder hinbiegen, oder? Dann würde alles in Ordnung kommen, und die Kinder würden sicher auch kein Trauma fürs Leben davontragen. Aber warum hatte sich Sofia nur so furchtbar aufgeregt? Sie konnte es eben nicht ertragen, wenn nicht alles nach ihrem Willen lief, und das war einfach nicht fair.

Als Nächstes wollten mehrere Leute gern einen Wohlfühlkrimi, um es sich damit vor dem Kamin mit einem Glas Sherry bequem zu machen, suchten nach einer dicken, langen Familiensaga, in die sie sich wie in ein warmes Bad sinken lassen konnten, oder fragten nach Autoren wie Stephen King, Ian Rankin oder Sophie Kinsella, von denen es regelmäßig Nachschub gab. Wie bei alten Bekannten freuten sie sich über jede neue Begegnung. Manche waren aber auch offen für etwas ganz anderes und ließen sich gern von Carmen überraschen, die ihnen Autoren wie Percival Everett oder Bonnie Garmus empfahl.

In der Weihnachtsecke hielten sich die Leute besonders lange auf. Dort lag *Betty und ihre Schwestern* in vier unterschiedlichen Farben aus: in Grün für Jos, Rot für Megs, Taubengrau für Beths und natürlich Blau für Amys, jede Ausgabe unter einem kleinen Kranz mit einer dazu passenden Vichykaro-Schleife. Eine zauberhafte Truhe, die Carmen aus Mr McCredies Flur heruntergebracht hatte, war mit Exemplaren von *Das wunderbare Kästchen* gefüllt.

An der Wand konnte man eine riesige Auslage von *Ein*

Tag im Schnee bewundern. Dieses Bilderbuch hatte eine so frische und schnörkellose Ästhetik, dass man hätte meinen können, es sei erst gestern erschienen.

Im Kamin knisterte das Feuer, und die Entscheidung, Hunden nicht länger den Einlass im Laden zu verwehren, hatte sich so positiv auf die Kundenfrequenz ausgewirkt, wie es Carmen nie für möglich gehalten hätte. Hatte sie womöglich nicht mitbekommen, dass heutzutage alle von Gesetz wegen zur Haltung eines Vierbeiners verpflichtet waren?

Ihr machte es nichts aus, da sie eigentlich alle Hunde gern mochte. Außerdem hatte sie von einem Vertreter ein Werbegeschenk bekommen, weil sie eine ganze Ladung von Blair Pfennings Buch *Wie man seinen Hund an Weihnachten heilt* bestellt hatte. Es war voll mit dämlichem Gelaber, welches im Prinzip darauf hinauslief, dass man seinen Hund streicheln sollte.

Das Cover zeigte einen mit vorteilhafter Föhnfrisur und rustikalem Pullover an einen perfekten schokoladenbraunen Labrador gekuschelten Blair. Beide trugen Weihnachtsmützen und zeigten strahlend weiße Zähne. Die Bücher fanden reißenden Absatz, und Carmen hatte eine Schachtel mit Blair-Pfenning-Hundeleckerlis dazubekommen, die sie jetzt begeistert an alle Hunde verteilte, die in den Laden kamen. Mit den zotteligsten, hässlichsten Exemplaren aus dem Tierheim machte sie gern ein Foto, um es auf der Instagramseite des Geschäfts hochzuladen und Blair darauf zu taggen. Die Fotos mit schönen Hunden taggte sie nicht.

Heute war jedenfalls – zu Carmens eigener Überraschung – ein fröhlicher, geschäftiger Tag. Und sie stand hier, begrüßte mit einem strahlenden Lächeln Stammkunden und erhöhte die Verkaufszahlen. Mehr konnte sie doch wirklich nicht tun.

Jetzt kam Mr McCredie mit seinem Tee herunter, den er wie üblich aus einer Porzellantasse trank, und schaute sie an.

»Es läuft gut«, versicherte Carmen.

»Aber …«, murmelte er mit trauriger Miene.

»Und ich zahle Ihnen doch auch Miete, vergessen Sie das nicht.«

»Die aber aus dem von mir gezahlten Gehalt stammt, daher ändert das nicht viel.«

»Nicht?«, sagte Carmen. »Vielleicht könnte ich noch … äh … schnell einen Onlineshop einrichten?«

»Ja, könnten Sie?«

»Zehn Tage vor Weihnachten?«, sagte Carmen. »Nein, jetzt eigentlich nicht mehr. Erinnern Sie mich im Januar noch mal daran. Im Januar vergangenen Jahres«, fügte sie finster hinzu.

»Ich weiß gar nicht, was so ein Onlineshop ist«, gab Mr McCredie schließlich zu.

»Damit kann man Bücher auf der ganzen Welt verkaufen.«

»Aber das machen wir doch schon.«

»Ja, wenn Leute Ihnen einen Brief schreiben und mit der Post schicken«, sagte Carmen. »Aber wir brauchen eine E-Mail-Adresse und eine Website und …«

Wenigstens wurde Mr McCredie munterer, als kurz darauf ein Kunde hereinkam und sich danach erkundigte, ob sie eigentlich etwas über die alte Eisenbahnstation im *Caledonian Hotel* dahatten.

Wie man es auch drehte und wendete, das war nun wirklich ein sehr spezifisches Thema, und bei so etwas blühte der Buchhändler immer richtig auf. Selbst, wenn er seine Reise vielleicht nicht antreten könnte, war es eine gute Idee gewesen, den Bereich mit den Stapeln zugänglich zu machen.

Wenn sie Crawford das nächste Mal sah, musste sie ihm unbedingt noch einmal ihren Dank aussprechen, dachte Carmen. Er hatte da etwas wirklich Tolles für sie getan – oder eben für die Straße, wie er abwinkend gern versicherte, wenn sie ihn darauf ansprach. Ja, dadurch konnten sie den Laden über Weihnachten und noch darüber hinaus am Laufen halten, allerdings würde Mr McCredies Wunsch auch dadurch wohl nicht in Erfüllung gehen.

Ach, und sie war laut Bronagh ja auch noch eine gute Tat schuldig. Hm. Das setzte sie mal mit auf ihre ellenlange To-do-Liste.

Als jetzt mit dem Klingeln des Türglöckchens ein Kunde aus dem Laden verschwand, herrschte einen Moment Ruhe. Carmen lauschte. Irgendwas fehlte mit einem Mal, aber was? Es war schwieriger, etwas zu identifizieren, was plötzlich wegfiel, als etwas, was man vor sich hatte. Schließlich begriff sie, was verstummt war: die Dudelsackmusik aus dem Ramschladen.

Bobby musste sie ausgestellt haben, was bedeutete, dass er irgendwohin unterwegs war. Noch in dem Moment, in dem sie das dachte, erschien er auch schon in der Buchhandlung.

»Hallo!«, sagte Carmen und musste plötzlich daran denken, dass sie ihn gar nicht auf Jacksons Party gesehen hatte. »Deine doofe Dudelsackmusik läuft ja nicht mehr.«

»Hast du es noch nicht gehört?«, fragte Bobby.

Carmen schüttelte den Kopf.

»Gestern Abend ist doch der Strom ausgefallen.«

»Hmhm«, machte Carmen. Sie wollte lieber diskret bleiben und nicht erwähnen, dass sie bei der Feier gewesen war, als es geknallt hatte.

»Das war bei Jackson McClockerty.«

»Ach so?«, sagte Carmen unverbindlich.

»Er hat das komplette Stromnetz überlastet und dadurch sein Haus in Brand gesteckt!«

»Wie bitte?« Carmen starrte ihn an.

»Ja! Offenbar hat er eins von diesen riesigen Häusern unten in Barnton, aber ziemlich modern, und das hat wohl gebrannt wie Zunder.«

Carmen schüttelte den Kopf. Das konnte doch nicht wahr sein! Aber ja ... Sie dachte an all das Kiefernholz, die Säulen aus Gips, die leicht entzündlichen Teppiche, die jede erdenkliche Oberfläche bedeckt hatten, und natürlich an den ganzen Nippes und Kram, der überall herumgestanden hatte.

»O mein Gott!«, sagte sie. »Himmel, ist jemandem was passiert?« Jetzt fiel ihr auch wieder ein, dass sie in der dunklen Nacht Sirenen hatte kreischen hören. Dorthin waren die Rettungs- und Löschfahrzeuge also unterwegs gewesen.

»Nein – er hatte jede Menge Gäste da, aber die waren gerade alle draußen im Garten, um sich ein Feuerwerk anzusehen.« Bobby schüttelte den Kopf. »Mann, Mann, Mann. Stell dir das nur mal vor: Da vertickt er diesen ganzen Scheiß, presst aus uns noch den letzten Penny heraus, und dann verjubelt er alles für Partys und Feuerwerk und so einen Quatsch.«

»Unglaublich!«, sagte Carmen und biss sich auf die Innenseite der Wange.

»Ich hab gehört, dass er ruiniert sein soll. Es ist wohl alles dahin.« Bobby senkte den Blick. »Na ja, also, ein paar von uns gehen nachher rüber, um ein bisschen zu helfen ...«

»Du machst Witze!«, schnaufte Carmen. »Diesem schrecklichen Typen wollt ihr unter die Arme greifen?«

»Na ja, er gehört doch zur Gemeinschaft der Straße«, erklärte Bobby. »Ich will nicht behaupten, dass ich es toll finde, aber so läuft das hier eben. Wir unterstützen uns gegenseitig, wie wir das immer schon gemacht haben.«

»Selbst macht er so was aber nicht! Er ist wirklich ein Unmensch!«, protestierte sie.

»Fühl dich nicht verpflichtet, aber ich wollte dir zumindest Bescheid sagen.«

»Du bist also dabei?«

Tatsächlich, etwas später sah Carmen Crawford, Bronagh, Dahlia aus dem Café und ein, zwei andere Leute in die ehemalige Eisenwarenhandlung marschieren und mit Eimern und Besen wieder herauskommen.

Dann schoben sie sich alle in den riesigen, glänzenden Jaguar von Crawford, der vergeblich eine Politesse davon abzuhalten versuchte, ihm einen Strafzettel zu verpassen.

Er hatte es ja wirklich gewagt, hier für länger als fünfzehn Sekunden zu halten, damit die Leute einsteigen konnten, und sich damit diesem Risiko ganz bewusst ausgesetzt.

Carmen beobachtete sie einen Moment und musste an die Sache mit der guten Tat denken. Sie drehte sich zu Mr McCredie um. »Sie kommen hier doch für ein paar Stunden allein klar, oder?«

Als er nur verwirrt nickte, schnappte sie sich Tasche und Jacke und rannte nach draußen. »WARTET AUF MICH!«

Kapitel 35

Während der ganzen Fahrt holte Carmen immer wieder ihr Handy heraus und starrte darauf, als sei mit einer Nachricht von Sofia zu rechnen, zum Beispiel mit einer unterwürfigen Entschuldigung. Aber nein, nichts. Wahrscheinlich kochte sie immer noch vor Wut.

Carmen schrieb Rudi, um zu fragen, wie denn die Lage so war.

Die drei Punkte, die anzeigten, dass die andere Person antwortete, waren ewig zu sehen.

»Okay«, kam von ihm schließlich. »Pippa ist zu mir gekommen, um mir zu sagen, dass wir wirklich gut zusammenpassen und dass sie sich mit solchen Sachen auskennt, weil sie ja einen Freund hat.«

»O Gott, sie hat mal wieder recht«, antwortete Carmen genervt.

Rudi schickte einen lachenden Smiley.

»Phoebe ist überzeugt, das wir heiraten werden, was wir ihr irgendwie ausreden müssen. Sie will, dass wir hier in meinem Zimmer zusammenwohnen, aber keine eigenen Kinder kriegen, weil wir ja die vier haben.«

»Die Versuchung ist groß, genau das zu machen, nur um meine Schwester zu ärgern.«

»Ich kann mir keinen besseren Grund für eine Ehe vorstellen.«

»Und Jack?«

»Jack geht die Sache am Arsch vorbei.«

»Gut, gut.«

Carmen starrte aus dem Autofenster. Auf der George Street waren die Weihnachtseinkäufe in vollem Gange. Und es standen auch zig Leute in der Schlange vor dem Restaurant *The Dome* mit seinen riesigen, völlig übertriebenen, aber prächtigen Dekorationen: Um enorme Säulen waren Lichterketten geschlungen, überall prunkten Christbäume und große Schleifen.

Man konnte kaum sagen, dass man ein Edinburgher Weihnachten erlebt hatte, wenn man noch nie Fisch in *The Dome* gegessen hatte.

Die ganze Straße entlang sperrten Kinder angesichts des glitzernden Märchenlandes Mund und Nase auf, während Generationen von Müttern und Töchtern schnatternd die Köpfe zusammensteckten. Es waren Pudelmützen und große braune Papiertüten von Zara und Primark und John Lewis zu sehen, aus denen oben Rollen Geschenkpapier herausschauten. Überall blickte man in fröhliche Gesichter, und die Leute freuten sich schon darauf, sich gleich irgendwo hinzusetzen und einen Tee oder ein Glas Prosecco zu trinken.

Schließlich musste der Wagen abbiegen, weil ein Viertel der langen Straße von einer Eisbahn eingenommen wurde. Der Duft von Würstchen und Glühwein lag in der Luft, Musik ertönte, und man konnte Kinder abwechselnd kichern und kreischen hören. Die nüchternen grauen Gebäude des georgianischen Viertels New Town funkelten heute durch all die Lichter, die sich der Finsternis entgegenstellten. Jetzt, Mitte Dezember, war es schließlich fast immer dunkel. Und die Weihnachtsdekoration war wunderschön, Carmen fühlte sich dadurch aber noch einsamer.

»Was ist mit meiner Schwester?«, tippte sie.

Es folgte ein längerer Moment, in dem die drei Punkte erschienen und wieder verschwanden, als hätte Rudi erst etwas geschrieben und dann wieder gelöscht.

Endlich kam diese Nachricht herein: »Ich würde lieber ein paar Tage abwarten.«

Carmen schloss die Augen. Gott. Weihnachten würde echt übel werden, wenn sie überhaupt noch eingeladen war.

Als sie in die Sackgasse einbogen, erwartete sie ein ziemlich erschütternder Anblick.

Das hässliche Haus stand zwar noch, war aber tropfnass, und es stieg ein starker Geruch nach Verbranntem und Müll in die Nase. Die Türrahmen aus Kiefernholz waren komplett verkohlt, von den Säulen war der Putz weggeplatzt, der Garten war voll von schwarzem Unrat, und von den zerschmolzenen Dekoelementen ging ein besonders beißender Geruch aus.

Carmen warf Bronagh einen anklagenden Blick zu, aber die schaute ganz bewusst aus dem Fenster und summte ein Liedchen vor sich hin, wie eine völlig unschuldige Person es tun würde.

Jackson stand inmitten des Chaos und blickte sich fassungslos um. Ja, er war immer noch ein großer Mann, aber all das Selbstbewusstsein und die Unverfrorenheit waren verflogen. Der kleine Pferdeschwanz seiner Vokuhila-Frisur hatte sich gelöst, sodass sich die Haare hinten feucht im Nacken ringelten. Aus irgendeinem Grund trug er ausgerechnet einen Dryrobe-Bademantel, der vermutlich aus einer vorübergehenden Freiwasserschwimmen-Phase stammte. Er war genau in dem richtigen Alter, um sich für so einen Quatsch Zubehör zuzulegen. Vermutlich hatte er irgendwo auch Fahrradaccessoires im Wert von fünftausend Euro verstaut, dachte Carmen ungnädig.

Als sie aus dem Wagen stiegen und sich näherten, runzelte Jackson die Stirn. »Was … was machen Sie denn hier?«, fragte er. »Wenn Sie mit mir über die Miete sprechen wollen, ist das jetzt kein guter Zeitpunkt.«

Crawford schüttelte den Kopf. »Nein, wir sind natürlich gekommen, um zu helfen.«

»Ich hab Besen mitgebracht!«, erklärte Bobby.

Jackson kniff die Augen zusammen. Zunächst kam von ihm nur: »Oh.« Und dann noch einmal: »Oh.«

»Was denn?«, fragte Crawford. »Ich hätte gedacht, dass hier bereits eine ganze Armee von Helfern am Werk wäre.«

»Wo stecken denn … all Ihre Freunde?«, fragte Carmen und sah sich um.

Gestern Abend hatten hier Hunderte von Leuten herumgewuselt. Hunderte von Leuten, die über seine Teppiche gelaufen waren, sein Essen vertilgt und sich an seinen Drinks gütlich getan hatten.

Jackson schnaubte. »Die haben sich aus dem Staub gemacht«, antwortete er. »Schon komisch.«

Plötzlich tat er Carmen leid, was echt verrückt war, schließlich wollte er sie ja um ihren Job bringen, oder zumindest um die Aspekte, die ihr daran gefielen.

»Aber sicher hilft Ihnen doch Minky …«

»Die ist zu ihrer Mutter gefahren«, erklärte Jackson mit untypisch betrübter Miene. »Sie hat zu mir gesagt, dass sie sich das so nun wirklich nicht vorgestellt hat.«

Carmen erinnerte sich noch gut an den verzückten Ausdruck auf Minkys Gesicht, als Jackson sie gestern Abend mit seinen Liedern bezirzt hatte. Du meine Güte!

»Na ja«, sagte sie und klatschte in die Hände. Es war hier draußen eiskalt. »Dann legen wir wohl mal los.«

Drinnen war es auch nicht viel wärmer. Die elektrische Installation war komplett hinüber, aber es waren etliche Paraffinlampen aufgestellt worden, die das komplette Ausmaß des Chaos sichtbar machten: verkohlte Essensreste, überall Glassplitter, schmutzige und unbrauchbar gewordene Möbel, manche nur noch Aschehaufen.

Ja, um dem Ganzen zu Leibe zu rücken, waren Bobbys robuste Besen und Eimer perfekt, aber das Haus war völlig unbewohnbar.

Carmen schnappte sich einen großen schwarzen Müllsack, und sie machten sich alle ans Werk.

Irgendwann ergab es sich, dass Jackson und sie Seite an Seite arbeiteten. »Sind Sie eigentlich versichert?«, fragte sie.

»Theoretisch schon«, erklärte er. »Aber es hat sich herausgestellt, dass man eigentlich kein Feuerwerk neben einer Garage abbrennen sollte, in der jede Menge Artikel aus nicht den Standards entsprechenden Synthetikmaterialien gelagert sind. Das ist wohl illegal oder so. Aber ich komme schon irgendwie klar. Allerdings verlangt die Versicherung von mir, dass ich den ganzen Kram abstoße.« Zum ersten Mal wirkte er ein klein wenig unsicher. »Ja, das biege ich schon irgendwie hin. Ich finde sicher jemanden, der mir das Zeug abnimmt.«

»Es werden also nicht die Mitglieder des Gemeinderats hier erscheinen und Ihnen das Blut aussaugen oder Ihnen die unsterbliche Seele rauben oder so?«, fragte Carmen.

Es hatte ein Witz sein sollen, aber jetzt starrte Jackson sie auf einmal mit gequältem Gesichtsausdruck an.

»Das war ja nur Spaß«, fügte Carmen hastig hinzu, während sie einen weiteren Müllsack zuband. »Also, können Sie sich bei irgendwem einquartieren?«

Er zuckte mit den Achseln. »Ich werde mir irgendwo ein Hotelzimmer nehmen, denke ich mal. Das *Caledonian* ist doch nett, oder?«

Na ja, so schlecht kann es Ihnen dann wohl nicht gehen, dachte Carmen. Schließlich handelte es sich dabei um das schönste und teuerste Hotel der Stadt.

»Aber Ihre ganzen Sachen …«, murmelte Carmen und fasste den geschmolzenen Schnickschnack ins Auge.

»Ach, das ist doch nur Materielles, nicht wahr?«, sagte Jackson.

Nachdem sie in der Küche ordentlich geschuftet hatten, reihten sie draußen auf dem Bürgersteig Müllsack um Müllsack auf. Eigentlich hätten sie dafür einen Container gebraucht.

Es war harte Arbeit, und Carmen war trotz der Kälte nach und nach ordentlich ins Schwitzen geraten.

Irgendwann wurde endlich ein Container gebracht, und sie begannen das ganze Zeug hineinzuwerfen.

Nachbarn erschienen und sahen ihnen zu, aber sie boten weder ihre Hilfe an, noch richteten sie auch nur ein mitfühlendes Wort an Jackson. Das war schon ungewöhnlich für Schottland, wo die Leute einem oft selbst dann zur Hand gingen, wenn man es gar nicht wollte, und unter den meisten Umständen einen guten Rat parat hatten.

»Jackson«, sagte Carmen schließlich, während sie sich über die Stirn wischte. »Haben Sie eigentlich die Nachbarn zu Ihrer Party eingeladen?«

»Nee«, antwortete er. »Das sind lauter eingebildete Schickimickisnobs. Man sollte doch meinen, dass sie ein bisschen anständige Musik oder die coolen Motorengeräusche von einem schnittigen Wagen von Zeit zu Zeit zu schätzen wissen müssten. Aber nein, es wird immer nur geklagt und gemeckert.«

Carmen schüttelte den Kopf. »Ach, finden Sie Ihre eigene Einstellung denn nicht borniert?«

»Ich weiß nicht einmal, was das heißen soll«, entgegnete Jackson. »Das klingt wie ein dämliches Wort, das in Büchern verwendet wird.«

»Ist es auch.«

»Wie groß sind im *Caledonian* eigentlich die Suiten?«

Carmen verdrehte die Augen und ging rüber ins »Büro«, das während der Feier nicht zugänglich gewesen war. Die Wände waren mit etwas bedeckt, was eine Eichenvertäfelung nachahmte, sich jetzt aber löste. Darin standen auch die riesige Imitation eines uralten Schreibtisches und, wie Carmen zu ihrem Entsetzen feststellte, Regale voll mit leeren Buchcovern, solche wie den alten Papierhüllen für Videokassetten, die ihre Eltern früher gehabt hatten.

»Was ist das hier nur?«, fragte sie. Vielleicht, weil die Tür geschlossen gewesen war, war dieser Raum vom Feuer weitestgehend verschont geblieben, daher funktionierte auch der große Computer mit ganzen drei Bildschirmen noch. »Das sieht ja richtig unheimlich aus. Spionieren Sie von hier aus etwa anderen hinterher?«

»Was? Nein!«, sagte Jackson und kam herein. »Von hier aus leite ich mein Geschäft. Ein modernes Unternehmen, statt so einer albernen altmodischen Klitsche mit zusammenpappenden Papieren, auf die mit einer Schreibfeder gekritzelt wird, wie bei Ihnen.«

»Ja, aber Sie haben ja tatsächlich eine Schreibfeder!«, rief Carmen lachend aus. Es handelte sich um ein völlig albernes vergoldetes Teil, das auf seinem Schreibtisch zur Schau gestellt wurde.

Jackson schniefte.

»Und ich kann einfach nicht fassen, dass Sie sich hier leere Buchhüllen hingestellt haben. Wissen Sie, ich hätte Ihnen günstig einen ganzen Schwung Bücher überlassen können, die keiner lesen will, die aber einen tollen Einband haben. Dann stünden hier wenigstens richtige Bücher.«

»Früher hab ich das auch so gemacht«, erklärte Jackson und deutete auf eine Wand, an der ein Regal mit echten Büchern stand. »Aber die Dinger sind furchtbar schwer.«

Lächelnd ging Carmen hinüber. Was das betraf, war der Drang einfach zu stark: Sie konnte an keinem Bücherregal vorbeikommen, ohne nicht wenigstens einen Blick hineinzuwerfen.

Jackson griff nach der goldenen Schreibfeder und drehte sie in den Händen hin und her, als würde er sie gerade zum ersten Mal sehen. »Die hab ich mir zugelegt, als ich meine erste Million eingenommen hatte«, sagte er, beinahe leise.

Carmen biss sich auf die Zunge.

Im Regal stand eine bunte Mischung von Büchern, die eher aus ästhetischen Gründen – wegen der verblichenen Rot-, Braun- und Grüntöne der Buchrücken – statt wegen des Inhalts gekauft worden waren.

»Wissen Sie was?«, sagte Jackson jetzt. »Die Einzigen, die sonst noch vorbeigeschaut haben, um mit anzupacken … Die Einzigen, die Interesse gezeigt haben …« Er zögerte. »Das waren Leute, die gern alle schmutzigen Details wissen wollten, um sie an die Zeitungen weiterzugeben.«

Darauf erwiderte Carmen nichts.

»Und das war's. Mehr kam da nicht. Sie waren die Einzigen, die ernsthaft helfen wollten. Sie sind meine echten

Freunde.« Seine Stimme drohte zu brechen. »Sie haben sich … wirklich … Sorgen um mich gemacht.«

Die Situation wurde Carmen zunehmend unangenehm. »Es wird schon alles gut werden.«

»Och, aye«, sagte er. »Ich hab schließlich jede Menge Geld. Aber … Aber ich hatte eigentlich gedacht, dass ich auch jede Menge Freunde habe.«

»Sie haben ja uns«, hörte Carmen sich sagen.

Plötzlich sprang es ihr ins Auge, und sie stieß ein begeistertes Quieken aus.

Kapitel 36

Ganz langsam und vorsichtig zog Carmen das Buch aus dem Regal.

»Also …«, begann Jackson wieder, und Carmen hätte ja wirklich gern zugehört, aber sie war viel zu gebannt.

Es handelte sich um ein gebundenes altes Exemplar, allerdings keinen Erstdruck, so viel konnte Carmen sofort sagen. Aber eigentlich war das hier noch besser, da es sich um die Ausgabe eines kleinen Verlagshauses handelte, im A4-Format mit wunderschönen, teuren, mehrfarbigen Illustrationen der Stadt.

»O mein Gott«, hauchte sie, legte das Buch vorsichtig hin und wischte sich die Hände sauber.

»Was denn?«, fragte Jackson und kam herbei.

»Nicht anfassen!«, rief Carmen.

»*Über den Dächern*? Was soll das sein?«

»Das ist ein Buch für Kinder, ein ziemlich altes. Es wird inzwischen nicht mehr neu aufgelegt … Aber es hat immer noch einen Platz im Herzen der Leser.«

Jackson zuckte mit den Achseln. »Aha. Heißt das, dass es was wert ist?«

»Ja, genau«, sagte Carmen. »Sie haben großes Glück. Es ist zwar keine Erstausgabe, aber eine mit ganz besonderen Illustrationen … Dieser Künstler hat später noch alle möglichen anderen Bücher gestaltet. O mein Gott, da sind ja auch noch die Originalstadtpläne enthalten!« Sie schlug sich die Hand vor den Mund. »Das muss ich unbedingt Mr McCredie erzählen … Mit eigenen Augen hab ich noch nie ein Exemplar gesehen.«

»Und wovon handelt es?«

»Es geht um drei Kinder, Wallace, Michael-Francis und Delfine. Delfine klettert in London auf das Dach des Hauses, in dem sie wohnen, und wird von der Niemands-Königin entführt. Die Jungen müssen sie retten, wobei ihre Füße aber nicht den Erdboden berühren dürfen.« Carmens Stimme wurde ganz verträumt. »Deshalb müssen sie London über Dächer und Kräne überqueren, bis sie Galleon's Reach erreichen.«

»Das klingt ganz schön dämlich«, befand Jackson.

Streng musterte ihn Carmen. »Ja, für Sie ist das vermutlich nichts.«

»Dann nehmen Sie es doch mit«, sagte Jackson beiläufig, während er sich anschickte, den Raum zu verlassen.

Entgeistert starrte Carmen ihn an. »Wie bitte?«

»Na ja.« Ein pfiffiger Ausdruck huschte über seine Miene. »Eine Million Pfund kriegt man dafür ja nicht, oder?«

Carmen schüttelte den Kopf. »Nein, so viel nicht. Aber es ist schon wertvoll.«

Sie war hin- und hergerissen. Wenn sie jetzt behaupten würde, dass der Preis bei etwa zwanzig Pfund lag, würde Jackson daran nichts verdächtig vorkommen. Vielleicht würde er sich sogar weiterhin großzügig zeigen, wenn sie von fünfzig Pfund sprach. Aber damit würde sie lügen und ihn bestehlen. Und so etwas hatte dieses Buch, das ihr so viel bedeutete, nicht verdient. Carmen betrachtete das Cover mit einem prächtigen Bild davon, wie die Kinder in Begleitung ihres Freundes, der einbeinigen Taube

Robert Carrier, die die Kuppel der St.-Pauls-Kathedrale erklommen.

Sie seufzte und sagte die Wahrheit: »Mehrere Tausend Pfund.«

»Für ein Buch?«, fragte Jackson. »Wer schert sich denn so sehr um Bücher?«

»Ziemlich viele Leute.«

»Echt?«, sagte er. »Hm.«

Er schaute das Buch an und dann Carmen, die verschwitzt und schmuddelig vor ihm stand. Eine von den wenigen Personen auf der Welt, die hergekommen waren, um ihm zu helfen.

»Wenn ich Ihnen jetzt dieses Buch überlasse, dann kann ich es vergessen, die Buchhandlung zu übernehmen, oder?«

»Ja, das kann ich Ihnen versichern«, sagte Carmen, »und auch noch etwas anderes: Wenn Sie je die Buchhandlung übernehmen sollten, denn werde ich alles in meiner Macht Stehende tun, um Ihnen das Leben zur Hölle zu machen. Und ich werde nicht nur eine unerträgliche Angestellte sein, Sie würden mich darüber hinaus als Mieterin an der Backe haben. Schlimmer könnten die Feuer der Hölle auch nicht sein.«

»Sie klingen wie meine Ex-Frau.«

»Ihre Ex-Frauen würden Ihnen im Vergleich wie die reinsten Engel vorkommen, so süß wie Honig für eine Biene«, sagte Carmen hastig. »Und die giftigste Schlange lieblich wie ein Kuss im Sommer.«

Jackson lächelte und schüttelte den Kopf. »Na los, nehmen Sie es schon. Aber wagen Sie es bloß nicht, herumzuerzählen, was für ein netter Typ ich bin.«

»Meine Lippen sind versiegelt«, versprach Carmen. »Ich

werde weiter darauf beharren, dass Sie ein Arschloch sind, wie jetzt gerade Ihnen gegenüber.«

»Na, dann fröhliche Scheißweihnachten!«

Kapitel 37

Sobald sie es akzeptabel fand, sich zu verabschieden, nahm Carmen einen Bus und kehrte so schnell wie möglich zurück zu Mr McCredie. Immer wieder starrte sie unterwegs in ihre Tasche und konnte einfach nicht fassen, was für ein Riesenglück sie gehabt hatte. Die goldenen Elemente des Titelbildes glänzten, als wäre es erst gestern gemalt worden, die an der Kuppel hochkletternden Kinder wirkten so lebendig.

Carmen wollte das Buch lieber nicht aufschlagen, damit der Buchrücken unversehrt blieb, aber das war unglaublich frustrierend.

Wie üblich ließ sich der Bus dabei Zeit, durch die Straßen der Vorstadt zu ruckeln, in denen die Verkehrsdichte, die Straßenbahn und die üblichen Baustellen nicht gerade hilfreich waren.

Irgendwann war Carmen mit ihrer Geduld am Ende, stieg am oberen Ende der Queensferry Road aus und rannte zu Fuß über das Kopfsteinpflaster. Sie erbebte beinahe vor Aufregung.

Die eisige Luft brannte in den Lungen, als sie durch die Dunkelheit hetzte, und auch ihr Gesicht prickelte in der Kälte, aber das war ihr ganz egal. Am Grassmarket kam sie an trinkenden Feiernden vorbei, die sich mutig ins Freie gewagt hatten, lachten und johlten, Hotdogs von Buden des

Weihnachtsmarktes aßen und sich die Hände an dünnen Plastikbechern mit Glühwein wärmten.

Carmen huschte an vollgestopften Pubs und Restaurants vorbei, an deren Fenstern Schwitzwasser hinunterlief. Im Höchsttempo passierte Carmen Küchen, in denen Wild und Truthahn zubereitet wurde, Würstchen und Kohl, Braten mit warmer, nussiger Pilzbeilage und elegant angerichteter Räucherlachs, der mit Champagner oder einem reichhaltigen Rotwein serviert werden würde.

Das Rasseln einer Sammeldose kündigte die Blaskapelle der Heilsarmee an. Durch die weichen Töne ihrer Blechbläser klangen alte Melodien wie die von *Once in Royal David's City,* nur noch rührender und lieblicher.

Auf der Victoria Street kamen Carmen etliche warm eingemummelte und mit Tüten beladene Menschen entgegen, die zum Teil ein kleines Kind auf den Schultern trugen oder einen Hund mit lamettageschmücktem Halsband an der Leine führten. Heute schien einfach jeder unterwegs zu sein, dachte Carmen, als sie mit flatterndem rotem Schal zu Mr McCredies Buchhandlung hinauflief.

Am Grassmarket trat von Carmen unbemerkt gerade eine erschreckend magere, große Gestalt, die für das Wetter viel zu dünn gekleidet war, aus einem Café und umfing mit den Fingern einen Becher Tee. Mit traurigem Blick schaute sie der davonflitzenden Carmen hinterher.

Mr McCredie stand am Verkaufstresen und drehte betrübt ein Nessie-Stofftier in den Händen. Die Augen hatten sich bereits von dem Spielzeug gelöst und rollten ein wenig gruselig über den Tresen, als Carmen hereinstürzte.

»Haben Sie mich erschreckt!«, entfuhr es dem alten Herrn. »Und machen Sie doch bitte keinen Lärm. Ich glaube, hinten zwischen den Regalen küsst sich gerade ein Paar.«

»Dann sagen Sie den beiden gefälligst, dass sie damit aufhören sollen!«, schimpfte Carmen nicht zum ersten Mal. »Hey, ihr Nerds dahinten! Macht den Abflug!«

Während sie zu Mr McCredie hinüberhuschte, konnte sie sich das Grinsen nicht vom Gesicht wischen.

»Was denn?«, fragte er. »Hören Sie mal, Carmen, ich denke, so schlecht ist das hier doch nicht …«

»Vergessen Sie das Zeug!«, sagte Carmen und fegte mit einer Handbewegung Nessie von der Theke, sodass das Monster direkt im Mülleimer landete.

Während hinter ihnen das kichernde Paar zwischen den Regalen hervorkam, öffnete sie fast feierlich ihre Tasche und zeigte ihrem Chef, welcher Schatz darin verborgen war.

Draußen war es dunkel, aber in der Buchhandlung brannte warmes Licht, und Oke blickte durchs Schaufenster hinein. Ah, sie hatten die Verkaufsfläche vergrößert, was sicher Carmens Idee gewesen war. Toll sah das aus, dahinten drängten sich überall Bücher, es schienen jede Menge bezaubernde Cover und wunderschöne Ausgaben zu locken.

Die kleine Eisenbahn drehte fröhlich ihre Runden, und Oke entdeckte, dass im anderen Fenster die Mäuse gemeinsam am Esstisch vor Plastiktellerchen mit Obst und einem großen Brathähnchen saßen.

Carmen und Mr McCredie steckten die Köpfe zusammen und betrachteten irgendetwas aufmerksam – was genau sie da vor sich hatten, konnte Oke nicht erkennen, aber Carmen kicherte und stieß Laute der Begeisterung aus, während Mr McCredie verblüfft und entzückt den Kopf schüttelte.

Oke wandte sich hastig ab. Er hatte eine sehr, sehr lange Reise hinter sich, war völlig k. o. und hatte Kopfschmerzen. Wenigstens war er von Spoons mit offenen Armen willkommen geheißen worden, das war schon mal was. Aber er hatte sich wirklich zu viel zugemutet, mal abgesehen davon, dass seine komplette Familie stinkwütend auf ihn sein würde. Dieses Thema würde er aber erst morgen in Angriff nehmen, wenn er darüber geschlafen hatte.

Carmens Anblick war wie ein Stich ins Herz gewesen und hatte ihm mehr zugesetzt als die Krankheit. Und sie so glücklich zu sehen hatte er sogar noch schlimmer gefunden. Mary hatte recht gehabt: Sie war viel zu beschäftigt, um sich bei ihm zu melden, und er war ein Dummkopf, der sich Illusionen gemacht hatte. Deshalb steckte er jetzt weit, weit weg von zu Hause in einer Stadt fest, die ihn nicht wollte.

Kapitel 38

Die Filmpremiere rückte näher, und am Tag vorher schaute sich Carmen endlich mal in Ruhe die Liste an, die ihr das Organisationsteam geschickt hatte und auf die sie bisher nur einen flüchtigen Blick geworfen hatte. Als sie sie jetzt aufmerksam studierte, wurde ihr klar, wie völlig überzogen alles werden würde.

Die Pressesprecherin rief sie kurz an, um noch ein paar Fragen zu klären. Am Ende des Gesprächs murmelte sie: »Das mit dem Popcorn und den kleinen Küchlein ist auch erledigt …«, während sie offensichtlich Sachen abhakte. »Und der Weihnachtsmann kommt dann um sieben.«

»Der Weihnachtsmann? Wozu?«, fragte Carmen. »Ich dachte, das wäre eine Feier für Erwachsene.«

»Den Weihnachtsmann mag doch jeder«, sagte die Frau herablassend. »Heuern Sie meinetwegen ein paar Kinder an, wen schert es? Okay, wir werden draußen den großen Baum aufstellen, um den der Chor singen wird. Dann gibt es heiße Schokolade … mit Marshmallows …«

»Wow«, machte Carmen traurig.

Bei jedem Lied, das heute im Radio kam, schien es darum zu gehen, Weihnachten mit geliebten Menschen zu verbringen. Sie drehten sich alle um Liebe und Familie … Carmen dachte an Sofia. Selbst, wenn sie fest davon überzeugt war, nichts falsch gemacht zu haben, hätte sie sich trotzdem um eine Versöhnung bemühen sollen. Darüber hinaus stand ja immer noch ihre gute Tat aus. Sie hatten so sehr von dem Hilfseinsatz bei Jackson profitiert, dass der eigentlich nicht zählte.

Auch ihrer Schwester hatte sie viel zu verdanken, das wusste Carmen natürlich. Wer hätte sie sonst ein Jahr lang bei sich aufgenommen? Und durch ihre Familie hatte Sofia Carmens Leben so sehr bereichert. Gut, mit Rudi hatte sich alles etwas anders abgespielt, als es nach außen hin den Eindruck gemacht hatte. Aber sie musste es durchaus zugeben: Aus Sofias Sicht war es vermutlich übel gewesen, dass sie quasi vor den Augen der Kinder ihren besten Babysitter aller Zeiten verführt hatte. Deshalb war Carmen jetzt fest entschlossen, die Sache wieder hinzubiegen. Sie griff nach ihrem Handy.

Aber Sofia ging nicht ran. O Gott, war sie immer noch so sauer? Mist! Carmen verzog das Gesicht und wählte die Nummer von Pippas Handy – dem Handy, das Pippa in der Grundschule eigentlich noch nicht haben sollte, bei dem Sofia allerdings schwach geworden war, so wie jede andere Mutter auf dieser Welt auch.

»Tante Carmen? Tante Carmen, ich muss meinen Wunschzettel noch mal ändern! Ich würde gern für arme Leute einen Esel sponsern.«

Carmen lächelte in sich hinein. Besonders traumatisiert klang Pippa nicht, das musste man schon sagen.

»Ach, eine coole Idee, Pippa. Das übernehme ich natürlich gern. Aber bist du sicher, dass du nicht auch eine Kleinigkeit möchtest, als Belohnung dafür, dass du so ein großzügiger Mensch bist?«

»Oh … na ja … vielleicht«, sagte Pippa.

»Stell Tante Carmen doch auf laut«, bat aus weiter Ferne eine Stimme.

»Nein, die will mit mir reden«, versetzte Pippa majestätisch.

»Eigentlich ist das ein Anruf für euch alle«, stellte Carmen klar.

»Ah«, machte Pippa und drückte auf das entsprechende Symbol.

»Hi, Leute«, sagte Carmen und räusperte sich. »Ich wollte mit euch über etwas sprechen: Es tut mir wirklich leid, dass ihr ausgerechnet an dem Morgen bei mir hereingeschaut habt, als Rudi bei mir übernachtet hatte. Das macht er in Zukunft nicht mehr.«

»Aber ihr heiratet doch, oder?«, fragte Phoebe.

»Nein.«

»Also wirst du Rudi nicht heiraten, und Blair auch nicht, und Oke auch nicht«, sagte Phoebe. »Es ist echt traurig, dass du niemanden heiratest, Tante Carmen.«

»Für mich ist das in Ordnung«, sagte Carmen.

Sie konnte Rudi im Hintergrund leise glucksen hören.

»Mummy war deinetwegen sehr enttäuscht«, erklärte jetzt Pippa mit wichtigtuerischem Tonfall.

»Tja, daran musste ich mich in all den gemeinsamen Jahren eben gewöhnen«, sagte Carmen mit gepresster Stimme.

»Kommst du eigentlich zu unserem Schulkonzert?«, fragte Phoebe, was Carmens Herz sofort zum Schmelzen brachte. Es ging ihr nicht um das Konzert – das ewig dauerte und furchtbar langweilig war, wenn nicht gerade derjenige dran war, den man sehen wollte –, sondern um die Tatsache, dass die Kinder sie immer noch dabeihaben wollten.

»Das würde ich um nichts in der Welt verpassen.«

»Phoebe singt ein Solo«, sagte Pippa. »Wir hoffen wirklich, dass sie es nicht vergeigt.«

»Und bist du am Weihnachtsmorgen auch mit dabei?«, erkundigte sich Jack, den vor allem interessierte, wann die Übergabe von Geschenken stattfinden würde.

Diese Frage hatte Carmen bisher bewusst aus ihren Gedanken verdrängt. Sie konnte die Vorstellung nicht ertragen, in angespannter Stimmung bei Sofia am Esstisch zu sitzen. Und natürlich würde sie dieses Mal wieder als Single kommen und deshalb allein dahocken, während ihre Eltern ein Gewese um den kleinen Eric machten. Sie würde erst mit ansehen müssen, wie die Kinder das Geschenkpapier von der diesjährigen Beute herunterreißen würden, und sich dann selbst für eine blöde Yogahose oder so bedanken müssen. Die Alternative, den Tag stattdessen mit einer Flasche Champagner und einer Schachtel Pralinen im Bett zu verbringen, war wirklich verlockend.

»Wir werden sehen«, sagte sie daher. »Aber macht euch keine Sorgen, ich hab echt große Geschenke für euch.«

Sofia war absolut für handgefertigte Präsente aus Holz. Dass Carmen in Bezug auf Plastikzeug mit blinkenden Lichtern eine weitaus tolerantere Einstellung hatte, machte sie in den Augen der Kinder zu einer Art Hohepriesterin der Kunst des Schenkens.

Bei den bisherigen Geschenken waren schon ein *Girls'-World*-Probeabo, eine Slush-Eis-Maschine und eine Evel Knievel-Figur dabei gewesen, daher würde sie sich wirklich ins Zeug legen müssen.

»Yeah!«, riefen die Kinder.

Jetzt kam Carmen zum Grund ihres Anrufs. »Ich weiß nicht, ob ihr vielleicht gern … Also, morgen Abend steigt hier die Premierenfeier des Films. Ich dachte eigentlich, dass die nicht für Kinder ist, aber jetzt hat sich herausgestellt, dass doch welche kommen können. Da wird ein

Chor singen, und es wird noch alles Mögliche andere geben … Wärt ihr eventuell gern mit dabei?«

»Das klingt langweilig«, sagte Jack.

»Ja, stimmt«, musste Carmen zugeben. »Ich frage auch nur, weil es wirklich viel – und damit meine ich, unglaublich viel – Kuchen geben wird. Und möglicherweise wird auch ein ganz besonderer Gast erwartet!«

»OKE?«, fragte Phoebe sofort.

»NEIN!«, rief Carmen.

»Patrick?«, fragte Jack. Das war sein kleiner Kumpel aus den Highlands.

»Oh, das ist eine gute Idee. Ich werde mal fragen.«

»Ist es der Weihnachtsmann?«, meldete sich jetzt in schüchternem Tonfall wieder Phoebe zu Wort.

»Dazu darf ich mich nicht äußern«, sagte Carmen.

»Aber der hat mit seiner Arbeit doch noch nicht angefangen.«

»In Edinburgh legt er vielleicht etwas früher los.«

»Na ja, in Wirklichkeit …«, begann Jack, wurde aber von Pippa und Rudi so schnell zum Schweigen gebracht, dass Carmen sich fragte, ob sie ihn wohl erwürgt hatten.

Carmen dämpfte die Stimme. »Also, fragt bitte eure Mutter.«

Am nächsten Tag war es so weit. Schon gegen Mittag liefen bereits überall Leute vom Catering herum, fragten nervös, wo denn die Öfen waren, eilten die Treppen rauf und runter und waren einfach überall im Weg.

Die Filmgesellschaft machte keine halben Sachen, so viel wurde schnell klar, als am Abend sogar Kameras andere Kameras filmten. Vom Laden aus war auf die Victoria Street raus ein kleiner roter Teppich ausgerollt worden, was automatisch dazu führte, dass sich links und rechts davon neugierige Passanten scharten.

Draußen gab es auch eine kleine Feuerschale, über der man Marshmallows grillen konnte. Carmen wusste, dass die Kinder davon begeistert sein würden. Wenn man ihnen denn erlaubt hatte, zu kommen.

Im Inneren der Buchhandlung bot attraktives Servicepersonal heiße Schokolade und (da es hier um die Filmindustrie ging, leider vegane) Mince-Pie-Küchlein an. Carmen überlegte bereits, wie viele Taschentücher mit wieder ausgespuckten Bissen davon sie morgen wohl in den Regalen finden würde.

In der Ecke flackerte im Kamin das Feuer fröhlich vor sich hin, und sie hatten für die Gäste jetzt viel mehr Platz. Zum Glück, es sah nämlich so aus, als würden einfach alle kommen. Gegen fünf Uhr nachmittags trudelten nach und nach etliche Edinburgher ein, die Carmen mehr oder weniger bekannt vorkamen. Die Temperatur war unter null gefallen, sodass die Menschen an einer harten Kante gefrorenen Schnees entlangliefen.

Carmen nahm die Jacken, die ihr gereicht wurden, zwar mit strahlendem Lächeln entgegen, warf sie aber einfach alle auf einen großen Haufen in einem im hinteren Bereich abzweigenden Raum. Sie hatte kurz überlegt, dass darüber vielleicht Leute sauer werden würden, wenn sie früh gehen wollten und dann nach ihrer Jacke suchen mussten, was ihr aber relativ egal war. Und wer hier Spaß haben würde, den würde es auch nicht stören.

Jetzt wurde es draußen laut, und Blitzlichter zuckten, weil der Star des Films, Genevieve Burr, eintraf.

Als sie die Beine elegant aus dem Taxi schob, starrte Carmen sie so fasziniert wie eh und je an.

Die Schauspielerin wirkte einfach zu perfekt für diese Welt. Die langen, wohlgeformten Beine, die winzige Taille, das untadelige weiße Kleid, die hohen Wangenknochen, die makellose Haut… Diese Frau war wirklich eine Augenweide. Sie lächelte für die Kameras und wandte ihnen ihre Schokoladenseite zu – wobei bei ihr natürlich beide Schokoladenseiten waren –, schob ein Bein vor, stemmte die Hände in die Hüften und sah so aus, als sei das der tollste Abend ihres Lebens.

Als sie schließlich in die Buchhandlung geleitet wurde und sich die Anwesenden geschlossen zu ihr umdrehten, schien sie das Geschäft durch ihre reine Existenz zum Leuchten zu bringen. Es freuten sich einfach alle über das Erscheinen dieser Schönheit, die Streaminganbieter-Glamour in den Laden brachte.

Da Genevieve den Glühwein mit verwirrter Miene musterte, zauberte schnell jemand ein Glas Champagner für sie hervor. Sie nippte daran und verzog das Gesicht.

Nach ihr traf dann der männliche Star, Lind Stephens, ein. Bei ihm gab es deutlich weniger Jubel, Applaus und Blitzlichtgewitter, was er wohl zu ahnen schien, da er die Zähne etwas zu sehr aufeinanderpresste.

»Hey, Genevieve, schön, dich zu sehen!«, sagte er. »Hast du ein bisschen zugelegt? Oh, hast du etwa eine Rolle in einem realistischen Film?«

Genevieve hätte ihn finster angefunkelt, wenn ihr starres Gesicht dazu in der Lage gewesen wäre.

Da jetzt aber die Leute ihre Handykameras zückten, legten sie schnell den Arm umeinander und setzten ein so strahlendes Lächeln auf, wie sie es eben hinbekamen.

»Und, wirst du zu deinem Sechzigsten eine große Party schmeißen?«, zischte Genevieve ihm zu.

»Ich bin doch nicht annähernd … Oh, ja, hi, hallo!«, rief Lind.

Carmen beobachtete die beiden amüsiert. Noch schienen sie hier keinen Spaß zu haben.

Immerhin waren gerade auch Crawford und Ramsay gekommen. Der riesige Ramsay lief wie immer Gefahr, sich überall den Kopf zu stoßen, und hatte zwei Jungen aus seiner Kinderschar dabei, Patrick und Hari, die munter vor sich hin plapperten.

Bobby, Bronagh und Dahlia befanden sich ebenfalls unter den Gästen und machten laute Bemerkungen darüber, dass Eisenwarenhandlungen, Zauberläden und Cafés doch auch tolle Drehorte für Filme abgeben würden.

Selbst Idra hatte es geschafft und sah wirklich beeindruckend aus in ihrem goldenen Abendkleid, das farblich perfekt zum Schnurrbart von Hendrik passt, dem sie nicht von der Seite wich.

Nun erschien draußen in einiger Entfernung auch Rudi. Er trug eine grüne Mütze, die sein rotes Haar erst richtig zur Geltung brachte, bot einen so schelmischen Anblick wie immer und hatte die Kinder im Schlepptau.

Carmens Herz machte vor Freude einen Satz. Jack hatte wie jeden Tag seine Schuluniform mit kurzer Hose und roten Kniestrümpfen an. Generell trugen Sofias Sprösslinge ja nie bequeme Klamotten wie Jogginghosen und Kapuzenpullis, sondern sahen eher aus wie Teilnehmer der Kinderlandverschickung. Deshalb machte sich Carmen schon lange über die Kleiderpolitik ihrer Schwester lustig.

Ach, wie Carmen jetzt klar wurde, war Sofia selbst nicht dabei, was ihr einen kleinen Dämpfer verpasste. Dass sich hier nur Rudi mit Jack und ihren Nichten näherte, erinnerte verdächtig an die unbehagliche Übergabe von Scheidungskindern.

Die Mädchen trugen aufeinander abgestimmte doppelreihige Mäntel und Fair-Isle-Strickmützen, dazu weiße Strumpfhosen und Lackschühchen, Jack zu seiner kurzen Hose streng geglättetes Haar. Fröhlich marschierten sie voran, griffen einander nach dem Arm, ärgerten sich gegenseitig, und Carmen ging bei ihrem Anblick trotz allem das Herz auf.

Mr McCredie stand hinter ihr und zitierte mit leiser Stimme:

»Auf euch wartet kein Tal der Tränen.
Ob Christ geboren oder nicht, ihr
habt es besiegt, es verliert seine Macht
im Glanz des Weihnachtslichts.
Die Monster des Jahres,
sind erstarrt und zerstreut,
durch den Marsch dieser drei.«

Und dann platzten sie herein, lärmend und fröhlich und aufgeregt. Sofort brachten sie lautstark ihre Ablehnung der veganen Mince Pies zum Ausdruck, aber das Marshmallow-Feuer fanden sie toll, und sie waren absolut begeistert darüber, Hari und Patrick zu sehen.

Hari raste durch den Laden und hatte alles Mögliche zu erzählen, während sich Patrick auf ziemlich pedantische Art und Weise umschaute und verkündete, dass er so einige Informationen darüber hatte, wie schnell der Schlitten des Weihnachtsmanns theoretisch fliegen müsste und dass der Heiligabend tatsächlich einunddreißig Stunden lang war, wenn man die Zeitzonen gut nutzte.

Derweil brachte draußen im Schnee der Knabenchor der Edinburgher Kirchen *Carol of the Bells* zum Vortrag.

Kameras klickten, und auch die laut plaudernden Gäste zückten ihre Handys.

Offenbar fuhren auf Instagram alle voll auf den Trailer ab, wodurch bald noch mehr Menschen herkommen würden, um die Buchhandlung mit eigenen Augen zu sehen. Das war doch gut, dachte Carmen. Dieses Jahr war für sie schwierig gewesen – wirklich übel.

Aber jetzt war sie von lauter glücklichen Mienen umgeben und konnte Phoebe an sich drücken, die sich darüber Sorgen machte, dass vielleicht jemand das Puppenhaus mit den Mäusen anfassen würde. Da verflog bei ihr jegliche schlechte Laune. Das nächste Jahr würde besser werden, schließlich hatte die Buchhandlung expandiert und stand jetzt auf solideren Füßen. Darüber hinaus wurde ihrem Chef sein Herzenswunsch erfüllt. Tatsächlich hatte Mr McCredie bereits mit dem Packen angefangen, und er trug heute auch seine Rentierfellmütze, was bei ihm immer ein Hinweis auf Feierstimmung war.

Und dann kam plötzlich die Person die Straße herauf, nach der sich Carmen so gesehnt hatte: Sofia mit Eric vor der Brust.

Grinsend schaute Carmen Rudi an.

»Ah, ja«, sagte er. »Sie hat nur den Wagen geparkt. Du weißt doch, wie Furcht einflößend die Politessen-Monster in dieser Stadt sind. Da muss man jede nur erdenkliche List anwenden.«

»Ja, allerdings«, nickte Carmen und ging zur Tür hinüber, um dort auf Sofia zu warten. »Es tut mir so leid«, sagte sie als Erstes. »Ich hab das wirklich nicht gemacht, um dich zu ärgern.« Einen Moment lang ging sie in sich und ergründete ihre Motive. »Okay, oder vielleicht zu fünf Prozent doch.«

»Nein, *ich* muss mich entschuldigen!«, sagte Sofia, die vor Erleichterung mit den Tränen kämpfte. »Tatsächlich gehen mich weder deine Arbeit noch dein Liebesleben etwas an. Es tut mir so leid, dass ich dich erst rausgeworfen und dann auch noch angeschnauzt habe. Dadurch war ja alles meine Schuld!«

»Du hast mich doch nicht rausgeworfen«, sagte Carmen. »Ich musste vielmehr irgendwann ausziehen, und das hab ich ja auch gemacht. Und letzten Endes finde ich es hier toll, obwohl die Temperaturen im Haus ... na ja, mich wohl ordentlich abhärten werden.«

Und in dem Moment wurde ihr plötzlich klar, dass ihr ihr neues Zuhause, ihr kleines Adlernest hoch über der Stadt, wirklich gut gefiel. Sie hatte sich auch ein paar Bücher übers Gärtnern herausgesucht und freute sich schon darauf, Rudi und den Kindern im Frühling mit den Pflanzen zu helfen. Die Blumenzwiebeln würden keimen, aus etwas Kaltem und Vertrocknetem würde etwas wunderschönes Neues wachsen.

Sofia grinste und drückte ihre Schwester, während Eric zu protestieren begann. Er wollte gern aus der Tragevorrichtung raus und wild über den Fußboden robben, um sich alles in den Mund zu stecken, was er da so fand. Rudi kam herbei, lächelte die beiden Frauen an und schnappte sich das Baby.

Kapitel 39

Oke hatte schon wieder seine Mutter am Telefon. »Beinahe hätten wir die Polizei alarmiert! *Meu amor*, mein Schatz, du hast uns schlaflose Nächte bereitet und Mary ist völlig außer sich! Hast du denn den Verstand verloren?«

Oke schluckte. »Es tut mir leid, *Mamãe*, wirklich.«

»Das Krankenhauspersonal hat überall nach dir gesucht, und wir haben uns solche Sorgen gemacht. Und dann steigst du auch noch in ein Flugzeug, Obedience, das ist doch so teuer!«

»Du hast ja recht«, murmelte er. »Tut mir leid, das war eine überstürzte Entscheidung. Ich weiß wirklich nicht, was ich mir dabei gedacht habe!«

»Nun, es ging dir eben nicht gut«, sagte seine Mutter, die von der Stimme ihres einzigen, geliebten Sohnes sofort besänftigt wurde. »Deshalb warst du bestimmt nicht klar im Kopf und dir der Konsequenzen nicht bewusst. Mein Schatz, du fehlst uns, komm bitte zurück nach Hause!«

»Aber bald geht es hier wieder mit meinem Job los …«

»Du kannst doch überall Arbeit finden«, wandte sie ein. »Komm zurück und schließ dich einer Organisation an, die den Regenwald schützt. Das hat er weiß Gott nötig. Verbring Zeit mit uns, mit Mary. Hier wartet so ein gutes Leben auf dich.«

»Ja, schon.«

Spoons tippte heftig auf seinem Laptop herum. Er freute sich wahnsinnig darüber, dass Oke wieder zurück war, auch wenn er jetzt keine gefrorenen Mäuse mehr im Kühlschrank aufbewahren konnte.

Oke trat ans Fenster und schaute hinaus. Es war einfach wunderschön, wie Eis und Schnee durch die Lichter von Edinburgh funkelten. Leuchtend drehte das mit aufgeregten Kindern beladene Riesenrad auf dem Weihnachtsmarkt seine Runden, und die Stimme des bekanntesten Radiosprechers der Stadt bat wiederholt darum, doch bitte nicht hinunterzufallen.

Als Oke das Fenster einen Spalt aufmachte, war Spoons allerdings nicht sehr begeistert. Sein Mitbewohner bevorzugte das Zimmer tropisch warm, sodass er in einer kurzen Hose arbeiten konnte, die viel von seinem haarigen Hintern entblößte, wenn er sich vorbeugte. Er sagte auch gern, dass eine hohe Raumtemperatur nur fair war, da hier ja die »äh, Lebewesen mit einer diesbezüglichen Vorliebe« in der Mehrheit waren.

Oke konnte die eisige Luft riechen, das Lachen und Kreischen von den Fahrgeschäften hören, ausgelassene Begrüßungen und den lokalen Akzent, den er so sehr liebte.

Er beendete das Gespräch mit seiner Mutter. Natürlich wusste er, dass er eigentlich nach Hause zurückkehren sollte, weil dieses Hin und Her nicht gut für ihn war, auch für seine Zukunft nicht. Er könnte hier bleiben. Aber es war so kalt und teuer, und der Person, für die er zurückgekehrt war, war sein Gesundheitszustand – also er – offenbar ganz egal.

Es kam ihm vor, als würden sich seine Füße von selbst in Bewegung setzen. Der bewusste Teil seines Verstandes weigerte sich, zuzugeben, dass er sich ein letztes Mal auf den Weg machte, um noch einen Versuch zu starten. Nein. Vorgeblich wollte er einfach nur einen klaren Kopf bekommen und über seine nächsten Schritte nachdenken.

Inzwischen fühlte er sich nach zwei Nächten mit erholsamem Schlaf viel fitter und auch gestärkt durch das herzhafte schottische Frühstück in Mylnes Court mit Kartoffelscones, eckigen Würstchen, Haggis und Blutwurst. Allerdings sparte sich Oke das seltsame, klebrige rote Zeug, mit dem hier gern doch eigentlich leckere Bohnen serviert wurden.

Körperlich ging es ihm also besser, aber emotional sah die Sache ganz anders aus. Schweigend schob sich Oke an Passanten vorbei. Er war einer der wenigen, der heute keinen Weihnachtspullover mit Rentieren trug oder ein funkelndes Outfit mit Glitzersteinen, oder zumindest ein Stirnband oder Armband mit LED-Lämpchen. Um ihn herum glühten die rosigen Wangen von Menschen, die fest entschlossen waren, diese wundervolle Jahreszeit in vollen Zügen zu genießen. Oke kam auf der George Street an müden Einkäufern vorbei und erreichte das West End, wo der Schnee in den runden Privatgärten von Moray und Ainslie unberührt dalag.

Wenn man mal von den Autos absah, hatte man hier eine Szenerie vor sich, die sich in den letzten zweihundert Jahren nicht verändert hatte.

Jenseits der geschäftigen Queensferry Road landete Oke irgendwann in der Straße, wo Sofias perfektes Häuschen stand, in dem er letztes Jahr so glückliche Stunden verbracht hatte. Die Christbäume hinter den Fenstern, einer im Erdgeschoss, einer im ersten Stock, bildeten eine perfekte Linie und waren mit Lämpchen geschmückt, die warmes Licht ausstrahlten.

Auch rechts und links von der Haustür standen große Weihnachtsbäume, und an der Tür selbst hing ein riesiger Kranz. Es war einfach wunderschön.

Aber im Haus war es dunkel und still. Keine Lichter zeigten an, dass hinten Kinder durch den Küchenbereich rannten und Carmen anflehten, es sich mit ihnen zusammen auf dem Sofa bequem zu machen und zum x-ten Mal *Die Muppets Weihnachtsgeschichte* zu schauen. Kein Baby rollte über den Fußboden, kein Jack tobte wie eine Herde Elefanten die Treppe rauf und runter, keine Schwestern bastelten Papierketten und zankten sich dabei nach Herzenslust, so wie Okes eigene Schwestern in seiner Kindheit. Das Haus sah aus wie ein Puppenhaus, steril und leer, ohne Leben. Mit einem Seufzen wandte er sich ab.

In der Nähe des *Caledonian Hotel* hielt ein großer Mann in einem lilafarbenen Schottenkaroanzug eine Taxitür auf.

»Los jetzt, Minky, sonst kommen wir noch zu spät, und du kannst kein Foto mehr mit Lind machen«, sagte er zu der Frau mit riesigen Lippen, die eine Schnute zog und am Saum ihres Kleides aus Goldlamé zupfte.

Zurück nahm Oke den langen Weg, bei dem er erst einmal zur Burg hinauflief und sie umrundete. Als er auf der stillen, dunklen King's Stables Road an dem freudlosen Parkhaus vorbeikam, ragte der Felsen hoch über ihm auf. Es war kalt, aber davon merkte Oke bei seinem Marsch über den gefrorenen Boden, auf dem er gelegentlich ins Schlittern geriet, gar nichts mehr.

Irgendwie war es wie mit dem Haus der Königin bei *Alice im Wunderland*. Da konnte er noch so oft die Richtung ändern und versuchen, sich davon zu entfernen, am Ende schlugen seine Füße immer wieder den Weg zur zentralsten Straße mitten in der Stadt ein. Die Victoria Street war in etwa seit der Gründung Edinburghs dessen Lebensader und Hauptgeschäftsstraße, seit Dùn Èideann vor ungefähr tausend Jahren dem Felsen entsprungen war.

Ja, Oke war sich durchaus dessen bewusst, was er da ansteuerte, aber er konnte einfach nicht widerstehen. Seine Füße liefen den Hügel hinauf, während ihn Musik umfing und ihn die hellen Lichter eines Festes blendeten, das er ja kaum verstand.

Konkret stammten der Lärm und die Musik, die er jetzt hörte, aus Mr McCredies Buchhandlung.

Kapitel 40

Carmen winkte Christopher Pickle zu, als er aus dem Bereich mit den Stapeln hervorkam, und reichte ihm einen Teller mit Wurstbrötchen. Eigentlich hatte sie gedacht, dass vegane Wurstbrötchen besser waren als nichts, allerdings war Christopher Pickle da anderer Meinung und empörte sich ziemlich über die Dinger.

Interessiert legte Carmen den Kopf schräg, als sie sah, dass plötzlich Jackson in voller Lebensgröße erschien, und zwar zusammen mit Minky.

»Willkommen«, sagte sie, »aber lassen Sie in unserem Laden doch bitte die Finger von der elektrischen Installation!«

Minky hatte Lind entdeckt, ging zu ihm hinüber und berührte ihn auf eine Art und Weise am Arm, die ihm offensichtlich zusagte.

Jackson schaute sich derweil im Laden um. »Eine perfekte Lage, die einfach nicht richtig genutzt wird.«

»Fangen Sie gar nicht erst an!«

»Nein, nein. Egal, ich ziehe mich aus dem Souvenirgeschäft sowieso zurück.«

»Echt?«, fragte Carmen begeistert. »Das ist ja toll! Auch, was Bobby angeht?«

»Es hat sich herausgestellt, dass Besen ziemlich nützlich sind«, gab Jackson zu.

Carmen strahlte.

»Außerdem will er mal gucken, ob er ein Markenprodukt finden kann, das hier in Edinburgh hergestellt wird. Bronagh und er wollen zusammen Hexenbesen anbieten.«

»Meine werden aber wirklich funktionieren«, bemerkte Bronagh, die in diesem Moment vorbeikam.

»Und die Eimer wollen wir mit Rugbybällen bedrucken«, erklärte Jackson.

»Ach, macht man das jetzt so?«

»Rugbygedenkeimer sind auf jeden Fall im Kommen.«

»Cool!«

»Hm«, fuhr Jackson fort, »außerdem kann man mit amerikanischen Süßwaren mehr Geld machen. Viel mehr.«

»O neeeein!«, stöhnte Carmen.

»Allerdings muss ich irgendwie noch den halb verkohlten Schottenkaroramsch loswerden«, sagte Jackson. »Na ja.«

Minky kam und zerrte Rudi heran, der sich mit dem rechten Arm auf Carmens Schulter abstützte. Liebevoll rieb sie die Wange daran.

»Also, weißt du«, verkündete Minky, »Rudi hat noch nie eine Suite im *Caledonian* von innen gesehen!«

Carmen starrte ihn an. »Das würdest du doch nicht machen, oder?«, murmelte sie fassungslos.

Schelmisch grinste Rudi. »Ich hab durchaus eine Schwäche für teure Hotelsuiten.«

Carmen lachte, schaute sich aber plötzlich hastig um. Das schien ihr Bauchgefühl ihr geraten zu haben, ihr sechster Sinn.

Als sie nach draußen blickte, war der dunkle Schatten aber längst an der Tür vorbeigehuscht, und man sah davon nicht mehr als den flatternden Zipfel eines Mantels. Der Geist der vergangenen Weihnacht, dachte sie und erschauderte.

Sie war so schön gewesen wie eh und je, temperamentvoll und immer leidenschaftlich bei der Sache. Dieses Mal hatte ein gut aussehender junger Mann neben ihr gestanden und lachend den Arm um sie gelegt.

Die Szene gestern war also keine Ausnahme gewesen. Carmen ging es gut, sie hatte die Angelegenheit überwunden und war glücklich.

»Bist du denn am Weihnachtsmorgen mit dabei?«, fragte Sofia beklommen, nachdem die Kinder so viel heiße Schokolade getrunken hatten, wie in einen Menschen überhaupt hineinpassen konnte. Sie befürchtete, dass Phoebe womöglich ersticken könnte, wenn sie noch mehr Marshmallows verdrückte.

Carmen sah sie an und lächelte. »Ich werde den Vormittag gemütlich allein im Bett verbringen und faulenzen«, antwortete sie. »Aber zum Mittagessen komme ich, auf jeden Fall.«

»Dann geht die Bescherung in die zweite Runde!«, rief Jack aus.

»Ja, und es gibt richtige Geschenke, nicht so blöde Weihnachtsmanngeschenke«, fügte Phoebe hinzu.

Die beiden Schwestern schauten einander an, und Carmen hauchte lautlos: »Sorry!«, aber Sofia nahm es mit Humor und sagte: »Gut. Ich freue mich so.«

Sie umarmten einander und gingen auf die Straße hinaus, wo sie von heftigem Blitzlichtgewitter in Empfang genommen wurden, weil in diesem Moment auch Genevieve aufbrach.

Carmen entging nicht, dass Pippa instinktiv zu posieren begann, und zwar gar nicht schlecht.

Sobald er zurück in Mylnes Court war, begann Oke nach Flügen zu suchen. Aber in den nächsten Tagen war selbstverständlich alles ausgebucht, weil natürlich dieses verdammte, verdammte Weihnachtsfest anstand. Wie konnte es auch anders sein?

Kapitel 41

Die letzten Tage vor Weihnachten vergingen wie im Fluge. Wegen der Premierenparty und des Films stand die Buchhandlung in allen Zeitungen, sodass ein nie versiegender Strom aus Menschen draußen Fotos machte und oft auch hereinschaute, um ein Buch mitzunehmen. Sowohl Carmen als auch Mr McCredie verkauften und verkauften und verkauften.

Der schönste Tag war aber der, an dem eine alte Frau mit zwei Krücken den Laden betrat. Carmen fragte sich, wonach die wohl suchte, bot ihr aber als Erstes einen Stuhl an. Verblüfft nahm sie zur Kenntnis, dass es sich um Mr McCredies Abnehmerin für *Über den Dächern* handelte.

Das Buch hatten sie zur Sicherheit in einer Kassette verstaut. Als sie es daraus hervorholten, stieß die Frau ein kleines Seufzen aus.

»Das ist genau die Ausgabe, die ich hatte«, sagte sie.

Carmen wurde klar, dass die Käuferin aus England stammte.

»Exakt die gleiche. Also, ich zusammen mit meiner Schwester, die heute leider nicht mehr unter uns ist«, fügte sie hinzu. »Wir fanden damals, dass wir wie Wallace und Michael-Francis mutig und tapfer genug für so eine Mission gewesen wären, obwohl wir ja Mädchen waren.« Wieder seufzte sie. »Danach hat meine Schwester nur für alle Fälle jahrelang Tauben angesprochen.« Mit knotigen Fingern blätterte sie vorsichtig in dem Buch. »Es war ein Geschenk gewesen, das unser Vater eines Abends für uns mitgebracht hatte. Bevor er nach Frankreich musste.«

Carmen hörte aufmerksam zu und brachte ihr eine Tasse Tee.

»Sie wissen ja, dass heute immer noch über Dunkirk gesprochen wird«, sagte die alte Dame. »Aber dabei geht es für gewöhnlich um die jungen Männer, die nach Hause zurückgekehrt sind.« Sie schluckte heftig.

Mr McCredie tätschelte ihr den in einen Regenmantel gehüllten Rücken, was für ihn ganz untypisch war. »Ich habe meinen Vater auch im Krieg verloren.«

Carmen schaute ihn an. Er erwähnte seinen Vater nur ganz selten, und sie war stolz darauf, dass er jetzt darüber sprechen konnte.

»Nun«, sagte die alte Dame, zog ein Stofftaschentuch hervor und tupfte sich mit zackigen Bewegungen die Augen. »Ich ... ich freue mich sehr. Es fühlt sich so an ... Es kommt mir so vor ... als würde ich durch dieses Buch in eine glücklichere Zeit reisen, als würde es mich in jene Jahre zurückversetzen. Und jetzt kann ich diese Geschichte meinen Urenkeln vorlesen. So ist das doch mit Büchern, oder nicht? Sie sind wie eine Heimkehr.«

»Ja, das denke ich auch«, sagte Carmen.

»Anfassen dürfen die kleinen Monster es aber nicht. Die sind absolute Barbaren!«

»Auch in dieser Hinsicht bin ich ganz Ihrer Meinung«, pflichtete Mr McCredie ihr bei.

Sie schauten der Dame hinterher, als sie in der Dämmerung des Edinburgher Nachmittags verschwand.

»Nun gut, nun gut«, sagte Mr McCredie, der so plötzlich

wieder munter wurde wie der Großvater in *Charlie und die Schokoladenfabrik.* »Dann will ich mal fertig packen!«

Carmen grinste ihn an. »Ja, machen Sie das. Wann legt Ihr Schiff ab?«

»Am 26., an den Leith Docks.«

»Dann begleite ich Sie. Ich denke, die Buchhandlung können wir ruhig mal zumachen.«

»Ja, wahrscheinlich.« Er schaute auf. »Carmen, ich werde Ihnen nie genug danken können. Vielen, vielen Dank.«

»Gern geschehen.«

Er reichte ihr ein längliches Päckchen.

»Was ist das denn?«, fragte sie. »Darf ich es jetzt schon aufmachen?«

»Ja.«

Zum Vorschein kam eine Schreibfeder, die ganz anders war als Jacksons hohles Goldding, nämlich aus einer echten Feder handgeschnitzt. Das war so ein schönes und sorgfältig ausgesuchtes Geschenk von einem Mann, der vielleicht nicht mehr in der Blüte seiner Jahre stand, ihr aber immer unendliche Geduld und Freundlichkeit entgegengebracht hatte.

»Die stammt von einem Riesensturmvogel«, erklärte er. »Einem der schönsten Vögel der Antarktis. Es ist eine Feder von der Originalexpedition.«

»Wow!«, sagte Carmen.

»Damit Sie Ihre eigene Geschichte schreiben können.«

»Die finde ich toll«, sagte Carmen. »O mein Gott.«

Kapitel 42

Es war seltsam, in einem ganz stillen Edinburgh aufzuwachen, in dem keine Autos durch die Kopfsteinpflasterstraßen fuhren und keine Sirenen ertönten.

Carmens Zimmer war natürlich eiskalt, und sie musste sich beim Wachwerden am nächsten Morgen erst in Erinnerung rufen, dass sie ja weder im gemütlichen kleinen Häuschen ihrer Eltern noch in Sofias lautem Zuhause aufwachte. Hier gab es nur sie allein, sonst niemanden.

Na ja, sagte sie sich, das war doch gar nicht schlecht. Sie zog Strümpfe und Morgenmantel an und tapste aus dem Zimmer. Im Wintergarten entfuhr ihr ein kleines Keuchen: wie durch Zauberhand war über Nacht eine makellose, strahlende Amaryllis erblüht, ihre erste Blüte. Es war das perfekte Weihnachtsgeschenk.

»Danke, lieber Weihnachtsmann«, sagte sie.

Dann warf sie einen Blick aufs Handy. Um sechs Uhr morgens hatte Sofia ihr etliche Nachrichten mit Fotos davon geschickt, wie die Kinder Geschenkpapier von Päckchen rissen. Sie hatte Carmen auch angefleht, nicht zu spät zu kommen, weil sie beschlossen hatte, dass sie ihrer Mutter die Verantwortung übertragen und sich selbst dem Alkohol widmen würde, um das alles durchzustehen.

Carmen lächelte. Tatsächlich hatte sie sich auch ein paar leckere Sachen zu essen und zu trinken besorgt. Aber auf die hatte sie plötzlich gar keine Lust mehr, weil sie ihr wie Luxus und Verschwendung vorkamen.

Irgendwie hatte sie Hummeln im Hintern, und dann fiel ihr wieder ein, dass sie ja noch eine gute Tat schuldig war. Und heute war doch Weihnachten, also der perfekte Moment dafür, oder nicht?

Sie wusch sich und zog warme Sachen an, unter anderem einen fürchterlichen Weihnachtspulli, den sie in einem Secondhandshop gefunden und gekauft hatte, weil er vielleicht andere zum Lächeln bringen würde. Auf sie selbst hatte er diesen Effekt nicht, weil er aus Polyester und echt widerlich war. Carmen ging nach unten und trat hinaus auf die an diesem frostigen Weihnachtsmorgen leere Straße, über der ein klarer, leuchtend blauer Himmel strahlte, so frisch wie ein Glas Champagner. Um diese frühe Uhrzeit waren noch keine Passanten unterwegs, nicht einmal Gassigänger.

Im Versammlungshaus der Quäker war allerdings auch am Weihnachtsmorgen schon früh viel los, und die Freiwilligen hatten beide Hände voll zu tun. Hier wurden ein warmes Frühstück und auch ein weihnachtliches Mittagessen für alle angeboten, die es nötig hatten.

Dankbar ließ sich Carmen von der aus der Küche strömenden Wärme und dem Lärmen der schwer beschäftigten Menschen umfangen, die hier hackten, servierten oder abräumten. Ja, das erschien ihr als der passende Ort, um endlich ihre gute Tat zu vollbringen.

»Wo kann ich helfen?«, fragte sie fröhlich Ashima Jain, die schöne und unglaublich gut organisierte Frau, die hier die Aufsicht führte.

Carmen wurde beauftragt, sich bei der Kaffeemaschine zu postieren, Tassen zu füllen und mit freundlichem Lächeln an die Männer und Frauen zu verteilen, die schon jetzt im warmen Versammlungssaal saßen.

Unter denen befand sich auch Christopher Pickle, der wie immer einen Stapel Bücher dabeihatte. »Hier gibt es durchaus annehmbare Wurstbrötchen«, erklärte er mit Krümeln im Bart. »Nicht wie bei Ihnen im Laden!«

»Das hört man gern«, sagte Carmen und schenkte ihm Kaffee nach.

Dann schaute sie zur Tür hinüber, wo sich plötzlich etwas tat. Es stellte sich heraus, dass gerade Genevieve Burr mit einem Kamerateam im Schlepptau eintraf, um ihre gute Tat zu Weihnachten zu filmen. Auf dem glänzenden Haar trug sie ein zauberhaftes, schief sitzendes Krönchen in Rosa.

Wie Genevieve kleckernd Porridge in Schälchen füllte und entschuldigend in die Kameras strahlte, führte bei Carmen zu so einigem Augenrollen.

Christopher Pickle sagte hingegen laut zu ihr, dass sie die beste Freiwillige war, die sie je gehabt hatten.

Carmen seufzte, aber zumindest war Genevieve zwei Minuten später wieder verschwunden.

Mit anklagender Miene wandte sich Christopher an Carmen. »Wo ist denn Ihr Partyhütchen?«

»Mit dem Weihnachtspulli hab ich doch schon mehr als genug getan!«

Aber eine Truppe festlich gekleideter Freiwilliger lachte und rief sie herbei. Die Quäker von Edinburgh hatten anders als die in Okes Heimat offenbar kein Problem mit einer weihnachtlichen Ausstaffierung, und je mehr Carmen sich wehrte, desto mehr festliche Accessoires wurden ihr aufgedrängt.

Als Oke zu Beginn seiner Schicht hereinkam – groß wie ein Baum, mit wie immer leuchtend grünen Augen und furchtbar dünn, was aber auch irgendwie zu ihm passte, in Lage um Lage ungefähr aller Klamotten gehüllt, die er mitgebracht hatte –, traf er deshalb auf eine Carmen, die längst nicht mehr nur den hässlichen Polyesterpullover trug, sondern auch noch ein Rentiergeweih mit Lämpchen und Ton sowie klimpernde Glöckchenohrringe. Um das Bild abzurunden, hatte jemand sie mit roten Bäckchen und jeder Menge Sommersprossen weihnachtselfmäßig geschminkt.

Die beiden starrten einander an. Carmen ließ den Kaffee überlaufen, bis ihr jemand die Kanne aus der Hand nahm.

»Du … Du …«, stammelte Oke.

Carmen brachte kein Wort heraus. Sie schüttelte nur den Kopf, was leider ihr Geweih mit Bewegungssensoren einschaltete. Laut ertönte: »Fröhliche Weihnachten, alle zusammen!«

»O Himmel!«, stöhnte Carmen, die natürlich wusste, dass sie wie eine Irre aussah. »Bisher läuft mein Versuch, etwas Gutes zu tun, einfach jedes Mal schief.« Dann versteinerte plötzlich ihre Miene, als sie sich fragte, wie lange Oke wohl schon wieder in Edinburgh war. »O mein Gott, du bist also hier und hast dich nicht bei mir gemeldet! Bestimmt bist du schon ewig zurück, hast es mir aber nicht gesagt. Du hast ja noch nicht einmal …«

Verwirrt schaute Oke sie an.

»Sorry, ich wollte nicht …«, fuhr sie fort. »Das hätte mir wohl klar sein müssen, natürlich. Du hast hier zu tun, also lass dich nicht aufhalten. Ich ziehe mich mal in die Küche zurück, wo ich dir nicht im Weg sein werde.«

Sie wandte sich ab, wodurch das Geweih jetzt schreckliche blecherne Weihnachtsmusik von sich gab.

»Ich bin noch nicht lange wieder in der Stadt, aber ich wollt dich nicht behelligen. Du hast dich schließlich nie wieder bei mir gemeldet, Carmen!«

»Was? Ich hab dich zigmal angerufen, nur bist du leider weder rangegangen noch hast du zurückgerufen!«

»Ich hab mein Handy verloren, aber Mary hat doch gesagt …«

»Was du so mit Mary redest, ist mir eigentlich egal. Ich hoffe, ihr werdet zusammen glücklich, wirklich.«

»War dir auch egal, dass ich im Krankenhaus lag?«

»Im Krankenhaus?«

Was sich hier gerade zwischen den beiden abspielte, fanden die Leute, die wegen des Weihnachtsfrühstücks gekommen waren, äußerst spannend.

Hastig eilte Ashima herbei. »Warum setzt ihr euch nicht im Personalraum zusammen?«, schlug sie vor. Dann fügte sie noch hinzu: »Wir sind hier schließlich nicht bei den *EastEnders*«, aber das ganz leise, da sie eigentlich sehr nett war.

Auf dem Weg dorthin befreite sich Carmen nicht nur von Ohrringen und Geweih, sondern riss sich auch den Pullover vom Leib, weil ihr plötzlich furchtbar heiß war. Dann starrte sie zu Oke hinauf. Er sah so gut aus wie immer, war aber selbst für seine Verhältnisse schrecklich dünn.

»Du warst also krank?«, fragte sie aufgebracht. »Du warst krank und hast mir nicht Bescheid gesagt?«

»Ich hatte Malaria«, erklärte Oke, »aber das hat dir Mary doch gesagt.«

»Mary? Die von Instagram?« Carmen runzelte die Stirn. »Natürlich hat die mir das nicht gesagt, wie sollte sie auch?

Ich kenne sie doch gar nicht. Aber so, wie es aussieht, kennst du sie ziemlich gut.«

»Ja, klar. Sie war doch mit auf der Expedition«, sagte Oke.

Carmen zog eine Schnute.

»Und ich hab sie gebeten, sich bei dir zu melden, damit du Bescheid weißt. Sie hat behauptet, das hätte sie auch gemacht.«

»Hat sie aber nicht!«, rief Carmen gequält aus. »Auf keinen Fall. Ich hab nämlich ständig auf allen sozialen Medien nach möglichen Nachrichten Ausschau gehalten, weil ich in Wirklichkeit total uncool und ein bisschen unsicher bin.« Sie trat an ihn heran. »Oh, mein Schatz, geht's dir denn gut? Ist wieder alles in Ordnung?« Dann schüttelte sie noch einmal wütend den Kopf. »Ich hab nie was von dir gehört, nicht ein einziges Mal. Deshalb dachte ich … Ich hab gedacht, du wärst von mir total angewidert.«

»Ich bin der, der nie von dir gehört hat«, sagte Oke. »Du hast mich doch gehasst, weil ich nicht … weil ich nicht …« Er sah sie an. »Das bedauere ich zutiefst.«

Carmen runzelte die Stirn. »Und ob ich dich angerufen habe! Tatsächlich hab ich mich da nicht gerade mit Ruhm bekleckert, ich hab dir nämlich zigmal auf die Voicemail gesprochen und dir mein Herz ausgeschüttet. O Gott!«

Fragend sah sie ihn an, aber er schüttelte den Kopf. »Nein, diese Nachrichten habe ich nicht bekommen.«

»Dann ruf jetzt mal bei der Voicemail an!«, forderte Carmen ihn auf.

Er zog sein billiges Kartentelefon hervor, das er sich in Brasilia auf den letzten Drücker als Ersatz gekauft hatte.

»Wo ist denn dein altes Handy?«, fragte Carmen mit klopfendem Herzen.

»Es ging mir doch so schlecht«, erklärte Oke. »Deshalb hab ich darauf nicht achtgeben können.«

»Aber du kannst die alte Nummer trotzdem anrufen und die Nachrichten abhören.«

Und das tat er. Er hatte so einige andere Nachrichten, irgendwann war aber die erste von ihr an der Reihe. Carmen hörte mit und verzog das Gesicht, als ihre Stimme erklang, so voller Traurigkeit und Wut.

»Lösch die lieber«, bat sie, was er auch machte.

Dann kamen sie zur letzten Nachricht von vor einem Monat.

»Du fehlst mir«, ertönte laut und klar, und am Ende: »Es tut mir so leid, Oke. Ich liebe dich.«

Oke blinzelte ein paarmal und sah dann Carmen an, die den Blick aus seinen grünen Augen als zugleich beruhigend und doch so erregend empfand.

Er trat einen Schritt näher. »Und ich hab gedacht, dass ich dir völlig egal bin.«

»Und ich hab gedacht, dass *ich dir* völlig egal bin!«, entgegnete Carmen. »Das scheint wohl unser Problem zu sein.«

»Dabei warst du mir wichtiger … als ich je mit Worten zum Ausdruck bringen könnte«, sagte Oke. »Außerdem war ich so ein Idiot. Ich denke, was das angeht, sind wir einer Meinung.«

»Du hast den Wald vor lauter Bäumen nicht gesehen«, sagte Carmen mit brechender Stimme, dabei war es für Witze eigentlich nicht der richtige Zeitpunkt.

Ihr Herz raste schmerzhaft, als er nach ihren Händen griff.

»Meine Liebste«, sagte er langsam.

»Mein Liebster«, murmelte Carmen.

»Willst du … äh … die Sommersprossen eigentlich beibehalten?«

»Wenn sie dir gefallen.«

»Mir gefällt an dir einfach alles.«

Und dann küsste er sie heftig auf den Mund, während jenseits der einen Spalt offen stehenden Tür laut gejubelt wurde.

»Ich komme zum Mittagessen mit Begleitung«, sagte Carmen am Telefon zu Sofia.

»O Gott«, entgegnete ihre Schwester. »Rudi hat eben gefragt, ob er Jackson und Minky mitbringen kann, und ich hab Nein gesagt. Lass mich bitte nicht noch mehr wie den Grinch aussehen.«

Carmen lachte. »Oh«, sagte sie. »Na ja, ich glaube aber, über diesen zusätzlichen Gast wirst du dich freuen.«

»Und willst du nachher hier übernachten?«

»Nein«, sagte Carmen fröhlich. »Danke, wir haben unser eigenes kleines Nest.«

Kapitel 43

Nach einem langen, glücklichen, lauten Tag mit der bei einer Familie mit vier Kindern in etwa angemessenen Menge an Tränen waren sie nun in Carmens stillem Zimmer im obersten Stockwerk allein. Vor den Fenstern fiel wieder sanft Schnee, Kerzen flackerten, und die Stimmung war feierlich, aber keinesfalls traurig.

Oke saß auf dem Bett, Carmen auf seinem Schoß, und keinem von beiden war auch nur im Geringsten kalt. Während sie sich einander versprachen, zeigten sie sich unverstellt, verletzlich und mit offenem Herzen.

Carmen schaute Oke tief in die Augen und erklärte: »An diesem einen Tag hab ich mich so furchtbar gefühlt.«

Seine Miene war ernst, als er ihr eine Strähne des dunklen Haars hinter das Ohr schob. »Und ich wusste einfach nicht, wie ich ausdrücken sollte, was ich dir sagen wollte.«

Er schaute sie an. Während seiner langen Genesung hatte er viel Zeit gehabt, um darüber nachzudenken. »Mein Leben lang habe ich versucht … fleißig zu büffeln, viel zu lernen und gute Leistungen zu erbringen. Und auch, immer Ruhe zu bewahren. Aber dann bist du in mein Leben getreten, Carmen, wodurch alles aus den Fugen geraten ist, und damit konnte ich nicht besonders gut umgehen. Ich war feige und hab die Flucht ergriffen.«

»Ich bin nun mal ein ganz spezieller Baum«, räumte Carmen ein.

»Die ganze Zeit hab ich mir eingeredet, dass ich aus Respekt zu dir so handle.« Oke räusperte sich. »Aber ich fürchte, dass ich einfach Angst vor dir hatte.«

Carmen verzog das Gesicht. »Ich bin doch gar nicht Furcht einflößend.«

»Okay, dann hatte ich wohl Angst vor meinen eigenen Gefühlen.«

»Aber Oke … «, sagte Carmen so sanft wie der fallende Schnee. »Es tut mir wirklich leid, dass ich dich erschreckt habe. Ich weiß, wie bescheuert ich rübergekommen sein muss … Zumindest hat es sich aus meiner Sicht bescheuert angefühlt, das kann ich dir versichern. Wenn ich nur daran denke, würde ich mir am liebsten in den Hintern treten. Aber das hat eben auch zu mir gehört und gehört noch immer zu mir. Ein bisschen bescheuert, ein bisschen zu aufbrausend … so bin ich nun einmal. Wird dir da nicht ständig bange zumute sein?«

Oke blickte sie an. »Aber vielleicht ist mir ja etwas wirklich Furchteinflößendes zugestoßen, und ich habe erkannt, dass ich das Leben packen und mit beiden Händen gut festhalten muss.«

»Willst du etwa mich packen und mit beiden Händen gut festhalten?«

»Ja, unbedingt.«

Es machte Oke unglaublich glücklich, Carmen jetzt strahlend lächeln zu sehen.

»Soll das heißen, dass du nur mit mir zusammen sein willst, weil es ein geringfügig besseres Schicksal wäre als der Tod?«

»Besser als der Tod. Und besser als alles andere.«

Carmen blickte ihn wieder aufmerksam an. »Aber damals … Ich meine … Gibt es bei dir irgendein Problem in Bezug auf Sex? Hast du da furchtbare Komplexe oder so?«

Er blickte hinunter zu dem Teil seines Körpers, auf dem sie gerade saß, aber sie meinte es todernst. Oke streichelte ihr übers Gesicht. Sie erschauderte, als er ihr mit dem Daumen über die Lippen strich.

»Carmen«, erklärte er. »Dass ich lieber vorsichtig sein wollte, was den Sex mit dir angeht, hatte einen bestimmten Grund … nämlich, dass du vermutlich die einzige Person bist, mit der ich von jetzt an Sex haben werde.«

Carmen keuchte auf, und der Schauder, der ihren Körper durchlief, hatte nichts mit der Temperatur zu tun.

»War das zu viel des Guten?«, fragte Oke.

»Ich hab ein Geschenk für dich«, sagte Carmen.

»Bist du mein Geschenk?«, fragte er. »Darf ich dich auspacken?«

Carmen schob die Hand unters Bett. »Tatsächlich«, sagte sie, »ist es ein riesiges Buch über die Ormiston-Eibe.«

Er lachte. »Aber ich hab ja gar kein Geschenk für dich.«

»Keine Sorge«, sagte Carmen. »Es reicht mir, dass du ein Teil von mir bist.«

Er zog sie heran. »Bin ich dafür nahe genug dran?«

»Nein.«

Noch näher. »Und jetzt?«

Sie schüttelte den Kopf. »Ich will mehr.«

Er zog sie an sich, sodass sie Brust an Brust dasaßen, Nase an Nase, so eng beieinander, wie es bei zwei Menschen nur möglich war.

»Und jetzt?«

»Mehr!«, sagte Carmen wieder, und wieder: »Mehr«, bis

ihr kein Atem mehr blieb, um überhaupt noch etwas zu sagen. Draußen stand über der weihnachtlichen Buchhandlung der Mond am Himmel, und die alte Standuhr schlug Mitternacht. Ein neuer Tag brach an.

Am bitterkalten Morgen des 26. Dezember war der Anleger von Leith ein unwirtlicher, wenig einladender Ort. Außer natürlich, man suchte ihn mit einem Menschen auf, mit dem man die Nacht verbracht hatte und in den man Hals über Kopf verliebt war.

Unausgeschlafen und sehr, sehr glücklich begleiteten Carmen und Oke Mr McCredie, der nicht etwa einen normalen Koffer dabeihatte, sondern einen altmodischen Schrankkoffer.

Nachdem sie sich alle ausgewiesen hatten, erlaubte man ihnen, einen mit einer Kette abgetrennten Bereich zu betreten. Carmen runzelte die Stirn, als sie dahinter eine größere Gruppe von zum Teil orientalisch wirkenden Männern bemerkte. Ein paar von ihnen spielten halbherzig Fußball, während andere einfach nur herumhingen, rauchten oder aufs Handy starrten.

»Wer sind die denn?«, fragte Carmen.

»Das sind Crewmitglieder von den Frachtern«, antwortete der Seemann, der sie zu dem beeindruckenden Schiff der Polarexpedition brachte, der RRS Sir David Attenborough. Es war wirklich markant, und Mr McCredie machte vor Aufregung so große Augen, dass er aussah wie ein kleiner Junge.

»Die dürfen Großbritannien nicht betreten, also, keins der Länder, in denen sie anlegen. Deshalb kommen sie nicht weiter als bis zur Absperrung.«

Carmen starrte erst fassungslos ihn und dann Oke an.

»Ah, stimmt«, sagte der, »so ist das in Brasilien auch. Im Prinzip überall auf der Welt.«

»Aber das ist ja schrecklich!«, rief Carmen aus.

»Hm, es gibt da einen Missionar, der sich ein bisschen um sie kümmert, ihnen Souvenirs und andere Sachen mitbringt.«

»Souvenirs?«

»Ja, für ihre Familien – weil sie doch nicht in Geschäfte gehen können, um was zu kaufen. Und sie sehen ihre Kinder ja nur zwei Monate im Jahr, deswegen schicken sie ihnen gern kleine Sachen, um ihnen zu zeigen, wo sie überall gewesen sind.«

Carmen fuhr herum. »Das ist es!«, rief sie.

»Was?«, fragte Oke.

»Ich schulde dem Universum noch eine gute Tat. Wenn ich die weiterzugeben versuche, bekomme ich dafür immer etwas zurück, sodass es eigentlich nicht zählt. Dieses Mal könnte es aber anders sein, weil ich das überhaupt nicht machen will und wir dadurch vielleicht stundenlang in der Kälte warten müssen.«

»Äh, cool?«, sagte Oke.

Carmen erledigte ein Telefonat, und dann brachten sie erst einmal Mr McCredie in seine überraschend bequeme Kajüte, direkt neben der von Dr. Francis, dem Arzt der Expedition, und einem Lagerraum mit scheinbar 356 Dosen Bohnen.

Mr McCredie hörte mit dem Strahlen gar nicht mehr auf. »Ich kann einfach nicht … Na ja, allerdings hoffe ich wirklich, dass Sie ohne mich zurechtkommen.«

»Keine Sorge«, sagte Carmen. »Wir schließen einfach die Buchhandlung und machen auch einen tollen Urlaub.«

Ihr Chef sah sie verständnislos an.

»Das war nur Spaß, keine Sorge, es wird alles gut gehen. Oke wird wieder seine Forschungsarbeit an der Uni aufnehmen und mir ein bisschen im Laden helfen, wo es super laufen wird, sogar besser als super.«

Oke nickte. »Wir werden gut auf alles achtgeben, *Sir.*«

Schließlich umarmte Carmen Mr McCredie zum Abschied und drückte ihm einen Kuss auf die Wange. Als sie wieder zur Absperrung zurückkehrten, wartete auf der anderen Seite bereits ein großer Sportwagen.

Finster schaute McClockerty Carmen an. »Sie kaufen mir also wirklich den ganzen Kram ab?«

»Für 'n Appel und 'n Ei«, bestätigte Carmen. »Nur, um Ihnen mit der Versicherung zu helfen.«

Er grunzte. »Das hilft mir tatsächlich. Aber ich werde Ihnen eine Rechnung ausstellen müssen, um den Papierkram erledigen zu können.«

»Perfekt.«

»Und was wollen Sie damit?« Jackson wirkte verwirrt. Auf dem Rücksitz stapelten sich Kisten über Kisten mit Nessies, Scottish Terriern, britischen Flaggen und T-Shirts. Die Verpackungen waren ein bisschen angesengt, und hier und da waren ein paar Wasserflecken zu sehen, ansonsten war das Zeug aber in einwandfreiem Zustand.

»Na, dann reichen Sie die Kartons mal rüber«, sagte Carmen lächelnd, während sie sich an die Gruppe der fremden Männer wandte. »Sorgen Sie für ein bisschen Weihnachtsstimmung. Daran sollten schließlich alle teilhaben!«